ULLSTEIN

Das Buch

Nein, ein schöner Anblick ist der Tote nicht, der da in Claires Keller liegt. Etwas zerrupft und zerbeult vom Transport über die Treppen. Warum musste der Klient auch ausgerechnet in ihrem Büro einen Herzanfall erleiden und es Claire überlassen, wie sie mit dem Problem fertig wird? Claire schafft ihn erst mal in die Truhe im Keller. Welche Heiratsvermittlung, die etwas auf ihre Exklusivität und Diskretion hält, kann es sich schließlich leisten, durch einen toten Kunden in die Schlagzeilen zu geraten?
Zum Glück stellt sich heraus, dass Claire auf ihre Sekretärin Lisa und die resolute Haushälterin Hedwig zählen kann. Denn als sie innerhalb kürzester Zeit vor einer weiteren Männerleiche steht – ihr Liebhaber, der sich ins Jenseits gekokst hat –, hat sie *wirklich* ein Problem: Der Platz im Keller wird knapp …

Die Autorin

Angelika Buscha ist als Journalistin tätig und lebt in Hamburg. Bereits ihr erster Roman, *Wie der Tod so spielt*, war ein großer Erfolg.

Von Angelika Buscha ist in unserem Hause bereits erschienen:

Wie der Tod so spielt

Angelika Buscha

Mein Mann, der Liebhaber und der Tote im Garten

Roman

Ullstein

Umwelthinweis:
Dieses Buch wurde auf chlor- und säurefreiem Papier gedruckt.

Ullstein Verlag
Ullstein ist ein Verlag des Verlagshauses Ullstein Heyne List GmbH & Co. KG.
1. Auflage Januar 2004

Dieses Werk wurde vermittelt durch die Literarische Agentur Thomas Schlück, Garbsen.
Redaktion: lüra – Klemt & Mues GbR
Umschlaggestaltung: Thomas Jarzina, Köln
Titelabbildung: Amana Germany GmbH, Hamburg
Gesetzt aus der Goudy
Satz: KompetenzCenter, Mönchengladbach
Druck und Bindearbeiten: Clausen & Bosse, Leck
Printed in Germany
ISBN 3-548-25801-8

1

Ich hatte eine Leiche im Keller. Eine männliche.

Und einen Liebhaber in meinem Bett. Selbstverständlich auch männlich.

Ich war ein wenig ratlos, denn die Leiche gehörte da unten definitiv nicht hin.

Der Typ in meinem Bett gehörte da auch nicht hin, selbst wenn er seit sechs Wochen versuchte, sich in meiner Wohnung einzunisten. Und er sollte genauso wenig bleiben wie der Tote in meinem Keller. Beide konnten für Probleme sorgen und beide verstießen gegen meine Geschäftsprinzipien.

Der Mann in meinem Bett war ein Kunde von mir. Ebenso wie der, der inzwischen reichlich erstarrt in meiner alten Seemannstruhe lag.

Das heißt, der war ein Kunde gewesen – bis zu dem Moment, wo er es vorzog, das Zeitliche zu segnen.

Das geschah an einem Mittwochabend. Gerhard Meinhard saß mir in meinem Büro gegenüber, plauderte über seine Vorlieben und Erwartungen und bekam einen Schweißausbruch nach dem anderen. Mit einem blütenweißen Taschentuch und fahrigen Bewegungen betupfte er Stirn und Wangen, während ich mich, ganz Profi, bemühte, seine Nervösität zu ignorieren. Schließlich murmelte er: »Für Golf sollte sie sich, wenn sie es schon nicht spielen kann, zumindest begeistern lassen«, schnaufte kurzatmig, fuhr fort mit »Meinen Sie nicht …«, stieß ein »Mein Gott, wird mir auf einmal übel« hervor, griff sich mit der rechten Hand dorthin, wo unter einigem Wohlstandsfett das Herz sitzt, und sackte auch schon, kaum hatte er den Satz beendet, in sich zusammen.

Ich betrachtete mehr irritiert denn entsetzt, wie der Oberkörper des Mannes seitlich über die Sessellehne rutschte, die rechte Hand auf dem Bauch zur Ruhe kam und sich der Kopf mit weit offenen Augen in einem unnatürlich scheinenden Winkel zur linken Schulter hin neigte.

Mein Verstand, der auch nie da ist, wenn ich ihn ganz besonders dringend brauche, benötigte ein paar Schrecksekunden, bis er endlich realisierte, was sich da vor meinem Schreibtisch abspielte: Meinhard starb. Unangemeldet, unvorbereitet und ohne Rücksicht auf Verluste.

Ich meine, das gehörte sich doch nicht! Das war ein Unding. Eine Frechheit. Eine Unverschämtheit. Der Mann, so sympathisch, wie ich ihn auch fand, konnte doch nicht einfach den Löffel abgeben! Nicht hier. Nicht in meinem Büro und nicht in meiner Gegenwart.

Mein Gott!

Als ich die Ungeheuerlichkeit endlich realisiert hatte, schlugen meine Überlebensfunktionen Alarm. Adrenalin durchschoss meinen Körper, das Herz beschleunigte den Rhythmus ebenso wie die Lunge das Atmen. Panisch sprang ich auf, näherte mich dem Mann halb gebückt, ging noch ein wenig weiter in die Knie, um ihm besser ins Gesicht schauen zu können, und hoffte auf einen Atemstoß, ein Flattern der Lider, ein Zucken der Brauen oder ein Beben der Nasenflügel. Auf irgendetwas jedenfalls, das mir anzeigte, dass Meinhards Herz nur mal kurz vom Leben pausierte.

Ich bückte mich vergeblich. Bei Meinhard rührte sich nichts. Gar nichts.

Genervt, jedoch vorsichtig, piekste ich ihm mit dem ausgestreckten Zeigefinger in die Wange und murmelte beschwörend: »Meinhard! Mensch, Herr Meinhard, schauen Sie mich an, bitte!«

Ich zupfte ihn am Ohr, wartete, zupfte noch einmal etwas stärker, und als auch das nichts bewirkte, hob ich schließlich das prächtig entwickelte Doppelkinn meines Kunden an, holte weit aus und knallte ihm eine.

Sollte ihn das wider Erwarten reanimieren, konnte ich mich immer noch entschuldigen.

Es klappte nicht.

Ich ließ Meinhards Kopf fallen, lehnte mich resigniert gegen meinen Schreibtisch und geriet, nachdem endlich auch die allerletzte Gehirnzelle Meinhards Tod akzeptiert hatte, in eine maßlose Wut.

Wie konnte der Mann es wagen, ausgerechnet in meinem Büro zu sterben? War die Stadt nicht groß genug? Hätte er dem Herzanfall nicht in seiner Vorstadtvilla erliegen können, anstatt mir den Ärger an den Hals zu hängen?

Ich sah die Schlagzeile, die am darauf folgenden Tag auf der ersten Seite irgendeiner dämlichen Gazette prangen würde, schon vor mir: »Herzschlag in Heiratsinstitut. Wenn alte Männer zu viel wollen«. Oder ähnliche, dummdreiste Sprüche, die irgendwelchen dämlichen Journalistenhirnen entsprangen, um die tägliche Auflage ihrer Zeitung zu sichern.

Ich entschied kurzerhand, dass ich als Auflagengarantie nicht taugte. Es gibt für Partnerschaftsvermittlungen, Hotels und Fitnessclubs keine geschäftsschädigendere Situation als einen toten Kunden. Das konnte und wollte ich mir bitte schön nicht erlauben.

Gerhard Meinhard musste weg. Diskret, schnell und unauffindbar.

Gewiss, ich hatte keine Ahnung, wie ich das bewerkstelligen sollte, kannte ich dergleichen Situationen doch lediglich aus dem Kino oder Fernsehen, mithin als Kopfgeburten irgendwelcher abgedrehter Drehbuchschreiber, denen es beim Entsorgen ihrer Filmleichen um Spannung, gegebenenfalls um Originalität, garantiert jedoch nicht um Praxistauglichkeit ging.

Mit Entsorgungsmethoden wie in »Pulp Fiction« oder »Schnappt Shorty« brauchte ich mich also gar nicht erst auseinander zu setzen. Alternativen allerdings, so muss ich zerknirscht gestehen, kamen mir fürs Erste leider auch nicht in den irritierten Sinn, so dass ich beschloss, Meinhard im Keller meines Hauses zwischenzulagern, bis mir etwas Praktikables einfiele.

Das nächstliegende Provisorium war eine geräumige Kleidertruhe aus Massivholz, wie sie noch in der Generation meiner Urgroßeltern von Seeleuten mit auf große Fahrt genommen wurde. Meine Großmama hatte die Truhe von ihrem Vater geerbt, nach ihrem Tod war sie zunächst auf meine Mutter übergegangen und schließlich auf mich, da meine Mama »die Kiste« loswerden wollte.

Die Truhe war ein Prachtexemplar aus braunrotem Teakholz, deren Kanten mit einst messingfarbenen, im Laufe der Jahrzehnte jedoch schwarz angelaufenen Beschlägen eingefasst waren, wobei die eine oder andere Ecke durch den früheren, recht groben Alltagsgebrauch ausgebrochen war. Robuste, inzwischen verrostete Schnappschlösser ließen sich nur noch unter allergrößter Beschwernis öffnen oder schließen. Am schönsten zu betrachten waren allerdings die dicken, inzwischen wie alle anderen Beschläge angelaufenen Messingtragegriffe, einer an der Längsseite und je einer an der kürzeren Kopfseite. Zum komfortableren Transport waren sie mittig mit ursprünglich rotbraunem, nunmehr speckig dunklem Rindsleder ummantelt worden.

Seitdem ich das Ungetüm also von meiner Mutter übernommen hatte, stand es verloren in einer entfernten Kellerecke und verstaubte.

Jedes Mal, wenn ich der Truhe ansichtig wurde, nahm ich mir vor, sie aufarbeiten zu lassen, um sie in unserer Eingangshalle als Blickfang zu dekorieren. Bislang jedoch war ich über diesen Vorsatz nie hinausgelangt. Eine Schlamperei, die mir an jenem Tag gerade recht kam.

Gerhard Meinhard die Kellertreppe hinunterzuwuchten gestaltete sich weit schwieriger, als ich vermutet hatte. Ich schleifte ihn an den Beinen hinter mir her, so dass Kopf und Oberkörper ein dumpfes Geräusch verursachten, wenn sie in der rhythmischen Gleichmäßigkeit meiner Schritte mit den Stufen Kontakt aufnahmen.

Wäre ich eines dieser supersensiblen Gemüter, denen schon allein bei dem Gedanken an einen gebrochenen oder ausgekugelten Arm schlecht wird, hätte sich eine solche Aktion aus reinem Selbstschutz verboten.

Nun bin ich zwar durchaus empfindsam, weiß jedoch, wann diese Eigenschaft kontraproduktiv wird und nicht mehr zu vertreten ist. Meistens jedenfalls weiß ich das. Und das ist gut so.

Mein Umgang mit der Leiche mag also so manchem pietätlos erscheinen. Doch bleiben wir sachlich: Der Kontakt mit den Treppenstufen konnte keinen Schaden mehr anrichten. Tot ist tot. Ob man es nun gut findet oder nicht, eine solche Tatsache kann man nicht ändern, nur anerkennen. Nichts anderes tat ich. Zumal der Transport der Leiche gewiss kein Zeitvertreib war, der spurlos an mir vorüberging. Im Gegenteil.

Meinhards Übergewicht, das schon zu seinen Lebzeiten beträchtlich gewesen war, nahm mir nun den Atem und am ersten Absatz der Kellertreppe hielt ich inne. Was noch kurz zuvor mein Kunde gewesen war, verursachte mir einen Anfall von Kurzatmigkeit, schmerzende Waden und Arme sowie Schweißperlen auf der Stirn. Mit anderen Worten: Ich stand kurz davor, zu schwitzen wie ein Fitnessjunkie beim Gewichtestemmen. Sie wissen schon, jene besonders harten Jungs mit dem ausladenden Kreuz und dem unproportional kleinen Kopf, die mit zusammengebissenen Zähnen und hervorquellenden Augen mehr an Kilogramm stemmen, als sie selbst auf die Waage bringen.

Nun quollen mir die Augen selbstverständlich nicht aus den Höhlen, doch die Pause ignorierend, arbeitete mein Körper auf Hochtouren weiter. Mein Deodorant war der vitalen Kraft meiner Schweißdrüsen nicht gewachsen und versagte endgültig. Der unangenehme Geruch beleidigte meine Nase, während klebriger Schweiß die Achselhöhle hinabrann, durch das T-Shirt und anschließend in den Stoff meines Kostüms drang, dem damit ein Ausflug in die Reinigung garantiert wurde. Und wer würde die zusätzliche Arbeit haben und es hinbringen müssen? Ich. Ist ja wohl klar, oder?

Nachdem sich Atem und Puls etwas beruhigt hatten, schleppte ich Gerhard Meinhard weiter die Treppe hinunter.

Hinter mir hörte ich das stupide Klacken, mit dem der Kopf auf den Stufen aufschlug. Ich versuchte das unheimliche Geräusch zu ignorieren, konzentrierte mich auf das Klappern meiner Highheels und langte endlich unten an.

Wider Erwarten war es ebenfalls ein unangenehmer und Kräfte zehrender Akt, den stämmigen Mann in der Truhe unterzubringen. Obgleich ich jede Reserve aus meinen nur mäßig trainierten Armmuskeln herauskitzelte, gelang es mir nicht, Meinhard vollständig hineinzuzwängen. Der Mann war schlicht zu groß, zu fett und zu ungelenk.

Kopf und Hals gebärdeten sich am widerborstigsten. Ich wollte den Kopf zwischen den nach vorn zusammengezogenen Schultern in eine Ecke quetschen, scheiterte aber an der von zu viel Kalkablagerungen ungelenken Halswirbelsäule.

Im Eifer des Gefechts riss ich schließlich unwillig und ungeduldig mit beiden Händen am Hinterkopf, bis ich, ein Büschel eisgrauer Haare in der Hand und auf der Kopfhaut eine kleine, kahle Stelle hinterlassend, frustriert von ihm abließ.

Ich warf die Haare achtlos auf den Fußboden und verordnete mir eine weitere Pause, um das Problem zu durchdenken. Ich hatte nicht vor, mich wie eine Idiotin aufzuführen. Es verstieß gegen mein Selbstwertgefühl.

Mehrmals umschritt ich die Truhe und suchte nach einer Möglichkeit, Meinhards Kopf doch noch in eine Ecke zu quetschen. Vergeblich. Nach kurzem Überlegen positionierte ich schließlich Gerhard Meinhards Hals auf dem Truhenrand, das Gesicht nach oben gerichtet. Seine Augen waren weit geöffnet und starrten mich an. Ich sah den sinnentleerten Blick, ohne ihn wirklich wahrzunehmen.

In einem Umzugskarton, der in einer anderen Ecke des Kellers stand und mit Holzabfällen angefüllt war, suchte ich nach einem stabilen, doch handlich kurzen Stück ausrangierten Dielenholzes, maß mit zusammengekniffenen Augen die Distanz, drehte meinen Kopf weg, schloss dennoch instinktiv die Augen – und schlug zu. Holz traf auf Knochen. Etwas splitterte.

Mit dem Schlag, in den ich alle meine Kraft gelegt hatte, brach ich ihm das Genick, indem ich zwei Wirbel trennte. So viel verstand ich von Anatomie und so hatte ich es mir auch vorgestellt.

Nicht geplant waren die platt gehauene Nase, deren einst wohl gerundeter Nasenrücken nun nach links wies, die aufgeplatzten Augenbrauen und Lippen sowie der zerschmetterte linke Wangenknochen. Das Gesicht präsentierte sich mir bar jeder Proportion.

Gesplittert war augenscheinlich nicht das Holz, gesplittert

waren ausschließlich diverse Knochen. Es hatte allerdings ganz nach Holz geklungen.

Im schummrigen Licht der Kellerbeleuchtung schien mir außerdem, als hätte die Stirn mehr als die anderen Gesichtspartien gelitten. Er sah aus, als wäre Haut über einer nach innen gewölbten Delle aufgerissen.

Verwundert schüttelte ich den Kopf, beugte mich näher über das malträtierte Antlitz und entdeckte irritiert, dass die vermeintliche Delle ein Loch von der Größe eines Zweieurostücks war, an dessen zerfetztem Rand weißlich rötliche Gehirnmasse klebte. Blut trat keines aus. Wie auch – der Mann war seit mehr als einer Stunde tot.

Erstaunt betrachtete ich das Dielenstück und drehte es herum. Am oberen Ende leuchtete mir ein zurückgelassener Türstopper aus massivem, dunkel lackiertem Holz entgegen. Ich hatte ihn im diffusen Kellerlicht schlichtweg übersehen.

Die Wirkung des Türstoppers hatte ich natürlich nicht vorausgesehen und einen kurzen Moment lang tat es mir Leid, dass ich den Mann so verunstaltet hatte. Das hatte er keineswegs verdient. Bloß gut, dass seine Angehörigen ihn niemals so sähen – so Gott wollte und ich es clever genug anstellte. Leider würde sich nicht vermeiden lassen, dass ich seiner mindestens noch einmal ansichtig wurde. Spätestens dann, wenn mir ein endgültiger Aufbewahrungsort für ihn eingefallen war.

Ich schaute mir Gerhard Meinhard also etwas genauer an. Der Kopf war unnatürlich nach hinten weggeknickt, die weit aufgerissenen Augen starrten nach wie vor blicklos erstaunt zu mir hinauf und diesmal registrierte ich es auch.

Toter geht's nimmer, beruhigte ich mein aufgescheuchtes Nervenkostüm und schloss dem Mann mit einem geflüsterten »Es tut mir Leid um Sie, Gerhard Meinhard« die Lider. Konnte keinesfalls schaden und machten sie im Kino auch immer so.

Der Kopf ließ sich nunmehr wunderbar und ohne einen weiteren Einsatz meiner Körperkraft in einer Ecke positionieren, jedoch ragte der linke Ellenbogen etwas oberhalb des Truhenrandes auf, so dass ich meinen Hintern schwungvoll auf den

Deckel fallen ließ, um das Hindernis auszutricksen. Ich vermute, ich brach ihm damit auch diesen Knochen.

Die Vermutung reichte mir. Eine Bestätigung brauchte ich nicht. Es erschien mir inzwischen ein wenig unappetitlich, was aus dem einst stattlichen Mann geworden war, und es verlangte mich nicht danach, mir Gerhard Meinhard noch einmal anzusehen.

So thronte ich durchgeschwitzt und mit verkrampft angewinkelten Beinen auf der Truhe und bemühte mich, die verrosteten Schnappschlösser zu schließen. Es war mühevoll, denn sie widersetzten sich nachhaltig. Sicherlich hätten ein paar Tropfen Öl Wunder gewirkt, aber erstens mochte ich nicht aufstehen und zweitens hatte ich keinen blassen Schimmer, wo wir Scharnieröl aufbewahrten, falls wir überhaupt welches besaßen.

Gerhard Meinhard war achtundfünfzig Jahre alt geworden, zirka fünfundneunzig Kilo schwer, Unternehmensberater, leidenschaftlicher Golfspieler und schwerreich. Spätestens seitdem er sein Unternehmen ein gutes Jahr zuvor an einen amerikanischen Konzern verkauft hatte. Er war einmal geschieden, hatte eine Tochter, die Schauspielerin in irgendeinem Kaff in Thüringen war, und wollte seine verbleibende Zeit nutzen, um ein zweites Mal im Hafen der Ehe zu ankern.

Dazu brauchte er mich, da ich ein Heiratsinstitut besitze. Eine Partnerschaftsagentur der gehobenen Klasse. Mit anderen Worten: Ich nahm nicht jeden. Vermögend sollten die Kandidaten, ob weiblich oder männlich, sein, gebildet und wenn möglich gut aussehend. Je weniger sie dem letzten Kriterium entsprachen, desto größer musste das finanzielle Polster sein. Mitunter nahm ich auch gut aussehende Mittzwanziger oder -dreißiger in meine Kundenkartei auf. Sie waren zwar in der Mehrzahl nicht ganz so betucht, durch ihre Jugend jedoch blendend vermittelbar.

Gerhard Meinhard hatte mich zwei Wochen zuvor angerufen und um einen Termin gebeten. Da ich die ungezwungene Atmosphäre und Anonymität kleiner Cafés als ideale Voraussetzungen für ein erstes Treffen empfinde, hatten wir uns am Dienstag darauf in einem kleinen Bistro getroffen, um zu prüfen, ob er meinem Anforderungskatalog entsprach und ich meinerseits seinen Vorstellungen von einer professionellen Eheanbahnerin.

Die Zusammenkunft verlief angenehm. Über seine altersbedingte Leibesfülle tröstete sein Vermögen hinweg, so dass ich ihn bat, mich in meinem Büro aufzusuchen, um einen offiziellen Vertrag abschließen und seine Daten in die Kartei aufnehmen zu können.

Tja, und da hatte er es vorgezogen zu sterben.

So grottendämlich kann auch nur ein Mann sein. Oder hat schon mal jemand von einer Frau gehört, die in einem Eheanbahnungsinstitut verschied? Na, ich jedenfalls nicht.

Wobei mir scheint, dass es typisch für Männer ist, an unliebsamen Orten dahinzuscheiden. Der eine oder andere stirbt gar im Hotel, während er mit seiner Geliebten dem Höhepunkt zustrebt. Hat man inzwischen so oft gehört, dass es einem wie ein albernes Klischee vorkommt. Passiert aber dennoch immer wieder. Nicht weniger üblich scheint Herzversagen hinterm Lenkrad zu sein. Da fahren gestandene Mannsbilder zu dicht auf, drängeln, was das Zeug hält, und sind so genervt von dummdreisten Linksfahrern, dass die zu hohe Adrenalinausschüttung kurze Zeit später den Herzanfall einleitet. Alles schon vorgekommen und durch Zeitungsberichte dokumentiert. Den Tod einer Fahrerin hat dagegen noch nie eine Tageszeitung vermeldet.

Eigenartig, nicht wahr?

Gerhard Meinhard halste mir mit seinem Tod ein Problem auf, verstarb aber erst – der Fairness halber sei es erwähnt –, nachdem er mir die erste Rate mit einem entschuldigenden, gleichsam spitzbübischen Lächeln bar auf den Tisch gelegt hatte. Er wollte vermeiden, dass seine Buchhalterin durch Zufall sein Bemühen entdeckte, auf diesem Wege eine neue Frau zu finden. Das wäre ihm peinlich gewesen. Hochnotpeinlich.

Ich konnte seine Skrupel bestens verstehen. Sie waren für die meisten meiner Kunden typisch. Selbst mir, so muss ich gestehen, käme vielleicht noch in den Sinn, mich über eine professionelle Vermittlung nach einem potentiellen Ehepartner umzusehen. Darüber reden würde ich niemals.

Allerdings hatte ich eine Vermittlung bei meinem Aussehen

auch nicht nötig. Aber das nur nebenbei und mal unabhängig davon, dass ich seit dreizehn Jahren verheiratet war und mir bei Bedarf den einen oder anderen Liebhaber zulegte.

Im Moment war gerade Gregor dran.

Während ich an diesem Morgen in der Küche saß und den Ereignissen des vergangenen Abends nachhing, lagen vor mir auf dem Küchentisch ein zerlesenes »Men's Health«, ein Handy und zwei winzige Pfeifen mit abgekautem Mundstück. Zwischen einer Art-déco-Blumenvase in klassischem Schwarzweiß, die mit dreißig weißen Tulpen gefüllt war, und einem fünfarmigem Art-déco-Kerzenhalter, in dem halb heruntergebrannte, weiße Kerzen steckten, stand eine zierliche, grüngelbe Tabakdose. Ihre aufgerissene Banderole ragte wie abgefressen in die Luft und störte das feinsinnige Arrangement erheblich. Ein braun geflecktes Haushaltstuch zum Abtupfen der braunen Tabakbrühe, die früher oder später aus jeder Pfeife rann, lag zusammengeknüllt neben einem benutzten Pfeifenreiniger, der selbst noch an diesem Morgen bittere Dämpfe absonderte. Dopedämpfe.

Dope riecht allen anders lautenden Gerüchten zum Trotz ziemlich widerwärtig. Zumindest für meine Nase. Dagegen ist der Gestank, der einem vollen Aschenbecher entweicht, ein sinnliches Labsal.

Mein Küchentisch jedenfalls glich einem Grabbeltisch und ich war ziemlich stinkig.

Gregor lag schlafend im Bett, während ich angewidert auf das Desaster blickte, hin- und hergerissen zwischen »Scheiße, lass ihn doch, hat sich eh erledigt« und »Gleich hau ich ihm eine rein«.

Genervt ging ich zum gemauerten Tresen hinüber, der meine Küche vom Wohnzimmer trennte, und bereitete mir den zweiten Milchkaffee zu. Meine Augen waren nicht mehr ganz so verquollen wie noch zwanzig Minuten zuvor.

Ich hoffte inständig, mir bliebe noch diese eine Tasse, bevor Gregor durch lautes Türenschlagen in der oberen Etage anzeigte, dass er wach geworden war und einen gedeckten Frühstückstisch erwartete.

Da hatte er sich allerdings geirrt. Es funktionierte nicht. Wenn ich nicht wollte, wollte ich nicht.

Mein Kühlschrank überzeugte immer dann durch gähnende Leere, wenn mein Ehemann mal wieder auf einer seiner Geschäftsreisen war. Diesmal war er gleich für vier Monate in St. Petersburg, wo er mit der Sanierung der Abwasserkanäle unter der weltberühmten Eremitage beauftragt worden war. Der Auftrag war ein einziges Desaster und ein Zwischenbesuch zu Hause ein großes Problem, wie er am Telefon immer wieder zerknirscht beteuerte.

Ich liebte meinen Mann. Nur damit keine Missverständnisse entstehen. Ich liebte es aber auch, wenn er für ein paar Tage oder noch besser Wochen außer Haus war.

In diesen Zeiten war ein gefüllter Kühlschrank ein ebensolcher Luxus wie meine Liebhaber. Nur leistete ich mir Liebhaber häufiger als eine Einkaufstour durch den Supermarkt.

Meiner Erfahrung nach besaßen Liebhaber im Kampf gegen einsame Abende wesentlich mehr Effizienz als Fressanfälle und meistens hatten sie auch keine Nebenwirkungen. Im Gegenteil. Gefüllte Kühlschränke verleiten zu Fressattacken, mithin zur Aufnahme von zu viel Fett und anderen Schreckensstoffen, die man sich im Fitnessstudio mühselig wieder vom Leib trainieren muss, so man denn überhaupt ein Studio besucht.

Liebhaber dagegen sorgen für ein ausgewogenes Bewegungsprogramm, meistens für Orgasmen, und jeder Orgasmus kostet sowohl Mann als auch Frau rund dreihundert Kilokalorien.

Mit anderen Worten: Ein Orgasmus ersetzt locker eine Dreiviertelstunde strammes Fahrradfahren. Nun ist Radfahren zwar ein wunderbarer Sport, aber im Vergleich zu Sex doch eher langweilig.

Allerdings wurde Gregor nur durch Zufall mein Liebhaber.

Gregor war eines Tages unangemeldet ins Büro geschneit, hatte Lisa, meine Sekretärin, mit satten Komplimenten überschüttet und war auch schon, bevor Lisa begriffen hatte, wie ihr geschah, an ihrem Schreibtisch vorbei in mein Heiligtum gerauscht.

Das war zwar eine Unverschämtheit, aber keine Kunst. Lisa gehörte eindeutig zu jener Kategorie Frauen, deren Intelligenzquotient bei der Einstellung eine untergeordnete, wenn nicht gar unerhebliche Rolle spielt. Ihr Verstand glich dem einer Stubenfliege und bekanntlich hat die keinen.

Lisa stellte man ein wegen ihrer dreiundzwanzig Jahre, ihrer blonden Mähne und wegen ihres ebenmäßigen, ovalen Gesichts mit den beeindruckend strahlenden, blauen Augen. Sie erledigte die Ablage halbwegs akzeptabel, verwaltete meine Termine zumeist, ohne größere Katastrophen anzurichten, und war freundlich zu den Kunden. Die männlichen fuhren regelmäßig auf sie ab und Frauen gab sie das Gefühl, ihre Anwesenheit bedeute ihr etwas und heitere sie auf. Selbst unattraktiven Frauen, deren Besuch bei mir aller Wahrscheinlichkeit nach ebenso überflüssig war wie der Versuch eines Froschs, einen Storch anzubaggern, vermittelte sie den Eindruck, ihr Besuch sei ihr so wichtig wie eine exklusive Pflegecreme. Und glauben Sie mir, teure Kosmetik ist Lisa hochgradig wichtig.

Wie sie meinen unscheinbaren Kundinnen dieses Gefühl gab, war ihr Geheimnis. Diese Begabung jedoch war der eigentliche Grund, weshalb Lisa mein Vorzimmer seit nunmehr einem Jahr zierte und ich ihrer opulenten Gehaltsforderung nichts entgegenzusetzen hatte. Lisa garantierte allein durch ihre Anwesenheit, dass die Kunden gut gelaunt und entspannt wiederkamen. Meistens jedenfalls.

Auf ihre Art war Lisa also eine Perle.

Leider hatte ich ihr Gregor zu verdanken.

»Hi, Sweetheart!«, tönte es in diesem Moment durchs Haus.

Das war er.

Ich hörte ihn die Treppe herab- und durch die Halle schlurfen.

Er betrat meine Küche, kaum, dass der zweite Milchkaffee von Schaum gekrönt war, und beendete damit meinen morgendlichen Gedankenausflug.

Gregor liebte es, cool zu sein, wie er es nannte, wozu seine unvermeidliche Ray-Ban-Sonnenbrille auf der Stirn gehörte. Er trug sie lässig zu einem T-Shirt von Ralph Lauren und Calvin-Klein-Boxershorts. Der Mann wusste, was gut war. Ich wusste es auch und kannte sogar den Preis. Ich hatte ihm die Sachen immerhin geschenkt.

Hätte ich geahnt, dass Gregor die Brille selbst nachts mitten auf der Stirn tragen würde, hätte ich es mir vielleicht anders überlegt und sie ihm nicht gekauft. Kann ja sein, dass die Mädels seiner Generation darauf abfuhren. Ich war zu alt, um mich von solchem Firlefanz beeindrucken zu lassen, hatte mir durch meine verschiedenen Liebhaber jedoch andererseits eine Toleranz angeeignet, die diese Art Macken hinnahm, ohne dass ich gleich spitze Bemerkungen losließ. Bescheuert fand ich es trotzdem.

Sah man von dieser Masche jedoch ab, sah Gregor einfach umwerfend aus. Ende zwanzig, zirka eins fünfundachtzig, schlank, mit dunkelbraunen Haaren und graugrünen Augen, die häufig blinzelten, da er kurzsichtig, aber zu eitel war, Kontaktlinsen oder eine Brille zu tragen. Brillen stünden ihm nicht, lediglich Sonnenbrillen, hatte er mir schon am ersten Abend offenbart, und durch Kontaktlinsen tränten die Augen. Also blinzelte er, was ihm den Charme eines unsicheren Halbwüchsigen verlieh.

Bei seinem Anblick schmolzen selbst hartgesottene Feministinnen schneller als jedes Eis am Stiel. Nun bin ich zwar keine Emanze, dennoch hatte es bei Gregors erstem Besuch in meiner Agentur nur etwa dreieinhalb Minuten gedauert, bis ich wusste, dass ich den Mann in meinem Bett haben wollte. Unbedingt. Und dass ich auf Ärger gefasst sein musste. Er hatte jene undefinierbare Ausstrahlung, die hinter allem Charme exakt das prophezeite.

»Hallo, Gregor! Auch schon auf?«

»Sei mal nicht so vorlaut. Schließlich muss nicht jeder zu nachtschlafender Zeit seinen ersten Kaffee trinken und meditieren.«

»Ich meditiere nicht.«

»Ist wohl auch zu anstrengend für deinen hübschen Kopf.« Er grinste unverschämt zu mir herüber.

»Ich denke, du solltest dir keine Gedanken darüber machen, was mein hübscher Kopf kann oder nicht.«

»Du meinst, es reicht, wenn ich weiß, was dein hübscher Körper so alles draufhat?«

Während er auf mich zukam und mir einen seiner standardisierten Morgenküsse auf die Stirn kleben wollte, beschloss ich, ihm klar zu machen, wer hier das Sagen hat.

Ich setzte mein verführerischstes Lächeln auf – so die Nummer, Augenaufschlag von unten, leicht anzüglich lächelnder Mund – und packte ihn mit der linken Hand bei den Eiern, während ihn meine rechte in Brusthöhe auf Abstand hielt. Er griff überrascht nach meinem Handgelenk, den Mund zusammengepresst, so dass die Kieferknochen aus dem Gesicht hervortraten, und wollte nach vorne einknicken, was meine rechte Hand an seiner Brust verhinderte. Seine Brille rutschte ihm über die Nase bis vor den Mund. Gregor hing fest wie der Fuchs in der Falle.

Wir starrten uns an. Auf seiner Stirn schwoll die vertikale Ader zwischen den üppigen Brauen zu beträchtlichem Format an.

»Weißt du was, Gregor? Ich höre mir deine Scheiße seit knapp sechs Wochen an. Und ich habe keine Lust mehr dazu. Definitiv nicht. Du bist draußen.«

Ich ließ sein Heiligtum los und trat vorsichtshalber zwei Schritte zurück, während sich Gregor mit schmerzverzerrtem Gesicht keuchend nach vorn beugte und instinktiv die Hände vor seine Weichteile hielt. Die Brille machte endgültig einen Abgang und landete auf den Küchenfliesen.

Den Griff ins männlich sensible Heiligtum hatte mir meine erste große Liebe beigebracht. Der Mann erklärte mir damals, der Griff sei zur Selbstverteidigung optimal, da Männer gemeinhin nicht damit rechneten, von Frauen frontal zwischen den strammen Oberschenkeln gepackt zu werden. Schon gar nicht von Frauen wie mir, die gut erzogen, wohlhabend und gebildet waren. Und Recht hatte er. Bislang hatte diese Aktion noch immer für eine Überraschung gesorgt.

»Wie meinst du das, ich bin draußen?« Gregors Hände glitten in seine Unterhose, während ich mich bückte, seine kostbare Ray Ban vom Fußboden aufhob und ihm auf den Kopf setzte.

»Nur damit du die nicht vergisst. Und wie ich's sagte«, fuhr ich fort, »Ende der Brücke, aus, vorbei. Ganz, wie du willst.«

»Du willst sagen, du servierst mich gerade ab?«

»Wenn du es so formulieren möchtest, von mir aus.«

»Mann, Claire, nicht schon wieder am frühen Morgen eine dieser Szenen. Da kann ich jetzt überhaupt nicht drauf.« Gregor richtete sich mühsam auf, nahm die Hand aus der Unterhose, rückte die Sonnenbrille vom Kopf zurück auf die Stirn und fuhr fort, bevor ich etwas erwidern konnte: »Sag mal, wo sind eigentlich meine Socken von gestern Abend?«

»Woher soll ich das wissen?«

Ich sah ihn verdutzt an. Mit einem derart abrupten Themenwechsel hatte ich nicht gerechnet und er überforderte mein Reaktionsvermögen beträchtlich.

»Du warst ja schließlich dabei, als ich sie auszog, oder?«

»Zeitweilig.«

»Hör auf, dich ahnungslos zu stellen, du weißt doch genau, wo die Dinger sind.«

»An deiner Stelle würde ich im Wohnzimmer nachsehen. Ich glaube, da hast du sie gelassen.«

»Im Wohnzimmer? Da war ich doch gestern gar nicht.«

»Doch, da hast du nach ›Men's Health‹ gesucht. Und wahrscheinlich hast du dir da drin die Socken ausgezogen, weil du schon die ganze Zeit gejammert hast, es sei viel zu heiß in der Bude.«

»Ich hab doch nicht Bude gesagt.«

»Hast du doch.«

»Das würde mir nicht im Traum einfallen.«

»Ist dir aber.«

»Wie käme ich dazu, diesen Palast als Bude zu bezeichnen?«

»Gregor, hör jetzt auf, das nervt. Und lenk nicht immer ab. Wir müssen eine Pause einlegen.«

»Was für eine Pause denn nun schon wieder?«

Während des Dialogs hatte Gregor sich von mir abgewandt und suchte nun seine Socken im angrenzenden Wohnzimmer.

Ich behielt ihn fest im Blick.

»Na, eine Pause eben.«

»Und wozu soll die gut sein?«

Gregor, der sämtliche Kissen meiner Couch aufgenommen hatte und nach seinen Socken fahndete, drehte sich jetzt zu mir um.

»Ich versteh das nicht, Claire«, fuhr er fort, während er die weinroten Samtkissen an seine durchtrainierte Brust drückte. »Mache ich irgendetwas falsch? Ich meine, mal abgesehen von dem, was alle Männer im Umgang mit Frauen falsch machen.«

Er hielt das wohl für einen genialen Geistesblitz, denn er grinste mich selbstsicher an. Ich lächelte nicht zurück.

»Mein Mann kommt zurück.«

»Was für ein Mann denn?«

»Na meiner.«

»Willst du mich verarschen?«

»Nein.« Meine Stimme kam direkt aus der Eiszeit.

Ich war ungehalten ob seiner Begriffsstutzigkeit. Behaupte noch mal jemand, Männer denken logischer als Frauen oder gar schneller. Mitnichten. Gregor lieferte gerade den Beweis.

Jede halbwegs intelligente Frau hätte gewusst, dass sie abserviert wurde und es sich nicht um ein Machtspiel oder ähnliche Albernheiten handelte. Bei Männern von Gregors Zuschnitt lief das jedoch anders.

Gregor war besessen von dem Wahn, den Größten zu besitzen, ist ja klar, und der Größte unter der Sonne, wenn nicht gar ein Gottesgeschenk ans weibliche Geschlecht zu sein. Gemeinhin nennt man so viel Größe Größenwahn. Gemeinhin sucht er in dieser Form nur Männer heim. Und gemeinhin ist er ein Zeichen von Dummheit. Und Gregor war dumm.

Mit Gregor konnte ich oberflächlich über die neuesten Kinofilme, etwas ausgiebiger über die besten Vitaminpräparate, den Aufbau seiner Muskulatur und endlos lange über die neuesten Disco- und Modetrends reden. Natürlich auch darüber, ob roter Afghane besser war als schwarzer und sein Dealer in Hamburg oder nicht. Ein Thema allerdings, das ich vermied, da es mich jedes Mal auf die Palme brachte. Ich hielt nichts von Drogen, nichts von Dealern und nichts von künstlich initiierten Kicks.

Jedenfalls war Gregors thematische Brandbreite damit erschöpft, was mich naturgemäß nicht weiter interessierte oder störte, da ich mit Gregor keine intellektuellen Diskussionen über das neueste Theaterstück oder das Elend dieser Welt zu führen gedachte.

Gregor hatte eine einzige Funktion: Er war meine Tagesdosis Prozac, mein Johanniskraut, mein Stimmungsaufheller gegen zu schnelles Altern oder einsame Abende, an denen niemand anrief, nicht einmal mein eigener Mann, und an denen ich mir von Zeit zu Zeit so entsetzlich überflüssig vorkam.

Gregor glänzte also an diesem Morgen durch Begriffsstutzigkeit, die mich nicht sonderlich überraschte, durch das Wiederholen seiner Frage jedoch überdeutlich zutage trat.

»Wieso dein Mann? Du hast doch gar keinen.«

Er schaute mich an wie ein Schwein ein Uhrwerk. Komplett überfordert.

»Wer hat denn das gesagt? Ich bestimmt nicht.«

»Sicher hast du es gesagt.« Seine Stimme bekam einen gereizten Unterton, während er sich von mir wegdrehte, die Kissen zurück auf die Couch pfefferte und nach einer kleinen Pause fortfuhr: »Ich meine, am ersten Abend. Als wir uns kennen lernten.«

»Du meinst an dem Abend, als du in die Agentur geschneit kamst, um dich in die Kartei aufnehmen zu lassen?«

»Ja. Da hast du mir doch erzählt, dass dein Mann gestorben ist und ich mich nicht wundern soll, dass noch überall seine Klamotten rumhängen.«

»Na und?«

»Du hast mich angelogen.« Fassungslos schüttelte er den Kopf, ein unkontrolliertes Augenblinzeln zeugte von seiner Irritation. Das war nun wiederum einfach unwiderstehlich und ich ertappte mich bei dem Gedanken, den Typen ins Bett zerren zu wollen, um das Gespräch danach fortzusetzen.

Leider musste ich ihn loswerden, und zwar schnellstens. Mehr Ärger, als ich bereits hatte, konnte ich nicht gebrauchen.

Deshalb fragte ich: »Was ist daran so schlimm? Wir hatten jede Menge Spaß. Erinnere dich.«

»Aber du hättest es mir sagen müssen.«

»Weshalb denn, Gregor? Es spielte doch bis heute gar keine Rolle. Mein Mann ist im Ausland, hat bis jetzt niemanden gestört und nun kommt er am Freitag zurück. Wahrscheinlich. Und da möchte ich lediglich, dass auch du ihn nicht störst.«

»Ach, stören nennst du das?«

Gregor kam mit schnellen Schritten auf mich zu, bis uns nur noch die Arbeitsplatte trennte. Mit wutverzerrtem Gesicht stützte er die Hände auf die Platte, starrte mich an und fuhr in mein Schweigen hinein fort: »Du bist echt abgewichst. Dabei dachte ich, du wärst anders als die anderen Frauen.«

»Ich denke, das bin ich auch.«

»Ja, klar bist du das. Du bist schlimmer, viel schlimmer. Nicht mal die letzte Schnepfe hat mir bislang verklickern wollen, ihr Alter sei tot, wenn sie mich im Bett haben wollte. Das ist mir in meinem ganzen Leben noch nie passiert.«

»Gregor, jetzt mach mal halb lang und werd erwachsen. Im Leben passiert alles irgendwann zum ersten Mal ...«

»Aber das ist ja wohl das Hinterletzte. Mir zu sagen, dein Mann sei tot!«

»Jetzt hör doch mal auf, auf diesem Satz herumzureiten. Das ist doch bescheuert. Und außerdem hab ich's so bestimmt nicht formuliert.«

Das war zugegebenermaßen nicht gerade die cleverste Antwort.

»Ist doch scheißegal, wie du es formuliert hast. Gemeint hast du es auf alle Fälle!« Jetzt schrie er echt. Scheiße. »Also hör endlich auf, mich zu verarschen! Das ist ja wohl das Letzte!«

Seine Stirnader wölbte erneut die sportlich gebräunte Haut. Sah aus wie ein verirrtes Prinzessböhnchen in Extralarge.

Die Situation geriet außer Kontrolle. Ich musste etwas unternehmen.

»Gregor«, meine Stimme nahm eine butterweiche Konsistenz an. »Bitte, glaub mir ... Ich mag dich«, schnurrte ich, um die Situation zu entschärfen, und fühlte mich wie eines dieser saublöden Weiber aus irgendwelchen Groschenromanen. Allerdings kam es nicht darauf an, wie ich mich fühlte, denn das Schnurren half und schien den Mann zu beruhigen. Er outete sich damit ein weiteres Mal als geistiger Hinterwäldler.

Während ich meine Hände beruhigend auf die seinen legte, die er noch immer auf der Arbeitsplatte abstützte, fuhr ich fort: »Gregor, bitte Gregor, ich brauche etwas Abstand – und etwas

Zeit. Ich kann nicht einfach von heute auf morgen meine Ehe aufs Spiel setzen oder gar beenden. Bitte, lass mir etwas Zeit – und ihm. Zumindest das hat er verdient.«

Es war mir nicht klar, ob er das schlucken würde. Ich hoffte es aber sehr.

Gregor entzog mir seine Hände und richtete sich auf.

»Ob du so nett wärst und mir einen Cappuccino machst? Ich glaub, den brauche ich jetzt.«

»Klar.« Ich drehte mich von ihm weg und ging zum Hängeschrank gegenüber, in dem der Espresso stand.

Ich hörte ihn kommen, vernahm das Geräusch, das seine nackten Füße auf den Terrakottafliesen meiner Küche machten, spürte den leisen Hauch, den eine Bewegung verursacht, und dachte mir nichts dabei, bis er mich von hinten packte.

Er presste mir die Arme eng an den Körper und löste damit bei mir eine Panik aus. Ich war bewegungsunfähig und fühlte mich wie eine bandagierte ägyptische Mumie. Nichts ging mehr.

Bis auf die Beine. Ich konzentrierte mich auf sie und knallte ihm meinen rechten Fuß auf den Spann. Ich hatte wohl noch genügend Kraft in diesen Tritt legen können, denn Gregor stöhnte auf und lockerte den Griff. Ich drehte mich blitzartig in seinen Armen, bevor er sie wieder zu Schraubzwingen pressen konnte, und haute ihm mein linkes Knie ins sensible Sexualorgan. Das reichte.

Es mag nicht sonderlich einfallsreich sein, aber mir blieb in diesem Moment keine Alternative, als ihm eine zweite Schmerzattacke zu verpassen.

Gregor ging vor mir zu Boden. Beide Hände vor dem Schlitz seiner Calvin-Klein-Unterhose, krümmte er sich auf den Fliesen und, wie ein Knirschen verriet, auf seiner Sonnenbrille, die ihm im hohen Bogen vom Kopf gesegelt war. Das Prachtstück konnte nur hin sein.

»Ein Mann in Unterhose sollte niemals eine Frau angreifen«, sagte ich. »Erstens sieht er albern aus und zweitens zieht er automatisch den Kürzeren.«

Gregor schielte blinzelnd zu mir hoch, als sei ich nicht ganz richtig im Kopf.

Ich beugte mich zu ihm hinunter.

»Soll ich dir ein paar Eiswürfel zum Kühlen bringen – oder geht's?«

»Geht schon«, stammelte er zwischen zwei Keuchern.

»Lass mal sehen.«

Ich griff nach Gregors Handgelenken, um seine Hände von der Unterhose wegzuziehen, doch Gregor presste seine Oberschenkel mit einer Kraft zusammen, gegen die ich nicht ankam.

»Jetzt stell dich nicht so an und lass mich nachsehen. Vielleicht habe ich ja irgendetwas verletzt.«

»Dazu muss man nicht nachsehen. Das weiß ich auch so.« Sein stoßhafter Atem zerhackte die Sätze.

»Ja, aber ich nicht. Vielleicht musst du ja zum Arzt.«

»Bist du bescheuert? Was soll ich denn beim Arzt?«

Mein zielbewusstes Knie hatte hervorragende Arbeit geleistet. Gesteuert von einem Selbsterhaltungstrieb, der sich mitleidlos gegen eine gute Erziehung und zu viel Emotionen durchgesetzt hatte, konnte ich mir nach vollbrachter Tat durchaus etwas Mitgefühl gönnen, ohne das Gesicht zu verlieren.

»Na ja, vielleicht gibt er dir eine Spritze, damit die Schwellung schneller zurückgeht.«

In dem Moment hörte ich, wie sich ein Schlüssel in der Haustür drehte. Ich lauschte gebannt, während sich das Mitgefühl in Lichtgeschwindigkeit davonstahl. Dafür wogte eine Welle der Hysterie über mich hinweg.

Das konnte nur Lisa sein. Ich hatte völlig vergessen, dass ich sie gestern Nachmittag gebeten hatte, heute etwas früher zu kommen, da wir die Adresskartei auf Vordermann bringen wollten, bevor wir gegen zehn Uhr wieder für Hinz und Kunz erreichbar zu sein hatten.

Irritiert schaute ich auf meine Armbanduhr. Es war zehn nach acht.

»Hallo, Lisa, wir sind in der Küche!«, rief ich mit einer Stimme, die kurz davor stand, sich zu überschlagen. Das fehlte mir gerade noch, dass Lisa mitbekam, wie ich Gregor hatte zu Boden gehen lassen.

Doch bevor Lisa uns erreichte, hatte Gregor sich schon aufgerichtet und war unter einem gepresst hervorgestoßenen »Scheiße« quer durch die Küche zum Tresen hinübergerutscht. Dort lehnte er sich erschöpft an. Seine Arme hingen herunter, die Knie ragten leicht geöffnet in die Höhe. Von der Stirn perlten Schweißtröpfchen in Richtung Augenbrauen. Vor ihm lag seine Brille, ein Glas war zersplittert, ein Bügel verbogen.

Seine Coolness hatte sich für heute Morgen erledigt. Auch nicht schlecht.

Lisa öffnete die Küchentür und blieb wie angewurzelt im Türrahmen stehen.

»Guten Morgen … Äh … Was ist denn hier los?«

»Äh … hm … ja, wir reden gerade nur so«, stotterte Gregor und wischte sich eine Haarsträhne aus dem Gesicht.

»Ach so. Klar, Mann. Und weshalb sitzen Sie dabei auf dem Fußboden und gucken, als sei Ihnen gerade die Heilige Mutter Gottes erschienen?«

»Na, ist sie ja auch irgendwie.« Gregor versuchte sich in einem Grinsen, das gründlich missriet.

»Kann mir mal einer sagen, was hier gerade abgeht, oder soll ich lieber ins Büro gehen und so tun, als hätte ich nichts bemerkt?«

»Das ist eine tolle Idee«, sagte ich und schob Lisa aus der Küche.

»Was haben Sie denn mit dem gemacht?«, flüsterte sie mir zu, als ich sie durch die Eingangshalle weiter Richtung Büro drängte.

»Nichts. Na ja, um ehrlich zu sein« – ich suchte nach einer Ausflucht, entschied mich dann jedoch, es bei der Wahrheit zu belassen –, »ich hab ihm in sein Heiligtum getreten.«

Lisa sah mich überrascht an, stutzte und riss die Augen auf.

»In die Eier? Äh, und weshalb … Ich meine, das macht man doch nicht eben mal so.« Sie kniff die Augen zusammen, als sehe sie mich unscharf. »Ich meine, ist der Ihnen zu nahe getreten? Soll ich Ihnen vielleicht behilflich sein?«

»Bei was denn?«

»Ich weiß nicht. Vielleicht beim Rausschmeißen.«

Ich lachte. »Nein, nein, Lisa, das krieg ich schon hin.«

»Lachen Sie nicht. Ich will ja nur helfen.«

»Sei nicht so empfindlich. Ich lach dich nicht aus. Ich stell mir nur vor, wie wir zwei ihn an den Armen durch die Halle zerren, und das kommt mir eben albern vor.«

»Hm … Und warum haben Sie das nun gemacht?«

»Er hat sich wie ein Arschloch aufgeführt und mich mit seinen Armen umklammert.«

»Ach so. Sie haben sich gewehrt. Ist ja echt cool, Mensch.«

Ich registrierte die Erleichterung, mit der sie zur Kenntnis nahm, dass ich aus Notwehr zugetreten hatte, womit ihre Welt wieder in Ordnung war.

Ich nahm Lisa bei den Schultern und führte sie ins Büro, das über einen in Champagnerfarbe gehaltenen Korridor zu erreichen war, der links vom Hauseingang abging.

»Lisa, tust du mir einen Gefallen?«

»Klar doch.«

»Kein Wort zu niemandem, okay? Ist schlecht fürs Geschäft, wenn sich so was rumspricht.«

»Geht klar.« Lisa grinste mir verschwörerisch zu. »Ich schweige wie ein Grab.«

Meine Güte, wie konnte man nur so blöd sein wie diese Dreiundzwanzigjährige?

Ich drehte mich von Lisa weg, die mit wippendem Hintern und Haar auf ihren Schreibtisch im Vorzimmer zustakste, und ging erst mal ins Badezimmer, das eine Treppe höher lag. Auf Gregor hatte ich jetzt so gar keine Lust.

Er auf mich offensichtlich auch nicht. Die Badezimmertür war abgeschlossen.

Ich klopfte, doch als sich nichts rührte, hämmerte ich entschlossen drauflos.

»Gregor, du Idiot, mach endlich die Tür auf! Hast du nicht gehört? Ich will, dass du die Tür aufschließt.«

Es tat sich nichts.

In mir krochen Zorn und Wut vom Magen Richtung Großhirn. Mich in meinem eigenen Haus auszusperren war ja wohl das Hinterletzte.

Ich ging drei Schritte zurück, zog das linke Bein an und rammte den Fuß in die Kassette gleich rechts neben der Klinke. Ich wankte, kippte, von der Wucht des Tritts aus dem Gleichgewicht gebracht, nach hinten über, fuchtelte wild mit den Armen herum und landete auf dem Hintern, dessen rundliche Knackigkeit nicht darüber hinwegtäuschte, dass er für einen Sturz aus dieser Höhe nicht ausgelegt war.

Der Aufprall schmerzte und für einen Moment war ich benommen. Schließlich richtete ich mich auf, zunächst auf die Knie und zuckte ob meines Steißbeins zusammen, als ich mich von den Knien auf die Füße stellen wollte. Dann streckte ich mich und taxierte den Schaden an der Tür. Die Kassette war gerissen, steckte aber unverändert im Rahmen. Scheiße.

Ich war sauer. Ziemlich sauer.

Trotz des Schmerzes holte ich erneut aus. Diesmal fiel die Kassette und nicht ich.

In der Mitte durchgebrochen, landete sie im Badezimmer. Das Loch selbst sah aus, als hätte ein Tischler das Holz herausgenommen, um die Tür sachgemäß zu reparieren. Fein. Das würde ich Hedwig, Hausfaktotum, Putzfrau, Köchin und Gärtnerin, plausibel machen können.

Ich griff von außen durch das Loch, erfühlte den Schlüssel im Schloss und drehte ihn herum.

Ich betrat das Bad mit schmerzendem Steißbein, was mich ungelenk humpeln ließ, und räumte erst einmal die Kassettenhälften zur Seite.

Gregor saß mit geschlossenen Augen auf dem Toilettendeckel, den Kopf zurückgelehnt, einen Handspiegel auf den Knien und einen zusammengerollten Hunderter daneben.

»Scheiße, Gregor. Ich hab dir doch gesagt, in meinem Haus wird nicht gekokst. Himmel Herrgott noch mal! Was soll der Mist?«

»Ich hab nicht gekokst.«

Gregor beugte sich wankend nach vorn, griff sich mit unsicherer Geste an die Nase, zog mehrmals hoch und starrte mich mit leerem Blick an.

»Ist doch scheißegal, was du dir da gerade reingezogen hast.

Jedenfalls hast du dir was reingezogen und ich hab dir bestimmt schon tausendmal gesagt, dass ich das Zeug hier nicht haben will.«

»Lass mich in Ruhe.«

»Das kannst du haben. Bloß tu mir den Gefallen und hau endlich ab! Ich habe die Nase gestrichen voll von deinen Fisimatenten.«

»Ich auch.«

»Dass du die Nase voll hast, brauchst du nicht noch zu betonen. Das sieht man. Vielleicht wischst du dir zumindest mal das Zeug aus dem Gesicht. Es hängt ja sogar in den Brauen.«

Gregor strich sich mit einer lethargischen Bewegung über die buschigen Augenbrauen und den Nasenrücken, während er erneut hochzog. Er schüttelte sich kurz, fegte Spiegel und Hunderter auf den Fußboden, wo der Taschenspiegel in kleine Scherben zersprang, erhob sich und kam auf mich zu. Die Augen waren glasig und leer, mit Pupillen so klein wie Stecknadeln.

Ich trat auf ihn zu und wedelte mit der Hand vor seinem Gesicht herum.

»Hallo, Gregor, jemand zu Hause?«

Er fegte meine Hand mit fahriger Bewegung zur Seite und starrte mich an.

»Pass mal auf. Es ist Schluss.« Er lallte mit schwerer Zunge, als sei er sturzbetrunken. Ich brach in hysterisches Gelächter aus.

»Das versuche ich doch schon die ganze Zeit in den Hohlraum zwischen deine Ohren zu stanzen. Es ist aus. Vorbei. Hast du es endlich verstanden?«

Gregor taumelte leicht.

»Hey, hey«, ich griff nach ihm und versuchte ihn zu stützen, »nicht in meinem Haus. Lass dir bloß nicht einfallen, in meinem Haus zusammenzubrechen!«

»Scheiß auf dein Haus. Ich kotze gleich. Hau ab, hörst du, hau einfach ab und lass mich in Ruhe.«

Der letzte Satz erstarb in einem heiseren Flüstern.

»Lisa, Lisa ...!«, schrie ich, während Gregor an meinem Arm hing und zu würgen begann.

»Verfluchter Mist. Lisa, komm endlich hoch!«

Ich hatte jenen Grad der Panik erreicht, bei dem sich meine Stimme kreischend in hysterische Sphären katapultierte. Unkontrolliert und absolut nicht zu meinem Status als Inhaberin eines Eheanbahnungsinstitutes passend. Gott sei Dank hatte keiner meiner Kunden jemals dieses Entgleisen vernommen. Selbst für meine Ohren klang die Tonlage unangenehm metallisch im Trommelfell, als wollte sie es zerspringen lassen.

Ich hörte, wie unten die Tür zum Büro zuschlug, vernahm Lisas trippelnde Schritte in der Halle, dann auf der Treppe zum ersten Stock und hatte Mühe, den Mann in einer halbwegs aufrechten Position zu halten, während Lisa die Treppenstufen heraufhastete.

»Was ist denn los?« Sie fegte durch die Badezimmertür und griff geistesgegenwärtig nach Gregors rechtem Arm, den sie sich um die Schulter legte. »Okay, der Mann muss ins Bett.«

»Das will ich aber nicht«, herrschte ich sie mit meiner noch immer panikhellen Stimme an. »Er soll hier nur verschwinden.«

Lisa blickte erstaunt ob des Gekreisches, tat aber schließlich so, als hätte sie es nicht gehört. »Das kann er jetzt nicht. Es sei denn, Sie rufen den Notarzt. Aber das sollten Sie besser lassen, bei dem Zustand, in dem der ist. Die Geschichte landet doch gleich in der Zeitung. Da warten die nur drauf, dass mal wieder was richtig Geiles passiert. Und das wollen Sie doch nicht, oder?«

Sie lächelte mich Beifall heischend an. Ich seufzte und fuhr die Stimme herunter. »Ja, und was passiert jetzt? Wie lange dauert dieser Mist?«

»Keine Ahnung. Aber ich hab Ihnen schon mal gesagt, der Typ ist nicht echt. Mal übergeschnappter Clown, mal Schlaffi. Und jeden Morgen riecht das Haus nach Marihuana. Auch wenn Sie das immer leugnen. Ich kenne den Geruch. Und diese ganzen Pillen, die er sich ständig reinpfeift. Das ist doch nicht normal.«

»Aber er hat gesagt, das seien seine Vitaminpräparate.«

»Und Sie haben's geglaubt? Das nimmt Ihnen doch keiner ab. Nicht mal ich.«

Lisa schüttelte den Kopf, während wir beide Gregor Richtung Bett drängten. Klar wusste ich, dass Gregor ziemlich wahllos Valium, Lithium, Prozac, Diflorac oder ähnlichen Mist schluckte. Aber ich hatte beschlossen, dass es mich nichts anging, und ausnahmsweise den Mund gehalten. War wohl nicht ganz richtig gewesen.

Gregor hing zwischen uns wie ein nasser Sack, schwer damit beschäftigt, aus den Tiefen seines Magens zu würgen.

Wir ließen ihn auf mein Ehebett fallen, das mein Mann und ich uns vor drei Jahren zu unserem zehnten Hochzeitstag gegönnt hatten.

Als wir ihn losließen und er auf der Matratze aufschlug, krümmte er sich zu einem gigantischen Fötus zusammen, die Augen geschlossen, die Hände zwischen den Oberschenkeln zusammengepresst.

»Danke, Lisa.« Ich drehte mich zu ihr.

»Keine Ursache. Aber wenn ich Ihnen was sagen darf: Sehen Sie zu, dass Sie den loswerden. Der riecht nach ziemlichem Ärger.«

»Aber du hast doch selbst gesagt, ich kann ihn jetzt nicht rausschmeißen.«

»Na, jetzt ja auch nicht. Aber wenn er halbwegs wieder bei sich ist, bestellen Sie ihm ein Taxi und treffen Sie ihn nie wieder.«

»Das hab ich auch nicht vor«, erwiderte ich und hoffte, sie würde meine Verblüffung nicht bemerken. Ich hatte Lisa offensichtlich unterschätzt. Sie war weitaus pragmatischer und schlauer, als ich ihr zugetraut hatte.

»Na, dann ist ja gut.« Lisa sah auf ihre Uhr. »Mann, schon kurz vor neun. Wir wollten doch eigentlich die Adresskartei aktualisieren.«

»Ja, aber jetzt muss ich mich wohl um diesen Idioten hier kümmern.«

»Nehmen Sie solche Worte lieber nicht zu oft in den Mund. Man gewöhnt sich dran und dann sagt man es auf einmal zu den Kunden.«

»Lisa, jetzt komm mal runter. Die Chefin bin ich.«

»Weiß ich ja. Ich mein ja auch nur.«

Lisa und ich standen am Kopfende des Bettes und schauten auf Gregors Rückenpartie hinunter.

»Sag mal, atmet der eigentlich noch? Da bewegt sich ja kaum was.«

Lisa sprang aufs Bett und drehte Gregor auf den Rücken. Seine Augen waren weit geöffnet, von Pupillen und Iris fehlte jede Spur. Das Weiße starrte uns an.

»Scheiße! Scheiße!«

»Was denn?«

»Na, sehen Sie das etwa nicht? Der macht hier einen Abgang.«

»Wie? Was für einen Abgang?«

»Na, 'nen Abgang eben, oder wie Sie das nennen wollen, wenn einer abnibbelt.«

»Der kann doch nicht sterben. Der hat doch nur irgend so ein Zeug geschnieft.«

»Gesnifft.«

»Ist doch egal.«

»Nee, ist es nicht. Wahrscheinlich hat er eine satte Überdosis erwischt.«

»Was soll das denn sein?« Ich stockte. »Das geht doch gar nicht, wenn man es nur durch die Nase reinzieht.«

»Woher wollen Sie das denn wissen? Sie kennen sich doch gar nicht aus.« Lisa legte ihre Stirn in unattraktive Falten und schüttelte den Kopf.

»Aber du, gelle?«, fragte ich süffisant.

»Ich habe es ganz oft im Fernsehen gesehen. Die Typen müssen nicht spritzen. Wenn Sie irgend so einen Speedball einwerfen oder wie das heißt und Heroin sniffen und eine Ladung Pillen obendrauf werfen – dann kann das sehr wohl tödlich enden. Hängt irgendwie mit der Reinheit und der Mixtur von dem Zeug zusammen. Das kann sehr gefährlich werden. Ich glaub, das Herz setzt dann aus. Ja, und sehen Sie, es soll ja schon Leute gegeben haben, die von Ecstasypillen epileptische Anfälle oder wie die heißen bekamen, weil da irgendein Kram beigemischt war. Hab ich jedenfalls gehört oder gelesen. Und neulich soll sogar ein junges Mädchen an diesen Dingern gestorben sein.«

»Es heißt nicht gemischt. Es heißt verschnitten.« Ich war froh, meine Sachkenntnis zum Besten geben zu können.

»Ist doch schnurz, wie das heißt. Jedenfalls so, wie der ausgesehen und sich benommen hat, hatte der 'ne volle Ladung Heroin in der Fresse und dazu noch irgendetwas anderes eingeschmissen.«

»Lisa, jetzt werde nicht ordinär!«

»Ist doch aber wahr.«

»Dann muss ich jetzt wohl doch den Notarzt holen?«

Ich sah Lisa fragend an, doch die wackelte nur mit dem Kopf hin und her.

»Ich weiß nicht, echt nicht. Wie wollen Sie das denn erklären? Und was wollen Sie Ihrem Mann sagen, weshalb der in Ihrem Bett war, und den Zeitungsfuzzis, hä?«

»Ja, und was sollen wir jetzt machen?« Ich ließ mich neben Lisa auf das Bett fallen. Von Gregor keine Reaktion.

»Warten. Vielleicht wacht er ja wieder auf«, erklärte Lisa, sah aber alles andere als überzeugt aus.

»Vielleicht sollten wir ja mal an ihm rumklopfen, so wie die Notärzte in diesen TV-Serien.«

»Na, dann klopfen Sie mal schön. Ich glaub allerdings nicht, dass das etwas bringt. Ich glaub, der ist längst hin.«

»Wie du redest. Das ist doch hier kein Kinofilm«, erwiderte ich, während ich in Gregors Gesicht herumklatschte, zunächst zögerlich, dann schneller und beherzter. Lisa griff in ihre Hosentasche und zog eine Schachtel Marlboro Light heraus.

»Sie auch?«, fragte sie.

»Nein, danke. Ich rauche im Schlafzimmer nicht. Und du solltest es auch nicht tun. Das bleibt tagelang in den Betten, Teppichen und Vorhängen.« Ich hielt kurz mit den Ohrfeigen inne und schaute Lisa an, die kreidebleich neben mir saß. »Oder von mir aus. Ausnahmsweise. Weil hier gerade einer im Koma liegt.«

»Danke.«

Lisa zündete sich die Zigarette an und inhalierte tief und mit zurückgelehntem Kopf, so dass ihre langen, blonden Harre fast bis auf das Bett fielen.

»Lassen Sie es. Hören Sie auf. Der Typ ist hinüber.«

»Woher willst du das wissen?«

Lisa blieb bemerkenswert ruhig, während sich meine Hautoberfläche zu einem unnachahmlichen Kribbeln entschloss.

In der Tiefe meines Körpers wühlte die Panik. Ich durfte sie nur nicht herauslassen, sondern musste einen klaren Kopf behalten.

In einer knappen halben Stunde käme Hedwig, Haushälterin, Putzfrau, Mädchen für alles, in anderthalb Stunden einer meiner Klienten, in zwei Tagen mein Mann – und ich hatte einen komatösen Typen mitten auf meinem prachtvollen Bett auf meiner prunkvollen New Yorker Bettwäsche liegen. Und eine Leiche im Keller. Scheißescheißescheiße.

Ich sah Lisa an. Die starrte auf Gregor.

»Wir sollten ihm mal den Puls fühlen. Wenn keiner da ist, ist er tot.«

Sie griff nach Gregors Handgelenk und suchte mit der einen Hand den Puls, während die andere die Zigarette hielt, deren Asche drohte, auf meiner Auslegware zu landen.

»Lisa, pass auf die Asche auf.«

»Und wo soll ich damit hin?«

Ich wies mit dem Kopf auf den Nachttisch, der gleich neben dem Bett stand und auf dem eine Schreibtischlampe aus den dreißiger Jahren mit einem dicken, runden Bakelittfuß stand.

»Auf den Fuß?«

»Ja, wohin denn sonst?«

»Aber das ist doch eine Antiquität.«

»Lisa, streif jetzt endlich die Asche ab, bevor der Kram runterfällt und den Teppich versaut. Wie soll ich das denn Hedwig erklären? Von der Lampe kann man es jederzeit wieder wegwischen.«

»Wenn Sie meinen.« Begeistert klang es nicht.

Dennoch klopfte Lisa die Asche über dem Fuß vorsichtig ab, erhob sich und ging ins Badezimmer, wo sie kurz darauf die Toilettenspülung betätigte.

»Ich hab die Kippe ins Klo geschmissen.« Sie sah mich an, wie ich aus den Augenwinkeln bemerkte, während ich an

Gregors Handgelenk nun meinerseits krampfhaft den Puls suchte.

»Da wird sich Hedwig aber freuen. Der Filter schwimmt noch nach Tagen oben«, antwortete ich, während meine Fingerkuppen nach dem Pulsschlag fahndeten. Ich fand keinen.

»Tut mir Leid. Er ist tot, richtig tot, stimmt's?«

Ich wusste nicht, ob ihre Entschuldigung nun der Kippe in der Toilette oder dem toten Gregor galt, nickte jedoch in ihre Richtung.

»Und was machen wir nun?«, fragte sie weiter und hielt ihr Ohr an seinen Mund, so dass ihre Haare wie ein Vorhang vor Gregors Gesicht hingen. »Er atmet nicht mehr. Ich kann nichts hören.«

»Vielleicht atmet er ganz leise.«

»Nee, das glaub ich nicht. Es kitzelt ja auch nicht am Ohr. Müsste es aber.«

»Wir müssen ihn verschwinden lassen.«

»Wieso?«, fragte Lisa und zog die Augenbrauen hoch. Die Augen wurden kugelrund. »Den kann doch ein Notarzt abholen.«

»Lisa, was soll das denn für ein Theater geben? Willst du unbedingt in die Zeitung kommen als Assistentin einer Frau, die mit einem Drogenabhängigen ein Verhältnis hatte? Ich meine, das können wir uns beide nicht erlauben. Wir müssen ihn ganz einfach verschwinden lassen.«

»Aber doch nicht jetzt, am helllichten Tag. Nachher kriegt das einer mit. Und dann denken die doch, wir hätten was mit seinem Tod zu tun.«

»Dann muss er eben für kurze Zeit dorthin, wo ihn keiner findet.«

»In den Keller!« Lisa sprang von der Bettkante auf und klatschte, berauscht von ihrer Idee, in die Hände. »Wir schaffen ihn in den Keller. Und wissen Sie was?«

Sie trat aufgeregt von einem Fuß auf den anderen. »Wissen Sie was?«, wiederholte sie. »Wir legen ihn in die Truhe. Diese alte Truhe von Ihrer Mutter, die da unten steht und die Sie immer aufarbeiten lassen wollten. Da passt der Typ locker rein.

Und da kann er dann erst mal bleiben, bis uns was Besseres einfällt. Also, wir müssen uns natürlich fix eine Lösung einfallen lassen, weil Leichen ja schnell riechen. Besonders bei diesen Temperaturen. Aber so für ein, zwei Tage wäre es okay. Auf jeden Fall finden ihn dort weder Hedwig noch Ihr Mann.«

Ich zuckte zusammen, als sie die Truhe erwähnte. Lisa beugte sich zu mir und studierte mein Gesicht.

»Was ist? Das ist doch ein Supervorschlag!«

»Es geht nicht.«

»Weshalb denn nicht? Die Kiste ist doch irre groß und Hedwig guckt da nie rein und Ihr Mann geht sowieso nie in den Keller. Jedenfalls hab ich es noch nicht erlebt.«

»Es geht trotzdem nicht.« Ich zuckte resigniert mit den Schultern und hob an: »Lisa, erschrick jetzt nicht. Aber da liegt schon einer drin.«

»Wie, da liegt schon einer … Was meinen Sie …?« Der Satz blieb in der Luft hängen. Ungläubig riss sie die Augen auf. Die Information, die ihr Verstand aufzunehmen hatte, nahm eine Umleitung, trödelte durch die Gehirnwindungen und hatte keine Eile. Langsam öffnete sich ihr Mund. Sie atmete laut und vernehmlich. In instinktiver Abwehr beugte sie den Oberkörper nach vorn und hielt sich mit der Hand den Bauch, als bekäme sie Krämpfe. Ihr Verstand weigerte sich mit allen ihm zur Verfügung stehenden Ablenkungsmanövern, das Unfassbare aufzunehmen und zu akzeptieren, dass es um einen zweiten Toten ging. Von Verarbeiten konnte keine Rede sein. »Machen Sie Witze?«, stieß sie schließlich hervor.

Sie ließ sich neben mir auf das Bett fallen und begann nervös nach ihren Zigaretten zu fingern. Ich nahm ihre Hände in meine und zwang sie, mich anzusehen.

»Lisa, erinnerst du dich daran, dass gestern Abend noch Gerhard Meinhard einen Termin bei mir hatte, als du schon weg warst?«

»Ja, klar, ich hab ihn ja in Ihrem Kalender eingetragen.«

»Genau. Und der ist gestern Abend vor meinen Augen zusammengebrochen. Herzinfarkt, vermute ich. Und da wusste ich nicht, was ich machen sollte, und habe ihn erst einmal in die

Truhe gelegt. Na ja, eher gestopft. Es war reichlich unangenehm. Wirklich. Der Mann wollte da einfach nicht reinpassen.« Ich blickte kurz auf Gregor. »Und der würde da auch nicht reingehen. Er ist viel zu lang. Glaub mir.«

»Wie? Einer Ihrer Kunden hatte einen Herzanfall? Das ist ja irre.«

»Ja, und?«

»Das ist ja wie im Kino. Erst stirbt der eine und am nächsten Tag gleich der zweite. Ist ja echt abgefahren.«

»Wenn du meinst.«

»Na, halten Sie das denn für normal?«

»Nein, natürlich nicht.«

»Sehen Sie, weil es nicht normal *ist*. Und was ich nicht verstehe – wissen Sie, das verstehe ich jetzt wirklich nicht, aber bei diesem Meinhard hätten Sie doch auf jeden Fall einen Arzt rufen können.«

»Damit heute in der Zeitung steht, dass wir so erfolgreich sind, dass uns die Kunden vor der Nase wegsterben? Das geht nicht. Das wäre geschäftsschädigend. Das weißt du doch.«

Lisa nickte resigniert, fingerte mit fahrigen Bewegungen die nächste Zigarette aus der Packung, zündete sie an und hielt mir das Päckchen hin.

»Okay, gib her.« Ich nahm eine Marlboro, Lisa gab mir Feuer und musterte dabei mein Gesicht.

»Sind Sie sicher, dass wir hier nicht auf dem falschen Trip sind und Sie mich einfach nur veralbern?«

»Lisa, mir steht das Wasser wegen dieser beiden toten Typen bis zum Hals. Ich veralbere dich bestimmt nicht.«

»Na ja, ich mein ja nur. Sie sind einfach nicht der Typ, der zwei Leichen im Haus hat.«

»Und was muss man da für ein Typ sein?«, unterbrach ich sie.

»Na ja, irgendwie anders. Abgefuckt. Cool. Und viel jünger. Wissen Sie, so wie die Typen aus diesen Filmen wie ›Kleine Morde‹ unter Freunden oder …« Lisa zog geräuschvoll an der Zigarette und überlegte. Allerdings vergeblich und so fuhr sie einfach fort: »Obwohl, cool sind Sie auf Ihre Art ja schon.«

»Was soll das denn heißen?«

»Ich meine, wie Sie immer mit diesen jungen Typen rummachen, wenn Ihr Mann weg ist. Das ist echt irre. Also … das hätte nicht mal ich drauf. Und dabei bin ich viel jünger als Sie.«

»Vielleicht ja deshalb.« Ich sah sie an und lächelte. »Vielleicht muss man für manche Sachen etwas älter sein. Keiner will sich den Traum von der großen Liebe freiwillig abschminken. Nur eines Tages wird man wach – und dann ist es einfach passiert. Irgendwie ist er abhanden gekommen. Obwohl …« – ich zögerte und suchte nach Worten – »abhanden gekommen ist nicht richtig. Die Liebe ändert sich. Oder man selbst ändert sich. Was weiß ich? Auf jeden Fall ändert sich was.«

»Das ist ja mal ein ganz schlauer Kommentar und ziemlich hilfreich.«

»Ich kann es aber jetzt auch nicht besser erklären. Es ändert sich eben einfach.«

»Dennoch wirken Sie immer so, als seien Sie in Ihren Mann noch schrecklich verknallt.«

»Bin ich ja auch. Nur eben anders als früher. Mehr wie in einen Bruder.«

»In einen Bruder ist man doch nicht verknallt. Das wäre ja so was wie Inzest. Und das ist polizeilich verboten«, nuschelte Lisa empört mit der Zigarette im Mund und schüttelte verständnislos den Kopf.

»So meine ich das ja auch nicht. Ich wollte dir nur erklären, dass ich meinem Mann gegenüber zwar Gefühle habe …«

»Ach so«, Lisa unterbrach mich. »Sie meinen, er ist der wichtigste Mensch in Ihrem Leben, aber im Bett läuft es nicht mehr so riesig wie früher oder eben mit den anderen.«

»Ja, so ähnlich meine ich das.«

Ich hatte keine Lust, mit einer Dreiundzwanzigjährigen noch weiter über die Beziehung zu meinem Mann zu debattieren. Ich vermutete, Lisa wusste ohnehin zu viel über mein Privatleben. Denn dass sie spitzbekommen hatte, dass ich nicht nur mit Gregor, sondern noch mit diversen anderen Männer im Bett gelandet war, hatte ich nicht geahnt.

Hätte ich es geahnt, hätte ich die Durchgangsliebhaber niemals so gedankenlos in mein Haus gelassen. Rein theoretisch jedenfalls nicht.

Praktisch vielleicht ja doch. Die mir eigene Trägheit hätte eine Lösung untersagt, die mich – und nicht die Männer – zu frühmorgendlicher Stunde aus der Wärme eines fremden Bettes trieb, um einigermaßen pünktlich zu Hause zu sein.

Ohne Kaffee und ohne Frühstück.

Welche Tortur. Unter derartigen Umständen hätte ich wahrscheinlich doch darauf gepfiffen, ob Lisa etwas von meinen Liebhabern mitbekam oder nicht. Zumal ich nicht ausschließen konnte, dass Lisa trotz ihres eher desaströsen Intelligenzquotienten und meiner Vorsichtsmaßnahmen gewitzt genug wäre herauszubekommen, dass ich mich in fremden Betten vergnügte.

Von Gregor wusste sie, weil der nach der ersten gemeinsam verbrachten Nacht einfach nicht hatte gehen wollen, morgens pfeifend durch die Halle gepilgert war und Lisa eine Galavorstellung geliefert hatte.

Die hatte nämlich justament in dem Moment das Haus betreten, als Gregor, selbstverliebt mit dem knackigen Hintern tänzelnd, die Treppe erklommen hatte. Lisa hatte reflexartig die Tür hinter sich geschlossen, sich dagegengelehnt, verblüfft die hellblaue Sommertasche gegen die Brust gepresst und lauthals nach mir geschrien. Gregor hatte sich zu ihr umgedreht, um auf sie zuzugehen und sie zu beruhigen, doch Lisa hatte unbeirrt weiter meinen Namen gekrischen.

Ich hatte gerade auf der Toilette gesessen und war nicht so schnell abkömmlich gewesen, wie ich es mir gewünscht hätte, so dass das Geschrei eine Weile lang angehalten hatte.

Gregor, der feige Hund, hatte sich schließlich ins Schlafzimmer verzogen und gewartet, bis ich Lisa beruhigt hatte.

Lisa und ich führten damals ein längeres Gespräch, in dessen Verlauf sie mir ihre Diskretion zusicherte. Sie hatte es nicht ausgesprochen, sondern sich den Finger über den pinkfarben geschminkten Mund gezogen, was so viel hieß wie, sie hätte ihn per Reißverschluss für alle Zeit versiegelt. Daran hatte sie sich gehalten, wie ich anerkennen musste, und sie hatte auch über Gregors diverse Vorgänger keinen Ton verloren.

Vielleicht war sie doch nicht so blöd. Oder sie war einfach nur gut erzogen.

»Auf alle Fälle muss er aus dem Schlafzimmer verschwinden«, sagte sie. »Ihre Hedwig taucht gleich hier auf. Und die kippt vor Schreck bestimmt aus den Latschen.«

»Mist! Stimmt. Hab ich total vergessen. Los, wir müssen uns sputen. Und der Kram aus der Küche und dem Badezimmer muss auch weg.«

»Dann schaffen wir den Typen eben so in den Keller und sagen Hedwig, dass sie da heute nicht reingehen soll. Und danach helfe ich Ihnen, Bad und Küche aufzuräumen. Ist ja eigentlich nicht so schlimm. Den ganzen Müll vom Küchentisch hauen wir einfach in die Mülltüte und fertig ist die Laube.«

»Aber ich muss doch irgendeine Erklärung abliefern, warum Hedwig nicht in den Keller gehen kann. Ich meine, die Frau gehört praktisch zur Familie. Sie hat schon bei meinen Eltern den Haushalt geführt. Das weißt du doch alles, Lisa. Ich kann ihr nicht einfach den Zugang zum Keller untersagen.«

»Klar können Sie das. Sie sagen einfach …« Lisa stieß den Zigarettenrauch hörbar aus. »Sagen Sie ihr einfach, Sie brauche heute überhaupt nicht zu putzen. Nirgends. Sie soll sich einen schönen Tag machen und sich erholen. Sie hätte es verdient. Das haben Sie doch schon mal gemacht, als Sie hier einen Liebhaber hatten, der so sturzbetrunken war, dass er morgens erst nicht hochkam und dann nur noch reiherte.«

»Woher weißt du das denn schon wieder?« Ich war verblüfft.

»Sie halten mich für blöd, nicht wahr? Sie glauben immer, ich krieg nichts mit. Ich sag nur nichts. Hat mir meine Mutter beigebracht. Man soll sich auf keinen Fall in die Angelegenheiten seiner Arbeitgeber einmischen. Sagt sie. Und Hedwig sagt das übrigens auch. Das bringt auf Dauer nur Ärger. Haben die beiden ja auch Recht.«

Also doch gut erzogen, dachte ich und stutzte.

»Wieso Hedwig? Was hat die denn damit zu tun?«

Lisa verlagerte ihr Gewicht von einem Fuß auf den anderen.

»Ähm …« Die Frage war Lisa unangenehm. Mir auch, ahnte ich doch, was ihr Zögern bedeutete: Nicht nur Lisa, nein, auch

Hedwig wusste mehr, als sie sollte. Schlimmer noch: Meine beiden Angestellten tratschten über mich, oder wie auch immer man das bezeichnen sollte. Fest stand, sie sprachen über mich und waren sich in ihrem Urteil einig. Das, was ich hinter dem Rücken meines Gatten tat, fanden sie unangebracht, nicht zu verantworten oder schlichtweg gemein.

»Ihr redet über mich?«

»Nicht oft. Aber Hedwig hat mir mal ein paar Tipps gegeben, wie ich Sie behandeln soll. Und da hat sie eben auch gesagt, dass ich zu Ihren Privatangelegenheiten besser nichts sage.«

»Und meinst du, du kriegst jetzt Ärger mit mir?«

»Na ja.« Kurze Pause. »Vielleicht eher nicht. Ich weiß nicht so richtig.« Sie legte erneut eine Pause ein. »Ich denke, Sie sind schon ganz okay. Echt.«

»Danke.« Ich nahm Lisas Hand in meine. »Vielen Dank.«

»Hedwig sagt das übrigens auch.« Lisa errötete und entzog mir rasch ihre Hand, als seien ihr das Thema und zu viel Nähe unangenehm. »Wir sollten den jetzt aber wirklich mal runterbringen, bevor sie kommt.«

Lisa schnappte sich Gregors Füße, ich packte ihn unter den Armen und gemeinsam versuchten wir, den Mann aus dem Bett zu heben. Es ging komplett daneben.

Gregor rutschte mir aus den Händen und fiel, mit dem Hintern voran, auf den Fußboden. Es hallte nach, als der Kopf ungebremst auf die Dielen meines Schlafzimmers schlug.

Glassplitter schlitterten über den Fußboden in meine Richtung. Erschrocken und dem Gewicht des zu Boden drängenden Oberkörpers nicht gewachsen, entglitten Lisa Gregors Beine. Dumpf schlugen auch die Füße auf den Dielen auf.

Hätte Gregor auch nur einen Lebensfunken in sich getragen, wäre er spätestens jetzt zu sich gekommen. Kam er aber nicht.

Erstaunt starrten Lisa und ich uns über den Mann hinweg einen Moment lang an. Schließlich deutete Lisa mit ausgestrecktem Arm und zwei langgliedrigen Fingern, die in blau lackierten Nägeln endeten, auf die Glasstückchen.

Mir war schreckensklar, was ich übersehen hatte. Ich beugte mich hinab zu Gregor und drehte seinen Kopf zur Seite.

Unter Gregors Gewicht war mein Wecker zu Bruch gegangen. Ich hatte in der Panik nicht darauf geachtet, dass er wie jeden Morgen neben dem Kopfende meines Bettes auf dem Fußboden stand.

Ich betrachtete also Gregors Kopf, drehte ihn zu Seite, befühlte den Hinterkopf und wunderte mich, dass er von dem Sturz keine Beule davongetragen hatte. Stattdessen entdeckte ich ein kleines Stück Uhrenglas, das sich durch sein Ohrläppchen gebohrt hatte.

Eines war schon mal sicher: Falls es darauf ankäme, dürfte ich die Letzte sein, die eine Anstellung in einem Bestattungsunternehmen zu erwarten hatte. Für den Umgang mit Toten war ich, wie der Zustand von Gerhard Meinhard und Gregor hinlänglich bewies, nur unzureichend qualifiziert.

»Meine Güte, da haben wir uns ja auf was eingelassen. Das schaffen wir nie im Leben«, nörgelte Lisa.

»Doch, das müssen wir schaffen. Los, pack ihn mal an den Fußgelenken. Ich nehme wieder den Oberkörper.«

Wir bewegten Gregor etwa einen halben Meter weit, bevor er zunächst mir und dann Lisa erneut aus den Händen glitt.

»Verdammte Scheiße! Das glaube ich ja wohl nicht!« Fluchen beruhigt mitunter doch mehr, als man gemeinhin zugibt. Meiner Erziehung und auch allen modernen Benimmbüchern, die ja wieder in Mode gekommen sind, zum Trotz, gestattete ich mir ab und an einen Ausflug ins Ordinäre.

»Und was machen wir jetzt?«, fragte Lisa, nachdem wir uns beide wieder aufgerichtet hatten.

»Was sollen wir schon machen? So geht's auf keinen Fall. Wir ziehen ihn über den Fußboden. Ganz einfach.«

»Oder wir nehmen den Hund, den der Maurer hier vergaß, nachdem er das Gartentor neu gemauert hatte. Der muss doch irgendwo im Keller stehen.«

»Was denn für ein Hund?«

Ich hatte keine Ahnung, wovon Lisa sprach.

»Na dieses Ding auf vier Rädern, das die Handwerker immer benutzen, wenn sie ihre Zementsäcke durch die Gegend karren.«

»Ach, das ist ein Hund?«

»Ja, ich denke schon.«

»Gut, weißt du, wo das Ding steht?«

»Ja, unten im Keller gleich neben der Truhe.«

»Fein, dann hol ihn mal bitte.«

Während Lisa losrannte, um den Hund zu holen, setzte ich mich auf das Bett und wartete. Ich zündete mir eine ihrer Zigaretten an und befand, dass man sich durchaus an Nikotin gewöhnen konnte. Es beruhigt die Nerven, wenn man in einer üblen Situation steckt. Einem Arzt kann man damit natürlich nicht kommen, der würde einen behandeln, als sei man ballaballa. Aber was interessierte mich eine medizinische Indikation.

Natürlich behielt ich die Erkenntnis, dass die Zigarette mich beruhigte, unter Verschluss, denn unser Haus war für Angestellte wie Lisa oder Hedwig ausdrückliches Nichtraucherterrain. Ich hatte Lisa dazu verdonnert, ihre stündliche Nikotinration draußen auf dem Balkon zu inhalieren. Egal, ob das Thermometer gerade dreißig Grad im Schatten oder minus sechs Grad anzeigte. Was letzten Winter durchaus der Fall gewesen war. Lisa hatte grummelnd ihr Missfallen über diesen Rausschmiss bekundet, sich aber dann gehorsam in ihrem giftgrünen Webpelzmantel vom Flohmarkt auf den Balkon gestellt.

»Hey, rauchen Sie nicht so viel. Nachher wird Ihnen noch schlecht. Das geht den meisten so, die Nikotin nicht gewöhnt sind.«

Lisa eilte mit weit ausholenden Schritten und dem Hund unterm Arm ins Schlafzimmer und schüttelte dabei missbilligend den Kopf.

Ich erwiderte wohlweislich nichts, sondern hob Gregor an der Taille in die Höhe, während Lisa ihm den Hund unter das knackige Hinterteil schob. Schweigend, lediglich unterbrochen von einem kurzatmigen Ächzen, das Lisa hin und wieder von sich gab, schoben wir Gregors Beine und Oberkörper in die richtige Position.

»Im Ernst, gewöhnen Sie sich das Rauchen besser gar nicht erst an. Ich kann's Ihnen nur raten«, begann sie wieder, während sie sich damit abmühte, Gregors Arme auf dem Bauch übereinander zu legen und zu fixieren. Vergeblich. Die langen Männerarme rutschten widerborstig auseinander und glitten auf den Boden. Mit einem irritierten Ausdruck in den Augen richtete Lisa sich auf, während sie gleichzeitig munter weiterplauderte. »Man kommt dann nicht mehr weg von dem Zeug. Sehen Sie ja an mir.« Sie ging einmal um den Toten herum, inspizierte seine Lage, bückte sich erneut und verschränkte schließlich jeden einzelnen Finger der linken mit denen der rechten Hand, während sie weitersprach, als wäre es das Normalste von der Welt, an einem Toten herumzufummeln. »Also, Sie müssen jetzt nur noch den Kopf festhalten, während ich den Hund ziehe. Die Beine schleifen dann zwar auf dem Fußboden, aber das macht nichts. Dann muss Hedwig auf der Galerie weniger Staub saugen.«

Sie kicherte vor sich hin, während wir den Hund samt Gregor aus dem Schlafzimmer hinaus, über die die Halle umspannende Galerie bis hin zur weit ausladenden Treppe fuhren. Ich hatte Gregors Knie gepackt und schob den Hund von hinten, während Lisa vorne zog und sich gleichzeitig darum bemühte, ihre langen blonden Haare aus dem Gesicht fern zu halten. Ab und zu wandte sie sich um und vergewisserte sich, wie weit es noch bis zur Treppe war.

»Und jetzt?«, fragte ich möglichst unbedarft, als wir den oberen Treppenabsatz erreicht hatten. Ich wusste genau, was jetzt kam. Ich hatte es bereits am Abend zuvor geprobt.

»Was jetzt? Jetzt ziehen wir ihn vorsichtig die Treppe runter. Beine nach vorn. Ich ziehe an den Füßen, und Sie passen auf den Kopf auf. Sonst kriegt er noch ne Beule. Und das wäre dem Toten gegenüber respektlos. Ehrlich.«

Bloß gut, dass Lisa nicht auf die Idee kam, mich zu fragen, wie ich den schwerleibigen Gerhard Meinhard die Treppe hinunterbekommen hatte. Meine Aktion zeugte weder von Pietät noch von Respekt, höchstens von Geschäftstüchtigkeit. Aber wie sollte man das einer Dreiundzwanzigjährigen erklären?

Wir zogen und schoben Gregor Stufe für Stufe vorsichtig die Treppe hinab, als in der Haustür erneut ein Schlüssel gedreht wurde.

»Scheiße, das ist Hedwig!«, stieß Lisa hervor, während ich in der Bewegung innehielt und lauschte. »Es ist doch viel zu früh. Jetzt machen Sie schon.«

»Zu spät«, flüsterte ich, als Hedwig auch schon in der Tür stand.

Hedwig trug wie fast jeden Morgen ein dunkelblaues Kleid, dessen klassische Strenge sie mit einem abnehmbaren, weißen Kragen aufmunterte. Über dem Kleid strahlte eine weiße, mit violetten Stiefmütterchen bestickte Halbschürze mit einer zierlichen Rüschenkante, auf der zwei kleine ausgebeulte Taschen saßen. Unter der Kante lugte an der rechten Hüfte ein kleines Lederfutteral hervor, das sie allmorgendlich an ihrem Kleidergürtel befestigte und aus dem der sichelförmige, blank polierte Ebenholzgriff eines etwa zwanzig Zentimeter langen Kartoffelmessers ragte. Hedwig benutzte es, um die Terrassenpflanzen auszuputzen, kleinste Ritzen in den Badezimmerkacheln zu säubern oder um es seiner eigentlichen Bestimmung, dem Kartoffelschälen, zuzuführen. Der unorthodoxe Einsatz des Messers war keineswegs hygienisch zu nennen, aber Hedwig trug es bei sich, seitdem wir sie kannten, und wir hatten uns in den dreißig Jahren, die Hedwig jetzt für uns arbeitete, an seinen Anblick und seinen Einsatz gewöhnt. Selbst meine äußerst penible Mutter hatte Hedwig diese Marotte nachgesehen, solange sie dem Haushalt vorstand.

Nun stand Hedwig erstarrt im Gegenlicht der Sonne, das durch die Eingangstür fiel und durch ihr schlohweißes, kurz gelocktes Haar schimmerte. Die zierliche Gestalt umschmeichelte ein Sonnenkranz, der einzig die zu groß gewachsenen, abstehenden Ohren mit ihren monströsen Ohrläppchen zu einem unvorteilhaften Blickfang geraten ließ, da er sie schreiend rosa aufleuchten ließ. Nichts an Hedwigs Ohren deutete darauf hin, dass sie in ihrer Jugend von eleganterem Wuchs gewesen waren. Vielmehr vermittelten sie den Eindruck, als hätten sie schon immer und nicht erst mit fortschreitendem Alter Wert darauf gelegt, schneller zu wachsen als der Rest der kaum einen Meter fünfzig großen Person.

Neben ihr lugte Eule erwartungsvoll durch die Eingangstür. Die getrimmte, weiße Königspudelhündin unserer dreiundsechzigjährigen Nachbarin Marie Overlut war wie ihr Frauchen ein bisschen doof und es hatte mehrerer Lektionen bedurft, bis die Hündin verinnerlicht hatte, dass sie niemals und unter keinen Umständen unaufgefordert unser Haus zu betreten hatte.

Hedwigs Reaktion auf Eules gelegentliches Anschleichen hatte ich gleich mehrfach erlebt, wenn ich des Sommers bei ihr in der Küche saß und die Tür zum Garten weit geöffnet stand. Am Anfang ihrer Bekanntschaft hatte Eule die offene Küchentür als Einladung betrachtet, Hedwig einen Besuch abzustatten und sich ein »Leckerli« abzuholen. Kleine Hundekuchen, die Hedwig oft vorsorglich in der Küchenschürze mit sich herumtrug, da Eule mit ihrem blöd-traurigen Blick ihr einsames Altweiberherz erobert hatte.

Eule hatte zu Beginn der »Leckerli«-Beziehung, das mag vier Jahre her sein, nur selten Laut gegeben, wenn sie die Küche betrat. Diese Ignoranz führte am Ende zu einem Fehler, der mindestens ebenso groß war wie die Hündin selbst – riesig also.

Eule spazierte damals lautlos herein, stupste Hedwig, die ihr den Rücken zukehrte, mit der Schnauze in den Po, den sie mit ihrer Größe locker erreichte, und heimste das erste Mal einen Hieb mit dem hölzernen Kochlöffel ein. Aufjaulend steckte die Hündin den Schlag weg. Die Gier nach den Leckerlis war größer als der kurzzeitige Schmerz und die darauf folgende Beule am Übergang vom Hals zum Kopf. Ob ihrer schlagkräftigen Abwehr erschrocken, entschuldigte sich Hedwig mit mehr Leckerlis und Streicheleinheiten als üblich, was Eule gründlich missverstand. Für sie war klar, dass Hedwig ihr nie wieder etwas antun würde. Ein Irrtum. Die Hundedame kannte Hedwig nicht.

Beim nächsten lautlosen Besuch verlor Eule ihr rechtes Ohr. Das war ihr dann allerdings eine Lehre.

Hedwig hatte sich über die stupsende Hundeschnauze an ihrem Hintern derart erschrocken, dass sie mit ihrem Küchenmesser, mit dem sie gerade junge Mohrrüben putzte, in der einen und einer zarten Mohrrübe in der anderen Hand herumsprang, breitbeinig vor der Schnauze des Hundes landete und der vor Schreck erstarrten Eule die Jungrübe in die hoch aufgereckte Nase pflockte.

Das war der harmlose Teil des Unfalls.

Mit der anderen Hand, die das universelle Küchenmesser umkrampfte, vollzog sie in der Luft einen ausholenden, energischen Schnitt von unten nach oben, traf auf einen Widerstand in Form des rechten, schlapp herniederhängenden Pudelohres und fegte es schwungvoll vom Kopf. Das Ohr segelte über den Küchentisch hinweg durch die halbe Küche und landete in der Nähe der Terrassentür auf den Fliesen, wo es ausgebreitet liegen blieb und seine haarige Pracht entfaltete.

Hedwig hatte eine säuberliche Amputation hingelegt, die den Hund hell aufjaulen und verschreckt einen Satz nach hinten machen ließ. Die spindeldürren Beine mit den getrimmten Oberschenkeln eingezogen, prallte Eule gegen das stattliche Tischbein des uralten Bauerntischs, an dem ich gerade einen Kaffee trank, fiel unsanft auf den schneeweißen Hundehintern und blieb benommen und schmerzerfüllt jaulend sitzen, den Kopf in die Höhe gereckt. Die Jungmöhre ragte aufrecht aus der Hundenase, über der zartes Möhrenkraut in alle Richtungen auseinander fiel. Schnauze und Nase wurden von filigranem Grün bedeckt. Aus den schneeweißen Locken des zur Schnauze hin spitz zulaufenden Kopfes schimmerte rosafarben der rudimentäre Rest des einst schlapprigen rechten Hörwerkzeuges, während das linke traurig nach unten hing. Seither betrat Eule Hedwigs Küche nur nach vorheriger Anmeldung, das heißt mit einem leisen Knurren, das schließlich zum Gebell wurde, wenn Hedwig auf die leisen Töne nicht reagierte – was des Öfteren geschah, denn Hedwig war ein wenig altersschwerhörig.

Wie sich denken lässt, war Marie Overluts Verhältnis zu uns seither schwer erschüttert. Eule galt nämlich als Zuchtpudelhündin allererster Güte, bis sie nach dem Unfall von der Liste preisgekrönter Königspudel gestrichen wurde und sie zu Marie Overluts unermesslichem Kummer auch keine Hunde-Schönheitswettbewerbe mehr besuchen konnte. Marie Overlut hatte deshalb eine Schadenersatz-Klage gegen Hedwig eingereicht. Vergeblich. Der Richter vertrat unerschütterlich die Meinung, Eule hätte widerrechtlich unser Grundstück und unser Haus betreten und Hedwigs Reaktion sei als Selbstverteidigung zu werten. Marie Overlut hatte die Prozesskosten und unser Anwaltshonorar zu begleichen.

Wie wir durch die dichte Hecke hindurch gelegentlich an ihren Befehlen hörten, versuchte sie nachdrücklich, das Tier von weiteren Besuchen abzuhalten. Das eine oder andere Mal hatten wir sie gar auf unserem Grundstück beobachtet, wie sie Eule einfing und wütend hinter sich herzog.

Selbstverständlich ignorierten wir ihre illegalen Besuche, denn uns war nicht an weiterem Ärger gelegen.

Marie Overluts Versuch erwies sich als höchst überflüssiges Ansinnen und zudem als undurchführbar. Eule liebte Hedwig aller Logik zum Trotz, derzufolge keine halbwegs intelligente Kreatur auf jemanden zugehen würde, der ihn, absichtlich oder nicht, verletzt hatte.

»Hallo, Hedwig. Wunderbarer Morgen, nicht wahr?«, begrüßte ich sie lauter und jovialer als notwendig. So schwerhörig war sie nun doch nicht. Vor allem war sie gerade zu Unzeiten wie diesen überaus flink im Erfassen von Situationen.

Hedwig starrte mich an, als wäre ich der Teufel persönlich – oder irgendetwas in der Art –, schnappte sich Eules Halsband, drehte sich auf dem Blockabsatz ihrer schwarzen Gesundheitsschuhe um und verließ so schnell, wie es ihre siebzigjährigen, etwas zu kurz geratenen und zu einem fast vollendeten O gekrümmten Beine gestatteten, das Haus. Die Hündin zerrte sie hinter sich her und schlug die Tür mit einem lauten Knall zu.

Ich denke, Eule verstand die Welt nicht mehr. Sie hatte noch nie erlebt, dass sie so schnell Leine ziehen musste. Vielleicht beruhigte Hedwig die Hündin draußen mit ein paar Leckerlis.

Hedwig jedenfalls kochte offenbar vor Empörung. Es war sonst nicht ihre Art, mit den Türen zu knallen. Zumindest nicht in unserem Haus.

»Halt den mal allein!«, rief ich Lisa zu, ließ Gregors Kopf fallen und rannte die Treppe hinunter, um Hedwig auf dem Gartenweg abzufangen.

Ich hörte Lisa hinter mir »Das können Sie nicht machen!« kreischen und vernahm ein lautes Poltern, während ich, den neuerlich erwachenden Schmerz in meinem Steißbein ignorierend, aus der Haustür sprang. Ich hatte andere Sorgen als die, ob Lisa mit dem mindestens achtzig Kilo schweren Gregor in Schräglage allein zurechtkam oder nicht.

Kam sie selbstverständlich nicht. Wie sollte sie den Mann auch halten, dessen Füße sie zwar fest und unnachgiebig umklammerte, der aber mit seinem toten Gewicht gegen Lisas etwa zweiundfünfzig Kilo drückte und dafür sorgte, dass sie mit ihm gemeinsam die letzten fünf Stufen hinunterfiel. Das erzählte sie mir später, als sich die Gemüter längst beruhigt hatten. Zum Beweis streckte sie mir ihren linken Unterarm entgegen, auf dem sich ein dunkelroter Fleck abzeichnete, und wies anschließend auf Gregors verrenkt daliegenden Kopf. Doch ich greife vor.

Ich holte Hedwig auf dem Gartenweg ein, wo sie beschwichtigend auf den sich mit den Vorderpfoten in den Sand stemmenden Hund einredete und ihn zum Weitergehen bewegen wollte. Eule aber zickte rum, wohl weil ihr die Leckerlis verweigert worden waren.

Ich packte Hedwig am Arm und stieß atemlos hervor: »Warte, Hedwig, lass es dir erklären. Bitte.«

Hedwig wischte meinen Arm wie ein lästiges Insekt fort und starrte mich durch ihre monströse, graurosa gesprenkelte Kassenbrille von unten her an, indem sie die Augen zusammenkniff. Ein Tick, der über die Jahre eine steile Falte zwischen die vom Alter ausgedünnten Brauen und in die Augenwinkel Hunderte von Fältchen gegraben hatte. Je nach Gemütslage verliehen sie ihr etwas Verkniffenes oder bescheiden Fröhliches.

»Da gibt es doch wohl nichts zu erklären«, raunzte sie mit einer Altstimme, die nicht zu ihrer zarten Statur passen wollte.

»Eule, ab nach Hause!«, fauchte Hedwig die Hündin an.

Der Pudel bellte enttäuscht auf, folgte aber Hedwigs ausgestrecktem Arm, der auf das heimatliche Nachbargrundstück wies, und hetzte irritiert los, um sich durch die Büsche nach Hause zu schlagen.

Hedwig hatte sich aufgerichtet. Sie blinzelte aufgeregt zu mir hoch, die ich sie mit meinem einen Meter und einundsiebzig Zentimetern um mehr als einen halben Kopf überragte.

»Ihr schleppt da einen toten Mann durch das Haus. Einen jungen. Morgens um neun.« Sie schüttelte ratlos den Kopf, wobei die weißen Löckchen aufgeregt hin- und herwippten. »Ich weiß ja nicht, ob das heute so üblich ist, aber es gefällt mir nicht. Nein, ganz und gar nicht.«

Hedwig begann nervös, doch mit kräftig-kurzem Ruck einen Finger nach dem anderen in die Länge zu zerren. Das Geräusch der aus den Gelenken springenden Knöchel verursachte mir eine Gänsehaut.

»Hedwig, bitte.«

»Was heißt hier bitte? Ein Toter in unserem Haus? Das ist unglaublich. Eine Katastrophe. Nicht auszudenken.«

Ich hatte zwar gemeint, sie solle das Knacken beenden, aber sie hatte es missverstanden und zog weiter an den Fingern. Ich versuchte, es zu ignorieren, war aber in Alarmbereitschaft. Das Knacken signalisierte bei Hedwig gemeinhin innere Anspannung und war schon so manches Mal von einem Weinkrampf gekrönt worden.

»Hedwig, beruhige dich, um Gottes willen.«

Sie ignorierte meine Bitte. Das hätte ich mir denken können.

»Weißt du eigentlich, was du uns gerade einbrockst? Ein toter Mann im Haus verstößt gegen das Gesetz. Und dann kommt die Polizei und stellt Fragen.« Sie zerrte mit zunehmend größerer Behändigkeit an den Fingern herum, während sich ihre Altstimme in eine keifende Tonlage hochschraubte.

»Hedwig, hör auf mit dieser Fingerknackerei, und beruhige dich. Mein Gott! Lass es mich doch erklären.«

»Ich soll mich beruhigen? Bist du noch ganz bei Trost? Ein Toter? Am frühen Morgen? In meinem Haus?« Jetzt schrie sie. Ich griff nach ihrem Arm, aber sie entwand sich meinem Zugriff.

»Schrei nicht. Bitte schrei nicht. Und außerdem ist es ist immer noch mein Haus.« Zu spät biss ich mir auf die Lippen, um die Worte daran zu hindern, gedankenlos aus dem Mund zu schießen.

Tränen schossen Hedwig in die Augen. Ich hatte es gewusst. Mir blieb an diesem seltsamen Tag auch nichts erspart.

Allerdings war ich selbst schuld. Ich hätte den letzten Satz nicht aussprechen sollen, denn in Hedwigs Verständnis ging es nicht um Besitz, sondern um Verantwortung, und unter diesem Aspekt beanspruchte sie unser Haus sehr wohl als das ihrige. Immerhin war sie diejenige, die putzte und Klempner, Gärtner oder sonstige Handwerker bestellte, wenn es nötig war. Manchmal fuhr sie mit ihrer weinroten Vespa höchstpersönlich in den Baumarkt, um Mörtel, Gips oder Schrauben einzukaufen und die eine oder andere Reparatur gleich selbst zu erledigen.

»Ob es nun dein Haus ist oder nicht! Das hilft ... ja wohl auch nicht ... weiter.« Hedwig schluchzte jetzt und fingerte mit hektischen Bewegungen in ihren Schürzentaschen nach einem Taschentuch. Ausnahmsweise schien sie keines bei sich zu haben. Immerhin schrie sie nicht mehr durch den Garten und hatte auch endlich aufgehört, ihre Finger zu malträtieren.

»Hedwig, bitte. Der Mann ist heute früh verschieden. Und ich kann mir keinen Skandal erlauben. Also haben Lisa und ich beschlossen, ihn im Keller abzulegen, bis uns etwas Besseres einfällt.«

Stammelnd schluchzte sie weiter vor sich hin.

»Aha ... im Keller ... also.« Hedwig kniff die verheulten Augen zusammen, was die Falte zwischen den Brauen überproportional anwachsen ließ, und musterte mich unter Tränen. »Das verbiete ich aber. Der ist ... nicht aufgeräumt.« Das Schluchzen schwoll bei den letzten Worten noch einmal zu einem schrillen Ton an, sie zog den Schleim, der sich in der Nase gesammelt hatte, entschlossen hoch – und dann war es vorbei. Einfach so. Innerhalb eines Lidschlags hatte sie zu weinen und zu schluchzen aufgehört und entschuldigte sich in einer normalen Tonlage.

»Entschuldige, ich habe kein Taschentuch bei mir.«

»Ja, ja, schon gut. Aber der Keller *ist* aufgeräumt. Er ist immer aufgeräumt.«

»Ist er nicht. Das letzte Mal habe ich ihn im letzten November aufgeräumt. Lass mich mal rechnen.« Schweigend zählte sie an den Fingern die Monate nach. »Jetzt ist Juli. Also jetzt ist das acht Monate her. Das kann man dann keineswegs mehr aufgeräumt nennen. So, wie du da immer alles reinschmeißt. Und außerdem gehört es sich nicht, was ihr da vorhabt. Ein Toter muss von einem Arzt untersucht werden.«

»Hedwig, bitte. Der kann ihm doch auch nicht mehr helfen. Und wie soll ich das erklären? Ein Toter, der an Drogen starb? Das kommt nämlich hinzu, stell dir das mal vor! Und stell dir vor, was die Zeitungen schreiben.«

»Ja, ja, ich weiß schon. Und der Herr Gemahl, was wird der wohl denken, wenn frühmorgens ein fremder Herr im Haus verschieden ist? Woher der wohl kam? Und was der wohl so getan hat, hm? Und was du wohl so getan hast?« Missmutig schüttelte sie den weiß umrahmten Kopf, die Augen vom Weinen gerötet. »Ach, Claire, kannst du denn nicht einfach mal eine Dame werden wie deine Mama? Immer dieser Überschwang und Unsinn. Seit deiner Kindheit heckst du immer solche Sachen aus und machst allen Ärger!«

»Ich mache doch keinen Ärger. Jedenfalls nicht, wenn es niemand erfährt. Deshalb wollen wir ihn ja verstecken.«

»Und wie kommt der nun ins Haus? Und weshalb ist ein so junger Mensch überhaupt tot? Das ist nicht normal.«

Kopfschüttelnd schlug Hedwig den vom Hauptweg abbiegenden Pfad zu ihrem Haus ein.

»Nein, Hedwig. Jetzt nicht, dazu ist jetzt wirklich keine Zeit.«

»Ich muss aber.«

»Hedwig, hör auf mit dem Unfug. Du musst jetzt keineswegs herumhüpfen.«

Ich nahm Hedwig beim Arm und zerrte sie zurück zum Hauptweg Richtung Haupthaus. Sie wehrte sich kurz, indem sie mir ihr Gewicht entgegenstemmte, resignierte aber schließlich, während ich begann, ihr eine Kurzfassung der Ereignisse zu liefern. Aller Ereignisse, denn es schien mir ratsam, Gerhard Meinhard nicht unerwähnt zu lassen. Ich brauchte ihr Vertrauen – und vielleicht ihre Hilfe. Jetzt, wo sie von dem einen Toten Kenntnis hatte, kam es auf eine Leiche mehr oder weniger nicht mehr an. Dachte ich.

Als ich ihr die Geschichte mit Meinhard offenbarte, blieb Hedwig abrupt auf dem Gartenweg stehen und wurde unter ihren rosig durchbluteten Wangen mit den zart violetten Äderchen, die durch die Haut schimmerten, schreckensblass. Sie sah mich an, schüttelte fassungslos den Kopf und drehte selbstvergessen und nervös am genieteten Schaft des Kartoffelmessers. Immerhin begann sie nicht noch einmal, mit den Fingern zu knacken. Dem Himmel sei Dank. Eine weitere Tränenarie war also nicht zu erwarten.

Sie schwieg. Ich hatte sie offenbar überrumpelt, denn Sprachlosigkeit gehörte sonst nicht zu ihren Charaktereigenschaften.

Mit meinen Erklärungen war ich längst am Ende, doch das erstaunte Schweigen hielt an. Ich wartete auf eine Reaktion, irgendeine. Von mir aus konnte sie jetzt schreien, toben, kreischen. Hauptsache, sie begriff meine Lage. Und war bereit, mir behilflich zu sein.

Sie suchte nach Worten, hob mit einem gestammelten »Äh« an, brach kopfschüttelnd wieder ab und kratzte sich hektisch auf der Stirn, was ein paar rote Striemen hinterließ. Nach einer Weile, die mir endlos schien und in der ich sie nur hilflos beobachten konnte, reagierte ihr Sprachzentrum wieder.

»Zwei Tote in diesem Haus. Tststs. Das letzte Mal habe ich solch eine Geschichte von deiner Großmutter gehört«, kommentierte sie das Erzählte schließlich trocken. Das Erstaunen war nunmehr auf meiner Seite.

»Wie, von meiner Großmutter? Was denn für eine Geschichte?«

»Na ja, so eine Geschichte eben mit einem Toten, den man nicht melden konnte. Allerdings ging es nur um einen Verschiedenen.«

»Meine Großmutter hatte einen Toten im Haus?«

Trotz der nervösen Anspannung, die die Ereignisse des Morgens in mir hervorgerufen hatten, lachte ich unwillkürlich auf. Das war die abenteuerlichste und verrückteste Behauptung, die ich seit langem gehört hatte – wozu man wissen muss, dass meine Großmutter eine Lady war, eine echte Lady mit weißen Handschuhen, die sie dreimal am Tag wechselte, und tonnenweise Personal, das seine weißen Handschuhe noch häufiger wechseln musste als die Hausherrin.

»Du brauchst gar nicht so zu lachen. Ich bin nämlich nicht verrückt. Im Gegensatz zu dir, meine Liebe. Der Tote liegt seit fast fünfzig Jahren hinten im Garten unter dem lila Flieder begraben. Hat mir deine Großmutter jedenfalls kurz vor ihrem Tod erzählt, als deine Mutter sie hier im Haus pflegte.«

»Das glaub ich nicht. Das wüssten wir.«

»Deine Mutter weiß es sehr wohl.«

»Hedwig, meine Mutter hätte es mir bestimmt erzählt.«

»Ich denke nicht. Deine Mutter hat dir nie alles erzählt. Aber wenn du mir nicht glaubst, frag sie doch. Vielleicht erzählt sie es dir ja. Vielleicht auch nicht.«

Was es auch immer mit der Geschichte mit dem Toten meiner Großmutter auf sich haben sollte, Hedwig hatte sich augenscheinlich endgültig beruhigt.

Sie zuckte mit den Achseln und ging ins Haus. Ich stapfte etwas ungelenk hinterdrein, denn das Steißbein meldete sich erneut in meinem Schmerzzentrum an.

»Lisa«, Hedwig ging beherzt auf Lisa zu, die neben dem verrenkt daliegenden Gregor auf der untersten Treppenstufe saß und sich den Ellenbogen rieb »wir sollten jetzt Ordnung schaffen. Schnell!«

Lisa sah von ihrem Ellenbogen auf.

»Das versuchen wir schon die ganze Zeit. Und wenn Sie nicht so rumgezickt hätten, wären wir schon ein ganzes Stück weiter.«

»Lisa!« Meine Stimme hatte einen drohenden Unterton angenommen. Für Streitereien blieb keine Zeit.

»Ist ja schon gut. Ich mein doch nur.«

»Also, wenn dieser Herr wirklich tot ist, tragen wir ihn gemeinsam runter in den Keller. Und heute Nacht begraben wir ihn und den anderen Herrn unter dem Fliederbaum, wie es sich gehört«, versuchte Hedwig das Regiment im Haus wieder an sich zu bringen, während sie sich zu Gregor hinabbeugte und kurzsichtig blinzelnd seinen Puls am Handgelenk suchte, als ob sie uns beiden nicht zutraute zu erkennen, ob jemand tot war oder nicht. Erwartungsgemäß konnte Hedwig den Puls nicht lokalisieren und richtete sich schließlich kopfschüttelnd auf.

»Ich werde für die beiden eine Messe lesen.«

»Hedwig, du glaubst doch gar nicht an Gott«, warf ich ein.

»Das ist schon möglich. Aber man weiß ja nie und sicher ist sicher. Im Übrigen solltet ihr ihn bekleiden. Eine unbekleidete Leiche schickt sich nicht.«

Ich konnte Hedwigs Logik nicht folgen und verweigerte das Ansinnen, Zeit damit zu vergeuden, indem wir Gregor anzogen. Es war inzwischen spät genug. Lisa argumentierte ähnlich und so ergab sich Hedwig unserer Übermacht und bestand nicht darauf.

Um sie zu erfreuen, erklärte ich ihr, ich hielte ihre Idee mit dem Flieder für eine äußerst praktische Lösung.

Es war eine Lüge, jedoch nur eine winzig kleine, entschuldbare, denn auf die Schnelle fiel mir nicht ein, was man mit gleich zwei Leichen anstellen sollte. Mir war bislang nicht mal eine Lösung für die Entsorgung von Gerhard Meinhards Leiche eingefallen.

Und so ganz blöd war Hedwigs Einfall nicht. In den letzten sechzehn Jahren hatte sich keiner unserer Gäste jemals bis an diese Ecke vorgewagt, da Hedwigs Haus für jeden Besucher wie ein unsichtbares Stoppschild wirkte. »Bis hierher und nicht weiter.« Jeder Besucher hatte es respektiert, ohne dass jemals eine solche Anweisung erteilt worden war.

Ich hatte nur ein Problem: Gerhard Meinhard würde von seiner Tochter vermisst werden. Ganz sicher. Und wenn wir Pech hatten, hatte uns trotz seiner und meiner Diskretion irgendjemand zusammen in dem Café gesehen und erkannt. Andererseits blieb mir nichts anderes übrig. Ich sah mich gezwungen, es darauf ankommen zu lassen.

Ob Gregor von jemandem vermisst werden würde, konnte ich nicht einschätzen. Ich wusste nur, dass er in den letzten sechs Wochen außer von seinem Dealer nicht einen einzigen Telefonanruf erhalten hatte. Das hatte mich zwar gewundert, doch ich hatte es nie angesprochen.

Gregor hatte mir lediglich zu Anfang unserer Bekanntschaft erzählt, dass er, als er meine Heiratsvermittlung aufgesucht hatte, ziemlich abgebrannt gewesen war.

Er hatte in irgendeinem Billighotel am Hamburger Hauptbahnhof logiert, da er ein paar Tage zuvor gerade von einem Achtmonatstrip durch Asien zurückgekehrt war.

Gearbeitet hatte er definitiv nicht, und wovon er lebte, war mir schleierhaft. Meine Agentur hatte er aufgesucht, weil er daran gedacht hatte, sich eine möglichst reiche »Schickse«, wie er sich ausdrückte, an Land zu ziehen, von deren Vermögen er dann leben wollte.

Mir ging durch den Kopf, ob er vielleicht gar spekuliert hatte, ich sei eine potentielle Heiratskandidatin, und deshalb ausgerastet war, als er von meinem Ehemann gehört hatte. Wenngleich ich von Anfang an klargestellt hatte, dass ich an ihm nur als Liebhaber interessiert sei.

Wie auch immer, nun war er hin, mein Ersatztraining im Eimer und seine Zukunft Vergangenheit.

So schnell konnte das gehen. Erstaunlich.

Lisa hatte die ganze Zeit nur schweigend dagesessen, sich Ellenbogen und Unterarm gerieben und zugehört.

»Das werden wir nicht tun«, schaltete sie sich ein. »Das ist das Blödeste, was man machen kann.«

»Woher willst du denn das wissen?« Hedwig ging auf Lisa zu und sah sie grimmig an, Augenbrauen zusammengezogen, Mund verkniffen. Es war unklug, derart mit Hedwig umzugehen, doch Lisa hatte ihren eigenen Kopf.

»Aus dem Kino. Da stolpert immer zufällig irgendein Idiot oder blöder Hund über irgendwelche vergrabenen Leichen. Und wenn das da schon so oft passiert, will ich gar nicht wissen, wie oft das im wirklichen Leben vorkommt.«

»Was hat denn das Kino mit dem wirklichen Leben zu tun?«, fragte Hedwig beleidigt.

»Na, wenn das im Kino schon zu sehen ist, dann müssen die es ja irgendwo aufgeschnappt haben. Und demzufolge muss es häufig vorkommen.«

»Das nenne ich Logik.« Hedwig sah mich Beifall heischend an, aber aus dem Disput hielt ich mich raus.

»Und was schlägst du vor?«, fragte sie schließlich an Lisa gewandt.

»Wir fahren morgen nach Thüringen. Wir nehmen zwei Autos, packen die Typen hinten rein und schaffen sie so weit wie möglich von hier weg.«

Während sie sprach, schossen Lisas Augenbrauen vor Begeisterung über die eigene Idee in die Höhe, und sanfte Falten machten sich auf der sonst so jugendlich glatten Stirn breit. Ein debiles Grinsen überzog das Gesicht. Auf eine merkwürdige Art schien sie nicht ganz dicht im Kopf zu sein. »Dann packen wir sie in irgendein verlassen aussehendes Waldstück. Und wenn jemand übermorgen drüber stolpert, ist das auch wurscht. Da werden sie wenigstens nicht von irgendwelchen Tieren angefressen.«

»Mensch, Lisa, jetzt reiß dich mal zusammen!« Ich wandte mich an Hedwig und versuchte die Situation zu entschärfen. »Ich glaube, die jungen Leute von heute gucken zu viele Horrorfilme.«

Hedwig schüttelte gekränkt den Kopf und zuckte resigniert mit den Schultern, während die weiße Spitze ihres Kragens auf dem blauen Kleid in kleinen Wellen auf- und niedertanzte.

»Aber vielleicht hat sie Recht. Vielleicht ist es gar nicht so abwegig«, nahm ich Lisas Gedanken auf, der mir nach kurzer Überlegung doch nicht so abenteuerlich erschien. »Ich meine, mal ehrlich. Die Nummer hat drei nicht zu schlagende Vorteile: Erstens wird uns, wenn wir es nicht entsetzlich dämlich anstellen, niemals jemand mit den beiden Toten in Verbindung bringen. Zweitens wird die Autopsie ergeben, dass der eine einem Herzinfarkt oder Ähnlichem und der andere einer Überdosis Rauschgift erlag. Mit anderen Worten, beide starben ohne so genannte Fremdeinwirkung – oder wie das in der Gerichtsmedizin auch immer heißt. Und drittens wird es in die Zeitung kommen und dann wird ganz Deutschland grübeln, weshalb die beiden Toten zwar eigentlich eines natürlichen Todes starben, der eine aber ein paar Knochenbrüche und ein Loch in der Stirn hat und der andere eine Glasscherbe im Ohr, die da erst nach seinem Tod hineinkam. Und den Zusammenhang kriegen sie nie raus. Das ist genial. Lisa, das ist einfach genial. Mal unabhängig davon, dass sie nach einer Autopsie einen Sarg und ein ordentliches Begräbnis bekommen.«

Auch meine Augenbrauen schlugen sich euphorisch zum Haaransatz durch, dürften aber tiefere Falten auf meiner vierundvierzigjährigen Stirn hinterlassen haben. Was soll's. Wir Mädels waren unter uns.

»Und die Schwellung da zwischen den Beinen?«

»Lisa!« Mein Blick warnte sie, mein eher ridiküles Abenteuer vor Hedwig auszubreiten.

»Das wird nur für noch mehr Verwirrung sorgen. Alles in allem ist es wirklich ein überdenkenswerter Vorschlag.«

Ich beugte mich zu Lisa hinunter und drückte ihr einen schnellen Kuss auf die wieder jugendlich faltenfreie Stirn, die sie schon während meiner Bewegung in Sicherheit zu bringen trachtete. Lisa hat tatsächlich einen Schaden, durchzuckte es mich. Aber ich hatte weder die Zeit noch die Nerven, mich ausgerechnet jetzt mit den Psychomacken meiner Angestellten auseinander zu setzen.

2

Nachdem Hedwig, Lisa und ich Gregor an jenem missratenen Donnerstagmorgen unter Mühen in die Garage, die über den Keller zu erreichen war, geschafft hatten, räumten wir auf und putzten auf Hedwigs Geheiß hin das Haus und Gregor samt seiner Brille, um mögliche Fingerabdrücke zu entfernen. Hedwig hatte Lisa und mir ein paar Gummihandschuhe spendiert, die wir artig trugen. Wir hatten beide keine Lust, uns mit ihr über diesen Unfug auseinander zu setzen. Das hätte nur Stress gegeben, und wir hatten auch ohne eine gereizte ältere Dame mehr als genug um die Ohren.

Gerhard Meinhard ließen wir in der Truhe. Der Mann musste mit meinen Fingerabdrücken übersät sein. Ich ignorierte es, Lisa schien es nicht zu interessieren, und Hedwigs emsiges Hausfrauengehirn kam erfreulicherweise nicht auf die Idee, den Mann in der Truhe von den Spuren meiner Tatkraft zu befreien.

Ich besaß hinreichende Gründe, nicht auf meine Fingerabdrücke hinzuweisen. Zum einen waren meines Wissen weder meine noch Lisas, schon gar nicht Hedwigs irgendwo registriert und zum anderen wollte ich den Anblick von Gerhard Meinhard niemandem häufiger als notwendig zumuten. Sein Gesicht hatte erheblich an menschlicher Kontur verloren, wie es sich jeder halbwegs fantasiebegabte Leser vorstellen kann.

Ich muss gestehen, dass ich an der morgendlichen Putzerei nur marginal beteiligt war. Ich war die Chefin, bezahlte die beiden und gestattete mir selbstverständlich ein paar Privilegien.

Endgültig entzog ich mich der Aufräumarbeit gegen zehn, also nach knapp zwanzig Minuten, da Sarah Baerenbaum, zweiundvierzigjährige Erbin in spe aus angesehener und vermögender Familie einen Termin bei mir hatte und ich ihr weder absagen noch sie warten lassen wollte. Ich musste mich vielmehr dringend um sie kümmern. Das war eine Frage der Professionalität – und eine des Geldes, das sie bereit war, für meine Dienstleistungen bar auf den Tisch zu legen. Ohne Quittung. Für das Finanzamt unantastbar.

Solche Kunden musste man lieben. Instinktiv.

Sarah Baerenbaum war intelligent und gebildet, doch von einer derart erbärmlichen Ausstrahlung, dass sie selbst ihr Vermögen als eine Art Schmerzensgeld für den zukünftigen Gatten betrachtete, wie sie mir bei einem unserer ersten Treffen ein paar Wochen zuvor gestanden hatte. Eine Einsicht, die mich einerseits hoffen ließ, wenngleich ihr Anblick mich andererseits zutiefst deprimierte und auf den ersten Blick zu keinerlei Optimismus berechtigte. Blicke, die dem ersten folgten, zeitigten ein ähnlich ernüchterndes Ergebnis.

Auf Sarahs Pünktlichkeit konnte ich mich ebenso verlassen wie darauf, dass sie erbarmungswürdig gekleidet sein würde. Sie ließ sich die schrecklichsten Outfits von ebenso schrecklichen Verkäuferinnen aufschwatzen, die mehr am Umsatz denn am Wohlbefinden ihrer Kunden interessiert waren. Von dieser Kategorie gibt es mehr als genug, bemerkenswerterweise in Edelboutiquen. Sie wissen schon, diese Art Verkäuferin, von der der Kunde weiß, dass sie zu wenig Geld verdient, um sich das feingeschneiderte Kostüm oder Ähnliches zum regulären Ladenpreis selbst zu gönnen, die aber dennoch unverdrossen der Meinung ist, der Glamour der Marke färbe auf sie ab. In ihrer dummdreisten Arroganz ignorierend, dass sie zu den unteren Chargen gehört. Leider vergaßen das auch einige Kundinnen.

Ich vergaß es nie. Ich war mit Personal groß geworden und nicht gewillt, mir eine anmaßende Behandlung bieten zu lassen.

Im Gegensatz zu solch bedauernswerten Geschöpfen wie Sarah Baerenbaum. Die mochte zwar gleichfalls mit Hausmädchen aufgewachsen sein, hatte aber nie die Gelegenheit erfahren, meinen Gleichmut, ja fast möchte ich es Gleichgültigkeit nennen, zu verinnerlichen.

Dabei wusste Sarah Baerenbaum durchaus um die geschmacklichen Pleiten, die ihr gelangweiltes Personal aufschwatzte, wurde aber absolut hilf- und wehrlos, sobald sie einen der durchgestylten Glamourtempel betrat. Das erzählte sie mir jedenfalls und ich glaubte es.

Meiner Meinung nach gehörte die Frau auf die Couch eines erfahrenen Therapeuten, bevor man sie auf die Männerwelt loslassen konnte, egal, was ich ansonsten von derlei Typen halte: Bis auf wenige Ausnahmen nämlich gar nichts.

Sarah Baerenbaum hatte jedenfalls bisher standhaft einen Besuch bei Therapeuten oder Motivationscoachs verweigert, weshalb die Suche nach den Vorzügen ihrer Persönlichkeit an mir hängen blieb, ob ich es nun toll fand oder nicht. Und Sie dürfen mir glauben, ich fand diese Herausforderung alles andere als toll.

Lisa hatte auf Sarah Baerenbaums Klingeln hin ihre Putzerei unterbrochen und die Tür geöffnet, die Kundin routiniert umgarnt und in mein Büro geführt, wo die Frau nun auf der Kante eines Loyd-Lloom-Sessels hockte, die Schultern hochgezogen, die Hände im Schoß zusammengepresst, den Kopf mit dem natürlich gelockten, kupfergoldenen Haar gebeugt.

»Hallo, Sarah, wie geht es Ihnen? Schön, Sie wiederzusehen.«

Sarah hatte mich offenbar nicht kommen hören, denn sie schrak zusammen, als sie meine Stimme in ihrem Rücken vernahm, sah jedoch weiter auf ihre Hände hinab. Während sie nach unten starrte, ging ich um meinen Schreibtisch herum, machte es mir auf meinem Stuhl bequem, wartete auf eine Reaktion und musterte sie.

Sie trug hellgrüne, spitz zulaufende Schuhe mit einem winzigen Absatz, die eher zu Lisa denn zu einer Zweiundvierzigjährigen gepasst hätten, und einen giftgrünen Leinenrock, dessen Länge modisch-elegant das Knie umspielte. Ich war mir jedoch sicher, dass sie den auch tragen würde, wenn die Länge gerade nicht modern war. Ihren schmalen Oberkörper verbarg ein überweiter, pink-grün gemusterter Seidenpulli mit kurzem Arm. Ein Bündchen raffte die Weite auf der Hüfte zusammen, so dass der Pullover wir ein erschlaffter Ballon über dem schmal geschnittenen Rock hing. Eine pinkfarbene Tasche komplettierte das Ensemble, das ihre Proportionen missachtete, ihre schlanken Beine verkürzte und sie zum Hintern hin birnenförmig auseinander laufen ließ. Ihr Farbgefühl ließ mich frösteln.

Dabei besaß sie ein ausdrucksvolles Gesicht mit einer kleinen, doch zu den Proportionen passenden Nase, deren Flügel zwar eine Spur zu weit auseinander liefen, ihrem Gesicht aber eine markante Note verliehen. Kupfergoldene Augenbrauen verliefen sichelförmig über den grüngelben Augen. Ihr Kinn war ein wenig zu eckig geraten, verlieh ihr jedoch einen herben Reiz. Der helle Teint strahlte feinporig und feuchtigkeitsprall – typische Nichtraucherhaut – und war übersät mit zierlichen Sommersprossen.

»Hallo, Sarah! Sind Sie noch da? Wollen wir ein wenig über die Möglichkeiten einer Eheanbahnung plaudern?«

Ich beugte mich nach vorn über meinen Schreibtisch, das Kinn in die Hände gestützt. Sarahs Blick wanderte auf meine Ellenbogen zu, kroch die Unterarme entlang, über mein halblanges Haar hinweg und traf mein Gesicht.

Ich lächelte sie an. Keine Reaktion.

»Sarah? Kommen Sie schon. Ich habe nicht unendlich viel Zeit.«

Sensibilität hin oder her, manchmal richtete die Holzhammermethode mehr aus.

»Ich weiß nicht genau, ob es richtig war wiederzukommen.« Sie sah mich Hilfe suchend an. Wie bei jedem Besuch zuvor. Ein Begrüßungsritual, ohne das sie nicht klarkam. Ich wappnete mich mit Geduld. Versuchte es jedenfalls. Geduld ist nicht gerade eine meiner herausragenden Eigenschaften.

»Weshalb glauben Sie das?«

»Ich bin nicht sicher, was ich hier will.«

Das war ich zwar auch nicht, aber es war mitnichten mein Job, ihre Zweifel zu bestätigen.

»Sie erhoffen sich einen Rat, nehme ich an. Vielleicht gar einen Mann. Immerhin betreibe ich ein Heiratsinstitut und kein Therapiezentrum.«

»Ich weiß nicht.« Sie stockte, sprang auf und tänzelte vor meinem Schreibtisch hin und her. »Ich bin nicht sicher, was ich erhoffe.«

»Sarah, setzten Sie sich wieder.«

»Nein. Bitte nicht. Ich muss mich bewegen.«

Ihr Rock schwang hin und her, umspielte die Knie, während die Füße kurzzeitig weitertrippelten, bis Sarah schließlich breitbeinig auf der Stelle verharrte. Die spitzen Absätzen hatten ein klopfendes Geräusch auf meinen Pitchpine-Dielen verursacht. Ich sah die Unmenge kleiner Abdrücke schon vor mir, die sie gerade in das wunderschöne Holz gesteppt hatte. Doch was sollte ich tun?

Obwohl ihre Füße nun ruhig standen, schwang ihr Oberkörper weiter, als sei die Frau eines jener kugelrunden Stehaufmännchen meiner Kindheit, das jemand angetippt hatte und das gemächlich ausschwang.

»Hören Sie auf. Und setzen Sie sich endlich. Bitte. Sie machen mich nervös.«

Sie unterbrach ihr Schwingen.

»Wirklich? Meine Mutter ignoriert es einfach.«

»Ich bin nicht Ihre Mutter«, entfuhr es mir, inzwischen etwas gereizt. So viel Geduld besaß ich nicht. »Also, bitte, setzen Sie sich wieder.« Endlich kam sie meiner Bitte nach. »Und wenn Sie sich erinnern: Ich versuchte, ehrlich zu Ihnen zu sein, und empfahl Ihnen, in Ihrer Verfassung lieber kein Date anzustreben, sondern zunächst einmal an sich zu arbeiten. Sie müssen sich also inzwischen entschieden haben, etwas in Ihrem Leben zu ändern. Sonst säßen Sie nicht vor mir.«

»Ich habe etwas geändert. Ich versuche es ja. Ich habe meine Kreditkarte dabei. Ich wollte Sie bitten, mich zu einer Shoppingtour zu begleiten, um mir zu helfen, mich neu einzukleiden.« Jetzt lächelte sie, mit kühlem Blick, wie ich erstaunt wahrnahm. Ich hatte zuvor kaum in ihre Augen geschaut, weil mich meine Erfahrung gelehrt hatte, es bei verunsicherten Klienten zu unterlassen. Sie hielten fremden Blicken nur schwer stand und fühlten sich durch einen direkten Blickkontakt häufig irritiert. Sarahs Haltung straffte sich fast unmerklich, ihre Augen trafen die meinen. Emotionslos, abschätzend, kühl.

Die Frau war ein Überraschungsei und keiner wusste, was drin war. Trotz meiner Menschenkenntnis, auf die ich stolz bin, hatte ich nicht geahnt, dass sie entschieden mehr Selbstbewusstsein besaß, als die verpfuschte Erscheinung vermuten ließ.

Sie klang keineswegs mehr schüchtern. Ich schaute verblüfft drein, während sie fortfuhr: »Ich meine, wenn Sie nicht zu beschäftigt sind. Und natürlich zahle ich für Ihre aufgewendete Zeit.« Ihre Sätze irritierten mich ebenso wie der selbstbewusste Tonfall ihrer Stimme.

»Sarah, ich bin keine Modeberaterin. Wir können Ihnen nicht mal eben in einer Boutique ein neues Stilbewusstsein kaufen.«

»Aber vielleicht würde es mir helfen, wenn Sie mich begleiten. Ich würde mich sicherer fühlen. Sie haben doch all das, was Sie an mir vermissen: Stil, Selbstbewusstsein und Ausstrahlung.«

»Sarah, Sie hätten sich von jedem aus Ihrer Familie oder Ihrem Freundeskreis begleiten lassen können …«

Sie unterbrach mich mit einer fahrigen Handbewegung.

»Nein, hätte ich nicht. Ich habe keine Freunde, ich wollte auch nie welche. Und meine Mutter übersah mich geflissentlich, während mein Vater ohnehin nie da war. Er lebt schon seit dreißig Jahren ausschließlich in Miami.«

»Ihre Eltern sind geschieden?«

»Nein«, sie winkte ab. »Sind sie nicht. Sie treffen sich zu besonderen Anlässen mal hier, mal dort.«

»Dann leben sie also getrennt.«

»Ja, so könnte man das wohl umschreiben.«

»Wie alt ist Ihre Mutter eigentlich?«

Ich erinnerte mich an ein paar Klatschgeschichten, die ich zufällig gelesen oder von denen ich über Bekannte gehört hatte. Ihre Mutter organisierte Edelpartys, Vernissagen und einen kulturellen Salon, zu dem alles drängte, was in der Kunstszene einen Namen hatte. So mancher mit so genanntem Namen blieb dennoch außen vor, weil Anna Baerenbaum neben der so genannten künstlerischen Größe oder Bedeutung Wert auf Umgangsformen legte. Und die gingen im Verlauf eines alkoholseligen Empfangs bei so manchem so genannten Künstler zum Teufel.

»Einundsechzig. Aber das sieht man ihr nicht an.«

Ich nickte, denn auf den Fotos sah Mama Baerenbaum aus wie Anfang fünfzig.

»Ich vermute, sie hat einen ausgezeichneten plastischen Chirurgen.«

Sarah zog amüsiert die Nase kraus und lachte auf. Na, siehst du, Baby, dachte ich, geht doch.

»Sie bemühte einen Südafrikaner in Kapstadt. Sie behauptete immer, von dem ließen sich auch irgendwelche Filmgrößen behandeln.«

»Na, die werden wohl kaum nach Kapstadt fliegen.«

»Angeblich wird er nach New York eingeflogen, wenn ich mich recht erinnere.«

»Aha.« Ich überlegte kurz, ob ich ihr sagen konnte, was ich zu sagen hatte, doch bevor ich eine Entscheidung traf, hatte sich mein Mund schon verselbständigt. »Sagen Sie mal, kann es sein, dass Ihre Mutter Sie nicht mag, ich meine, noch nie mochte, weil Sie sie daran erinnern, wie alt sie ist?«

Es war mir sehr wohl bewusst, dass ich mich gerade auf dem Rummelplatz psychologischer Binsenweisheiten begab.

»Kann sein. Jedes Mädchen erinnert seine Mutter daran, dass sie älter wird.«

»Untertreiben Sie mal nicht. Sie sind kein Mädchen, sondern eine erwachsene Frau, die das Alleinsein satt hat. Aber lassen wir das für heute. Ich mache Ihnen einen Vorschlag: Ich kann Sie heute keinesfalls zu einem Einkaufsbummel begleiten. Aber wenn es Ihnen recht ist, gehen wir nächsten Mittwoch früh shoppen. Wie finden Sie das?«

Sarah sah mich zweifelnd an, entschied sich aber offenbar, meinem Vorschlag zu folgen, erhob sich, um sich von mir zu verabschieden und legte einen bereits ausgefüllten Scheck auf den Schreibtisch.

»Für Sie.«

Ich sah die Summe und blickte auf. »Das ist zu viel. Ich bekomme keine Siebenhundertfünfzig Euro für ein Gespräch. Und ihre Aufnahmegebühr haben Sie längst entrichtet.« Natürlich meinte ich es nicht ernst und ich kannte die Reaktion auf dieses Verhalten.

»Nehmen Sie schon, es ist in Ordnung.«

Das war einer der Sätze, den die Alltagspsychologie für derartige Situationen vorschrieb – und der prompt kam. Schließlich hindern gewiefte Geschäftsfrauen ihre Klienten nur zum Schein daran, ihr Geld zum Fenster rauszuschmeißen.

Zumal dann, wenn der erkleckliche Betrag in den eigenen Besitz übergeht. Ich war gewieft.

Ich nahm den Scheck, deponierte ihn in dem Safe, der in der Wand hinter meinem Schreibtisch eingebaut war, und begleitete Sarah aus dem Haus. Erstaunt registrierte ich, dass sie diesmal nicht den üblichen dunkelblauen BMW, sondern ein elegantes, silbergraues Mercedes-Cabriolet fuhr. Nichts passte an der Frau zusammen. Aber schließlich: Was hatte ich damit zu tun?

Ich hatte eigene Probleme.

Ich kehrte zurück ins Haus. Hedwig, der Lisa zur Hand gegangen war, hatte es in dieser knappen Stunde auf Hochglanz poliert und inzwischen sogar die Badezimmertür repariert. Provisorisch mit Alleskleber, wie sie erklärte. Aber fürs Erste würde es reichen. Später könnten wir die Kassette immer noch von einem Tischler ersetzen lassen.

Die zwei waren also längst zur Tagesordnung übergegangen. Hedwig stand in der Küche und bereitete Spaghetti Carbonara vor, zu denen sie Rucolasalat servieren wollte, während Lisa Zeitung lesend auf einem der Küchenstühle saß. Sie fragte, wie es mit Sarah Baerenbaum gelaufen war, und vertiefte sich nach einer kurzen Erklärung, alles sei bestens und sie käme Mittwoch wieder, erneut in ihre Lektüre.

Normalerweise hätte ich sie nachdrücklich darauf aufmerksam gemacht, dass ich sie nicht fürs Zeitungslesen bezahlte. Doch diesmal schwieg ich. Sie hatte sich eine Pause verdient.

Wir aßen gegen ein Uhr gemeinsam zu Mittag, köstlich. Ich zog mich in mein Büro zurück, ließ mir von Hedwig noch einen Milchkaffee servieren und verbrachte den Nachmittag mit langweiligem, doch notwendigem Schreibkram.

Hedwig holte ihren Motorroller, eine weinrote Vespa Cooper, für die sie keinen Führerschein benötigte, aus der Garage, setzte ihren neongelben Sturzhelm mit dem kleinen Klappvisier auf, unter den ihre große, rosafarbene Brille wunderbar passte, und zuckelte mit wehendem Kleid nach Duvenstedt, um frische Eier, Gemüse und ein Suppenhuhn direkt vom Bauern zu kaufen. Meistens besorgte sie das auf dem Wochenmarkt. Doch da ihr Lieblingsbauer in den Ferien und auch der »Ersatzbauer« nicht aufzutreiben waren, fuhr sie lieber zu einem Hofladen in Duvenstedt, statt im Supermarkt einzukaufen.

Die Sache mit den Leichen jedenfalls hatte sich für den Rest des Tages erledigt.

Noch in derselben Nacht, Lisa wurde zu bezahlten Überstunden vergattert, luden wir Gerhard Meinhard in der Tiefgarage meines Hauses mitsamt der Truhe in den Audi A8, den mein Gatte fuhr, wenn er denn zu Hause war.

Glück muss Frau haben – oder einen Ehemann, der ein besessener Autonarr ist und entweder das schnellste oder zumindest das größte Auto fahren muss. Den A8 hatte er gekauft, weil er so ziemlich das längste und breiteste Auto war, das damals in Deutschland produziert wurde. Und außerdem ließ sich die Rückbank teilen und umklappen. Eine Sonderausstattung, auf der mein Mann bestanden hatte, obwohl ich ihn damals für bescheuert erklärt hatte. Was wollten wir mit einer umklappbaren Rückbank? Fuhren wir etwa zum Zelten oder mit einer Großfamilie in ein Apartment? Dazu waren wir beide definitiv zu alt, mal unabhängig davon, dass es nicht unserem Niveau entsprach.

Wie auch immert. Die umklappbare Rückbank stellte sich nun als überraschend nützlich heraus. Mein Mann allerdings sollte, wenn es nach mir ging, von dieser Art Nützlichkeit besser nichts erfahren. Und ich hoffte sehr, in dem Fall ginge es nur nach mir.

Nachdem wir die Truhe, die schwerer als erwartet war, unter erheblichen Mühen und begleitet von einer Schimpfarie Hedwigs, wie unpraktisch und blöd die Idee sei, verstaut hatten, holten wir Lisas zehn Jahre alten Opel Kadett in die Garage und deponierten Gregor im Kofferraum. Das ließ sich sehr viel leichter an. Wir verpackten ihn so, wie er sich davongemacht hatte. In Unterhose und nur mit einem T-Shirt bekleidet. Die Sonnenbrille steckte ich in seine Jeanstasche. Gregors Jeans und Sweater kamen ins Auto und sollten zusammen mit den beiden Leichen im Wald entsorgt werden.

Wir hatten keine Lust, uns mehr als nötig mit dem Idioten zu befassen. Bis auf Hedwig, die sich nicht verkneifen konnte, noch einmal über unsere mangelnde Pietät gegenüber Toten herzuziehen, und Gregor auf seinem Gang zur letzten Ruhestätte anständig hergerichtet wissen wollte. Lisa und ich ignorierten Hedwigs erneuten Anfall und quittierten ihn mit beharrlichem Schweigen.

Schmollend steckte sie die Niederlage ein. Es war mir in dem Moment jedoch herzlich egal, ob sie grummelte oder nicht.

Den Kadett parkten wir vor dem Haus neben meinem Audi TT Cabrio, was mir nicht gefiel. Doch die Tiefgarage hatte dummerweise nur Platz für ein Auto, natürlich für das Superding meines Mannes. Da gab es für ihn gar keine Frage.

Wir fuhren Freitag früh erst kurz vor sechs Uhr los, obwohl Lisa und ich seit fünf Uhr abfahrbereit waren. Es lag an Hedwig und an meiner Mutter, die der Meinung war, sie könne mich zu jeder nachtschlafenden Zeit anrufen, wenn ihr der Sinn danach stand und sie nicht schlafen konnte. Meistens stand ihr der Sinn morgens zwischen fünf und sieben Uhr danach.

Über die Jahre hatte ich vergeblich versucht, ihr diese Marotte auszutreiben. Meine Mutter hatte sich meine Beschwerden verständnisvoll angehört, Besserung gelobt, zwei, drei Tage durchgehalten und dann postwendend wieder zum Telefonhörer gegriffen. Meistens teilte sie mir zu dieser nachtschlafenden Zeit so weltbewegende Dinge mit wie die, dass sie vorhabe zum Friseur zu gehen, ihr Wasserhahn tropfe oder dass sie keine frische Milch mehr im Haus habe.

So manches Mal hatte ich wütend in mein Kopfkissen gebissen, um sie nicht anzubrüllen, sie solle mich mit ihrem Alltagskram endlich in Ruhe lassen oder mich zu einer vernünftigen Zeit anrufen. An jenem Morgen rief sie an, um mir mitzuteilen, dass der Gärtner am Nachmittag zuvor den Rasen gemäht hätte und an diesem Tag noch einmal wiederkommen würde, um ihren Zugang zur Alster von Schilf und Farn zu säubern. Das wüchse ja bei weitem zu schnell.

Ich hatte ihr Recht gegeben, was ihren Wortschwall keineswegs eingedämmt hatte.

Das war allerdings an diesem Tag auch nicht so dramatisch, weil Hedwig darauf bestand zu hüpfen und es weder Lisa noch mir gelang, sie von ihrer manischen Springerei abzubringen.

Bevor wir uns also auf den Weg machten, hastete sie noch einmal nach Hause, um Humpelkasten zu springen. Das tat sie immer dann – jedenfalls solange meine Mutter und ich sie kannten –, wenn sie sich über irgendetwas sehr erregte. Dann rannte sie nach hinten zu ihrem Haus, egal, ob wir gerade Gäste hatten oder ein Auflauf aus dem Ofen musste, und sprang einmal Hüpfkasten. Oder Himmel und Hölle, wie es in manchen Gegenden auch genannt wurde.

Meine Mutter hatte sich über die Jahre vergeblich bemüht, ihr diese Marotte auszutreiben. Schließlich hatte sie kapituliert und Hedwig von einem Malergesellen einen Kasten auf die Terrasse pinseln lassen. Mit wasserfester Außenwandfarbe. Bei jedem Neuanstrich des Hauses wurde die Farbe des Kastens mit aufgefrischt. Mein Vater erklärte meine Mutter für verrückt, zog aber nach einem handfesten Streit, bei dem meine Mutter mit der Zuckerdose nach ihm warf, erstens den Kürzeren und zweitens die Konsequenz. Er schwieg fortan.

Also, nicht, dass jemand glaubt, mein Vater hätte sich unterbuttern lassen. Nein, nein. Er wusste nur sehr genau, wann es keinen Sinn mehr ergab, gegen den Willen meiner Mutter zu opponieren. Ein schlauer Schachzug von ihm, finde ich. In dem Fall waren die Männer früherer Generationen bei weitem gelehriger und flexibler als die, mit denen sich meine Generation herumplagt. Mein Mann zum Beispiel streitet sich mit mir bis aufs Messer, wenn er der Meinung ist, er hätte Recht. Und er glaubt natürlich ständig, er sei im Recht.

Der rechthaberische Irrsinn meines Mannes geht sogar so weit, dass er bisweilen den Himmel für grün erklärt. Ob der nun blau ist oder nicht, interessiert ihn in solchen Momenten nicht die Bohne. Ein verbreitetes Verhalten bei den Männern meiner Generation, wie ich an meinen Klienten beobachtete.

Für mich ist der Himmel dagegen blau, wenn er blau ist. Aber bläuen Sie das mal einem Mann ein, der unbelehrbar darauf beharrt, der Himmel sei grün.

Mein Vater meinte natürlich auch, er sei im Recht. Dennoch hielt er schließlich den Mund. Um des eigenen Friedens willen. Es hatte ihn nämlich mitnichten erfreut, sich nach dem Zuckerdosenangriff erneut ins Bad begeben zu müssen, duschen und sich umkleiden zu müssen. Mal abgesehen davon, dass ihm postwendend eine grünblau changierende Beule über der linken Braue wuchs, die im Verlauf des Tages bis zum äußeren Augenlid hinabwanderte und ihn für knapp zwei Wochen entstellte.

Mein Papa also lernte die Lektion meiner Mama. So schlau ist heute jedoch kaum noch ein Mann. Und das ist schade. Es würde die ehelichen Auseinandersetzungen auf ein Minimum reduzieren. Allerdings warfen moderne Frauen wie ich auch nicht mit Zuckerdosen, sondern griffen mit Worten an. Vielleicht war ja meine Mutter da auch schlauer als meinesgleichen, die wir alles ausdebattieren wollten.

Hedwig also verschwand nach dem ersten Kaffee zu sich nach Hause, und obgleich ich sie aufhalten wollte und in den Küchenstuhl zu pressen versuchte, schüttelte sie mich ab und erhob sich mit so viel Schwung, dass der Stuhl nach hinten überkippte.

»Oh, tut mir Leid.« Sie hob den Stuhl auf und war auch schon verschwunden.

Ich rannte hinter ihr her, aber sie bewegte sich trotz ihrer kurzen Beine so flink, dass ich sie nicht einholen konnte, zumal sich mein gestauchtes Steißbein wieder meldete und schmerzte.

»Ich springe jetzt, also lass mich gefälligst in Ruhe«, wehrte Hedwig mich ab, als ich um das Haus herum auf die Terrasse trat und mich ihr näherte.

»Hedwig, wir müssen los!«

»Aber so viel Zeit muss jetzt sein.« Herausfordernd sah sie zu mir herüber, die Lippen zu einem Strich zusammengepresst.

Hätte ich es nicht eilig gehabt und wäre ich nicht auf ihre Hilfe angewiesen gewesen, hätte ich mir Hedwig spätestens jetzt zur Brust genommen.

Stattdessen schaute ich ihr gebannt zu. Sie hatte einen kleinen Stein in den ersten Kasten zu ihren Füßen geworfen, stand nun auf einem Bein, das andere angezogen, davor und musterte die Distanz zum zweiten Kasten mit seitlich geneigtem Kopf.

Dann sprang sie los und überflog wippend und flatternd den ersten Kasten, um im zweiten zu landen.

Die ganze Person wogte hin und her, als sie dort auf einem Fuß zum Stehen kam. Pony, Kopf, Schultern, der runde Busen und das Kleid schwangen auf und nieder, während sich ihr weißer Kragen in ihren Haaren verfing und aufrecht stehen blieb.

Nach einer kleinen Pause, die sie einlegte, um ihr Gleichgewicht wiederzufinden, sprang sie schließlich zum nächsten Kasten.

»Hedwig! Jetzt beeil dich.«

»Treib mich nicht an.« Hedwig hielt inne. »Treib mich ja nicht an. Dann konzentriere ich mich nicht richtig und falle womöglich um.«

»Ja, und verletzt dich auch noch, weil du dir dein dämliches Messer wieder an den Gürtel binden musstest.«

Hedwig funkelte mich böse an, während sie, auf einem Bein schwankend, ihr Gleichgewicht zu bewahren versuchte.

»Es ist immer dort, wie du weißt. Und was geht es dich überhaupt an, Claire? Man kann nie wissen, zu was so was gut ist. Vielleicht brauchen wir es ja im Wald.«

»Als ob man ein Messer nicht auch in der Handtasche mit sich führen könnte.«

Hedwig wollte etwas erwidern und öffnete den Mund, doch inzwischen schwankte sie gefährlich, während ich einen Schritt auf sie zumachte und sie am Arm abstützen wollte. »Lass das gefälligst. Es wäre gemogelt und ungültig«, stieß sie hervor.

Ich trat erschrocken zurück. Es fehlte gerade noch, dass sie auf die Idee käme, von vorn zu beginnen. Resigniert winkte ich ab. »Okay, Hedwig, ich warte. Spring.«

Hedwig nahm neuerlich Schwung und sprang konzentriert und mit zusammengekniffenen Augen von einem Kasten zum nächsten. Die Falte zwischen ihren Brauen trat überdeutlich hervor und verlieh ihrem Gesicht einen verbissenen Ausdruck.

So ging das eine ganze Weile lang, bis sie schließlich wieder vor dem ersten Kasten landete, den Stein aufnahm und ihn in den zweiten warf.

Es hatte keinen Sinn, sie zur Eile zu bewegen. Ich wollte mich gerade umdrehen und zu Lisa zurückgehen, als geschah, was ich am meisten befürchtet hatte: Hedwigs ausgetretene Gesundheitsschuhe konnten die ausgeleierten Bänder an den Knöcheln nicht halten. Sie knickte beim Aufprall des Fußes seitlich weg, schrie auf, wankte, ruderte mit den Armen, stürzte zur rechten Seite, fing den Aufprall mit den Händen ab, fiel aber dennoch auf ihre Hüfte und stieß einen unterdrückten Schrei aus, der in eine leises Wimmern überging. Die Löckchen wippten, der Kragen, der sich kurz zuvor in ihren Haarsträhnen verfangen hatte, fiel ordnungsgemäß auf ihre Schultern zurück.

Sie wimmerte weiter und rieb sich die rechte Hüfte – in die sich selbstverständlich der Griff des Messers gebohrt und wohl eine schmerzhafte Prellung verursacht hatte. Ich eilte zu ihr, betete, sie möge sich außer dieser eventuellen Prellung bitte, bitte nichts getan haben, und reichte ihr die Hand, um ihr beim Aufstehen behilflich zu sein.

Sie schaute hoch, Tränen in den überraschten Augen.

Ich sagte nichts. Sie versuchte mühsam, sich an meiner Hand hochzuziehen. Es gelang nicht, so dass ich ihr schließlich unter die Achseln griff, um ihr aufzuhelfen.

Sie stand, ein wenig unsicher zwar, aber sie stand – und streckte mir ihre beiden Hände entgegen, deren Innenflächen aufgeschürft und verschmutzt waren. Aus der einen oder anderen Abschürfung traten winzige Bluttropfen hervor. Nichts Dramatisches. Ein wenig säubern, ein wenig desinfizieren und verbinden. Mehr nicht.

»Kannst du laufen?« Ich sah sie fragend an.

Sie nickte, den Kopf gebeugt. Entdeckte ich da einen Hauch von Scham?

»Hast du ein Taschentuch dabei?«

Kopfschütteln.

»Soll ich dir helfen, die Wunden zu säubern?«

Hedwig sah nun doch zu mir hoch und fand ihre Sprache wieder, während sie immer noch mit den Tränen kämpfte.

»Nein, nein, lass mal. Ich kann das schon allein.«

»Bist du sicher?«

»Ja, ist schon gut, brennt nur ein wenig. Geh du schon mal ins Haus. Ich komme gleich nach.«

»Okay.«

Was hätte es auch gebracht, da draußen dumm rumzustehen und zu warten, bis Hedwig, die ein wenig humpelnd in ihrem Haus verschwand, wieder auftauchte?

Ich kehrte zu Lisa in die Küche zurück.

»Springt sie wieder?«

»Ja.«

»Na, das kann ja dauern.«

»Nein. Sie kommt gleich. Sie ist gestürzt.«

»Gestürzt? Ach du Scheiße! Hat sie sich was getan?«

»Nein, ich glaub nicht, nur ein paar Schürfwunden an den Händen und eventuell eine Prellung an der Hüfte.«

»Meinen Sie nicht, dass Hedwig ein bisschen verrückt ist?«

Ich musterte Lisa, die am Küchentisch saß, die Ellenbogen aufgestützt, mit beiden Händen eine Tasse Kaffee umklammernd, die sie zwischendurch immer wieder zum Mund führte.

»Wer ist nicht verrückt?«

»Ich, ich bin nicht verrückt.«

»Willst du damit sagen, ich sei verrückt?«

Lisa beugte ihren Kopf über die Kaffeetasse. Geschickt – ihre langen blonden Haare verwehrten einen Blick in ihr Gesicht. Mir war klar, dass sie grinste.

»Lisa?! Antworte!«

Sie hob den Kopf – und lächelte.

»Darüber habe ich mir kein Urteil zu erlauben.« Pause. Ich

wollte gerade erwidern, dass ich sie dazu aufgefordert hätte, als sie fortfuhr: »Sie wissen doch: Meine Mama hat gesagt, man soll sich nicht in die Angelegenheiten seiner Arbeitgeber einmischen. Früher oder später bringe das immer Ärger.«

»Aber du hast dich doch schon bei Gregor eingemischt.«

»Das stimmt aber so nicht. Sie haben mich gerufen.«

Sie hatte Recht. Ich ließ es auf sich beruhen. Klar war Lisa der Meinung, ich sei nicht ganz richtig im Kopf. Aber interessierte mich das wirklich?

Hedwig unterbrach meine Gedanken.

Sie kam, vom eiligen Gehen schnaufend und mit hochrotem Kopf, zu uns herein. Die linke Mittelhand hatte sie bandagiert, die Finger einzeln umwickelt. In der anderen Hand trug sie eine Verbandrolle.

»Na endlich. Ich dachte schon, wir kämen hier überhaupt nicht mehr weg.« Lisa sah Hedwig vorwurfsvoll an.

Hedwig überhörte den Vorwurf in Lisas Stimme, gab mir die Verbandrolle und wies auf ihre rechte Hand.

»Ob Sie mir mal behilflich sein könnten?«

»Reicht nicht ein Pflaster?«, fragte ich.

Es war spät und ich wollte längst unterwegs sein.

»Nein, tut es nicht.« Hedwigs Stimme signalisierte, dass Widerspruch zwecklos war.

Ich nahm den Verband und umwickelte Hedwigs Hand.

»Bitte jeden Finger einzeln.«

»Hedwig, jetzt hör auf, die sind doch gar nicht verletzt.«

»Sind sie doch.«

»Aber man sieht nichts.«

Hedwig sah mich unwillig an und spreizte erwartungsvoll die Finger. Ich begann, jeden Finger einzeln zu verbinden. Je länger ich mit ihr diskutierte, desto länger hielt sie uns auf.

»Fertig. Wir können.« Ich erhob mich und sah Hedwig ins Gesicht.

Ein Speichelfaden hing an ihrem Kinn.

»Danke.«

Lisa und ich sahen uns erleichtert an. Endlich konnten wir in die Autos steigen.

»Sie haben Speichel am Kinn.«

»Lisa, darüber redet man nicht. Das ignoriert man.« Hedwig musterte Lisa strafend durch ihre rosarote Brille, während sie ein Taschentuch aus dem Wandschrank nahm und sich damit das Kinn abrieb.

»Wollen Sie damit sagen, ich soll Sie mit der Spucke durch die Gegend laufen lassen?«

»Ja, gewiss doch. Es stört doch niemanden und mir ersparst du eine Blamage.«

»Ach so. Wenn Sie meinen.«

Lisa drehte sich zu mir und zuckte mit den Achseln, während sie den Mittelfinger in Hedwigs Richtung ausstreckte. Das hieß so viel wie »Fick dich ins Knie«. Ein Spruch, der in meiner Gegenwart strikt verboten war. Ich rollte mit den Augen und drohte mit dem Zeigefinger zurück.

Um Viertel vor sechs kamen wir endlich los. Lisa saß allein mit Gregor in dem klapprigen Opel, und während der ganzen Hin- und später auch Rückfahrt musste ich darauf achten, dass ich sie mit ihrem lahmen Auto nicht verlor. Hedwig saß angeschnallt neben mir und freute sich, weil sie endlich einmal in einer Luxuslimousine fahren durfte. Das hatte sie sich gewünscht, seitdem mein Mann den Wagen vor zwei Jahren gekauft hatte, wie sie mir, kaum dass wir unsere Auffahrt verlassen hatten, kichernd gestand. Tja, und nun war es so weit.

Tiefrote Flecken überzogen Hedwigs Wangen, als sie in das Auto stieg. Sie war aufgeregt und mir schwante, dass sie wegen des A 8 und nicht wegen der Toten eine Runde springen gegangen war.

Ihre Aufregung verhinderte dennoch nicht, dass sie innerhalb von Minuten einschlief und erst kurz vor Jena wieder aufwachte.

Ich hatte entschieden, dass wir die Leichen nach Bremsnitz schafften. Das kleine Dorf in Thüringen hatte ich letztes Jahr gemeinsam mit Martin entdeckt, als wir in meinem Cabrio eine Woche durch die so genannten neuen Bundesländer gefahren waren. Thüringen hatte mir ausgesprochen gut gefallen, zumal es dort Ecken gab, die noch nie ein Tourist betreten hatte.

Bremsnitz, das sich, eine halbe Stunde von Jena entfernt, bescheiden, aber gepflegt in sanftes Hügelland duckte, war umgeben von Weiden, Weizenfeldern und Wald. Mit verschwiegenen Wegen und einem kleinen Weiher in der Nähe, strahlte es eine paradiesische Unschuld aus.

Das Dorf schien mir weit genug von jeder westlichen Großstadt entfernt und so abgelegen zu sein, dass man dort mit Sicherheit keine Leichen im Wald vermuten würde. Wenngleich mir in der Zwischenzeit der Gedanke gekommen war, dass es für unser Unternehmen vorteilhafter wäre, wenn die beiden Toten möglichst rasch gefunden würden.

Nur wenn der Zustand der Leichen einigermaßen passabel bliebe, würde sich bei einer Autopsie nachweisen lassen, dass die beiden Männer eines natürlichen Todes gestorben waren. Falls wirklich alles schief gehen sollte, hätte ich zwar einen prachtvollen Skandal am Hals, aber immerhin würde ich nicht als Mörderin angeklagt, sondern nur als feige, ihren Mann betrügende Ehefrau durch den Blätterwald geistern.

Doch was soll's. Ich hatte mich für das abgelegene Bremsnitz entschieden – und damit basta.

Kurz vor zwölf Uhr durchfuhren wir also den Ort.

Obwohl der Sommer allen durch seine gnadenlose Trockenheit und Hitze zu schaffen machte, hatte es am Morgen zu regnen begonnen. Das kleine Dorf lag unter einem dunkelgrauen Himmel wie ausgestorben.

Gleich hinter einem schäbigen Getränkeladen, der noch aus DDR-Zeiten zu stammen schien, bogen wir links ab, fuhren einen Hügel hinauf, an dem Weiher vorbei und erreichten nach zirka fünf Minuten ein für unsere Zwecke geeignet erscheinendes Waldstück, in das wir auf einem Forstweg zirka hundert Meter hineinfuhren.

Der Mischwald war ausreichend abgelegen. Niemand konnte uns beobachten. Aber – so Gott wollte – lag er andererseits nahe genug am Dorf, dass vielleicht ein Bauer oder Forstaufseher ihn durchstreifte und die Leichen fand.

Der Regen hielt unvermindert an. Wir parkten die Autos unter zwei am Wegrand stehenden Eichen, deren mächtige Kronen ein wenig Schutz vor dem Unwetter versprachen, und luden die Toten aus dem Kofferraum.

Bei Gerhard Meinhard erwies sich das Unterfangen als vergleichsweise harmlos, weil wir die Truhe nur an den Rand des Kofferraums ziehen mussten und sie dann einfach vornüber kippten. Gerhard Meinhard fand seinen Weg praktisch allein zum aufgeweichten Waldboden. Mit dem Gesicht voran, stürzte er in die nasse Freiheit.

Na ja, um der Wahrheit die Ehre zu geben, sollte ich vielleicht eingestehen, dass Meinhard einer gewissen Hilfe bedurfte.

Sein gebrochener Arm lag eingequetscht in einer Ecke und ich musste ein wenig zerren, um ihn zu befreien, was Lisa mit der Bemerkung »Mannomann, das haben Sie ja super hingekriegt« kommentierte. Sogleich schlug sie sich auf den Mund und blickte entschuldigend zu mir herüber. Und dann war da noch Meinhards verunstalteter Kopf, der in der anderen Ecke festsaß. Aber auch das bekam ich mit nachdrücklichem Ziehen hin, hatte jedoch wieder mal ein paar von Meinhards Haaren in meiner Hand. Weshalb der Mann ständig Haare ließ, war mir rätselhaft, denn so rabiat zog ich nun wieder nicht an ihm. Dachte ich.

Es erwies sich schnell als Illusion anzunehmen, das dichte Laubdach schütze uns vor dem Regen. Lisa und ich trugen zwar Wetterjacken, die mein Mann vorsorglich in seinem Auto mit sich herumfuhr und die uns schon ausgezeichnete Dienste geleistet hatten. Lisa und ich wurden trotzdem patschnass. Allein Hedwig kam ungeschoren davon. Dafür übergab sie sich bei Gerhard Meinhards Anblick gleich neben das Auto, so dass die Alufelgen von ihrem Erbrochenen bespritzt wurden. Sie fuhr sich mit den bandagierten Händen über den Mund und schleimige Reste ihres halb verdauten Frühstücks blieben an den Verbänden zurück. Weder Lisa noch ich wagten, den unappetitlichen Anblick zu kommentieren.

Gegen den Regen hatte sich Hedwig noch im Auto einen dunkelgrünen Fischerhut mit rostbraunem Nackenschutz übergestülpt und eine überdimensionale gelbe Fischerhose angezogen, unter der die Spitzen knallroter Gummistiefel hervorblitzten. Über der Hose trug sie eine kanariengelbe Jacke.

Hose und Jacke hatte sie normalerweise im Koffer ihrer Vespa bei sich. Als sie sich die Vespa gekauft hatte, das mochte etwa neun Jahre her sein, hatte ich ihr die knallgelbe Jacke einschließlich der roten Gummistiefel geschenkt, damit man die Frau bei Regen wahrnahm. Als ich ihr die in Geschenkpapier eingewickelten Regensachen damals überreicht hatte, packte sie sie erwartungsvoll aus, doch beim Anblick der leuchtenden Farben kniff sie den Mund unangenehm überrascht zu einem Strich zusammen. Sie hatte erwartet, ich hätte ihr etwas in ihrer Lieblingsfarbe Dunkelblau gekauft.

Ich klärte sie damals über die Wirkung von Signalfarben auf und unwillig gewöhnte sie sich mit der Zeit daran, in ihre gelbe Jacke zu schlüpfen, wenn sie der Regen bei einem ihrer Ausflüge überraschte. Immerhin überzeugte sie das leuchtende Gelb schließlich derart, dass sie sich eine gelbe Fischerhose kaufte, um ihr Regenoutfit zu komplettieren. Lediglich in der Größe hatte sie ziemlich daneben gegriffen, war aber zu stolz, die Hose umzutauschen.

An diesem Tag nun hatte sich Hedwig mit ihren bandagierten Händen ziemlich gequält, um sich ihr Regenzeug überzuziehen, meine Hilfe jedoch kategorisch abgelehnt. Typischer Fall von falschem Stolz. Lediglich beim Befestigen der Hosenträger durfte ich ihr behilflich sein.

Hedwig hing in der Männerhose wie ein Schluck Wasser. Das muss mal gesagt werden, auch wenn sie es nicht gern hört. Die Fischerhose war eindeutig für einen Bierbauch ausgelegt und ergoss sich in groben Wellen vom Brustlatz bis zum Oberschenkelansatz. Die Hosenbeine waren mindestens zwanzig Zentimeter zu lang, trafen auf den Stiefeln auf und bauschten sich in gleichfalls voluminösen Gummiwellen bis zum Knie.

Nach einer Weile begann der Dauerregen sich in den zahllosen Ausbuchtungen zu fangen und Pfützen zu bilden, die bei jeder Bewegung eine Ladung Wasser entleerten, egal, wohin. Leider auch auf meinen Nacken, als ich mich in den Kofferraum von Lisas Opel bückte, um nach Gregors Beinen zu greifen, und Hedwig dabei zu nahe kam. Ich richtete mich erschrocken und kreischend auf und prompt stürzte ein Teil des Wasserschwalls meinen Rücken hinunter und stoppte erst am festsitzenden Rand meiner knallengen Jeans, wo sich das kalte Nass gemächlich verteilte. Erfreulich war das nicht. Aber was war an diesem Morgen schon erfreulich?

Die Aufräumaktion dauerte nicht sehr lange, vielleicht eine gute halbe Stunde. Während Hedwig am Auto auf uns wartete, schleppten und zogen Lisa und ich die Leichen, erst die eine, dann die andere, gemeinsam ein Stück tiefer in den Wald hinein, wobei sich Meinhards linkes Hosenbein in einer aufragenden Wurzel verfing. Überrascht von dem abrupten Stopp, stolperte Lisa, riss und schüttelte dann wie eine Geistesgestörte an dem übergewichtigen Menschen herum, so dass das Hosenbein bis zur Hüfte aufriss. Ich hatte Meinhards Achselhöhle losgelassen, als ich bemerkte, dass wir mit einem Hindernis kämpften, und schaute verblüfft zu, wie Lisa sich quälte und fast ausraste-te. Ihre blonden Haare klebten in nassen Strähnen an Kopf und Schultern und der Regen rann an ihrer Hose entlang in die für dieses Wetter ungeeigneten Turnschuhe. Sie schien von all dem nichts wahrzunehmen. Entschlossen zerrte sie an dem schwergewichtigen Mann, bis sie ihn befreit hatte.

»Sie hätten mir ruhig helfen können«, meckerte sie in meine Richtung, nachdem wir Meinhard wieder ergriffen hatten und tiefer in das Waldstück hineinschleiften.

»Lisa, was soll das? Ich werde mich nicht einmischen, wenn du kurz davor stehst durchzudrehen«, keuchte ich und blickte auf, während mir der Regen in die Augen rann und das Make-up demolierte. Auch Lisas Make-up ließ zu wünschen übrig. Die Mascara schmierte in schwarzen Flecken um die Augen und von ihren einst violett geschminkten Lippen zeugte nur noch der dunkle Konturenstift, der den nunmehr blassen Mund monsterförmig rahmte.

»Ich bin doch gar nicht durchgedreht.«

»Hat aber nicht viel gefehlt. Ich dachte, du reißt dem Mann das Bein ab.«

»Na, wenn ich es allein auch nicht schaffe?«

»Dann hättest du eben etwas sagen müssen. Aber du hast an dem rumgezerrt wie eine Furie.«

»Und deshalb brauchen Sie mir nicht zu helfen und gucken einfach nur zu, wie ich mich abquäle? Ist ja toll.«

»Jetzt krieg dich wieder ein. Es tut mir Leid«, trat ich den Rückzug an. Es hätte gerade noch gefehlt, dass sie sich beleidigt ins Auto gesetzt und jede weitere Hilfe verwehrt hätte. Lisa schwieg zu meiner Entschuldigung und gemeinsam legten wir Meinhard unter einem Laubbaum ab.

Der Transport von Gregors Leiche gestaltete sich wesentlich einfacher. Allerdings sah der einst stattliche Endzwanziger danach aus wie ein Schwein, das sich wollüstig im Morast gewälzt hatte. T-Shirt und Unterhose waren wie Meinhards Edelanzug verschlammt, allerdings zierten Gregors nackte Beine zusätzlich zu dem Dreck ein paar unappetitliche Abschürfungen von dem wild wuchernden Wurzelwerk.

Wir warfen Gregors Oberkörper kurzerhand über Meinhards Brustkorb, so dass dessen malträtiertes Gesicht neben Gregors Hinterkopf nurmehr im Profil hervorlugte. Meinhards gebrochener Ellenbogen ragte in einem verqueren Winkel vom Körper ab, aber auch das ignorierten wir. Allerdings besaßen wir so viel Pietät, die Köpfe mit Gregors Jeans und Sweater zu bedecken.

Hedwig war uns beim Transport von Gregors Leiche gefolgt und beobachtete uns, die bandagierten Hände in den Taschen ihrer Gummihose vergraben, die Schultern hochgezogen.

»Das ist ja ein echtes Schweinewetter«, klagte Lisa mit einem Blick auf die schnell durchweichenden Kleidungsstücke zu unseren Füßen.

»Aber es hat den Vorteil, dass das Viehzeug zu Hause bleibt und die beiden nicht so schnell anfrisst«, erwiderte ich ungeduldig, da ich zurück ins Auto wollte.

»Aber stell dir mal vor, was sich hier an Maden und Ähnlichem entwickelt, wenn die Sonne morgen wieder scheint. Die hohe Luftfeuchtigkeit und die Wärme – ein Paradies für Maden und Fliegen.« Hedwig sah mich an. Der Regen perlte von ihrer Brille und lief über Nasenrücken und Wangen bis hin zur Oberlippe, wo sie die Tropfen mit flinker Zunge auffing.

»Also, ich finde«, warf Lisa ein, »wir rufen spätestens übermorgen die Polizei an und sagen, dass hier Leichen liegen.«

»Sticht dich der Hafer?« Hedwig zeigte Lisa einen Vogel, was vielleicht nicht ganz zu ihrem Alter, durchaus jedoch zur Situation passte.

»Wieso denn? Das machen wir natürlich anonym. Die zwei müssen ja noch halbwegs unversehrt sein. Schließlich sollen die eine Obduktion hinkriegen und sehen, dass die beiden eigentlich von Natur aus gestorben sind.«

Lisa sprach aus, was ich auf der Herfahrt gedacht hatte.

»Aber das geht doch nicht, Lisa, die können doch herausbekommen, woher der Anruf kommt.« Hedwig schüttelte verwundert den Kopf.

»Hedwig! Wir haben hier zwei Autos«, sagte Lisa. »Und spätestens Sonntag, wenn nichts über die Leichen in der Zeitung steht, fährt einer von uns« – ich winkte ab – »na gut, also ich«, fuhr Lisa fort, »wieder in die Nähe von diesem Kaff, am besten nach Jena, und telefoniert von einer öffentlichen Telefonzelle aus.«

»Sehe ich auch so.« Ich wollte die Diskussion beenden und ins Auto zurück. »Und jetzt lasst uns endlich zusehen, dass wir hier wegkommen. Ich hab es ein bisschen eilig.«

Lisa nickte. Hedwig sah mich vorwurfsvoll an.

»Wir gehen hier nicht weg, ohne ein Gebet zu sprechen.«

»Mein Gott, Hedwig! Jetzt hör mit diesen Albernheiten auf. Wozu soll das denn noch gut sein?«

»Das ist zur Vorsicht, damit die Toten auch ganz bestimmt ihre Ruhe finden.«

»Die ruhen doch längst.«

»Aber niemand hat ihnen die letzte Ehre erwiesen und sie der Güte Gottes anempfohlen.«

Bevor Lisa einen ihrer blöden Sprüche ablassen konnte, schnappte ich mir ihren Arm und drückte zu.

»Okay, Hedwig, sprich das Gebet. Je eher wir es hinter uns bringen, desto eher kommen wir hier weg«, sagte ich an Lisa gewandt.

Hedwig legte die Hände vor der glitschig nassen Gummihose zusammen und sprach mit ihrer Altstimme ein Gebet, dem Lisa und ich stumm lauschten, während der Regen weiter auf uns niederging.

Kaum hatte Hedwig die Laienandacht beendet und wir den Toten unisono ein letztes »Amen« hinterhergeschickt, rannten Lisa und ich zu den Autos zurück und krochen hinein. Hedwig trödelte hinkend hinter uns her. Die alte Dame musste aufpassen, nicht über das Wurzelwerk zu stolpern. Ungeduldig wartete ich auf sie.

Als sie endlich erschien, stieg sie nicht ein, sondern machte sich am Kofferraum zu schaffen und entnahm ihm eine Harke, die sie von uns unbemerkt hineingeschmuggelt hatte. Sie bedeutete mir, das Seitenfenster herunterzufahren und erklärte, wir sollten vorfahren, sie würde jetzt erst einmal unsere Fußspuren und Reifenabdrücke beseitigen. Ich wollte widersprechen, doch sie winkte ab, drehte sich um und eilte ungelenk, die ersten drei Meter jedoch schneller, als sie gekommen war, in den Wald zurück, die Harke hinter sich herziehend. An einer überirdisch treibenden Wurzel verhakten sich die Zinken wie zuvor schon Meinhards Hosenbein – und mir wurde klar, dass Hedwigs Säuberungswahn eine Weile dauern würde.

Ich bedeutete Lisa durch die Heckscheibe, ich führe vor und sie möge mir folgen. Auf dem unwegsamen Forstweg rumpelten wir etwas weiter in den Wald hinein, bis wir eine Abzweigung fanden, die uns gestattete, die Autos rückwärts hineinzusetzen, um zu wenden. Wir wendeten mit einiger Mühe auf dem morastigen Untergrund und fuhren den schlammigen Weg zurück, bis er wieder auf die schmale, geteerte Straße stieß, die nach Bremsnitz führte. Wir parkten die Autos hintereinander und beim Blick in den Rückspiegel sah ich Lisas Kühlergrill, der unter einer Lage aus Schlamm und Dreck kaum zu erkennen war. Das Kennzeichen allerdings auch nicht. Ich hoffte, mein Auto sähe ähnlich desaströs aus wie Lisas, lehnte mich im Sitz zurück, schloss für einen Moment die Augen, genoss die wohlige Ruhe, die allein durch das monotone Prasseln des Regens auf das Autodach gestört wurde – und wartete.

Es dauerte eine knappe halbe Stunde, bis Hedwig sich neben mich auf den Beifahrersitz fallen ließ, an ihren verschlammten Fischersachen herumzerrte, sie endlich ausgezogen bekam und in einen grauen Plastiksack stopfte, den sie schwungvoll zwischen den Vordersitzen hindurch nach hinten pfefferte.

Nun saß sie da in einem ihrer dunkelblauen Kleider mit dem weißen Spitzenkragen, als wolle sie zu einem Bridgenachmittag.

Die Frau war unschlagbar.

»Ich hätte gerne ein Taschentuch und einen Kamm«, bat sie mit einem raschen Blick in den Spiegel an ihrer Sonnenschutzblende. »Ich kann durch die Brille kaum noch etwas erkennen und sehe am Kopf verheerend aus.«

Ich reichte ihr das Gewünschte, sie fasste mit den bandagierten Fingern danach, den Mund zusammengekniffen von der Anstrengung, weder das eine noch das andere fallen zu lassen, und putzte die Brille, die in ihren unförmigen Händen fast verschwand. Ich bezweifelte, dass ihre Putzaktion von Erfolg gekrönt sein würde, denn die Verbände waren vom Regen durchnässt und von Erbrochenem und Dreck verschmutzt. Sie setzte die Brille auf und fuhr sich schließlich mit dem Kamm ungelenk durch die trotz des Hutes feucht gewordenen Haare. Ein überflüssiges Unterfangen – die Dauerwelle krisselte in alle Richtungen. Ich verkniff mir einen Kommentar.

Lisa war in ihrem Auto in der Zwischenzeit sanft entschlummert, wie mir ein Blick in den Rückspiegel offenbarte. Es blieb mir nichts anderes übrig, als nochmals in den Regen hinauszugehen und sie zu wecken. Ich klopfte an das Fenster, Lisa schrak hoch, schaute benommen in meine Richtung, lächelte entschuldigend und startete das Auto.

Durchnässt und erschöpft von der ungewohnten Tätigkeit machten wir uns auf den Heimweg.

Hedwig nickte innerhalb von zwanzig Minuten ein, ihr Kopf fiel nach vorn und schwang in den Kurven hin und her, was ihren Tiefschlaf jedoch in keiner Weise beeinträchtigte.

Ich wagte nicht, sie zu wecken, denn das hätte mit Sicherheit ein tolles Theater gegeben.

Ich hatte Hedwig in meinem Leben nur ein einziges Mal geweckt. Das reichte.

Ich war damals zwölf Jahre alt gewesen und hatte schüchtern an ihrem Ärmel gezupft und schließlich daran gezogen, da ich sie nicht wach bekam und meine Mutter sie unbedingt sprechen wollte. Mit dem Erfolg, dass sie schließlich lauthals schreiend aufgesprungen war, mir links und rechts eine runtergehauen und mir die Beine wegtreten hatte, bevor ich auch nur wusste, wie mir geschah. Schluchzend und geschockt lag ich ihr zu Füßen. Meine linke Augenbraue wies einen schmalen Riss auf, aus dem es ein wenig blutete.

Hedwig hatte auch nicht gewusst, wie ihr geschah. Sie hatte – wie später bei Eule – rein instinktiv gehandelt. Ein Nachlass aus Kriegszeiten, wie sie beteuerte, als sie mich aufhob und tröstend in die Arme nahm.

Sie erzählte, dass sie zu acht in einem ausgebombten Haus gewohnt hätten, von dem nur noch die Rückseite stand. Überdeckt von einem bizarr ausgebrannten Dachstuhl, gab es ein Zimmer, das als einziges von vier Wänden umschlossen war, und dort hinein hatten die Überlebenden des Bombenangriffs ihre verbliebenen Sachen geräumt. Viel war es nicht gewesen, wie sie beteuerte.

Von den damals gerade einmarschierten Russen gingen Gerüchte um, dass sie sich gerne junge Frauen schnappten und missbrauchten. Hedwigs Vater, ein alter Sportler, hatte die Reflexe seiner Tochter deshalb so lange trainiert, bis sie aus dem Halbschlaf heraus automatisch eine Verteidigungsposition einnahm. Breitbeinig stehend und laut schreiend schlug sie einfach zu. Egal, wen oder was sie traf.

Damals hatte sie mich getroffen.

Hedwig schlief also fest. Solle noch einmal jemand behaupten, ältere Menschen hätten einen leichten Schlaf. Völliger Quatsch. Hedwigs Tiefschlaf überstand auch rasantes Kurvenfahren unbeschadet, obwohl ihr Oberkörper hin- und herschwang. Dabei hätte ich sie brennend gern nach dem Toten meiner Großmutter gefragt.

Das musste nun leider bis morgen warten.

Meine Mutter hatte mich und Martin, meinen Mann, für Samstagnachmittag zum Kaffee in ihre Wohnung eingeladen.

Vielleicht ergab sich dort eine Gelegenheit, den angeblichen Toten unter Hedwigs lila Flieder zur Sprache zu bringen.

Die Fahrt durch den Dauerregen war anstrengend und kurz vor Kassel saßen wir in einem Stau fest. Ein Blick auf meine Uhr ließ mich befürchten, dass ich keinesfalls rechtzeitig in Hamburg sein würde, um meinen Mann vom Flughafen abholen zu können.

Vorsichtshalber rief ich Martins Sekretärin Laura auf dem Handy an und bat sie, sich bei der Lufthansa zu erkundigen, ob der Flug aus St. Petersburg pünktlich landen würde. Ich beauftragte sie, Martin unbedingt darüber zu informieren, dass ich mit dem Auto unterwegs sei und in einem Stau festsäße. Sie versprach es, und ich legte erleichtert auf. Wozu sind Sekretärinnen schließlich da? Für sie war es ein Leichtes, meinen Mann anzurufen, zumal davon auszugehen war, dass Martin nicht beim ersten Anruf erreichbar wäre. Schließlich war nicht kalkulierbar, wann er nach Verlassen des Fliegers sein Handy einschalten würde. So er es denn überhaupt tat. Doch das war nicht mehr mein Problem. Damit musste sich jetzt Laura auseinander setzen.

Unvermutet lichtete sich der Verkehr zehn Minuten später und wir hatten wieder freie Fahrt. Zerschlagen, doch einigermaßen rechtzeitig kamen Lisa, Hedwig und ich kurz vor neun Uhr abends zu Hause an. Hedwig hatte zwar das Erlebnis, im A 8 zu fahren, auf der Rückfahrt ebenso weitgehend verschlafen wie bereits auf der Hinfahrt, war aber wunderbar ausgeruht. »Ein großartiges Auto, in dem man schläft wie in Abrahams Schoß«, lautete Hedwigs Kommentar zu meiner Frage, wie sie denn den Audi nun fand.

Lisa fuhr heim zu Fred, bei dem sie seit sechs Wochen wohnte, und Hedwig machte sich in der Küche daran, ein Menü für zwei zu zaubern, während ich mich im Eiltempo in weiße Spitzenunterwäsche warf und meinen anthrazitfarbenen Lieblingsanzug über ein weißes T-Shirt zog.

Mein Mann mochte diesen Anzug besonders.

Es war in der Zwischenzeit neun Uhr geworden und ich hatte es eilig. Trotz meines vorsorglichen Telefonats mit Laura wollte ich nichts unversucht lassen, um halbwegs pünktlich am Flughafen zu sein.

Das war ich meiner Ehe schuldig – dachte ich da noch bestens gelaunt.

3

Der Verkehr zum Flughafen hinaus hielt sich in Grenzen, so dass ich mein Auto in Ruhe parken konnte und mir noch knapp fünf Minuten bis zur Ankunft blieben. Ausnahmsweise landete die Maschine ohne Verspätung, doch erfahrungsgemäß würde es eine Weile dauern, bis mein Mann sein Gepäck bekam. Ich schlenderte zum Blumenstand am Eingang der Halle und kaufte eine langstielige Lilie. Martins Lieblingsblume. Mein Mann flog Mittwochabend wieder zurück nach St. Petersburg, und ich hatte mir vorgenommen, uns dieses verlängerte Wochenende so entspannt und liebevoll wie möglich zu gestalten.

Die Lilie und die rattenscharfe Spitzenunterwäsche waren mein Einstieg in ein perfektes Wochenende. Allen Argumenten zum Trotz, die ich Lisa gegenüber vorgetragen hatte, als wir uns über Langzeitehen unterhielten. Klar, dass der Alltagssex zwischen Martin und mir nicht mehr so aufregend war, und klar, dass unser Sex einer gewissen Routine unterlag und wir den Körper des anderen bestens kannten. Was zwar kaum mehr für Überraschungen sorgen mochte, aber dennoch nicht zu verachten war.

Ich stand also dort, wartete auf meinen Mann, den ich seit Wochen nicht gesehen hatte, und freute mich wie eine frisch verliebte Zwanzigjährige. Ich konnte es kaum erwarten, ihn endlich wieder bei mir zu wissen, wenn auch nur für ein paar Tage, und träumte meinen Traum vom perfekten Sex mit dem fast perfekten Ehemann. Träumte von Verführung und Händen, die über meinen Körper glitten und ihn erkundeten, als hätten sie ihn nie zuvor berührt. Träumte von Lippen, die meinen Nacken kosten, träumte von überraschten Blicken und Erregung.

Und erspähte ihn.

Ich sah Martin, der am Gepäckband stand und sich immer wieder über die Schulter hinweg umschaute, als könnte er trotz Lauras Nachricht, ich säße im Stau fest, nicht erwarten, mich zu sehen. Mein Herz beschleunigte kurzzeitig den Rhythmus und meine Arme und Hände umschlangen mich selbst in Erwartung von Martins Händen auf meinem Körper. Prickelnde Erregung versetzte mich in einen Ausnahmezustand.

Diese Reaktion hatte ich nicht erwartet. Immerhin bin ich abgeklärt, tough, mit allen Wassern gewaschen und vor allem immun gegen Gefühlsduselei.

Martins Blick durchforstete die Menge vergeblich. In der Menschentraube war ich unmöglich auszumachen. Ich stand hinter einer älteren Frau und einem groß gewachsenen, breitschultrigen Mann, dem ich gerade bis zum Kinn reichte, stellte mich auf die Zehenspitzen und erhaschte ab und an einen Blick auf meinen Gatten.

Er sah klasse aus, wie er da so stand. Hochgewachsen mit dunkelbraunem Haar und klassischem Profil. Er trug eine braunrote Jacke aus dickem Rindsleder zu einer ausgewaschenen Jeans, unter der sich die durchtrainierten Oberschenkel abzeichneten. Ich freute mich, ihn zu Besuch zu haben. Freute mich sehr.

Und erstarrte zu einem Eiszapfen, als ich rund vier Meter vor mir Laura erblickte, eine lachsfarbene Rose in der Hand. Ich dachte, mein Herz setzt aus, ich träume, säße im falschen Film oder dergleichen. Ich war vor den Kopf geschlagen, fühlte mich wie ein Computer beim Systemabsturz. Sämtliche Programme auf der Festplatte meines Gehirns hatten sich davongemacht. Nichts ging mehr, nichts als Leere umgab mich, nichts als Entsetzen empfand ich. Meine Hände reagierten schlagartig mit schweißnasser Kälte, die Lilie entglitt ihnen und ein Stöhnen entfuhr meinem Mund.

Laura erwartete zweifelsfrei meinen Mann. Und zweifelsfrei stand das Abholen meines Mannes nicht in ihrer Jobbeschreibung. Ihre Anwesenheit ließ nur einen Schluss zu: Die zwei unterhielten ein privates Verhältnis.

Oder, um es anders zu formulieren: Diese blöde Tusse hatte ein Verhältnis mit Martin. Wozu sonst die Rose?

Das war der absolute Tiefschlag für mein Ego. Geradezu ein klassischer Knock-out. Das konnte ich nicht dulden.

Ausgelöst von einer Art Selbsterhaltungstrieb, entschied mein Gehirn innerhalb von Sekundenbruchteilen, ein Notprogramm zu aktivieren. Meine Gedanken krochen aus den Tiefen des Nirwanas zurück, begannen in meinem Kopf zu hämmern und verdichteten sich zu einem einzigen Wort: *Verrat*, klopfte es in den Schaltzellen meiner Vernunft oder dem, was davon übrig war. Martin verriet unsere Ehe, unsere Liebe – und meine Spitzenunterwäsche.

Was für ein Arschloch, was für ein Schuft. Für einen Augenblick verlor ich die Contenance und zermalmte mit meinem Absatz die Lilie, was der Mann vor mir mit einem erstaunten Blick über die Schulter zur Kenntnis nahm.

»Die Lilie kann doch nichts dafür, wenn Sie sich ärgern.«

»Ach, lassen Sie mich in Ruhe«, zischte ich ihn an und war gerade im Begriff, ihn zu packen und zur Seite zu schieben, um wutschnaubend auf Laura zuzuschießen, als Martin aus dem Terminal kam und sich suchend nach rechts wandte. Ich hielt in der Bewegung inne, während sich der Kerl, den ich von hinten noch immer festhielt, zu mir drehte und mich mehr neugierig als irritiert musterte.

Scheiß der Geier drauf. War mir doch egal, was der dachte.

Unfähig, mich zu bewegen, beobachtete ich Laura, wie sie mit der Rose winkte und Martins Namen rief.

Er schien sie nicht zu hören, beschleunigte seinen Schritt und begann zu strahlen. In die falsche Richtung. Laura war weit hinter ihm.

In dem Moment löste sich aus der Menschentraube, die direkt am Ende der Absperrung stand, Sarah Baerenbaum und eilte wehenden Haares auf meinen Mann zu. Der hatte den Rollenkoffer abgestellt und erwartete sie mit offenen Armen. Er fing sie auf, drehte sich mit ihr einmal um sich selbst, stellte sie zurück auf den Boden, und während sie ihre Arme um seinen Hals gelegt ließ, küsste er sie auf den Mund.

Mein ungläubiges Erstaunen war durch nichts zu überbieten.

Ein Blick auf Laura machte mir klar, dass sie genauso überrascht war wie ich. Ihr Arm mit der Rose verharrte in der Luft, während sich ihr Gesicht zu einer hässlichen Grimasse verzog. Die Frau begann zu schluchzen. Auf eine Weise, die ich nicht beschreiben kann, die sich aber weder aus Mitleid noch aus Zorn speiste, tröstete mich der Anblick ihrer Tränen. Ich ließ den Kerl vor mir los.

»Ist das da Ihr Mann?«, fragte er.

»Das geht Sie einen Scheißdreck an«, blaffte ich und wollte mich an ihm vorbeischieben.

»Hier nehmen Sie.« Er drückte mir eine Visitenkarte in die Hand. »Vielleicht kann ich Ihnen gelegentlich behilflich sein.«

Bevor ich reagieren konnte, hatte er sich von mir weggedreht und eilte auf einen zirka sechzehnjährigen Jungen zu, der aus dem Ankunftsterminal trat und unter einem riesigen Rucksack suchend hervorlugte.

Ich blieb allein zurück, steckte die Karte unbesehen in die Seitentasche meines Anzugs und starrte von Laura auf Martin, auf Sarah und zurück. Martin hielt die Frau noch immer umfasst, während sie wie ein Wasserfall auf ihn einredete. Sarah Baerenbaum, die von mir einen Mann beschafft haben wollte und der ich jedes Wort aus der Nase ziehen musste, quatschte ohne Punkt und Komma auf Martin ein, während ein selig-blödes Grinsen seine Lippen umspielte. Laura hatte den Arm sinken lassen und starrte ebenso gebannt wie ich auf das Paar.

Ich kam mir vor wie in einem Film, den ich nicht sehen wollte. Ratlos und überfordert von dem Geschehen vor mir, wusste ich nicht, was ich tun sollte.

Ich wusste nur eines: Gemütlich würde dieses Wochenende nicht werden, denn ich war sauer. Stinksauer. Zum Dreinschlagen enttäuscht, zu Tode verletzt, zum Schreien wütend.

Und mir war übel. Kotzübel. Die Übelkeit fraß sich vom Magen über die Speiseröhre in Richtung Mundhöhle, gemächlich, nichts überstürzend. Ich schluckte nervös, um den Brechreiz aufzuhalten. Ich konnte unmöglich zwischen all diesen Menschen auf den marmorierten Boden des Flughafens spucken, selbst wenn ich gerade begriff, dass mein Mann ein Verhältnis mit seiner Sekretärin hat oder zumindest gehabt hatte, ihm das aber offensichtlich nicht langte und er darüber hinaus eine Geliebte beglückte, die meine Klientin war. Da durfte einem selbst in meinem Alter und bei meiner Erfahrung schon mal schlecht werden.

Immerhin verfolgte ich keine Daily Soap, wobei weder »Lindenstraße« noch »Der Prinz von Bel Air« solche Geschütze auffuhren. Nein, diese Geschichte lief auf dem Hamburger Flughafen ab. Live. Und sie widerfuhr nicht irgendeinem Serienhelden, sondern mir. Ausgerechnet mir passierte da etwas richtig Entsetzliches, etwas, mit dem ich nie im Leben gerechnet hatte und auf das ich nicht vorbereitet war.

Ich meine, verstehen Sie? Liebhaber sind etwas völlig anderes. Also für mich jedenfalls.

Die Typen kommen und gehen. Sie sind absolut bedeutungslos und bedrohen meine Ehe in keiner Weise. Niemals würde ich auch nur einem von ihnen gestatten, mich vom Flieger abzuholen oder in meine Ehe einzubrechen.

Das hier war aber von einem anderen Kaliber.

Solche Geschichten widerfuhren einem niemals selbst. Das waren die Dramen, von denen man hörte, dass sie dieser oder jener Bekannten von dem und dem passiert waren. Da sagte man dann bedauernd: »O Gott, wie furchtbar. Die arme Frau«, dachte vielleicht ab und an über die betrogene Person nach und widmete sich dann wieder den eigenen Angelegenheiten.

Doch auf einmal saß ich selbst im Zentrum einer solchen Gemeinheit. Wobei das Perfide darin bestand, dass ich mir um meiner Ehe willen einen Haufen Ärger auf den Hals geladen hatte. Ich hatte meinen Liebhaber abserviert. Der hatte sich prompt eine Überdosis Drogen einverleibt und war ihr dann auch noch erlegen. Verdammter Idiot. Und Martin?

Diese Mistkrücke hatte nichts Besseres zu tun, als sich von seinen Geliebten abholen zu lassen. Oder wie sollte ich Laura und die Knutscherei mit Sarah Baerenbaum interpretieren? Laura Hesselbach ging ja noch. So halbwegs. Sie war vierzig Jahre alt, schlank, mittelgroß und trug die knallrot gefärbten Haare raspelkurz, was ihrem ohnehin herben Äußeren die Ausstrahlung einer Kampflesbe gab. Außerdem ließ der platte Hintern sehr zu wünschen übrig, weshalb ich nie auf die Idee gekommen wäre, mein Mann tausche mit einer solchen Frau seine Körperflüssigkeit aus.

Martin fand heruntergehungerte Mannweiber und Hinterteile, die ihn an Quarktaschen erinnerten, absolut unerotisch.

Und außerdem hatte Lizzie, die Laura von früher kannte, mir erzählt, Laura würde seit ihrer Scheidung vor vier Jahren zu viel trinken und so gut wie nichts essen. Sie befürchte, sie würde zu fett, was dümmliches Geschwätz war. An ihrer Figur gab es lediglich die der Schwerkraft nicht mehr Paroli bietenden Brüste zu bemängeln – und den platt gesessenen Po. Statt aber nun diese Mängel zu kaschieren, gefiel die Frau sich darin, den Po in enge Jeans zu pressen und den Busen in Tops zur Schau zu stellen, die das zitzenhaft Hängende besonders zur Geltung brachten.

Nun gut. Mein Mann schien Lauras Mängel geflissentlich übersehen zu haben. Aus welchem Grund auch immer. Vielleicht sprang Laura ja im Spagat vom Schrank. Wer weiß? Fest stand meines Erachtens nur, dass sie ihre körperlichen Defizite mit irgendetwas ausglich.

Doch was reizte Martin an dieser Sarah Baerenbaum? Eine Frau mit solcher Ausstrahlung als Konkurrenz zu mir! Undenkbar!

Immerhin bevorzugte ich stilvolle, sportliche Männer und betrog ihn auch nicht mit irgendeinem dahergelaufenen Idioten.

Und wie sie heute Abend aussah! Meine Güte. Rostrotes T-Shirt zu braunem ausgestelltem Rock, der die Knie umspielte. Wie langweilig. Hatte mein Mann keine Augen mehr im Kopf? Sah er nicht, mit was für einer Geschmacksverirrung er sich öffentlich abgab?

Allerdings musste ich zugeben, dass das T-Shirt hervorragend mit ihrem kupfergoldenen Haar harmonierte, ja es erst richtig zum Leuchten brachte, dass der Rock die richtige modische Länge besaß, und wahrscheinlich waren die Schuhe mit dem superkleinen Absatz sogar der letzte Schrei.

Aber ansonsten war das Outfit unter aller Kanone.

Und überhaupt: Mir wummerte vor freudiger Erwartung das Herz unter den Rippen und dabei hatte der Mann, der mein Ehemann war und diese Gefühlswallung wider jede Erwartung hervorgerufen hatte, ein Verhältnis mit gleich zwei Frauen.

Und dass er mit Sarah Baerenbaum irgendetwas laufen hatte, schien mir so klar wie das Amen in der Kirche. Oder weshalb sollte er sie küssen und dabei grinsen wie ein schwer verliebter Pennäler? Laura musste Ähnliches denken. Frauen besitzen nun einmal einen untrüglichen Instinkt für Betrug und Verrat. Meistens jedenfalls, und auf jeden Fall häufiger als Männer.

In dem Punkt sind die meisten Männer nicht über ein Neandertalerniveau hinausgekommen. Die bemerken nichts. Ihnen fehlt ein Gen für das instinktive Erkennen von Situationen, in denen sie gerade von einer Frau beschissen werden. Und ihnen fehlt außerdem eine überlebenswichtige Antenne. Männer spüren die Gefahr nicht, die von Frauen ausgehen kann. Das beste Beispiel war Gregor: Niemals hätte der Idiot vermutet, ich träte ihm in sein Heiligtum.

Mein Mann spielte offenbar in Gregors Liga. Er spürte nichts. Er sah nichts. Und er hörte nichts.

Martin bemerkte nicht, dass Laura aus der Erstarrung erwachte und ausholenden Schrittes auf ihn und Sarah Baerenbaum zueilte. Er hörte es auch nicht.

Er grinste immer noch wie blöd in Sarahs Gesicht, als Laura um ihn herumschoss, sich hinter Sarah, die ihr den Rücken zukehrte, stellte, mit der Rose weit ausholte und sie ihm links und rechts ins Gesicht schlug. Immer wieder. Über Sarahs Kopf hinweg.

Das saß. Ich wünschte mir möglichst viele, möglichst widerstandsfähige Stacheln an dem Rosenstiel, der meinem Mann um die Ohren knallte, während die Blütenblätter in hohem Bogen davonsegelten. Schade, die Rose war wirklich schön gewesen.

Martin schrie auf, die Frau in seinen Armen schrie auf. Und Laura keifte etwas, das ich aus der Entfernung nicht verstehen konnte, während Martin Sarahs Kopf mit etwas Verzögerung schützend an seine Brust zog. Das verhinderte allerdings gar nichts. Laura ließ den Rosenstiel fallen und zerrte Sarah nunmehr an den Haaren zu sich herum. Sie schrie ihr irgendetwas ins verblüffte Gesicht, ließ die Haare los und knallte auch Sarah eine. Mit der flachen Hand. Sarah Baerenbaums Kopf prallte zurück an Martins Brust. Dann griff Laura erneut nach ihren Haaren.

Es war ein glanzvoller Auftritt. Einer, den ich genoss und der mir trotz meines Schocks runterging wie Öl.

Die Köpfe der Umstehenden hatten sich dem Trio zugewandt. Das Raunen und Summen, das die Halle noch vor Sekunden erfüllt hatte, war erstorben. Über der Stille schwebte allein Lauras hysterisch-helle Stimme, die auch ich jetzt vernahm.

»Was erlauben Sie sich? Wie kommen Sie dazu, hier aufzutauchen? Was glauben Sie, wer Sie sind?« Ich wusste gar nicht, dass die Sekretärin meines Mannes derart gemein sein konnte, saß sie doch immer so steif und gebügelt in seinem Vorzimmer, als käme sie geradewegs aus dem Internat.

Sarah Baerenbaum versuchte, sich aus Lauras Klammergriff zu befreien, indem sie mit der einen Hand die eigenen Haare ergriff, mit der anderen an Lauras Handgelenk zerrte und ihren Kopf darunter hin und her wand.

Ich hörte Martins Stimme: »Lass sie los, um Gottes willen, Laura, beruhige dich! Bitte!«

Ha!, war alles, was ich denken konnte, Laura musste es ähnlich gehen. Sie starrte ihm ins Gesicht, ließ die Haare los und schubste die Frau zur Seite. Sarah Baerenbaum fiel stolpernd einem älteren Herrn in die Arme und Laura zischte Martin etwas zu, das ich nicht verstand.

Einige Leute beobachteten die Szene immer noch teils mitleidig, teils schadenfroh grinsend, andere eilten dem Ausgang zu. Letzteren schloss ich mich an. Ich hatte die Nase voll. Ich hatte hier nichts verloren. Sollte das Trio doch zusehen, wie es klar kam. Ich würde mir meinen Mann zu Hause vornehmen.

Zunächst einmal brauchte ich dringend ein wenig Ruhe zum Nachdenken, zum Sortieren dessen, was ich da gerade erlebt hatte.

Scheißescheißescheiße.

Das Wochenende mit Martin konnte ich definitiv abhaken. Vielleicht sogar meine Ehe. Auf jeden Fall konnte ich die weiße Luxus-Unterwäsche in den Tiefen meines Kleiderschrankes vergraben, sobald ich zu Hause war. Die wurde ganz bestimmt nicht mehr gebraucht.

Auf der Heimfahrt brabbelte ich wie aufgezogen vor mich hin: »Ich bin ganz ruhig und entspannt. Arme und Beine sind ruhig und entspannt. Die Wangenmuskulatur ist ruhig und entspannt.«

Dieses ganze Zeug, das sich autogenes Training nennt und erfahrungsgemäß nur dann klappt, wenn man ohnehin entspannt ist.

Ich war definitiv nicht entspannt.

Mein Fuß auf dem Gaspedal zitterte, meine Hände umklammerten das Lenkrad, als hinge mein Leben daran, und ein Blick in den Rückspiegel offenbarte mir, dass ich kurz davor stand durchzudrehen. Meine Augen starrten mir mit einem Ausdruck irrer Verständnislosigkeit entgegen. Fehlte nur noch, dass mir die Haare zu Berge standen. Taten sie natürlich nicht.

Vor mir schaltete in dem Augenblick, in dem ich mich im Spiegel betrachtete, eine Ampel auf Rot. Ich bremste hektisch – oder glaubte zu bremsen. Mein zittriger Fuß fand entgegen meinem Willen den Weg nicht zur Bremse, sondern zurück aufs Gaspedal. Krachend fuhr ich auf meinen Vordermann auf. Ich erwischte einen Mercedes.

Mein Kopf knallte durch den Aufprall nach vorn – mitten hinein in den Airbag des A 8. Na, jedenfalls funktionierte er, wie es sich gehörte.

Während ich mich durch den Ballon wühlte, öffnete jemand die Fahrertür. Der Typ, der mir seine Visitenkarte überreicht hatte, schaute herein.

»Alles in Ordnung?«

»Nichts ist in Ordnung. Das sehen Sie doch«, fauchte ich, während er mir die Hand reichte und aus dem Auto half.

Er stützte mich auch dann noch, als ich längst stand. Ich zitterte wie Espenlaub.

»Gestatten Sie, Knut, Knut Meiser.«

»Claire Hillger.«

Der Mann musterte mich, als sei ich reif für die Notschlachtung.

»Hören Sie, Sie können in dem Zustand unmöglich noch weiterfahren. Lassen Sie das Auto hier stehen. Ich fahre Sie.«

»Das kann ich nicht stehen lassen, es gehört meinem Mann«, murmelte ich und entwand mich der Hand, die meinen Unterarm stützend hielt.

»Kommen Sie, so wie Ihr Kühler und Ihre Motorhaube aussehen, dürfte der Wagen kaum mehr fahrtauglich sein. Rufen Sie den ADAC an und lassen Sie ihn in die nächste Werkstatt schleppen. Das ist eindeutig vernünftiger. Sie waren doch vorhin auf dem Flughafen schon völlig durch den Wind.«

»Reden Sie nicht in diesem Ton mit mir!«

»Tut mir Leid, ich wollte Ihnen nicht zu nahe treten. Dennoch sollten Sie nicht allein fahren.«

»Ja und? Wie komme ich hier weg?«

»Ich fahre Sie.«

»Sie?« Ich betrachtete den Mann, der sich als Knut Meiser vorgestellt hatte, etwas genauer. Kantiges Gesicht, Anfang fünfzig, athletisch-bulliger Körperbau, braune, nette Augen. Nicht mein Typ, wie ich trotz meiner Anspannung wahrnahm. Ich stehe nicht auf braune Augen.

»Ja, ich. Kommen Sie, lassen Sie uns den ADAC anrufen.«

Ich wehrte mich nicht länger gegen den Vorschlag. Ich war zu erschöpft. Gemeinsam mit Knut Meiser und seinem Sohn, der inzwischen aus dem Auto gestiegen war, warteten wir auf den ADAC, der innerhalb einer Viertelstunde kam, und erledigten die Formalitäten, um das Auto in die Werkstatt schleppen zu lassen.

Meisers Mercedes hatte durch den Aufprall einiges abbekommen. Die Stoßstange zierte eine tiefe Delle, das linke Rücklicht war im Eimer, der Kotflügel hin. Das erklärte mir Meiser, während wir warteten, beruhigte mich aber zugleich, ich hätte bestimmt eine Versicherung – ich nickte –, er habe am Montag sowieso einen Termin in der Werkstatt zur Inspektion, und ich solle mir über derlei Lappalien keine Gedanken machen.

Ich machte mir keine, nahmen doch die Flughafenerlebnisse jede Gehirnzelle in Anspruch. Dennoch registrierte ich dankbar, dass Knut Meiser sich mehr um mich als um sein Auto sorgte. Martin hätte, wie ich ihn kannte, einen Tobsuchtsanfall bekommen, wenn ihm eine Frau derart gnadenlos hinten reingefahren wäre. Aber Martin war ja auch ein Vollidiot, wie ich gerade erfahren hatte.

Meiser jedenfalls fuhr mich nach Hause.

Ich war mir nicht sicher, ob Martin inzwischen auch daheim angelangt war, wappnete mich aber mit der Ausrede, ich hätte auf der Abfahrt von der Autobahn einen Auffahrunfall verursacht, weil irgendein Idiot völlig widersinnig gebremst hätte, und der A 8 wäre nun in der Werkstatt. Martin würde es schlucken.

Und wenn nicht, war es inzwischen auch egal.

So richtig gelogen wäre es außerdem nicht, immerhin war ich jemandem hinten reingefahren.

Mein Mann war nicht daheim und Hedwig hatte vergessen, die Außenbeleuchtung einzuschalten, weshalb mich das Haus in ungastlicher Dunkelheit empfing. Schemenhaft war es durch die mehr als fünfzig Jahre alten Rhododendronbüsche entlang der Auffahrt zu erkennen. Unter einem vorgezogenen Giebel starrten zwei Reihen mannshoher Fenster in das schummrige Licht dieser Sommernacht. Meine Großmutter, nach deren Vorstellungen das Haus errichtet worden war, liebte das Flair von Südstaatenvillen und hatte sich ihrer beim Bau unseres Hauses als Vorbild bedient. Zwei rot gepflasterte Treppen schwangen sich in eleganten Bögen zu einer Terrasse hinauf, über die man zu der zweiflügeligen Haustür gelangte. Ein weit ausladendes Giebeldach, das von zwei konischen Säulen getragen wurde, schützte den Eingangsbereich gegen Regen und anderen Wetterunbill.

Normalerweise freute ich mich auf den Anblick des Hauses. An diesem Abend jedoch war er mir unheimlich.

Selbst der zarte Duft, der den gerade verblühenden Rhododendronblüten entströmte und den man erst wahrnahm, wenn man direkt an den stattlichen Büschen vorbeiging, konnte das ungute Gefühl, das in mir nagte, nicht verdrängen.

Auch gut. Oder nicht gut.

Es war inzwischen zwanzig nach zehn. Wo auch immer Martin sich rumtrieb, was auch immer er noch erledigte – mich hatte er nicht auf der Rechnung. Dass ich dem Stau längst entkommen sein und zu Hause auf ihn warten könnte, schien ihn nicht zu kümmern. Die Befindlichkeit der anderen Frauen besaß Priorität. Eine deprimierende Einsicht. Sachlich betrachtet.

Ich war aber nicht sachlich.

Ich war emotional hochgradig getroffen, geradezu ausgehebelt worden. Vielleicht galoppierte ich geradewegs auf einen Nervenzusammenbruch zu. Jedenfalls heulte ich schon mal unkontrolliert vor mich hin, während ich die Auffahrt entlangging. Ich erklomm die Stufen zur Terrasse mit weichen Knien und fingerte mit zitternden Händen und tränenden Augen den Schlüssel ins Schloss. Es dauerte eine Ewigkeit.

Immerhin brachte mich die Fummelei auf eine Idee: Ich würde meinen Mann heute Nacht unter keinen Umständen ins Haus lassen.

Er hatte seine Chance gehabt: Er hätte direkt vom Flughafen nach Hause kommen können. Er hatte die Chance nicht genutzt. Sollte er doch zusehen, wo er nächtigte. In meinem Schlafzimmer jedenfalls nicht.

Ich steckte den Haustürschlüssel von innen ins Schloss und drehte ihn so, dass er quer steckte und Martin ihn keinesfalls herausstochern konnte. Tränen tropften auf den Schlüssel. Ich ging hinunter in den Keller zur elektrischen Anlage des Hauses und legte den Sicherungsschalter für die Garage um. Damit versagte die Torautomatik und Martin würde auch über diesen Zugang nicht ins Haus gelangen. Das Haus war somit uneinnehmbar.

Ich weinte noch immer, wenngleich allmählich ein gemeines Grinsen auf meinen Lippen festfror. Lange hielt die Schadenfreude jedoch nicht an.

Alsbald tigerte ich ruhelos durch die Räume, wog die Argumente ab, die für ein Aussperren meines Manne sprachen, klaubte die Gegenargumente zusammen – und entschied, ich hätte richtig gehandelt. Eine Einsicht, unter der mein Tränenstrom langsam versiegte.

Ich zog mich aus, warf die Unterwäsche in die schmutzige Wäsche und klaubte sie sofort wieder hervor. Ich war jetzt weniger deprimiert als vielmehr wütend. Wutschnaubend stopfte ich die Unterwäsche in einen von Hedwigs Müllsäcken, wo sie zwischen Milchkartons, Filtertüten und Plastikverpackungen landete, und entsorgte den Sack draußen im Müllcontainer.

In dieser sündhaft teuren Superspitze würde mich niemand mehr sehen. Basta.

Natürlich konnte die Spitzenwäsche nichts für meine Frustration. Schließlich bin ich nicht blöd. Oder wenn, dann nur so ein klitzekleines bisschen.

Dennoch konnte ich mich nicht gegen das zwanghafte Entsorgen der Beweise für meine schmähliche Erniedrigung wehren. Und ich fühlte mich so gottverdammt erniedrigt, entwürdigt, beleidigt.

Ich löschte die Lichter, verkroch mich in mein Bett – und wartete. Entgegen jeder Vernunft. Ich wartete endlos lange, bangend, jeden Augenblick das Geräusch zu vernehmen, mit dem der Schlüssel vergeblich ins Schloss gesteckt würde, harrte ungeduldig auf ein stürmisches Klingeln, ein Pochen an der Tür, auf laute Rufe. Nichts geschah.

Ich wälzte mich von einer Seite auf die andere, knüllte mir das Kopfkissen um Ohren und Augen, in der federweichen Umhüllung Schutz und Trost suchend. Tränen schossen erneut hervor und benetzten das Kissen warm und feucht.

Trotz meines Kummers muss ich irgendwann eingeschlafen sein, denn ich erwachte von einem nervtötenden, penetranten Klingeln. Ich zog mir die Bettdecke über den Kopf, um dem schrillen Ton zu entkommen.

Es läutete weiter. Schließlich klingelte das Handy. Ich ignorierte auch das. Es war kurz vor zwei Uhr.

Sollte der Mann, auf den ich mich noch Stunden zuvor gefreut hatte, doch schlafen, wo er wollte. Bei mir schlief er nicht. Das hatte er sich verscherzt.

Meine Konsequenz kostete mich einiges. In meiner Haut tanzten die Nerven Rock'n'Roll, in meinem Kopf wühlte das Chaos und ich fühlte mich hundsmiserabel, auch wenn ich mich im Recht wähnte.

Ich wäre so gern aufgestanden, hätte so gern ungeschehen gemacht, was ich auf dem Flughafen erlebt hatte, hätte meinen Mann so liebend gern neben mir liegen gehabt, mich von ihm in die Arme nehmen und mir versichern lassen, wie froh er sei, endlich bei mir zu sein. Stattdessen lag ich hier allein und hatte nicht einmal einen Liebhaber parat. Sie wissen schon, dieses stimmungsaufhellende Johanniskraut gefrusteter Mittvierzigerinnen.

Irgendwann erstarb das Läuten.

Ich drehte mich um und versuchte wieder einzuschlafen. Vergeblich. Durch meinen Kopf tobten Laura, Sarah Baerenbaum, Meinhard, das Auto, Gregor und meine Situation.

Ich stand schließlich auf, machte Licht und ging hinüber in Martins Arbeitszimmer.

Ich wollte Gewissheit. Irgendwoher, irgendwie.

Normalerweise war es nicht meine Art, in den Unterlagen meines Mannes zu wühlen. Das wusste Martin und so ging er mit seinen Rechnungen und Briefen sorglos um. Doch außergewöhnliche Situationen rechtfertigen außergewöhnliche Maßnahmen, nicht wahr? Und meine Ehe befand sich in einem Ausnahmezustand.

Ich begann mit dem Durchforsten von Martins Handyrechnungen, die er säuberlich in einem Aktenordner abgeheftet hatte. Ich ging die Rechnungen der letzten sechs Monate durch, also bis Januar zurück.

Ich begann jede einzelne gewählte Nummer auf einem Zettel aufzulisten und jedes Mal einen Strich zu machen, wenn sie sich wiederholte.

Ich fand Lauras Handynummer als eine der ersten, die sich regelmäßig wiederholte. Martin hatte sie täglich angerufen. Bevorzugt, wenn er sein Büro verlassen hatte und auf dem Heimweg war. Die Zeiten schwankten zwischen 18.30 Uhr und 21.00 Uhr. Hätte ich Laura nicht auf dem Flughafen erlebt, ginge diese Telefoniererei als normal durch. Schließlich war sie seine Sekretärin. Aber so?

Ich suchte die Rechnung für Mai, die Martin noch nicht abgeheftet hatte, und fand sie in einem verschlossenen Umschlag innerhalb eines Stapels von Briefen, der auf seinem Schreibtisch lag. Ungeniert öffnete ich ihn.

Scham hin, Intimsphäre her. Ich wollte die Wahrheit wissen, nur die Wahrheit. Und ein Mann, der mich hinterging, konnte nicht mehr damit rechnen, dass ich seine Privatsphäre respektierte. Egal, was wir uns geschworen hatten, bevor wir heirateten. Damals hatten wir uns, berauscht von der Größe unserer Liebe, zugesichert, niemals und unter keinen Umständen in den Sachen des anderen zu wühlen.

Das Versprechen interessierte mich nicht mehr. Wir hatten uns auch versprochen, einander zu lieben, zu ehren und zu achten. Daran hielt sich mein Mann nur nicht. Oder sollte ich seine Freundinnen als Ausdruck tiefster Achtung und größten Respekts werten? Und weshalb sollte ich die Einzige sein, die sich an irgendwelche Abmachungen hielt?

Bin ich blöd? Wohl kaum. Ich bin emanzipiert.

Ich bin selbstbewusst, erfolgreich, beliebt und finanziell unabhängig.

Ich betete die Sätze wie ein Mantra runter, dennoch versagten mir die Beine und ich musste mich setzen, als ich die Mairechnung inspizierte. Martin hatte Laura auch abends aus St. Petersburg angerufen. Jeden Abend. Erst mich, dann sie. Mit ihr hatte er oftmals länger telefoniert als mit mir. Wie auch immer mein Mann das erklären würde, berufliche Belange konnte er sich als Ausrede schenken.

Ich hatte Mühe, nicht auszurasten, den ganzen Mist nicht aus dem Fenster zu schmeißen. Ich riss mich zusammen. Es bekam mir nicht. Mein Herz schlug schmerzhaft pochend bis zum Hals.

Ich nahm mir die nächste Handynummer vor. Auch sie fand sich fast täglich und regelmäßig nach den Telefonaten mit mir und Laura. Meine Hände zitterten, während ich mich krampfhaft um Coolness bemühte. Ich wollte wie ein Profi reagieren und recherchieren. Es gelang mir nicht. Das Zittern hielt an.

Trotz der nächtlichen Stunde wählte ich die Nummer, mein Herzschlag legte einen Gang zu, die Hände flatterten einen Deut mehr.

Ich war mir sicher, dass sich Sarah Baerenbaum melden würde, wenngleich mir ihre Nummer fremd war. Ich hatte sie nie darum gebeten und sie hatte sie mir nie gegeben. Ich hörte das Freizeichen und hatte nach einer Weile tatsächlich Sarahs Mailbox im Ohr.

Ich drückte die Box weg. Obwohl sich meine Vermutung lediglich bestätigte, wurde mir schlecht. Zum wievielten Mal innerhalb dieses beschissenen Tages eigentlich? Meine Augen füllten sich mit Tränen und ich biss mir auf die Unterlippe, um nicht laut loszuschluchzen.

Der Mann hatte mich über Monate beschissen, angelogen, hintergangen. Nicht nur mit einer Frau, nein, gleich zwei mussten seinen vitalen Bedürfnissen Rechnung tragen. Und eine davon war meine Klientin. Ich konnte es nicht fassen.

Arschloch, Wichser, gemeiner Hund. Mehr Schimpfwörter fielen mir nicht ein.

Ich weinte noch immer, als ich schon längst wieder im Bett lag. Es war inzwischen kurz vor drei Uhr nachts. Ich schnappte mir die Fernbedienung für den Fernseher, der auf einem Tisch am Fenster stand, und zappte mich durch das Nachtprogramm. Bei irgendeinem Thriller blieb ich hängen. Ich verstand zwar nicht, was ich da sah, gab mich jedoch der Illusion hin, mich abzulenken. Irgendwann schlief ich ein, begleitet von wirren Träumen.

Ich wurde gegen sechs Uhr wach. Ein Tonband ratterte in meinem Kopf los und referierte jede Einzelheit des vergangenen Abends. Die Uhrzeit gefiel mir nicht, die Erinnerung noch weniger.

Mag sein, dass die Zeit Wunden heilt. Drei Stunden Schlaf heilten definitiv gar nichts.

Ich litt auch an diesem Morgen wie ein Tier, stand auf, tigerte fahrig durch die Wohnung, arrangierte die Blumen und Kerzenhalter auf dem Küchentisch neu, konnte mich jedoch nicht konzentrieren und entschied, mir trotz der frühen Morgenstunde ein Entspannungsbad zu gönnen.

Ich ließ mich in das wohlig-warme Wasser gleiten, das ich mit einer Mischung ätherischer Öle angereichert hatte, schloss die Augen und wartete auf die entspannende Wirkung der aromatischen Dämpfe.

Ich zählte bis zehn und wartete noch immer auf die Beruhigung meiner Nerven, als sich das Bild von Martin und diesen Schnepfen in meinem Kopf ausbreitete. Die Wassertemperatur – oder waren es die Dämpfe? – brachten meinen Kreislauf auf Touren. Schweißperlen bildeten sich auf meiner Stirn, während meine Phantasie unermüdlich Bilder von Martin, seiner Sekretärin und Sarah produzierte. Ich hielt die Privatvorstellung nicht aus und sprang genervt aus dem Wasser. Von Entspannung keine Spur.

Ich ging hinüber ins Schlafzimmer zu meinem begehbaren Kleiderschrank und zog mich hastig an. Auf dem Weg dorthin hätte ich am liebsten alles zertrümmert, was in meine Nähe kam. Vor allem die Bildergalerie von Martin und mir auf meiner Frisierkommode.

Ich ließ es sein. Ich hatte die Rahmen sorgfältig ausgesucht und zusammengesammelt. Der Preis hatte keine Rolle gespielt.

Während ich mich also bemühte, meine Anspannung auf ein erträgliches Maß herunterzufahren, schlief Martin aller Voraussicht nach wie ein Baby. Seelischer Stress gehörte nicht zu seinen Schlafkillern. Da kam schon eher zu viel Alkohol in Betracht. Meine Laune hob dieses Wissen nicht.

Ein Blick auf die Uhr hob sie allerdings auch nicht. Es war kurz vor sieben. Ich tigerte weiter durch die Wohnung, kochte einen Kaffee, las in irgendeiner Zeitschrift.

Die Zeit tröpfelte.

Kurz vor acht Uhr läutete es an der Tür. Ich öffnete. Vor mir stand mein Mann, dünne, verschorfte Striemen von der Rose auf den Wangen, Ringe unter den Augen, die Haut fahl.

Er sah mich erstaunt an, wollte gerade zu einer Frage ansetzen, als ich ihn am Ärmel seines Mantels ins Haus zog – und ausrastete.

Kaum hatte er die Eingangstür hinter sich geschlossen, legte ich eine filmreife Szene hin.

»Du Arschloch, du idiotisches Arschloch! Wie kannst du es wagen, dich gleich von zwei Frauen abholen zu lassen? Bist du noch ganz klar im Kopf?«

Glauben Sie mir, ich hatte mir das erste Treffen mit meinem Mann anders vorgestellt. Ich wollte nicht ausrasten. Es geschah von allein und ich konnte nichts, aber auch gar nichts dagegen unternehmen. Der Bauch befahl den Generalangriff und das Gehirn gehorchte. Übertölpelt von so viel unkontrolliertem Gefühl fiel es in Lethargie.

Martin wandte sich der Garderobe zu, um seinen dunkelblauen Mantel aufzuhängen, als ich auf ihn zuschoss und begann, ihn mit den Fäusten zu bearbeiten.

»Claire, ich bitte dich, komm zu dir«, wehrte er meine Hände ab, derweil sein Mantel zu Boden glitt. »Was soll der Aufstand? Lass das. Bitte hör auf und rede mit mir.«

»Ich will aber nicht reden! Hörst du? Ich will, dass du verschwindest!« Natürlich wollte ich das nicht. Aber ich schrie es in maßloser Enttäuschung und Speicheltröpfchen trafen sein Gesicht. Er ignorierte sie und versuchte neuerlich, meine Hände zu packen.

Des Gezerres überdrüssig, ließ ich von ihm ab, hob mit meiner Schuhspitze den Mantel an und kickte ihn nach vorn. Er schleifte einen halben Meter über den Fußboden.

»Claire, jetzt lass das und hör auf. Was ist denn mit dir los, um Gottes willen? Und was kann der Mantel dafür?«

»Nichts kann er dafür.« Ich musterte Martin und sprang mit einem weit ausholenden Satz auf den Mantel, den er sich vor vier Monaten in Mailand gekauft hatte. Er trug ihn stolz wie andere eine Jagdtrophäe. Nicht mehr lange, dachte ich, während meine Schuhsohle einen der feinen Hornknöpfe erwischte und ihn mit mahlender Bewegung zerbrach.

Martin bückte sich, ergriff den linken Ärmel und zerrte an ihm, um den Mantel unter meinem Schuh hervorzuziehen. Das hätte er bleiben lassen sollen. Blitzartig schoss mein Fuß auf die Schulterpartie. Martin riss weiter am Ärmel. Nicht mein Problem. Die linke Schulternaht platzte auf. Ich grinste schadenfroh, verlor das Gleichgewicht und fiel hintenüber.

Kleine Sünden bestraft der liebe Gott sofort.

Ich knallte auf den Fußboden. Mitten auf das Steißbein. Innerhalb kürzester Frist schon zum zweiten Mal. Scheiße. Gute Erziehung hin oder her. Was einmal Scheiße war, blieb Scheiße, beschönigende Umschreibungen nutzten da gar nichts.

Unter meinem eben noch schadenfrohen Grinsen kroch hilfloser Schmerz hervor. Tränen schossen mir in die Augen.

Mein Mann starrte auf den eingerissenen Ärmel und ließ mich sitzen, wo ich saß.

»Sag mal, spinnst du jetzt völlig? Was soll der Mist?«

»Was der Mist soll? Was soll dein Mist mit Laura und dieser … dieser … Sarah Baerenbaum?« Schleim kämpfte sich zu den Nasenlöchern vor. Ungeniert zog ich hoch.

Mein Mann starrte auf mich herunter. »Was soll das, Claire? Laura ist meine Sekretärin und …«

»Und weshalb hat Laura dich auf dem Flughafen geschlagen?«, unterbrach ich ihn.

Martin griff instinktiv nach den Striemen auf seiner Wange.

»Woher weißt du das?« Eine dieser saudämlichen Fragen, die nur ein Mann stellen kann, durchschoss es mich.

»Spielt das eine Rolle? Das ist doch völlig egal.«

»Das sehe ich anders. Hat sie dich angerufen?«

»Nein, ich war auf dem Flughafen.«

Martin biss sich auf die Unterlippe. »Ich dachte, du stecktest in einem Stau …«

»Ja, dachte ich auch. Aber der dauerte eben doch nicht so lange.«

»Es tut mir Leid. Ich hätte …« Der Satz blieb in der Luft hängen.

»Was hättest du? Mir sagen sollen, dass du ein Verhältnis mit deiner Sekretärin und eines mit Sarah Baerenbaum hast, die zumal meine Klientin ist?«

»Wieso deine Klientin? Das ist doch absurd.« Martin schüttelte den Kopf.

»Mag sein. Trotzdem kommt die seit ungefähr zwei Monaten regelmäßig zu mir.«

»Das hab ich nicht gewusst. Wirklich nicht. Außerdem ist Sarah nicht meine Geliebte.«

»Und was ist sie dann?«

»Eine gute Freundin, mehr nicht.«

»Wer soll dir das denn glauben? Bei der Knutscherei jedenfalls ist das mehr als gelogen.«

»Laura hat es geglaubt.«

»Dazu braucht man einen IQ, der einen für die Sonderschule qualifiziert. Leider hab ich es dahin nie geschafft. Und nur mal so nebenbei: Weshalb hab ich noch nie was von der Baerenbaum gehört? Und wieso holt sie dich ab? Noch dazu an dem einzigen Wochenende seit … Wochen, das wir miteinander verbringen können?«, schluchzte ich auf.

»Weil ich sie gebeten habe.«

»Ach … Das ist ja eine Superansage!« Mir dämmerte, dass ich seit geraumer Weile zu meinem Mann aufsah. Wollte ich ihn zur Rede stellen, war das psychologisch eine echt bescheuerte Position.

Ich erhob mich ohne seine Hilfe vom Fußboden und rieb mir mit der rechten Hand den Hintern, während die linke versuchte, die Tränenspuren aus dem Gesicht zu wischen. Mascara zeichnete sich an den Fingerkuppen ab. Dabei sollte die wasserresistent sein. Was für ein Fehlkauf. Während ich gedankenverloren auf die Mascara an meinen Fingern starrte und beschloss, meine Kosmetiklinie zu wechseln, begann mein Gatte, sich zu rechtfertigen. Ich hörte nur mit halbem Ohr zu.

»Sarah Baerenbaum ist … du weißt doch, diese Jugendliebe von mir.«

»Was für eine Jugendliebe?« Ich stutzte. In den Tiefen meiner Erinnerung vermeinte ich mich an eine Sarah zu erinnern, von der Martin mir mal erzählt hatte. Aber die musste viel älter sein.

»Sarah Baerenbaum ist doch viel zu jung. Und außerdem: Ich denke, die hast du seit der Trennung – wie lange ist das her?«

Ich sah von meinen Fingern auf.

»Über zwanzig Jahre.«

»Ja, siehst du! Ich denke, die hast du seit damals nie wieder gesehen. Und jetzt holt die dich ab? Und Laura Hesselbach, was macht die Kuh da überhaupt? Die soll deine Ablage organisieren und deine Termine verwalten. Von Abholen steht nix in ihrem Arbeitsvertrag. Also, vielleicht erklärst du mir auch das besser mal?«

»Ja, das war ein wenig unglücklich«, wand sich Martin.

»Unglücklich nennst du das? Das war das Beschissenste, Demütigendste und Gemeinste, was ich jemals erlebt habe!«

»So meine ich es doch gar nicht. Claire, hör mir zu. Und sei einmal in deinem Leben sachlich. Ich bitte dich.«

»Komm mir nicht damit. Nicht mit dem Scheiß. Ich *bin* sachlich. Ich bin *immer* sachlich.« Meine Stimme schoss in himmlische Sphären. Ich kreischte mal wieder.

»Bist du nicht. Das ist ja das Problem.« Martins Augen verengten sich zu feinen Schlitzen. Er war mindestens genauso wütend wie ich, allerdings beherrschte er sich besser. Auf seiner Stirn machte sich eine Falte breit, die oberen Augenlider flatterten kaum merklich. Das hätte es früher nicht gegeben. Der Mann alterte.

Die Erkenntnis gefiel mir, signalisierte sie doch, dass Martin dem emotionalen Stress irgendwann – ich hoffte bald – nicht mehr gewachsen sein dürfte. Schadenfroh schraubte ich meinen Wutlevel herunter.

»Bin ich doch. Egal, was du sagst. Du hättest nur gern, dass ich es nicht bin.« Meine Stimme hatte sich entspannt und nahm wieder ihre normale Tonlage an.

»Aha.« Martin sah mich ironisch lächelnd an. »Sachlich bedeutet also bei dir, mich mit Fäusten zu bearbeiten und den Mantel zu ruinieren.«

»Den hast du doch selbst ruiniert.« Cool, ich war jetzt echt cool drauf. Ein Zustand, der mir auch wesentlich besser gefiel als diese hysterischen Ausraster.

Immerhin kontrollierte ich normalerweise alles: meine Angestellten und meine Liebhaber, meine Zeit und meine Gefühle. Dachte ich jedenfalls bislang.

Wobei meine Selbstkontrolle allerdings ganz offensichtlich proportional zur Intensität der Gefühle abnahm, während die Intensität der Gefühle proportional zur Anzahl der Geliebten zunahm. Damit wuchs natürlich direkt proportional auch der

Grad meiner Verletzbarkeit. Ist ja klar, nicht wahr? Soll eine ganz normale, psychologische Geschichte sein, wenngleich mir diese Kausalität masochistisch und mit einem Hauch von Selbstverstümmelung garniert zu sein schien.

Als Frau ist man da ganz schön angeschmiert, denn das Blöde ist, ändern lässt sich dieses Zusammenspiel nicht. Hängt irgendwie mit dem evolutionären Erbe zusammen.

Ich machte also drei Kreuze, dass ich mich meinem Verletzungspotential zum Trotz wieder einigermaßen im Griff hatte.

»Ach, so läuft der Hase? Du meinst, ich hätte den Mantel nicht wegziehen sollen?«, fragte Martin.

»Genau. Hättest du ihn in Ruhe gelassen, wäre nichts passiert.«

»Claire, du benimmst dich wie ein verzogenes Kind.«

»Na super. Da hätten wir es ja mal wieder. Ich bin kindisch und die Zicke und du der unschuldige Ehemann. Nur diesmal, mein Lieber, wird aus der Tour nichts. Ich bin es nämlich leid. Richtig leid. Du tust, was du willst. Immer. Ohne Rücksicht auf Verluste. Hauptsache, dir geht es gut. Und wehe, ich werde wütend. Oder raste aus. Wie kann man auch die Contenance verlieren, nur weil der Ehemann eine Geliebte hat? Oder gar zwei? Das ist doch normal. Völlig normal! Klar! Und ich stell mich nur wieder blöd an!«

Die letzten Sätze kreischte ich wieder. Der Adrenalinspiegel hatte sich verselbständigt und war nur schwer zu kontrollieren.

Kaum hatte ich die Sätze hervorgestoßen, drehte ich mich um, rannte quer durch die Halle in mein Büro, knallte die Tür hinter mir zu, schloss mich ein, ging erregt auf meinen Schreibtisch zu und kollidierte mit einer Ecke, was einen schmerzhaften Aufschrei und einen zünftigen blauroten Fleck zur Folge hatte. Selbstverstümmelung ist eines meiner bevorzugten Hobbys, wie Sie sicher schon bemerkt haben.

Entnervt von Martin und meiner eigenen Tölpelhaftigkeit ließ ich mich auf meinen Schreibtischstuhl fallen. Ich wollte meinen Mann nicht mehr sehen. Der war im Moment ein rotes Tuch für mich und ich war nicht bereit, dafür zu garantieren, dass ich nicht noch weit schlimmer ausrasten würde. Ich fühlte mich reif für die Klapsmühle, sozusagen mit einem Arm bereits in der Zwangsjacke.

Gegen Mittag hörte ich Hedwig, die mich bat, die Tür aufzuschließen, vernünftig zu sein und zum Essen zu kommen.

Es war mir klar, dass ich Martin treffen würde. Klar war mir aber inzwischen auch, dass ich mit ihm reden musste.

Als ich das Esszimmer betrat, sah Martin, der längst am Tisch Platz genommen hatte, mich skeptisch an.

»Ich habe nachgedacht«, begann er, doch ich winkte ab. Meine Wut war verflogen. Ich war frustriert, erschöpft – und neugierig.

Ist ja klar. Welche Frau wäre nicht neugierig?

»Es ist mir egal, ob du nachgedacht hast. Ich will jetzt die Wahrheit erfahren, die ganze Wahrheit. Und dann werden wir entscheiden, was wir machen.«

»Ich bin nicht sicher, ob du mit der Wahrheit klarkommst.«

»Darauf brauchst du keine Rücksicht mehr zu nehmen. Erklär mir lieber, was sich da gestern abgespielt hat. Erklär es so, dass ich es begreife. Und erklär mir, weshalb deine Telefonrechnungen fast täglich Anrufe bei diesen zwei Weibern ausweisen.«

»Du warst an meinen Telefonrechnungen? Das ist nicht dein Niveau.«

»Jetzt ja.«

Martin schüttelte mit resignierter Miene den Kopf, stocherte mit der Gabel in Hedwigs Lasagne herum – und schwieg.

»Fehlen dir die Worte?«

»Nein, nicht wirklich. Ich hätte mir ja denken können, dass dir Absprachen nichts bedeuten.« Der Mann hielt den Kopf immer noch gesenkt, sprach eher mit seinem Essen als mit mir – und wurde gerade zynisch.

»Was soll das denn heißen? Du meinst doch nicht im Ernst, du könntest mich schamlos hintergehen und ich würde nicht versuchen die Wahrheit herauszubekommen?«

»Du hättest fragen können.«

Peng, machte es. Martin hatte die Gabel auf den Tisch gehauen.

»Wie bitte? Fragen? Nach deinen Geliebten? Und das dann

nachts um eins – oder wann? Vielleicht vor sechs Wochen, als ich zwar nichts wusste, aber es hätte erfragen können? Und du hättest mir freiwillig die Wahrheit gesagt? Bist du völlig meschugge?«

Wieder machte es Peng. Was Martin konnte, konnte ich schon lange. Ich hatte mit dem flachen Messer auf den Tisch gehauen.

»Claire, es tut mir Leid. Ich wusste nicht, dass du am Flughafen sein würdest. Ich dachte, du kämst erst spät nach Hause.«

»Willst du mich verarschen?«

»Claire, nicht in dem Ton. Bitte. Ich dachte, wir wollten hier was klären.«

»Dann klär mich auf, Himmel Herrgott, und zieh dich nicht auf diese verdammte Masche mit dem falschen Ton zurück! Das zieht nicht.«

»Okay«, winkte er ab. »Ich habe kein Verhältnis mit Sarah Baerenbaum, wenn du es unbedingt wissen willst.«

»Aber mit Laura, oder wie?«, fragte ich schnippisch, während mein Herz wieder wild zu pochen begann.

Martin schwieg und starrte auf die Lasagne. Hätte ich mir ja denken können. Saftsack, der kann nicht mal dazu stehen.

»Also, mit Sarah, das ist was anderes«, hob er nach einer kurzen Pause an. »Ich hab sie vor einem knappen Jahr zufällig in Hamburg getroffen und wir haben uns einfach sehr gefreut, einander wiederzusehen.«

»Und weshalb hast du es nicht erzählt, wenn es denn so harmlos war oder ist? Und weshalb hast du sie nie zu uns nach Hause eingeladen?«

»Weil ich deine Eifersucht kenne.«

»Meine was, bitte?«

Ich dachte, ich spinne.

»Deine Eifersucht.«

»Ich bin doch nicht eifersüchtig!«

»Ach, komm, Claire. Du hättest ein Riesentheater gemacht, wenn ich dir erzählt hätte, dass sie Probleme hat und einfach nur einen guten Freund zum Reden brauchte. Mehr war da nämlich nicht.«

»Und deshalb hast du sie jeden Tag angerufen, weil sie jemanden zum Reden braucht? Und deshalb hat sie dich vom Flieger abgeholt und du hast sie geküsst?«

Martin zuckte bei meinen letzten Worten zusammen, erwiderte aber nichts, sondern erging sich erneut in Ausflüchten. Kennt man ja.

»Ja, deshalb habe ich sie angerufen und natürlich war es auch nett, mit ihr zu plaudern. Und mit irgendjemandem musste ich ja reden. Du hattest doch kaum Zeit für mich.«

Ich schmiss mit der Gabel. Ich feuerte sie einmal quer durch das Esszimmer. Das war der Gipfel. Der Mann verdrehte gerade die Tatsachen. Konnte er nicht *einmal* bei den Fakten bleiben, nur *einmal* anerkennen, dass er hier gerade Mist gebaut hatte? Und zwar richtigen. So echten? Irreparablen? Einen Mist, der noch Jahre an uns kleben würde? Der immer wieder hochkommen würde? Von dem ich nicht wusste, wie ich damit fertig werden würde?

»Ach, jetzt bin ich auch noch schuld, was? Ich hatte keine Zeit? Super. Echt toll. Kriegst du vielleicht mal die Dinge so auf die Reihe, wie sie sind? Du bist doch derjenige, der nie da ist. Und wenn du da ist, bist du trotzdem kaum da. Also, ich meine …« Ich verhedderte mich in meinen Gedanken. »Also, ich meine«, hob ich erneut an, »du bist doch ständig unterwegs. Selbst wenn du hier in Hamburg bist, ist es doch die Ausnahme, dass wir abends gemeinsam etwas machen – außer dass wir zusammen essen, was Hedwig gekocht hat. Wenn du überhaupt mit mir isst und nicht einfach nur mal vorbeikommst, um das Hemd für ein Geschäftsessen zu wechseln oder dein Sportzeug zu holen.«

»Claire, kann ja sein, dass du häufiger zu Hause bist als ich. Nur, wir reden doch kaum miteinander. Und außerdem bin ich der Meinung, dass du mir nichts vorwerfen kannst. Ich glaube nämlich, dass du hier ein paar Liebhaber gehabt hast. Und ich meine nicht einen, ich meine ein paar.«

»Wie kommst du denn darauf?« Die Verblüffung war jetzt auf meiner Seite.

»Entschuldige, wenn ich das sage: Das hat mir Laura erzählt.«

»Laura?« Ich brach in hysterisches Gelächter aus, das eine Spur erleichtert klang, hatte ich doch im ersten Moment vermutet, Martin hätte in unserem Haus irgendwelche Spuren gefunden. Hatte er nicht! Damit war ich aus dem Schneider. Fürs Erste. »Deine Geliebte erzählt dir, ich hätte mehrere Liebhaber – und das glaubst du?«

»Sie hat dich immerhin gleich mehrmals gesehen. Sehr intim und mit wechselnden Männern.«

»Das ist ja wohl kein Wunder, wenn man eine Partnerschaftsagentur betreibt.«

»Und Händchen halten gehört zum Service?«

»Jetzt mach mal halblang. Was auch immer diese Dame dir erzählt hat, du meinst doch nicht im Ernst, es sei glaubwürdig?«

»Doch. Das meine ich schon. Und red gefälligst nicht so zynisch von Laura.«

»Na super. Da wird die auch noch verteidigt. Die darf wohl auf Teufel komm raus mit ihrem blöden Geschwätz in unserer Ehe rumpfuschen, nur damit die in die Grütze geht und sie dich endlich für sich hat.«

»Das will sie gar nicht. Sie will mich nicht. Jedenfalls nicht so.«

»Hahaha!«, brach ich, den Tränen nahe, erneut in Gelächter aus. »Bist du so blöd oder tust du nur so? Jede Frau, ich schwöre dir, jede, will einen Mann, der ihr allein gehört. Also erzähl mir gefälligst nichts vom Elch.«

»Laura ist anders.«

»Laura ist anders«, äffte ich ihn nach. »Na super, wie gut du die kennst. Was hast du denn noch so alles in petto über sie? Springt sie beim Sex vom Schrank oder steht sie auf Lack und Leder – oder was?«

»Hör auf, Claire. So ist Laura nicht. Laura ist einfach nett.«

»Ach, verteidigt wird sie auch noch. Diese zweitklassige Schnepfe, diese Sekretärin, die nichts anderes draufhat, als irgendwelchen Chefs den Kaffee zu servieren …«

»Du bist ungerecht … Sie ist wirklich anders.« Der Mann

gab sich Mühe, seiner Angestellten Gerechtigkeit widerfahren zu lassen, würde vielleicht ein objektiver Beobachter einwenden.

Ich aber war nicht objektiv. Ich war seine Frau.

Und für mich ging es nur um eines: Der Mann verteidigte eine Frau, mit der er ein Verhältnis hatte. Und die verteidigte er mir gegenüber. Ich fand, da lief etwas ganz gehörig schief. Zu verteidigen hatte der Mann nur eine Frau: seine Frau. Also mich. Das tat er aber nicht.

»Klasse. ›So ist sie nicht‹, echt klasse. Wie ist sie denn dann? Eine hervorragende Zuhörerin? Eine Superköchin? Eine, die dich anbetet, dir den Kaffee an den Schreibtisch bringt, immer zu Diensten ist und dir alles nachsieht und alles verzeiht?«

Ich stand – wie bereits am Abend zuvor – am Rand eines Nervenzusammenbruchs. Bei der Anspannung und dem Schlafmangel war das wohl verständlich.

»Pass auf«, begann ich schließlich wieder, »wenn du diese Ehe willst, hast du nur eines zu tun: Den Kontakt zu deiner Sarah sofort abzubrechen und Laura sofort zu entlassen.«

Martin legte seine Gabel beiseite und sah mich an, die Stirn in Falten gelegt. Viel besser als heute früh sah er immer noch nicht aus.

»Das ist doch albern. Sarah ist harmlos und Laura kann ich nicht entlassen. Das gäbe nur einen Prozess vor dem Arbeitsgericht.«

»Das ist doch nicht mein Problem. Und wenn du ihr eine anständige Abfindung anbietest, wird sie es sich bestimmt überlegen. Ich meine, sie ist vierzig, sie findet doch wohl wieder einen Job. Und sicherlich auch einen Kerl. Und vielleicht sogar einen, der nicht verheiratet ist.«

Als ich das Alter der Frau ausgesprochen hatte, wurde mir schneidend bewusst, dass Laura nur unwesentlich jünger war als ich. Mit anderen Worten, nicht nur sie, nein, auch ich hatte meine so genannten besten Jahre längst hinter mir.

Mein Po begann zu hängen und der Busen, so klein er auch sein mochte, saß längst nicht mehr da, wo er idealerweise sitzen sollte. Mein Körper focht den Kampf gegen die Schwerkraft bereits seit Jahren vergeblich aus. Okay, ich war immer noch attraktiv, jüngere Männer standen auf mich ebenso wie ältere. Was nutzte das aber alles, wenn mein eigener Mann sich längst aus dem unerschöpflichen Reservoir williger, einsamer Frauen bediente? Und sollte es mich trösten, dass bei denen Busen und Po weder prall noch knackig waren? Wohl kaum.

Ich weinte, die Tränen liefen mir über das Gesicht. Ich war hilflos.

Martin stand auf, kam um den Tisch herum und wollte mich in die Arme nehmen. Ich wehrte ihn ab.

»Claire, komm schon. Quäl dich nicht so. Letztlich haben weder Laura noch Sarah etwas zu bedeuten.«

»Mir bedeuten sie aber etwas. Mir bedeutet es sehr wohl etwas, dass du es vorziehst, deine Zeit und deine Aufmerksamkeit anderen Frauen zu widmen. Verstehst du das denn nicht? Du hast mich verraten, mich entwürdigt, beleidigt, gedemütigt. Mit jedem Telefonat, mit jedem Treffen – und mit jedem Fick.«

»Claire, werd nicht so ordinär. Das ist ja widerlich.«

»Na und? Viel ordinärer ist es, so was zu machen.« Das war zwar eigentlich ein Eigentor, aber das konnte mein Mann ja nicht wissen.

»Ich sagte doch bereits, dass es mir Leid tut. Ich kann es nicht ungeschehen machen. Bitte, lass uns nach vorne schauen.«

»Dann versprich, dass du weder die eine noch die andere jemals wiedersiehst.«

Ich wusste um die Albernheit dieser Forderung, wusste schmerzhaft, dass mein Mann mir versprechen konnte, was er wollte, um mich zu beruhigen. Und natürlich versprach Martin es hoch und heilig, versprach, dass er noch am selben Tag mit Laura reden würde. Später, nach dem Besuch bei meiner Mutter.

4

Ich sah auf die Uhr. Wir mussten uns beeilen, um rechtzeitig bei ihr zu sein.

Seitdem meine Mutter mir vor dreizehn Jahren das Haus überlassen hatte, wohnte sie in einer vornehmen Etagenwohnung nahe der Außenalster. Mein Vater hatte die Wohnung noch zu seinen Lebzeiten für meine Mutter gekauft. Er wollte verhindern, dass sie sich nach seinem Tod mit dem großen Haus abplagen musste. Und sie sollte auch nicht darauf angewiesen sein, bei mir und Martin zu wohnen.

Meine Eltern hatten eine Weile gesucht, bis sie diese Wohnung gefunden hatten. Sie erstreckte sich über die gesamte Etage einer Jugendstilvilla, die von einem parkartigen Grundstück mit direktem Zugang zu einem Seitenarm der Außenalster umgeben war. Wenn meine Mutter Lust hatte, saß sie auf ihrer Terrasse, die rund sechzig Quadratmeter maß, oder sie nahm sich das hauseigene Bötchen und ließ sich von ihrer Zugehfrau oder ihrem Gärtner durch die verschlungenen Seitenarme der Alster gondeln.

Die Wohnung meiner Mutter lag nur etwa fünfzehn Minuten von meinem Haus entfernt, doch ich musste meinem Gesicht noch eine Generalüberholung angedeihen lassen, bevor wir aufbrachen. Ich sah zu verheult aus.

Ich beeilte mich also und mit nur ein paar Minuten Verspätung trafen wir bei meiner Mutter ein.

Meine Mutter ist so alt wie Hedwig, einundsiebzig Jahre, aber, wie sich versteht, von anderer Qualität. Sie misst etwa einen Meter achtundsechzig und trägt ihr glattes silberfarbenes Haar schulterlang. In ihrem schmalen Gesicht mit der klassisch geraden Nase fallen einem zuerst die grüngelben Augen unter schmal gezupften Brauen auf. Wenn sie sehr zornig ist, nimmt der Gelbanteil in ihrer Iris zu und die Augen strahlen ein gefährliches Leuchten aus. In solchen Momenten macht man um meine Mutter am besten einen großen Bogen.

Sie verlässt ihr Ankleidezimmer niemals ohne Strümpfe, selbst wenn der Hochsommer sie beinahe zum Kochen bringt. Und sie trägt immer Absatzschuhe, um ihre Waden und Fesseln eleganter erscheinen zu lassen.

Das Resultat ihrer Bemühungen sind Krampfadern, die sich an den Oberschenkeln bläulich unter der dünnen Haut abzeichnen. Jahrzehntelang ließ sie sie regelmäßig entfernen und jahrzehntelang kehrten sie regelmäßig wieder. Ihr Hausarzt erklärte ihr mit unendlicher Geduld, schuld sei das Tragen von Highheels, doch davon wollte sie nichts hören. Da war sie eigensinnig.

Martin und ich begrüßten meine Mama, ließen uns am gewohnt elegant gedeckten Kaffeetisch nieder, genossen eine hervorragende Baiser-Stachelbeertorte und plauderten angeregt über Belanglosigkeiten, als stünde unsere Ehe nicht gerade vor dem Exitus.

»Mama, weißt du, was Hedwig mir vor kurzem erzählte?«

Erwartungsvoll sah meine Mutter, die auf dem hell geblümten Chintz-Sofa saß und gerade eine Kaffeetasse an den Mund führte, zu mir herüber.

»Hedwig hat mir erzählt, wir hätten eine Leiche im Garten. Stell dir das mal vor: In unserem Garten. Unter unserem Rasen. Als ob Großvater jemals zugelassen hätte, dass den jemand verschandelt. So penibel wie er mit dem Rasen war. Und stell dir außerdem vor, dass Großmama die dort beerdigt haben soll. Das ist ja wohl absurd, oder?«

Die Tasse meiner Mutter stoppte vor ihrem Mund. Ihre Hand zitterte, der Kaffee schwappte in kleinen Tropfen über den Rand und floss den Henkel hinab auf den Daumen ihrer rechten Hand. Sie bemerkte es nicht.

»Soso, einen Toten im Garten«, murmelte sie, während ihr Gesicht sich mit einem rosafarbenen Schimmer überzog.

»Mama, das hat doch nur Hedwig gesagt«, versuchte ich die Situation zu entspannen, während Martin erst meine Mutter und dann mich ansah, als seien wir endgültig durchgeknallt.

»Ja, Hedwig ... also Hedwig ...« Meine Mutter brach ab, stellte ihre Tasse mit einem Klirren auf die Untertasse zurück und starrte vor sich hin.

»Mama, das ist doch absurd, oder?«, forderte ich eine Verneinung geradezu heraus.

»Ja, was ist das denn für eine idiotische Geschichte?«, schaltete sich Martin in das Gespräch ein. »Ich meine, das kann ja wohl nur eins von Hedwigs Hirngespinsten sein.«

»Nein, ist es nicht.« Meine Mutter sah auf und musterte meinen Mann. »Auch wenn es dir nicht passt, mein lieber Martin, in unserem, jetzt eurem Garten liegt sehr wohl ein Toter begraben. Unter dem Flieder hinter Hedwigs Haus. Allerdings wurde der Tote« – meine Mutter drehte sich zu mir – »nicht, wie Hedwig meint, von deiner Großmutter beerdigt, sondern von mir und eurem Vater.«

Meine Mutter erklärte es in einem emotionslosen Tonfall, als würde sie die Nachrichten verlesen und damit die Ungeheuerlichkeit dessen, was sie da gerade gestand, neutralisieren.

Ich starrte sie an wie das Kaninchen die Schlange. Meine Mutter, dieser Ausbund an Noblesse, sollte einen Toten beerdigt haben? Das war ja wohl das Letzte. Meine Mutter hätte doch nicht einmal gewusst, wo sie nach einem Spaten suchen musste, geschweige denn, wie man damit ein Loch aushebt. Ein Loch zumal, in das ein ganzer Mensch passte.

Ich verstand die Welt nicht mehr. Oder zumindest meine Mama.

»Wie, von dir und Herbert? Was habt ihr denn damit zu tun?« Ich sah meine Mutter fragend an.

»Nichts. Wir haben ihn nur beerdigt.« Meine Mutter schwieg wieder.

»O Mama, jetzt mach schon! Erzähl mal und spann uns nicht so auf die Folter. Das ist ja pervers.« Ich saß wie angenagelt auf meinem Sessel.

Martin hatte sich zurückgelehnt, fingerte eine Zigarette aus einer Packung Marlboro und klopfte seine Jackentaschen nach einem Feuerzeug ab.

»Gib mir auch mal eine, bitte«, forderte meine Mutter.

»Aber du rauchst doch gar nicht. Oder nicht mehr«, mischte ich mich ein.

»Ich rauche seit achtundzwanzig Jahren nicht mehr. Aber jetzt möchte ich eine. Und zwar sofort.« Wenn meine Mutter »Und zwar sofort« sagte, duldete sie keinen Widerspruch. Das wusste auch Martin, der sich über den Tisch beugte und ihr die Schachtel hinhielt. Meine Mutter nahm sich eine Marlboro, die sie zunächst zwischen ihren schlanken Fingern rollte, um sie dann elegant zwischen ihre tiefrot geschminkten Lippen zu stecken. Martin gab erst ihr, dann sich selbst Feuer und ließ das Feuerzeug mit dem typisch dumpfen Ploppen eines Dupont-Fabrikats wieder zuschnappen.

Meine Mutter lehnte sich mit geschlossenen Augen zurück und zog genussvoll an der Zigarette. Ich staunte nicht schlecht, hätte ich doch erwartet, dass ihr übel würde.

»Ich dachte, die Geschichte würde uns nie mehr einholen. Nie wieder. Aber nun ja, es ist wohl nicht zu ändern.« Sie inhalierte erneut und öffnete schließlich die Augen. »Hedwig war bei dem Begräbnis gar nicht dabei. Damals war sie noch nicht bei uns. Aber eure Großmama hatte wohl Jahre später einen ihrer besonders schlechten Tage und erzählte es ihr unter dem Siegel der Verschwiegenheit. Nun ja«, meine Mutter atmete geräuschvoll die Luft aus, »immerhin hat sich Hedwig fast zwanzig Jahre lang an ihr Versprechen gehalten. Dennoch wundert es mich, weshalb sie gerade jetzt damit rausrückt. Gibt es einen besonderen Grund dafür, Claire?« Meine Mutter schaute mich an.

Ich zog die Schultern hoch und schüttelte den Kopf.

»Komm schon, Claire. Tu nicht so. Hedwig erzählt es nicht einfach so.«

Meine Mutter musterte mich misstrauisch.

»Mama, es gab keinen Grund. Jedenfalls keinen, den ich als solchen erkannt hätte. Vielleicht wollte sie einfach nur mal ihr Gewissen erleichtern.«

»Soso, und deshalb hat sie auch weiter keine Einzelheiten berichtet. Unterschätz mich nicht. Ich bin nicht schwachsinnig.« Den Mund meiner Mutter umspielte ein verbissenes Lächeln. »Du glaubst doch nicht, dass ich dir das abnehme.«

»Mama, jetzt lenk nicht ab. Erzähl uns einfach, was passiert ist.«

»Elisabeth«, mischte sich Martin in das Gespräch, »vielleicht sollten wir zuerst mal klären, was das mit dem Toten in unserem Garten auf sich hat. Du wirst verzeihen, wenn mich das brennender interessiert als die Frage, weshalb Hedwig es ausgerechnet jetzt und nicht schon vor fünf Jahren erzählt hat.«

»Wie ihr wisst«, gab sich meine Mutter geschlagen, ignorierte Martin und sah zu mir, »war Großvater als Vorstandsvorsitzender der Hanseatischen Bank oftmals für längere Zeit im Ausland oder für ein paar Tage in Frankfurt. Na ja« – die Stirn meiner Mutter kräuselte sich –, »und eure Großmama war ja auch noch nicht so alt. Vierundvierzig, fünfundvierzig. Und ich war Anfang zwanzig und wohnte zwar noch zu Hause, führte aber mein eigenes Leben und kümmerte mich nicht weiter um die Kapriolen eurer Großmama. Ich meine,« – sie sah mich erneut an –, »eure Großmutter war schon immer etwas Besonderes und nicht mit normalen Maßstäben zu messen. Und ich hatte gerade Herbert kennen gelernt und war sehr verliebt. Und ...«, meine Mutter stockte.

»Du meinst, Großmama hatte ein Verhältnis«, half ich ihr weiter.

Meine Mutter nickte.

»Das ist doch nicht so schlimm«, kommentierte ich ihr zurückhaltendes Nicken.

»Kind, das mag heute alles anders sein. Aber glaubt mir, zu ihrer und auch noch zu meiner Zeit war es ganz und gar nicht üblich, neben dem eigenen Mann noch einen weiteren zu lieben.«

»Wer von uns ist schon normal?«, nuschelte ich.

»Also, eure Großmutter hatte einen Liebhaber«, fuhr meine Mutter fort.

»Und du wusstest das«, unterbrach ich meine Mutter unduldsam.

»Wenn du mich unterbrechen willst, dann höre ich sofort auf.« In die Augen meiner Mutter kroch jenes Leuchten, das mich in der Kindheit davor gewarnt hatte, ihre Nähe zu suchen. Nun war ich aber erwachsen. »Komm schon. Ich werde dich nicht mehr unterbrechen«, versprach ich halbherzig.

»Wer es glaubt«, fuhr Martin auch sogleich dazwischen.

»Du brauchst dich gar nicht so aufspielen«, konterte ich und schaltete mein Lächeln aus.

Martin grinste und erwiderte: »Hab ich's nicht gesagt? Nichts als leere Versprechungen.«

Ich biss mir auf die Unterlippe und sah Martin verärgert an.

»Ich hätte überhaupt nichts gesagt, wenn du mich nicht provoziert hättest.«

»Ach, nun bin ich wieder schuld. Das ist ja typisch.«

»Ist aber so.«

»Kinder«, schaltete sich meine Mutter genervt ein, »jetzt benehmt euch doch bitte nicht wie Vierzehnjährige. Ich dachte, ich sollte euch beantworten, wie das damals mit Großmama war.«

Martin und ich nickten.

»Na ja, also wie ihr ja nun wisst, hatte sie einen Liebhaber, wenn euer Großvater auf Reisen war. Der hieß Bertram und war sechs Jahre jünger als meine Mutter.«

»Also war er Ende dreißig, als ihr ihn begraben habt.«

Meine Mutter starrte zu mir. Der Blick genügte.

»Ich sag nichts mehr. Ehrlich. War das letzte Mal.« Ich hob beschwichtigend die Hände.

»Na gut. Bertram war sehr gut situiert. Er besaß eine alteingesessene Schiffsagentur, die ihm seine Eltern hinterlassen hatten. Ich glaube, das war damals acht, neun Jahre her. Finanziell hätte er es also mit meinem Vater sehr wohl aufnehmen können. Und er wollte ja auch, dass eure Großmama sich scheiden lässt. Aber die dachte gar nicht daran.«

»Und woher weißt du das alles?«, fragte Martin.

»Deine Großmutter erzählte es mir und Herbert an dem Abend des Unglücks. Wir waren praktisch Zeugen,« antwortete sie.

»Du hast gesehen, wie Großmama den Typen erledigt hat?«, fragte ich.

»Nun ja. Herbert nicht. Nein, der nicht. Ich, na ja, wir waren in meinem Zimmer …«, erwiderte meine Mutter an mich gewandt.

»… und habt rumgeknutscht«, half ich ihr erneut.

»Nein, Claire, wir haben nicht rumgeknutscht, wie du es nennst. Herbert half mir, ein Referat für die Schwesternschule über hygienische Maßnahmen bei einer Notoperation im Freien vorzubereiten.«

»Ach, so nannte man das also.«

»Es stimmt aber. Wir waren viel zu gut erzogen, um die Gelegenheit auszunutzen. Man vertraute uns, deine Großmama gestattete, dass Herbert mir bei den Schulaufgaben half. Kannst du das nicht verstehen?« Meine Mutter machte eine kurze Pause und ich erinnerte mich, dass meine Großmutter über die Jahre hinweg keine Gelegenheit ausgelassen hatte, zu betonen, wie verliebt meine Mutter und mein Vater gewesen seien. Und wie sehr sie einander geähnelt hätten. Es hatte meiner Großmutter eine Zeit lang Sorgen bereitet, dass meine Mutter und mein Vater einander wie Geschwister ähnelten. Sie befürchtete, dass die beiden, die zumal Einzelkinder waren, einen ungesunden Narzissmus ausleben könnten. Vielleicht hatten sie es sogar getan. Wer weiß das schon? Für mich war immer nur eines ersichtlich gewesen: Meine Mama und mein Vater mochten sich streiten, meine Mutter mochte auch tagelang kein Wort mit meinem Vater sprechen, wenn sie befand, dass er sich danebenbenommen hatte. Doch wenn es darauf ankam, wenn also der Rest der Welt, sei es das Finanzamt oder seien es bösartige Angestellte oder missliebige Lehrer ein Familienmitglied bedrohten, dann hielten die beiden zusammen wie Pech und Schwefel.

Ja, seltsam, als meine Mutter nun die Tasse aufnahm, um einen Schluck des sicherlich längst kalt gewordenen Kaffees zu trinken, erinnerte mich die Geste, mit der sie das tat, an meinen Vater. Selbst die Art, wie sie mit der einen Hand den Henkel hielt und mit der anderen Hand die Tasse umfasste, als wolle sie sie schützen, glich der meines Papas.

»Nein, natürlich kannst du das nicht verstehen«, murmelte sie in ihre Tasse. »Jedenfalls«, fuhr sie in normaler Tonlage fort, »waren wir an jenem Abend fast fertig, als wir eine lautstarke Auseinandersetzung hörten. Wir dachten erst, es sei vielleicht das Personal, aber dann erkannte ich die Stimme meiner Mutter, die sich offensichtlich mit einem mir unbekannten Mann stritt. Jedenfalls konnte ich nicht sagen, wessen Stimme es war. Und das überraschte mich. Ich fand es erstaunlich, dass zu so später Stunde ein Fremder im Haus war. Vor allem wussten weder ich noch Herbert, wie er unbemerkt hereingekommen war. Später wurde es uns natürlich klar.«

»Und wie?«, fragte ich.

»Er kann nur durch die Garage in den Vorratsraum neben der Küche und dann ins Haus gelangt sein. Ich glaube, wenn ich mich nach all den Jahren richtig erinnere, sagte deine Großmama damals auch so etwas. Sie ließ wohl immer die Garagentür angelehnt, wenn sie wusste, dass er kam. Fragt mich nicht. Ich vermute, außer deinem Vater und mir hat es jeder im Haus gewusst. Der Gärtner, die Köchin und natürlich Hilde, die damals den Haushalt führte, jetzt aber schon seit Jahren tot ist.«

»Und was geschah an dem Abend weiter?«, fragte ich.

»Na ja, Herbert und ich lauschten an der Tür. Und da hörten wir, wie meine Mutter den Mann in einer Weise beschimpfte, wie ich es weder vorher noch nachher jemals bei ihr erlebt hatte. Es waren Wörter dabei, die eurer Großmutter bei normalem Verstand niemals über die Lippen gekommen wären. Aber an jenem Abend war sie völlig außer sich. Wie sie später erzählte, hatte Bertram sie gebeten und schließlich unter Drohungen gefordert, sie sollte sich endlich scheiden lassen. Und sie hätte immer wieder nein gesagt. Schon um meinetwillen hätte sie einer Scheidung unter keinen Umständen zugestimmt, erklärte sie später. Ich denke aber, viel schlimmer wäre der gesellschaftliche Skandal für sie gewesen. Sie hätte ihr Amt als Ehrenvorsitzende des Mädchen-Reitvereins niederlegen müssen – und das wäre für sie einem Alptraum gleichgekommen.«

Meine Mutter lächelte und ich grinste. Wir erinnerten uns sehr gut, dass unsere Großmutter immerhin schon fünfundsiebzig Jahre alt gewesen war und sich dennoch standhaft geweigert hatte, ihr Amt niederzulegen. Sehr zum Ärger jüngerer Präsidiumsmitglieder. Meine Großmutter war zäh, dickköpfig und nicht gewohnt, dass man ihr widersprach. Und sie hatte da so ihre Methoden entwickelt, mit Hilfe derer sie fast vierzig Jahre lang Vorsitzende geblieben war.

Besonders hilfreich waren dafür jährliche Spenden und der Tatbestand gewesen, dass sie dem Verein einen kleinen Teil ihres Vermögens überschrieben hatte. Unserer Familie tat es nicht weh. Es war genug da. Aber für den Verein handelte es sich um eine beträchtliche Summe, die noch zu Lebzeiten meiner Großmutter in eine Stiftung zur Pflege des Reitstalls überführt worden waren. Die Sache hatte einen Haken: Dem Verein stand das Geld erst nach ihrem Ableben zur Verfügung und nur, insofern sie die Stiftung nicht wieder auflöste. Eine Präambel, die in dem umfangreichen Vertragswerk an prominenter Stelle stand.

»Jedenfalls«, fuhr meine Mutter fort, »stritten sie sich erbärmlich. Ich wollte mich nur vergewissern, dass mit meiner Mutter alles in Ordnung war. Deshalb öffnete ich leise die Zimmertür – ihr wisst schon, die Tür des Zimmers, das Claire später bewohnte und das sich gleich neben dem Treppenaufgang befindet.«

Martin und ich nickten.

»Ich steckte also den Kopf hinaus …«, meine Mutter hielt kurz inne, mit nach innen gerichtetem Blick, so als müsse sie das Bild aus der Vergangenheit erst wieder zurück auf ihre Netzhaut holen, »… und da sah ich, dass der Mann auf der obersten Stufe stand und sie vor ihm auf der Galerie in einem weißen Seidenkleid. Die Arme bedeckten weiße, lange Handschuhe. Ich sehe das Kleid noch vor mir, tailliert, mit üppigem Ausschnitt und schmalen Trägern, die sich auf dem Rücken kreuzten. Sie stand da wie eine Königin. Kerzengerade und hoch erhobenen Hauptes und er schlug ihr mitten ins Gesicht und ihr Kopf flog zur Seite. Er drehte sich von ihr weg, um die Treppe hinunterzugehen. Sie war einen Moment lang benommen, doch dann – er hatte gerade den ersten Schritt getan – stieß sie zu. Von hinten. Ohne ein Wort. Er verlor das Gleichgewicht, taumelte erst zur

Wand hin und stürzte dann die gesamte Treppe hinab. Kopf voran, bis er sich schließlich überschlug. Ich schrie und lief aus dem Zimmer, stieß meine Mutter zur Seite, die sich Halt suchend an der Wand abstützte, und rannte zu dem Mann, der am Fuß der Treppe lag.«

»Wie, es war gar kein Unfall?«, fragte Martin dazwischen.

Meine Mutter sah auf und zuckte mit den Achseln. »Ich weiß es nicht. Großmama beteuerte, er hätte sie zu Tode geängstigt.«

»Als ob das möglich gewesen wäre! Sie war doch durch nichts zu erschrecken«, kommentierte ich den Vorfall.

»Gibst du mir noch eine Zigarette, Martin? Bitte.«

Martin bot meiner Mama erneut eine Marlboro an.

Ich schwieg und wartete ab. Der Kaffee war längst ausgetrunken und so wusste ich nicht, wohin mit meinen Händen. Ich spielte mit der Ecke einer Stoffserviette.

Es schien mir, als blickte unsere Familie auf eine lange Tradition unglücklicher Todesfälle zurück. Ich lächelte.

»Also, ich glaube«, hob meine Mutter wieder an, »sie wusste, was sie tat. Sie beteuerte, sie hätte im Affekt gehandelt. Ich hatte da meine Zweifel. Auf jeden Fall war der Mann tot. Er lag da, die Beine verrenkt, und der Kopf stand in einem merkwürdigen Winkel vom Hals ab, die Augen waren blicklos starr. Meine Mutter rührte sich nicht und sah zu, wie ich mein Ohr auf die Brust des Mannes legte. Er ist tot, sagte sie nur. Gib dir keine Mühe. Wir müssen ihn beerdigen. Herbert stand neben ihr und sah ebenfalls zu mir hinunter. Er war paralysiert, wie es nur Männer sein können. Er starrte immer wieder von meiner Mutter zu mir und zurück.

Na, um es kurz zu machen: Eure Großmutter drehte sich irgendwann achselzuckend um und ging in ihr Zimmer zurück, als sei nichts geschehen. Einzig der rote Fleck auf ihrer Wange und eine gelöste Haarsträhne verrieten, dass etwas passiert war. Herbert und mir blieb nichts anderes übrig, als den Toten zu begraben. Unter dem Flieder. In derselben Nacht. Ja. Hilde sah uns dabei. Und nicht nur das, sie reinigte noch in derselben Nacht die gesamte Treppe und die Halle. Sie verlor dabei kein Wort. Sie fragte nicht und hat über die ganze Affäre nie gesprochen.

Immerhin brachte es ihr bei der Testamentseröffnung einen Betrag von fünfhunderttausend Mark ein. Erinnerst du dich, Claire? Die alte Dame, die du da zum ersten Mal gesehen hast?«

Ich nickte.

»Die mit dem Jägerhütchen und der dicken Feder.« Ich erinnerte mich sehr genau, saß ich doch bei der Testamentseröffnung eine Reihe hinter ihr und spielte mit der langen, bunten Feder, bis sie mich anzischte, es zu unterlassen.

»Ja, das war Hilde. Sie hätte Großmama schwer schaden können, aber sie tat es nicht. Sie war zu loyal. Ich glaube, so etwas gibt es heute gar nicht mehr.« Meine Mutter schüttelte gedankenverloren den Kopf.

»Hedwig?«, fragte ich.

»Na ja, Hedwig. Sicherlich Hedwig auch. Aber auch Hedwig ist ja schon über siebzig und weiß, dass sie nicht leer ausgehen wird, wenn ich mal sterbe.«

»Sie erbt?« Martin war sichtlich überrascht. Ich hatte es mir längst gedacht, bei den vielen Jahren, die sie nun schon für unsere Familie arbeitete.

»Ja, aber mach dir keine Sorgen. Es ist genug Geld da. Es sei denn, ihr stellt euch sehr, sehr dumm an.« Meine Mutter lächelte. »Aber das kann ich mir nicht denken. Du wirst schon aufpassen, Martin.«

»Was soll das denn heißen?« Martins Stimme schwang aggressiv durch den Raum.

»Ja, das würde ich auch gerne wissen«, schaltete ich mich ein.

»Was das heißen soll? Was meinst du wohl, Claire? Martins Geschäft war fast pleite, als du ihn vier Jahre vor deiner Hochzeit kennen gelernt hast. Stimmt doch, oder, Martin?« Meine Mutter blickte erwartungsvoll auf meinen Mann.

»Und woher willst du das wissen?« Martins Stimme klang angespannt.

»Weil dein zukünftiger Schwiegervater sich Einsicht in deine Bücher verschafft hat. Und weil das, was er da sah, nicht sonderlich rosig aussah.«

Mein Mann kroch in sich zusammen.

»Wie hat er denn das gemacht?« Ich wollte es genau wissen.

»Daran erinnere ich mich nicht. Ich weiß nur, dass er als stiller Teilhaber bei Martin einstieg und ihn so vor dem Schlimmsten bewahrte.«

»Das ist doch alles Unsinn. Ich hätte es auch ohne ihn geschafft«, konterte Martin, doch er klang resigniert, was mir zu denken gab – und mich wütend werden ließ.

»Willst du sagen, dass Martin mich nur geheiratet hat, weil Papa ihn finanziell sanierte? Willst du das, Mama?« Ich schnappte nach Luft. Das fehlte mir an diesem Tag noch. Nicht genug damit, dass sich mein Mann längst anderen Frauen zugewandt hatte, nein, gerade wurde mir erläutert, er hätte mich geheiratet, weil mein Papa seine Firma saniert hatte.

»Beruhige dich, um Gottes willen, Claire. Natürlich will ich das nicht sagen. Und natürlich wäre es auch gelogen.«

»Und eine Unverschämtheit.« Martin hatte sich offensichtlich wieder in der Gewalt und sah meine Mutter herausfordernd an.

»Ich sagte doch, es wäre die Unwahrheit.« Meine Mutter musterte meinen Mann. »Ich wäre dennoch vorsichtiger, mein lieber Martin.«

»Und kann mir mal jemand erklären, weshalb ich davon bis heute keine Ahnung hatte?« Ich funkelte Martin an. Das war ja wohl das Hinterletzte. Ließ sich von meiner Familie sanieren und sprach darüber nicht mal mit der eigenen Frau.

»Claire, ich musste deinem Vater versprechen, dass du es von mir niemals erfährst.«

»Na, das ist ja mal wieder typisch«, erwiderte ich genervt. »Die Kerle klüngeln vor sich hin. Und die Frauen bleiben draußen.« Ich griff mit fahriger Bewegung nach meiner Kaffeetasse, die längst leer war. Ich bemerkte es erst, als ich sie an die Lippen führte und ein schlürfendes Geräusch verursachte. »Will noch jemand einen Kaffee? Soll ich noch einen kochen?«

Meine Mutter und Martin winkten ab. Für mich allein mochte ich keinen Kaffee kochen, und so blieb ich sitzen. »Bloß gut, dass Papa tot ist. Den würde ich so was von zusammenfalten! Warum musste der sich dauernd in das Leben anderer Leute einmischen?«

»Nun lass Vater mal in Frieden. Er hat doch nichts getan. Nur ein wenig geholfen.«

»Rumgepfuscht hat er! Woher soll ich denn wissen, ob mein Mann mich liebt, wenn ich davon ausgehen muss, dass da wahrscheinlich irgendwelche dämlichen Verträge bei irgendwelchen gerissenen Advokaten rumliegen, die genau festschreiben, wie sich mein Mann zu verhalten hat, damit er das Geld nicht zurückzahlen muss.«

»Ich muss bei einer Scheidung nicht viel zurückzahlen«, erklärte Martin. »Dein Vater wollte nicht, dass das Geschäft etwas mit unserer Ehe zu tun hat.«

»Verdammt clever. Dennoch muss die Sache einen Haken haben. Mein Vater tat nichts umsonst.«

»Umsonst hat er es auch nicht getan. Immerhin verdient ihr durch seine Beteiligungen, die auf eure Mutter übergegangen sind, an dem Geschäft mit. Und zwar ziemlich gut.«

Das schien mir immerhin ganz unser Papa zu sein. Trotzdem war ich sauer auf ihn. »Und außerdem …«, setzte Martin an, doch meine Mutter unterbrach ihn.

»Ja, aber wir wollen jetzt mal klarstellen, dass dein Vater seit sechzehn Jahren tot ist. Und der Gerechtigkeit halber muss vielleicht gesagt werden, dass Martin seitdem ziemlich erfolgreich war. Und du ja auch, Claire. Du wärst doch weder auf dein Erbe noch auf Martin angewiesen, um dir das Leben angenehm zu gestalten.«

Ich nickte. Wo meine Mama Recht hatte, hatte sie eben Recht.

Ich beruhigte mich. Ein Stachel blieb dennoch.

5

Ich hatte von Samstag auf Sonntag schlecht geschlafen. Gegen vier Uhr früh war ich aufgewacht, neben meinem tief schlummernden Gatten. Als ich mich um fünf Uhr immer noch ruhelos in meinem Bett umherwälzte, stand ich resigniert auf und tastete in der hintersten Ecke des begehbaren Kleiderschranks vorsichtig nach meinem aprikotfarbenen Fleece-Morgenmantel. Ein urgemütlicher, wenngleich wenig erotischer Kuschelmantel, den ich in dem morgendlichen Halbdunkel mühsam unter einem Berg schmutziger Wäsche ertastete, wohin er immer dann verschwand, wenn ich gerade einen Liebhaber im Haus hatte, und wo er seit Gregors Auftauchen unberührt gelegen hatte.

Ich wickelte mich in den kuschelweichen Stoff, tappte schlaftrunken hinab in die Küche und wollte mir einen aufgeschäumten Milchkaffee kochen, verschüttete jedoch die Hälfte des Espressos, als ich ihn von der Kaffeemühle in den runden Metallfilter klickte. Das Zusammenwischen gestaltete sich ebenso misslich. Der Espresso landete auf dem Küchenfußboden statt in meiner zu einer Mulde geformten Hand.

Ich war nervös, übermüdet, unkonzentriert.

Dagegen konnte ich im Moment nichts tun, so gern ich das auch wollte, weshalb ich den Espresso Espresso sein ließ und mir lieber einen ganz normalen Kaffee in einer ganz normalen Maschine kochte. Die gab es nämlich auch noch und der Durchmesser der Filtertüten erwies sich in meiner Situation als geradezu komfortabel.

Meine Hände zitterten, die Nerven flatterten und mein Herz raste im Galopp durch die frühmorgendliche Stunde. Nun hatte ich zwar gestern auch schon gezittert, jedoch geglaubt, eine

Nacht Schlaf würde reichen, das hochnervöse Dilemma zu beenden.

Ein paar Stunden unruhigen Schlafes hatten jedoch gar nichts beendet.

Darüber hinaus befürchtete ich, zu einer echten Xanthippe zu verkommen, was ich weder entschuldigen noch tolerieren wollte.

Immerhin hatte ich mir ein Leben lang zugute gehalten, nicht hysterisch zu werden wie irgendwelche Billigweiber, die ihren Ärger lauthals durch die Straßen keiften und denen egal war, wer ihnen zuhörte.

Inzwischen gebärdete ich mich weit schlimmer. Ich hatte nicht nur rumgekeift, bis mir die Stimme versagte – ich hatte meinen Mann tätlich angegriffen.

Mit anderen Worten: Ich führte mich auf, als sei ich reif für die Psychiatrie. Und wer war schuld? Na? Raten Sie mal?

Schuld war dieser Kerl, dieses Arschloch.

Und wenn diese plumpe Schuldzuweisung nicht ins Bild tiefenpsychologischer Theorien passte, derzufolge Frauen ihre Aggressivität zuvorderst gegen sich selbst richten, sollte man das Bild vielleicht am Anfang des einundzwanzigsten Jahrhunderts revidieren.

Auf jeden Fall war gerade meine heile Welt zusammengebrochen. Jahrelang hatte ich mich in der Sicherheit einer Ehe gewähnt, die sich nun als Hirngespinst erwies. Ich hatte geglaubt, mein Mann liebte mich, mich allein. Und nun erfuhr ich, dass ich seine Liebe längst hatte teilen müssen. Wer weiß, wie lange schon? Wer weiß, mit wie vielen Frauen vor Laura oder Sarah? Und was half es mir, wenn Martin beteuerte, mit dieser Sarah kein Verhältnis zu haben und sich von Laura trennen zu wollen? Um unserer Ehe willen. Klang klasse und war doch nur demütigend, verletzend, gemein. Um unserer Ehe willen hätte er besser auf jeglichen Beischlaf in anderen Betten verzichten sollen. Hatte er aber nicht, der Idiot.

Und Sie, geneigter Leser, kommen Sie mir jetzt bloß nicht mit meinen eigenen Liebhabern. Die sind im Vergleich zu Sarah und Laura ein Fliegenschiss, absolut bedeutungslos, schlichte

Bettgeschichten, die ein wenig das Ego aufpolieren und die Langeweile vertreiben. Das war aber auch schon alles, derweil diese Laura für das Leben meines Gatten von anderem Kaliber zu sein schien.

Gestern Abend, nachdem wir von meiner Mutter nach Hause gekommen waren, hatte Martin mich daheim abgesetzt und war mit einem gleichsam entschuldigenden Lächeln weiter zu Laura gefahren. Ich müsste das bitte verstehen, wenn er die Geschichte beenden sollte, könnte er die Trennung nicht unnötig aufschieben. Trotz meiner Besorgnis ob seiner Aufrichtigkeit bemühte ich mich, ihm zu glauben.

Und was erlebte ich? Eine herbe Enttäuschung.

Heimgekommen war der Mann nämlich nachts gegen halb eins!

Klar, dass ich einen schändlich einsamen Fernsehabend hinter mich gebracht hatte, dabei ein Glas Wein nach dem anderen leerend. Und klar, dass ich wach im Bett lag, die Decke bis zum Kinn heraufgezogen und mich schlafend stellend, als er endlich das Schlafzimmer betrat. Und natürlich hatte ich mich über die Stunden gefragt, ob Martin sich mit seiner halb verhungerten Sekretärin im Bett vergnügte, was mich zwischendurch aufs Klo stürzen ließ, wo ich mich übergab.

Es erschien mir nur logisch, dass die zwei einen letzten, vorletzten oder was weiß ich Beischlaf aufs Parkett oder sonst wohin gelegt hatten. Wozu hätte der Mann sonst dreieinhalb Stunden bei der Frau verbracht? Um zu reden? Das kann glauben, wer will. Ich nicht. Schließlich war ich nicht mehr zwanzig. Ich war vierundvierzig und führte ein Eheanbahnungsinstitut. Ich kannte mich aus. Nicht umsonst hatte ich mir zig Scheidungsgeschichten angehört. Und die meisten handelten von Betrug. Basta.

Der Mann schlug mir also auf den Magen. Dabei hatten mir Männer nur auf den Magen zu schlagen, wenn ich mich gerade verliebt hatte. Da durfte mich durchaus eine selig machende Übelkeit heimsuchen. Aber doch nicht so!

Und was beschäftigte mich zu dieser frühen Stunde, kaum dass ich die Augen geöffnet hatte? Nicht etwa die Leichen in

Bremsnitz. Nein, um Gottes willen! Die konnten einen zwar gegebenenfalls hinter Gittern bringen, doch was war das für eine Bagatelle in Anbetracht der Frage, ob Martin das Verhältnis mit Laura Hesselbach tatsächlich beendet hatte. *Das* war nämlich das Wichtigste in meinem Lebens.

Und es war pervers.

Während ich die ersten Schlucke meines Kaffees noch im Stehen trank, nagten ein paar ungalante Fragen an mir: Was war schief gegangen? War ich zu anspruchsvoll, zu emanzipiert, zu schwierig? Nicht mehr erotisch genug? Zu faltig? Zu unflexibel? Nicht spontan genug? War ich zu alt geworden?

Meinem Mann brauchte ich diese Fragen nicht zu stellen. Was hätte Martin antworten sollen? Ja, meine Liebe, du hast Recht? Der Mann ist doch kein Idiot, selbst wenn ich ihn gelegentlich als solchen bezeichnete.

Ich starrte gedankenverloren in meinen Kaffee und grollte. Das Leben erschien mir ungerecht. Martin erschien mir ungerecht, bar jeder Rücksichtnahme. Er hatte mich zu einer Zeit geheiratet, als es um seine Geschäfte nicht zum Besten stand, hatte sich von meinem Vater sanieren lassen und amüsierte sich nun auf meine Kosten.

Und das mit zweitklassigen Frauen. Mit einer Sekretärin, deren Arsch einer Quarktasche glich und deren Busen der Schwerkraft nicht widerstand, und mit dieser verhuschten Sarah. Hätte er sich einer Jüngeren zugewandt, hätte ich es verstanden. Theoretisch. Ich meine, ich bevorzugte schließlich auch jüngere Männer, deren Haut straff und deren Erektionsfähigkeit ungebrochen war.

Aber was wollte Martin von Frauen meines Alters? Reife? Ernsthafte Gespräche? Das konnte er mit mir haben.

Erfahrung? Hatte er auch mit mir.

Liebte er einen trostlos hängenden Po oder schlaffe Brüste? Meines Wissens nicht.

Vielleicht brauchte er ein wenig Abwechslung im Bett? Ich wischte die Frage fort. Mit ihr wollte ich mich nicht auseinander setzen, so viel Selbstschutz musste sein. Ich meine, mal ehrlich: Ich hatte mich für Liebhaber entschieden, weil mir der Sex mit meinem Mann ein wenig zu routiniert ablief. Nicht, dass er nicht schön und erfüllend war. Er war nur so ohne jegliche Überraschung, ohne Esprit. Man spielte auf dem Körper des anderen wie auf einem Klavier. Jeden Ton, den man erzeugte, vorausschauend kalkulierend. Überraschend konnte man das alles nicht mehr nennen.

Aber weshalb hatte Martin sich von mir abgewandt?

Ich verstand diesen Mann nicht. Zumindest nicht mehr, aber vielleicht hatte ich ihn ja auch noch nie verstanden. Wer weiß das schon?

Und ich verstand auch nicht, was Frauen wie Sarah Baerenbaum oder Laura Hesselbach sich von einem verheirateten Mann versprachen.

Ich wusste lediglich noch mit an Sicherheit grenzender Wahrscheinlichkeit, was ich mir versprach und erträumte. Oder meine Freundin Lizzie. Und ich wusste, dass wir definitiv nicht auf verheiratete Männer standen.

Lizzie und ich wünschten Auftritte hinzulegen und begehrliche Blicke einzusammeln. Wir legten es darauf an, mit unserem Anblick ein Erstaunen zu provozieren, das den Mund offen stehen ließ und den Atem beschleunigt. Ich gestehe, noch vor zehn Jahren hatte es keiner größeren Anstrengung bedurft, diesen Effekt zu erreichen. Mit zunehmendem Alter wurde es etwas aufwändiger, aber wir mühten uns redlich mit Klamotten, Straffungsmasken und perfektem Make-up, wussten wir doch um das Verfallsdatum unserer Anziehung und wollten es so lange wie möglich hinauszögern. Noch gelang es das eine oder andere Mal. Wie es in fünf Jahren wäre, wenn wir die fünfzig erreicht hätten, daran mochten weder Lizzie noch ich denken.

Mit was also hatten diese blöden Weiber Martin so beeindruckt?

Damit war ich wieder beim Thema. Scheiße. Schlagartig war ich obergenervt.

Aufgewühlt von der Ungerechtigkeit, die mein Gatte mir angedeihen ließ, tigerte ich mit meiner Kaffeetasse durch das Wohnzimmer hinaus auf unsere Terrasse, die in Richtung Osten lag und von der aus man über ein paar Stufen zu einem weitläufigen Garten gelangte, in dem auch Hedwigs Gartenhaus stand.

Ich setzte mich in meinen dunkelgrünen Strandkorb mit dem grünweißen Markisenbezug und wickelte mich in eine Decke, um den sich allmählich orangerot färbenden Himmel zu betrachten. Ich liebte den Anblick anbrechender Sommertage, auch wenn ich immer hoffte, möglichst selten so früh wach zu werden, dass ich ihrer ansichtig wurde.

Nun gut. Heute war einer der Tage und mir blieb nichts anderes übrig, als mich in das Schicksal meiner Schlaflosigkeit zu fügen, den sich dramatisch verfärbenden Himmel zu genießen und eine Lösung für meine Probleme zu finden.

Zunächst einmal musste ich mein Gleichgewicht wiederfinden. Ich konnte kaum noch klar denken. Dass mein innerer Frieden ziemlich durch den Wind war, hatte inzwischen sogar ich mitbekommen. Und das wollte etwas heißen, bekommen es doch die Betroffenen gemeinhin als Allerletzte mit.

Ist das Ego von Männern angekratzt oder gar lädiert, bevorzugen die meisten von ihnen ein schlichtes, wenngleich hochwirksames Mittel: Sie umgeben sich mit Frauen, die ihnen bewundernd zu Füßen liegen.

Während ich vor mich hinsann, kam ein leichter Wind auf, der die hochgewachsenen alten englischen Rosenbüsche mit ihren herabhängenden, dicken Blütenköpfen in unruhige Bewegung versetzte. Fasziniert starrte ich auf die zum orange glühenden Morgenlicht kontrastierenden altrosafarbenen Rosen, die ich über alles liebte und die sich in meinem gesamten Garten als Solitäre oder in Gruppen angeordnet fanden. Ich hatte sie vor mehr als zehn Jahren überall im Garten und entlang des Terrassenaufgangs gepflanzt und sie hatten sich dank meiner Pflege prächtig entwickelt. Na ja, eher dank Hedwigs Pflege, wie ich zugeben muss. Ich kümmerte mich eigentlich mehr nach Lust und Laune um die Rosen, während Hedwig sich in aller Regelmäßigkeit um sie bemühte, und sei es nur, dass sie den Gärtner zum jährlichen Rückschnitt im Frühjahr bestellte.

Ich stand auf und ging die Treppe hinunter, doch statt mich den Rosen zuzuwenden, wie ich es fast täglich in ihrer Blütezeit tat, durchquerte ich gedankenverloren den Garten und ging hinüber zu unserem Geräteschuppen, der unter den gebogenen Ästen eines Apfelbaumes fast unsichtbar in einer der Straße zugelegenen Ecke stand. Ich betrat den Schuppen, schaltete das Licht ein und betrachtete die Axt, die an einer Aufhängung an der rückwärtigen Wand befestigt war. Unser Aushilfsgärtner spaltete mit ihr alljährlich im Herbst das Kaminholz zur rechten Größe. Spalten konnte man damit auch anderes, durchfuhr es mich, als ich sie in die Hand nahm und mit dem Zeigefinger behutsam auf der Schneide entlangstrich.

Ich ergriff die Axt beim Schaft und kehrte zurück auf die Terrasse. Dort kroch ich wieder in meinen Strandkorb und strich noch einmal zärtlich über das scharf geschliffene Blatt, bevor ich die Axt hinter mich legte und einschlief.

Eine kühle Hand strich über meinen Arm und ich kam langsam zu mir.

»Willst du einen Kaffee?« Hedwig stand über mich gebeugt, die Sonne linste ihr über die Schulter und blendete mich. Ich blinzelte in den Morgen. Den Sonnenaufgang hatte ich verschlafen. Schade.

»Ja, das wäre nett. Wie spät ist es?«

Ich richtete mich auf, griff nach der Kaffeetasse, die ich neben dem Strandkorb abgestellt hatte, und gab sie ihr.

Von nebenan hörten wir die aufgeregt helle Stimme Marie Overluts, die nach Eule rief. Hedwig und ich sahen uns an und grinsten. Wahrscheinlich lag Eule gerade auf Hedwigs Terrasse und schlief in der Morgensonne. Dort lag sie manchmal aus Gründen, von denen Hedwig und ich nichts wussten, jedoch vermuteten wir, dass Eule sich immer dann für ein kleines Nickerchen auf Hedwigs Terrasse entschied, wenn ihr Marie Overluts Gekreische auf die Nerven ging. Und das geschah mit verlässlicher Regelmäßigkeit und in letzter Zeit immer häufiger.

Marie Overluts Geschrei nervte selbst Hedwig und mich.

Während Hedwig also auf ihre Uhr blickte und »Viertel nach acht« antwortete, bemerkte ich, dass sie die Verbände an ihren Händen entfernt und durch Pflaster ersetzt hatte. Überflüssig zu sagen, dass weder die Verbände noch das Pflaster notwendig gewesen waren. Aber nun gut. Sollte sie ein wenig Aufmerksamkeit erfahren, ein bisschen Mitleid einheimsen.

»Ich könnte jetzt einen Milchkaffee vertragen. Schaffst du das?«

»Ich denke schon.« Hedwig lächelte zu mir herunter. »Kann ich dir sonst irgendwie helfen?«

»Stell Marie Overlut ab.«

Hedwig gluckste. »Und im Ernst?«

»Wie meinst du das?«

»Hat Martin dir nicht erzählt, dass er gestern bei mir auf der Couch geschlafen hat und wir noch ein langes Gespräch hatten?«

»Nein.« Ich hatte ihn nicht gefragt, irgendwie war mir das in dem ganzen Tohuwabohu entfallen. Ich hatte angenommen, er sei in ein Hotel gegangen. Dass er nachts noch einmal zu seinen Freundinnen führe und Einlass begehrte, das hatte ich mir nicht vorstellen können. Die hätten ihm nach dem Theater auf dem Flughafen doch glatt einen Vogel gezeigt.

Ich schaute zu Hedwig hoch, die sich nunmehr verschwörerisch zu mir herunterbeugte, um mir mit flüsternder Stimme zu erklären, ich wisse ja, dass sie treu zu mir stünde, auch wenn sie Martin sehr schätze. Aber Familienbande gingen nun mal vor. Wenn ich also ein Problem hätte, könnte ich mich durchaus vertrauensvoll an sie wenden. Gemeinsam fänden wir immer eine Lösung.

Ich schaute überrascht auf und lehnte das Ansinnen freundlich, doch entschieden ab. Ich musste aufpassen, die Distanz zu wahren, sonst kontrollierte Hedwig mich eines Tages mehr, als mir lieb sein konnte.

Ein wenig beleidigt ob meiner Ablehnung drehte sie sich um und ich hörte, wie sie durch die Terrassentür das Wohnzimmer betrat.

Und dann hörte ich meinen Mann.

»Hallo Hedwig! Schön dich zu sehen. Wie geht's denn heute so?«

Schleimscheißer, schoss es mir durch den Kopf, als Martin

auch schon auf die Terrasse heraustrat, ohne eine Erwiderung von Hedwig abzuwarten.

»Oh, danke, gut«, tönte es hinter ihm, während er sich längst über mich gebeugt hatte, um mir einen Kuss zu geben, den ich standhaft verweigerte.

»Claire, jetzt stell dich nicht so an. Los, komm schon. Gestern war gestern und heute ist heute.«

»Lass mich in Ruhe.«

»Claire, wie wollen wir eine Ehe führen, wenn wir uns tagelang anschweigen? Noch dazu, wenn ich Mittwoch schon wieder weg muss?«

Er hatte die Hände auf den Seitenwänden des Strandkorbs aufgestützt, sich zu mir gebeugt und ein umwerfendes Lächeln aufgesetzt. Normalerweise schmolz ich bei dem Lächeln wie Eis im Sommersonnenschein. Diesmal nicht.

»Lass mich in Ruhe«, wiederholte ich.

»Claire, fang jetzt nicht schon wieder von vorne an. Ich habe mit Laura gesprochen und ihr erklärt, dass ich die letzten Tage mit dir verbringe. Das versteht sie.«

»Na, das ist ja wohl die Krönung. Da brauchst du also auch noch ihre Einwilligung.« Meine Stimme wollte die Grenze zur Unschicklichkeit durchbrechen, doch noch hielt ich sie mühsam im Zaum.

»Himmel Herrgott.« Martin richtete sich auf und warf mir einen verärgerten Blick zu. »Du machst es einem aber auch schwer. Wirklich. Ich …«

Martin setzte sich mir zu Füßen auf eine der beiden Fußbänke, die man aus dem Strandkorb herauszieht, und legte die Hände akkurat gefaltet zwischen seine Knie. Es sah bedeutungsschwanger aus. Oder angespannt. Ich denke, er war zum Zerreißen angespannt.

Ich wartete auf eine Fortsetzung des Satzes, doch nichts geschah. Martin schaute mich mit einem jener unterwürfigen Einwickelblicke an, die er bei solchen Anlässen draufhatte, doch die Nummer funktionierte an dem Morgen nicht.

»Dir fehlen doch nicht etwa die Worte?«, fragte ich.

»Was soll ich denn sagen?«

»Das ist ja wohl wieder mal typisch. Erst verletzt du mich zu Tode, und dann kommst du am nächsten Tag an und meinst, ein herzerweichender Blick reicht. Tut er aber nicht.«

»Ja, aber ich weiß doch auch nicht mehr, wie ich dir klar machen soll, dass ich mit der einen nichts hatte und mit Laura gestern Abend alles geklärt habe.«

»Dann musst du dir eben etwas einfallen lassen«, erwiderte ich trocken und ohne jegliches Gefühl, wie ich hoffte.

»Was macht eigentlich die Axt hinter dir?«

»Welche Axt?« Ich guckte ihn perplex an. Ich hatte sie in der Zwischenzeit vergessen und auch nicht damit gerechnet, dass mein Gatte abrupt das Thema wechselte.

Einen Themenwechsel hatte ich mit dem Rat, sich etwas einfallen zu lassen, gewiss nicht gemeint. Aber so sind sie nun einmal, die Männer. Wechseln einfach das Gesprächsthema, wenn sie nicht weiterwissen.

Eheratgeber bezeichnen dieses Ablenkungsmanöver gemeinhin als eine der prägnanten männlichen Charaktereigenschaften, auf die Frauen gelassen reagieren sollten, wenn sie einen Streit vermeiden und eine glückliche Ehe führen möchten.

Mir allerdings lag nicht daran, einen Streit zu vermeiden. Wenn ich Recht hatte, hatte ich Recht. Und wenn das zu Stress führte, konnte ich es nicht ändern. Mehr gab es dazu nicht zu sagen. Sollten diese blöden Ratgeber doch raten, was sie wollen.

Martin wartete auf eine Antwort.

Ich griff schließlich hinter mich, wo die Axt in der Ritze zwischen Sitzpolster und Rückwand lag, und zog sie hervor.

»Ich dachte, ich bringe dich damit um.«

Erleichtert, dass ich endlich auf seine Frage reagierte, lachte Martin laut auf. »Sehr clever. Leg die Axt jetzt weg und küss mich endlich.«

Der Mann hatte einen Knall. Wirklich. Hielt sich eine Geliebte oder zwei, was weiß ich, und wenn der ganze Affenzirkus rauskam, glaubte er, alles sei bestens, nur weil er diese Geliebte in Spitzengeschwindigkeit abschaffte. Was er zumindest behauptete. Und meinte nun, da er die Verhältnisse gerichtet hätte, könnten wir weitermachen wie zuvor.

So dämlich kann doch nur ein Mann sein. Als hätte er mir nicht eine Wunde in der Tiefe einer Schifffahrtsrinne zugefügt. Ich meine, sind Männer nun so dämlich – oder sind Frauen wie ich nicht normal? Eine Antwort erübrigt sich – oder?

Jedenfalls nahm Martin mir die Axt aus den Händen, legte sie auf die Terrasse und wollte mich umarmen. Widerwillig stieß ich ihn weg. Er richtete sich auf, murmelte »Claire, Claire« und ließ sich in seinen Liegestuhl fallen.

Ich war stinkig. Eine Umarmung konnte er sich abschminken.

Und es war mir auch völlig wurscht, dass meine Mutter mir in meiner Kindheit erklärt hatte, einen Streit dürfte man niemals mit in den nächsten Tag hinübernehmen. Der Ratschlag war ehrenwert, doch in dieser Situation untauglich. Dessen war ich mir ebenso sicher wie ich wusste, ich würde mich rächen.

Ja, Sie haben richtig gelesen. Irgendwann würde ich mich an ihm für diese Schmerzen rächen. Das verspreche ich Ihnen.

Während Martin sich also gekränkt in den Liegestuhl zurückzog und in einer Zeitschrift blätterte, schielte ich nach der Axt und fluchte leise in mich hinein.

Natürlich hätte ich Martin nicht umgebracht. Jedenfalls nicht mit der Axt. Das wäre ja auch viel zu blöd. Auf meiner Terrasse, mit meiner Axt. So ein Unfug.

Dennoch gefiel mir die Idee nicht schlecht. So ein winzig kleiner Mord und anschließend ein Toter im Garten, das besaß doch Tradition. Familientradition zumal.

Hedwig stapfte mit einem Milchkaffee für mich und einem Espresso für Martin geradewegs durch meine Fantasien und so saßen Martin und ich Kaffee schlürfend in der Morgensonne. Ich im Strandkorb, er im Liegestuhl gleich vor mir. Ahnungslosen Beobachtern mochte unsere Zweisamkeit als unschuldige Eheidylle erscheinen, womit einmal mehr bewiesen sein dürfte, dass der äußere Schein nichts taugt.

Ich nippte grübelnd an meinem Kaffee, doch da jegliche Erleuchtung, was ich tun oder lassen sollte, ausblieb, beschloss ich, dass es an der Zeit sei, ins Haus zu gehen, mir die Haare zu waschen, zu duschen, mich zu schminken und anzukleiden. Kommt Zeit, kommt Rat, wie Hedwig zu sagen pflegte.

Während ich duschte, verfolgte ich wenig interessiert die Nachrichten. Eigentlich wartete ich nur auf den Wetterbericht, in der Hoffnung, bestätigt zu bekommen, dass das fantastische Sommerwetter anhielte.

Das warme Wasser der Dusche massierte mir die Nackenpartie und die monotone Stimme des Moderators ließ mich eindösen. Schlagartig erwachte ich aus meiner Lethargie, als die Stimme von einem mysteriösen Leichenfund in Thüringen berichtete. Von unseren Leichen – eine mit eingeschlagenem Schädel, die andere halb nackt.

Ratzfatz war es Essig mit meiner wohligweichen Entspannung. Unter meinem ungläubigen Erstaunen verspannten sich meine Rückenmuskeln in Bruchteilen von Sekunden. Ich erstarrte mit dem Duschkopf in der Hand, und während der Massagestrahl monoton um meine Brüste kreiste, erfuhr ich, dass ein Bremsnitzer Einwohner die Leichen gefunden hatte.

Genauer gesagt, ein älterer Herr und ein Hund, der während eines Waldspaziergangs am Samstagnachmittag zunächst mit einem durchweichten Sweatshirt im Maul wieder aufgetaucht sei, das er seinem Herrchen Beifall heischend zu Füßen gelegt habe. Der Hund sei nicht bereit gewesen, dem Mann weiter auf dem Spaziergang zu folgen. Stur blieb er am Waldrand sitzen und kläffte sein Herrchen aufgeregt an. Hannes L. sei dem Weg des Hundes dann ein kurzes Stück gefolgt, bis er die Leichen entdeckt habe. Er habe über sein Handy sofort die Polizei verständigt, die eine halbe Stunde später erschienen sei.

Mein Körper verspannte sich weiter. Meine Beine fühlten sich ungelenk an. Instinktiv schaute ich durch die Duschtür, ob mich jemand beobachtete. Eine blödsinnige Reaktion. Mein Mann lag auf der Terrasse und Hedwig hantierte in der Küche herum. Ich lehnte mich an die Kacheln zurück und lauschte den Details.

Als der Nachrichtensprecher schließlich über die Gewalttätigkeit der Tat philosophierte, erwachte ich aus meiner Starre, öffnete den Kaltwasserhahn und ließ erfrischend kühles Wasser über den Kopf auf die Schultern und den ganzen Körper strömen. Mich überzog eine Gänsehaut.

Was soll's, ich brauchte einen klaren Kopf und bewegliche Beine.

Wir hatten damit gerechnet, dass die Leichen gefunden würden. Ja, Lisa war sogar bereit gewesen, heute nach Jena zu fahren, um anonym bei der Polizei anzurufen, damit sie garantiert aufgefunden würden. Doch das war theoretisches Gespinne, Kunstturnen für den Verstand. Oder im Klartext: typisches Weibergelaber.

Jetzt aber, da man die Leichen tatsächlich aufgefunden hatte, grummelte mein Magen überfordert vor sich hin.

Geradezu übel wurde mir, als der Nachrichtensprecher von einer bundesweiten Fahndung nach zwei Autos mit Hamburger Kennzeichen sprach und zu einem Liveinterview nach Bremsnitz schaltete. Ein achtzehnjähriger Junge hatte am Freitag eine silberfarbene Audilimousine, wahrscheinlich einen A 6 oder A 8, und einen verbeulten Opel Kadett in Richtung des Waldstücks abbiegen sehen, in dem die Leichen gefunden worden waren. Zirka eine Stunde später seien die Autos durch den Ort zurückgefahren. Merkwürdigerweise sprach der Moderator mit der Mutter des Jungen und nicht mit ihm selbst. Das wunderte mich zwar, doch ich machte mir darüber keine weiteren Gedanken. Die Frau erzählte, ihr Sohn sei sich nicht sicher, weil es geregnet hätte, aber seiner Meinung nach hätte am Steuer beider Autos jeweils eine Frau gesessen, in dem Audi zudem eine ältere Dame auf dem Beifahrersitz. Es gäbe Zeichnungen der verdächtigen Personen, die der Junge angefertigt habe.

Wenngleich die Polizei nicht ausschließen wollte, dass es sich auch um Männer mit Perücken gehandelt haben könnte, stieg mir ein Brechreiz vom Magen die Speiseröhre hinauf, als der Moderator schließlich auch noch über aufgefundene Beweisstücke sprach. So sei am Tatort eine Harke gefunden worden, mit der die Täter versucht hätten, die Reifenspuren in dem durchweichten Waldweg zu beseitigen. Dennoch hätte die Polizei einen Reifenabdruck von dem unter einem Baum geparkten Audi sichergestellt. Des Weiteren habe man stark verschmutzte Fasern eines Verbandes auf der Harke sicherstellen können, jedoch keine Fingerabdrücke.

Immerhin eine erfreuliche Nachricht unter all den Hiobsbotschaften, doch gegen meine Übelkeit kam sie nicht an. Ich würgte mit an die Kacheln gelehntem Kopf und hoffte auf ein Abflauen des Brechreizes.

Scheiß-Hedwig, diese halb blinde Person! Hatte einen genialen Einfall und war zu blöd, ihn umzusetzen. Nun gut, zu ihrer Entschuldigung musste ich gelten lassen, dass es in Strömen gegossen hatte. Da konnte jeder ein Stück Reifenspur übersehen. Andererseits hätte Hedwig, wenn sie uns schon so lange warten ließ und diese Plackerei auf sich nahm, ihren Job auch zuverlässig erledigen können. Als Haushälterin wusste sie doch, wie das ging. Und dass sie die Harke vergessen hatte! Meine Güte. Die Frau war doch plemplem!

Allmählich ließ die Übelkeit nach, dafür überzog Zornesröte mein Gesicht, wie ich anhand der Hitze wahrnahm, die meinen Kopf zu umnebeln begann. Ein Blick in den Spiegel gegenüber der Dusche bestätigte mein Gefühl. Ich stand da mit hochroten Wangen. Die Augen aufgerissen, den Mund in debilem Erstaunen halb geöffnet, umspielte meine Lippen ein irres Grinsen.

Ein Achtzehnjähriger hatte Zeichnungen von uns angefertigt! Ich kriegte mich nicht ein. Der Junge musste ein begabter Beobachter und Zeichner sein, sonst hätte die Polizei einen professionellen Phantomzeichner hinzugezogen, so viel stand schon mal fest. Die Geschichte gefiel mir ganz und gar nicht. Und dass der Junge putzmunter durch die Gegend lief, gefiel mir ebenfalls nicht.

Bei dem Gedanken zuckte ich zusammen. Ich starrte wieder in den Spiegel. Ich hatte noch immer den Blick einer Irren. War ich jetzt genauso verrückt wie Hedwig?

Fahrig warf ich mir den Morgenmantel über und verließ hastig das Bad. Ob ich aussah wie eine verlotterte Wasserratte, interessierte mich nicht die Bohne.

Ich eilte in die große Personalküche, die abseits meiner kleinen Küche hinter meinem Büro lag. Den Luxus einer Zweitküche hatte sich noch meine Großmutter ausgedacht, eine ihrer besonders schlauen Eingebungen. Gott hab sie selig. Oder wer auch immer.

Hedwig stand mit dem Rücken zu mir und eine hechelnde Eule saß ihr zu Füßen. Sie arrangierte gerade das Frühstück für mich und Martin auf einem Tablett, als ich auf sie zustürzte und mit aufgeregt heller Stimme stakkatohaft wiederholte: »Hast du die Nachrichten gehört? Mach das Radio an! Meine Güte, Hedwig ...«

Hedwig ließ vor Schreck das Honigglas fallen, das sie gerade auf das Tablett stellte. Mit einem hellen Klirren zerschellte das Glas auf den Marmorkacheln. Glassplitter vermischt mit dem weißgelben Rapshonig sprangen über den Küchenfußboden in alle Richtungen davon. Eule quietschte auf, sprang artistisch über die Scherben hinweg, verkroch sich unter dem Küchentisch und legte das ihr verbliebene Ohr aufgeregt an.

Hedwig hatte sich, während das Glas zerschellte, blitzschnell umgewandt. Die Füße weit auseinander gestellt, den Oberkörper leicht vorgeneigt, hielt sie in der rechten Hand ihr Messer, das wie üblich in dem Lederetui am Gürtel ihres Kleides befestigt gewesen war.

Die Messerspitze wies auf mich. Ich blieb wie angewurzelt stehen.

Abwehrend hob ich die Hände und wies mit dem Zeigefinger auf das Messer, das bedrohlich in meine Richtung zeigte. Wie mir ein Blick auf meine Hände verriet, zitterten sie mal wieder.

Hedwig blickte auf das Kartoffelmesser in ihrer Hand und schüttelte ratlos den Kopf.

»Himmel, Herrgott, erschrick mich doch nicht so. Das halten meine Nerven ja nicht aus. Und bleib vor allem stehen, wo du bist. Du hast ja nicht mal Schuhe an. Was ist denn passiert, dass du hier wie eine Furie hereinschießt?«

Sie steckte das Messer zurück in den Gürtel, schnappte sich einen Lappen, bückte sich und begann mit routinierten Bewegungen, das klebrige Gemisch aufzuwischen. Ihr weißer Kragen wippte auf dem dunkelblauen Kleid, während ihr Saum den Fußboden berührte.

»Hör auf damit. Hör sofort auf. Komm hoch und sieh mich an!«, keifte ich. Mag sein, dass es Menschen gibt, deren Nerven erstklassigen Drahtseilen glichen. Reißfestigkeit lebenslang garantiert. Mir hatte jemand den Ausschuss angedreht und von Garantie konnte keine Rede sein.

»Mein Gott, Claire.« Hedwig hielt kurz in ihren Bewegungen inne und schaute verdutzt zu mir hoch. »Bist du in Ordnung? Soll ich dir einen Johanniskrauttee kochen? Der beruhigt die Nerven.«

»Hör auf mit dem Teegefasel und guck dir lieber dein Kleid an. Das schleift auf dem Fußboden.«

Ich keifte noch immer aufgebracht durch die Küche.

Während Hedwig sich nach ihrem Saum umdrehte, den Wischlappen achtlos zur Seite legte und mit spitzen Fingern prüfte, ob am Saum Honig klebte, setzte ich zu einer weniger atemlosen Erklärung meines Verhaltens an. Hedwig war fündig geworden, streifte mit scharfer Klinge und verrenktem Kopf den Honig vom Saum und führte das Messer zum Mund, um den Honig abzulecken.

Der Leichenfund rief keine Reaktion bei ihr hervor. Hätte ich mir ja denken können.

Sie lutschte immer noch lüstern an der Messerklinge, als ich ihr von der Harke erzählte, die man bei den Toten gefunden hatte. Sie verschluckte sich. Ein krampfartiger Hustenanfall überrollte sie, das Messer schoss aus ihrem Mund, von der rechten Hand fest umklammert. Mir blieb fast das Herz stehen, sah ich doch schon aufgeschlitzte Lippen, eine zersäbelte Zunge und literweise Blut, das sich seinen Weg entlang ihres Kleides Richtung Fußboden bahnte. Und wer müsste den Fußboden wischen, wenn Hedwig sich verletzte? Ich. So weit kam es noch.

Währenddessen krümmte Hedwig sich zusammen. Mit der einen Hand hielt sie sich den Mund zu, mit der anderen, die immer noch das Messer hielt, hämmerte sie auf ihrer Brust herum. Tränen liefen ihr die Wangen hinunter.

Ich rührte mich nicht von der Stelle. Ich hätte ihr einen Stuhl unter den altersplatten Hintern schieben oder den Rücken klopfen können, um ihr Erleichterung zu verschaffen. Aber sollte ich barfuß durch die Glasscherben spazieren? Bin ich so belämmert wie Königspudel Eule? Wohl nicht.

Ich wartete, bis sich der Anfall gelegt hatte, was eine Weile dauerte und meine aufgescheuchten Nerven mehr als zuträglich strapazierte. Doch dann ließ der Husten nach. Das Weinen blieb. Eule kroch unter dem Tisch hervor und schlich mit eingeknickten Vorderpfoten behutsam auf Hedwig zu, um ihren Kopf an Hedwigs Oberschenkel zu reiben. Die Hündin meinte es gut mit ihrer Wahlherrin. Die Fürsorglichkeit nutzte nur nichts.

Schluchzend keuchte Hedwig: »O Gott, Claire. Der verdammte Regen ... Dieser Regen ist schuld ... Ich muss die Harke vergessen haben, als ich die Plastiktüte für meine verschmutzte Hose aus dem Kofferraum nahm. Ich muss sie vergessen haben, weil ich so schnell wie möglich ins Auto zurückwollte. Es goss doch so fürchterlich. Und du warst schon so ungehalten. O mein Gott!«

Sie weinte weiter, die Arme um die Taille geschlungen, schien sie sich in sich selbst verkriechen zu wollen. Eule schubberte mit dem Kopf immer noch an Hedwig Schürze.

Normalerweise hätte Hedwig mir Leid getan.

Diesmal nicht. Sie wartete vergebens auf ein Zeichen von Verständnis oder Mitleid. Schließlich verließ sie die Küche, den Kopf mit dem dürren Haarkranz eingezogen. Eule folgte ihr betreten.

Mir war schon klar, was Hedwig vorhatte. Sie ging mal wieder eine Runde hüpfen – als ob das unser Problem gelöst hätte.

Kaum war ich ins Bad zurückgekehrt, klingelte mein Handy. Es war Lisa, aufgeregt, stotternd, hysterisch, also genauso durch den Wind wie ich. Sie hätte gerade die Nachrichten gehört. Was wir denn nun tun sollten?

Ich versuchte sie zu beruhigen. Eine durchgedrehte Dreiundzwanzigjährige fehlte mir gerade noch. Ich klaubte alle Argumente zusammen, derer ich habhaft wurde und von denen ich wider Erwarten eine erkleckliche Anzahl parat hielt.

Sie klangen sogar ganz plausibel.

Wer sollte jemals auf die Idee kommen, unsere Autos zu untersuchen? Es gab nicht einen Hinweis, dass ausgerechnet wir die drei Personen waren, die eine emsige Polizei in Hamburg als Täter verdächtigte. Mal unabhängig davon, dass Polizisten zwar mit größtem Vergnügen Strafzettel für falsches Parken verteilten, bei der Bekämpfung oder gar Aufklärung von Verbrechen jedoch ein erhebliches Defizit aufwiesen. Und außerdem lebten in Deutschland rund vierundachtzig Millionen Menschen, davon allein in Hamburg anderthalb Millionen. Sie möge also aufhören, sich zu sorgen, und Vernunft annehmen. Es läge außerhalb jeder Wahrscheinlichkeit, dass man uns entdeckte. Lisa beruhigte sich schließlich und versprach mir, sich den restlichen Sonntag zu erholen und zu amüsieren.

Ich legte auf, von meinen eigenen Argumenten sehr viel entspannter als noch vor Lisas Anruf und widmete mich weitaus zuversichtlicher meiner Schönheitspflege.

Tagesfein legte ich mich eine knappe Stunde später wieder in den Strandkorb und döste gerade weg, als Lisa um die Ecke auf die Terrasse bog. Zitronengelbes Top zu hellgrün-gelbkariertem kurzem Tellerrock, der ihre langen und ebenmäßig gewachsenen Beine vorteilhaft freilegte.

»Hi, alle miteinander. Geht's gut?« Noch bevor Martin oder ich antworten konnten, zog Lisa mich am Arm zu sich hoch und hinter sich her. Martin schaute uns aus dem Liegestuhl erstaunt nach, wie mir ein Blick über die Schulter zurück zeigte. Ihn verblüffte das Verhalten meiner Angestellten ebenso wie mich.

»Ich habe darüber nachgedacht. Sie haben in allen Punkten Recht. Doch wir müssen trotzdem noch einmal nach Bremsnitz fahren und uns diesen Typen anschauen. Ich meine, es gibt viele Opel Kadetts und Audis. Auch in Hamburg. Klar. Aber ich schwöre Ihnen, ich werde keine ruhige Nacht mehr haben, bis ich weiß, dass der uns nicht wiedererkennt. Und Hedwig auch nicht.«

»Lisa, bist du auf Drogen, oder was ist mit dir los, Mensch? Krieg dich ein, meine Güte. Das haben wir doch am Telefon alles schon besprochen. Was ist denn in dich gefahren, dass du so hysterisch bist?«

Lisa stakste auf ihren hohen Riemchensandaletten durch den Garten und legte, ganz aufgescheuchtes Huhn, noch einen Zahn zu. Wenngleich ich meine flachen Gartensandaletten trug, hatte ich Mühe, meiner Sekretärin zu folgen. Schließlich stolperte sie über einen Stein und wankte in eine der Blumenrabatten hinein, die sich als schmale Streifen links und rechts des Weges hinzogen. Taumelnd und mit wippendem Rock, der den Blick auf ein hellgrünes Höschen freigab, kam sie zum Stehen. Ihre Sandaletten hatten sich in den Lavendelbüschen verfangen.

»Frau Hillger, jetzt helfen Sie mir doch raus, bitte!«

Lisa wankte noch ein wenig stärker, als sie sich bückte und ihre Schuhe von dem blaugrauen Lavendelgestrüpp und etlichen Erdbrocken befreite.

Ich ging zu ihr und ergriff ihren Arm, um sie zu stützen, während sie die kleinen Erdklumpen von ihren Sandaletten abstreifte.

Schließlich stakste sie wieder mit kurzen schnellen Schritten über den knirschenden Kiesweg neben mir her, bis wir unter Großmutters Fliederstrauch, dessen tief herabhängende Äste sich über uns hinwegbeugten, ankamen.

»Schön, nicht?«, fragte Lisa.

Wir standen im Halbschatten des Laubs und sahen in das sattgrüne Blätterdach über uns, in dem noch vor vier Wochen dicke, lilafarbene Dolden gestanden hatten. Nunmehr zeugten nur noch die braunen, verdorrten Blütenstände von der einstigen Pracht.

»Schade, dass hier keine Bank steht. Ich würde in der Mittagspause sicherlich gerne hier sitzen.«

»Du kannst doch auf der Terrasse sitzen. Und außerdem brauchst du doch nur einen der Liegestühle hierher zu tragen. Das kann doch nicht das Problem sein.«

»Aber wenn ich mir vorstelle, dass ich dann auf den Gebeinen des Liebhabers Ihrer Großmutter stehe. Mein Gott, der Gedanke gefällt mir dann doch nicht so gut.« Lisa kicherte. Ich schrak zusammen.

»Woher weißt du denn das schon wieder?« Ich staunte nicht schlecht über Lisas Kenntnisse.

»Na, von Hedwig, was denken Sie denn?«

Es schien mir entgangen zu sein, dass die zwei eine Intimität entwickelt hatten, die nicht einmal vor unseren Familiengeschichten Halt machte.

»Das kann nicht sein«, entfuhr es mir.

»Oh, bitte, seien Sie ihr nicht böse. Manchmal sitzen wir beide über Mittag in ihrer Küche zusammen und dann erzählt sie mir eben Geschichten aus ihrem Leben.«

»Ja, aber Hedwig hat doch gar keine Geschichten erlebt«, insistierte ich ungläubig.

»Na, wenn Sie sich da mal nicht täuschen. Aber ich hab versprochen, es niemandem weiterzuerzählen. Nicht mal Ihnen.«

»Aha, aber die Nummer mit dem Liebhaber, die kannst du weitererzählen.« Ich tat ein wenig beleidigt.

»Ja, aber das betrifft Sie doch selbst. Das ist doch dann kein Weitertratschen von Geheimnissen.«

Hörbar atmete ich aus und wackelte mit dem Kopf wie ein alte Frau. Dieser Logik konnte ich nichts entgegenhalten.

»Aber eines muss ich Ihnen ja schon mal sagen«, nahm Lisa das Gespräch wieder auf. »Sie sind eine ziemlich komische Familie.«

Ich lächelte. »Weil der Mann hier liegt?«

»Nein, weil sie alle mit Toten zu tun haben. Ihre Großmutter, Ihre Mutter, die den ja beerdigt hat, und nun Sie mit Ihren Leichen da in Bremsnitz. Echt eigenwillig. Und ich bin mir nicht sicher, ob ich den Job angenommen hätte, wenn ich das damals schon gewusst hätte.«

Ich lächelte nicht mehr.

»Was willst du damit sagen?«

»Das weiß ich auch nicht so genau. Aber normal ist Ihre Familie nicht. So viel steht schon mal fest.«

»Aha« war so ziemlich das Intelligenteste, was mir zu Lisas Bemerkung einfiel. »Und nun?«

»Weiß ich nicht. Hab ich doch schon gesagt.«

Während wir uns unterhielten, betrachtete ich das Gras unter dem Flieder. Ich hatte geglaubt, einen Erdhügel vorzufinden oder zumindest eine leichte Erhebung, doch es gab weder das eine noch das andere.

Nun war die Beerdigung zwar fünfzig Jahre her, doch Lisa und ich fragten uns, wie meine Mutter ein so unscheinbares Grab hinbekommen und was sie mit der restlichen Erde gemacht hatte. Meine Mutter und mein Vater hatten nämlich von Gartenarbeit noch weniger Ahnung als ich, die ich mich zumindest für meine alten, englischen Rosen interessierte.

Ein paar Tage später erzählte mir meine Mutter übrigens, dass sie die überflüssige Erde im ganzen Garten verteilt hätten. Mit einem Wischeimer und einer Schaufel. Mein Papa trug den Eimer und meine Mama verteilte die Erde. Heimlich und nachts, ist ja klar.

Ich staunte in mich hinein, als sie mir das erzählte. Meine Mutter war doch praktischer veranlagt, als sie im Familienalltag offenbart hatte.

Ich konnte mich nicht erinnern, meine Mama auch nur einmal mit einer Gartenschere, einem Hammer oder selbst einem Küchenmesser in der Hand gesehen zu haben. Dennoch schien sie Talente zu besitzen, von denen wir nichts ahnten.

Muss auch an der Generation meiner Frau Mama liegen. Frauen wie ich oder meine Freundin Lizzie glauben, wir seien emanzipiert, wenn wir einen Dübel genauso schnell in die Wand bekommen wie ein Mann. Meine Mama hielt davon augenscheinlich gar nichts. Besser noch: Sie hütete offensichtlich ein paar Geheimnisse über ihr handwerkliches Geschick und dürfte sich jedes Mal köstlich über uns so genannte selbständige Frauen amüsieren. Denn eines war schon mal klar: Meine Mutter war ihr Leben lang von dienstwilligen Männern umgeben gewesen, die nur darauf warteten, ihr behilflich sein zu können. Ob es nun um das Schneiden von Rosen oder einen Ölwechsel ging. Meine Mutter sah stets so verloren drein, dass ihr sofort jemand beisprang.

Nachdem wir eine Weile geschwiegen hatten, nahm Lisa das Gespräch wieder auf: »Ja, wie ich schon sagte: Hedwig und ich haben vorhin telefoniert und wir sind beide der Meinung, wir sollten nach Bremsnitz fahren und uns den Typen angucken.«

Ich winkte Lisa, mir zu folgen und machte mich auf den Rückweg zur Terrasse.

»Und was, wenn wir dahin fahren und der uns tatsächlich identifizieren kann?«, fragte ich.

»Dann beseitigen wir ihn. Was denken Sie denn? Machen

die im Kino ja auch immer. Wir könnten ihn erschießen. Oder erschlagen. Mit der Axt, die da in Ihrem Strandkorb lag, als ich kam. Das gibt allerdings eine Riesenschweinerei.« Lisa kicherte und wirkte bereits erheblich entspannter als noch ein paar Minuten zuvor.

»Aber es hätte den großen Vorteil, dass man bestimmt keine Frau damit in Zusammenhang bringen würde.« Auch ich musste bei dem Gedanken lachen.

»Sehen Sie. Sag ich doch. Es hätte allerdings den Nachteil, dass Hedwig wochenlang beleidigt durchs Haus rennen würde, weil sie die Schweinerei beseitigen müsste. Und das will ja nun auch wieder keiner.«

Lisa entnahm ihrer Rocktasche eine Sonnenbrille und schob sie sich auf den Kopf.

»Tschüs denn und schönen Tag noch«, verabschiedete sie sich, als wir auf der Terrasse ankamen.

»Bist du sicher, dass du klarkommst?«

»Ich denke schon«, erwiderte sie und war bereits im Gehen begriffen. Martin schlief. Hedwig werkelte in der Küche herum und Lisa verschwand für diesen Tag aus meinem Haus.

Ich setzte mich in meinen Strandkorb.

Welch eine Ruhe. Was für eine Idylle.

Ich betrachtete meine Terrasse, die ich über alles liebte. Gleich neben dem Strandkorb wuchs eine orangefarbene Gloire de Dijon in einem Kübel, der im Halbschatten unter den Ästen eines alten Kirschbaumes stand. Die Kirsche hatte ihr Blätterdach über die Jahre hinweg bis über einen Teil der Terrasse gespannt und spendete im Hochsommer wohltuenden Halbschatten, was uns der Mühe enthob, einen Sonnenschirm aufzustellen. Die kräftigen Triebe der Rosen rankten sich durch die herabhängenden Äste, was dem Baum ein romantisches Flair verlieh. Unter dem Baum standen einige Sessel aus Teakholz um einen großen Esstisch gruppiert. Entlang der kniehohen Terrassenmauer hatte ich Kübel mit immergrünem Buchsbaum und wuchernden Geranien aufgestellt, deren üppige, rote Blütenpracht dem Arrangement südländischen Charme verlieh.

Ich verbrachte die meiste Zeit des Sommers an diesem einladenden Ort, es sei denn, ich empfing Kunden oder ordnete irgendwelche Papiere. Dann musste ich mein Büro aufsuchen. Ansonsten bemühte ich mich, möglichst viele meiner Tätigkeiten draußen zu verrichten.

Martin war, nachdem er gegen Mittags erwacht war, den restlichen Sonntag über ein hinreißender Ehemann, der in die Küche eilte, um mir eigenhändig einen Kaffee zuzubereiten, mir gegen Abend einen Drink mixte und sogar gleich zweimal losfuhr, um mir eine Sonntagszeitung von der Tankstelle zu besorgen. Das erste Mal brachte er die falsche, wie ich mit großem Bedauern monierte. Stimmte zwar nicht, doch ich hatte beim flüchtig-schnellen Durchblättern auf einer der hinteren Seiten die Phantomzeichnungen von uns und die Meldung über die Leichenfunde in Thüringen entdeckt und wollte den Mann eine Weile nicht um mich haben, um sie ungestört studieren zu können. Flugs eilte Martin auf meine Bitte hin, ein anderes Sonntagsblatt zu kaufen, erneut von dannen. Ein beeindruckend schlechtes Gewissen trieb ihn an. Prima. Super. Großartig. Martin mutierte gerade zum Vollidioten, der sich von mir scheuchen ließ, und merkte es nicht einmal. Dabei hielt er immer so viel von seiner Intelligenz, ja, von seinem geradezu brillanten Verstand. Der allerdings war ihm nicht nur beim Vollzug des Ehebruchs in die Hose gerutscht, er hatte seinen Sturzflug angesichts des aufgedeckten Betrugs geradezu zwanghaft fortgesetzt und musste sich inzwischen ungefähr auf Kniehöhe befinden.

Als ich allein war, sah ich mir die Zeichnungen genauer an. Ich konnte weder Lisa noch mich erkennen, allein die Frisuren glichen den unsrigen. Kein Wunder: Lisas Mähne und meine halblangen, glatten Haare waren Allerweltsschnitte.

Gesichtsform und Ausdruck blieben fremd. Auch Hedwigs Zeichnung wies nur eine entfernte Ähnlichkeit mit ihr auf.

Ich studierte die Meldung in dem Wunsch, irgendetwas zu finden, das der Moderator nicht erwähnt hatte. Ich fand nichts. Allerdings bereitete der Junge, der die Zeichnungen angefertigt hatte, nicht nur Lisa, sondern auch mir zunehmend Kopfzerbrechen. Was, wenn der uns tatsächlich identifizieren konnte? Der Junge hatte uns im Auto gesehen, Regen hin oder her, und er blieb ein Risikofaktor.

Hedwig trug die Axt am späten Abend zurück in den Geräteschuppen.

»Pfui, Claire. Deine Fantasie geht mit dir durch.«

»Wie meinst du das?«

Ich stellte mich ahnungslos.

»Jetzt tu doch nicht so, als wüsstest du nicht, was ich meine. In den ganzen Jahren, die ich hier für dich arbeite, hast du noch nie die Axt hervorgeholt. Und nach Martins Rausschmiss und deinem Aufstand gestern gibt mir das sehr zu denken.«

Ich legte meine Stirn in unattraktive Falten und sah sie unschuldig an.

»Hedwig, ich bitte dich. Krach gibt es doch in jeder Ehe.«

»Ja, aber so bist du in den ganzen Jahren noch nicht ausgerastet. Dein Geschrei hab ich ja bis zu mir gehört.«

»Das geht doch gar nicht.« Ihr Gartenhaus stand weit entfernt und war durch so viele Bäume und Sträucher geschützt, dass Hedwig dort unmöglich etwas von dem Streit mitbekommen hatte.

Mit anderen Worten, Hedwig hatte gelauscht.

6

Am Montag war Martin den ganzen Tag lang mit verschiedenen Geschäftsleuten unterwegs. Die Hitze lag wie Blei über der Stadt und laugte Pflanzen und Menschen aus. Ich hatte Lisa morgens freigegeben, nachdem ich ihr noch einmal eingebläut hatte, sie müsse sich über die Nachrichten und Zeitungsmeldungen keine Sorgen machen. Zumal nur noch fünf Zeilen auf Seite zwölf unserer Tageszeitung darüber Auskunft gaben, dass die Polizei keine neuen Hinweise gefunden hätte, doch fieberhaft nach den Tätern fahndete.

Erleichtert war Lisa Richtung Schwimmbad davongerauscht.

Ich fühlte mich nach diesem Wochenende zerschlagen und beschloss, mich mit meiner Freundin Lizzie im *Alten Fährhaus* an der Alster zu treffen. Das versprach ein wenig Abwechslung.

Das *Alte Fährhaus* war nicht ganz so in wie das Nobelrestaurant *Dolce Vita*, besaß aber den Vorzug, dass man sich Liegestühle und Sonnenschirme ausleihen konnte, um sich auf dem Bootssteg von einer kühlen Alsterbrise erfrischen zu lassen. Selbstverständlich mit dem passenden Getränk in der Hand. Ich bevorzugte eisgekühltes Tonic, meine Freundin Lizzie Campari und so manche Mutter und Hausfrau Champagner oder Prosecco. So geschah es mitunter, dass zu spätnachmittäglicher Stunde die eine oder andere Dame bestens gelaunt, aber kaum mehr fahrtüchtig den gastlichen Sommersteg verließ. Festgeklammert an den Arm einer Freundin und angestrengt darum bemüht, das heimtückische Schlingern der unbestrumpften Beine nicht in gefährliche Bahnen gleiten zu lassen. Auch Lizzie und ich hatten das bereits mehrmals hinter uns gebracht. Seit ihrer Trennung von ihrem Lebensgefährten Stephan vor sechs Monaten trank meine Freundin mitunter mehr, als ihr gut tat.

Kurz nach drei schwebte Lizzie also in einem hinreißenden Trägerkleid ein. Dunkelgrün, mit einem schmalen Oberteil und einem weiten, die Knöchel umspielenden Rock.

»Hallo, Claire. Super Tag, was?« Lizzie warf sich schwungvoll in einen Korbsessel, der unter so viel Verve verdächtig ächzte.

»Guck dir das mal an.« Sie hatte unter die Sitzfläche gegriffen und hielt nun ein Stück loses Holz in der Hand. Behände sprang sie auf, drehte den Stuhl um und rief genervt nach dem Ober, der am übernächsten Tisch Eiskaffee servierte. Der Mann war um die sechzig und kam mit seinem leeren Tablett zu uns herübergezockelt, um sich die Bescherung anzusehen.

»Mann«, Lizzie blickte auf das Namensschild an der schmalen Männerbrust, »Herr Sulzer, Sie können doch unmöglich so einen Stuhl hier stehen lassen. Wenn ich auch nur zehn Kilo mehr auf die Waage bringen würde, wäre der glatt unter mir zusammengebrochen. Das ist doch lebensgefährlich. Stellen Sie sich vor, eine Achtzigjährige fällt mit dem Ding um und bricht sich die Knochen.«

Lizzie kümmerte sich nie darum, wie viele Leute sie umgaben und mithörten. Sie drosselte ihre kräftige Stimme nicht eine Spur und der halbe Bootssteg konnte das Gespräch ungehindert verfolgen.

Der Ober war ganz alte Schule. Er verbeugte sich vor Lizzie, entschuldigte sich vielmals für das Versäumnis und versprach, umgehend einen anderen Stuhl zu schicken.

Der Ober war sogar besonders alte Schule. Bevor er endgültig ging, verbeugte er sich nochmals galant in unsere Richtung und verschwand dann durch die Tische hindurch Richtung Restaurant. Nicht etwa hektisch und eilfertig, nein, schlendernden Schrittes, mit dem Kopf mal links, mal rechts dem einen oder anderen Gast zunickend.

Lizzie blickte ihm fassungslos hinterher.

»Hat der sie noch alle?«

»Lizzie, der Mann ist mindestens sechzig, der kann nicht den ganzen Tag wie ein trainierter Endzwanziger über den Bootssteg hüpfen. Dafür ist er überaus höflich und zuvorkommend.«

»Na und? Der ist doch viel zu lahm und eine Zumutung.«

»Jetzt sei mal nicht so unsozial.«

»Ist doch wahr. Ich bezahle hier doch nicht für einen Handkuss oder dafür, in einem kaputten Stuhl zu hocken, der jederzeit zusammenbrechen kann. Bei mir wäre der längst rausgeflogen.«

»Das glaubst du doch selbst nicht. Du stellst doch sogar einen stadtbekannten Alkoholiker ein, weil du glaubst, ausgerechnet du kriegst ihn dazu, ein halbwegs normales Leben zu führen.«

»Das ist was anderes.«

Sie hatte ihre Stimme immer noch nicht heruntergefahren und unterhielt weiterhin den ganzen Bootssteg.

»Lizzie! Musst du immer so viel Aufsehen erregen? Geht es nicht einmal eine Nummer kleiner und mit einer gedrosselten Stimme?«, zischte ich.

Sie grinste und winkte einem dreißigjährigen Typen ein paar Tische weiter zu, der ein Klatschen angedeutet hatte.

»Und hör um Gottes willen auf, schon wieder jeden anzubaggern, der nicht bei drei auf einem Baum sitzt.«

»Macht doch Spaß. Alle freuen sich. Nur du nicht. Bist du sauer? Genervt? Hast du Stress mit Martin, oder was?«

Sie musterte mich und verzog dabei wissend die Mundwinkel.

»Wie kommst du denn darauf?«

»Na, irgendeine Laus muss dir ja über die Leber gelaufen sein. So stinkig, wie du aussiehst. Und außerdem lag so ein hinterhältiges Timbre in deiner Tonlage, als du mich vorhin angerufen hast. Also, tu nicht so, als sei alles bestens. Du hast Stress, definitiv.«

Lizzie konnte ich nichts vormachen. Sie kannte mich länger und in mancher Hinsicht besser als mein eigener Mann oder meine Mutter. Lizzie und ich waren schon seit unserer Vorschulzeit miteinander befreundet und hatten so ziemlich jede Krise gemeinsam durchlitten und gegebenenfalls gemeistert. Der einen oder anderen waren wir auch nur um Haaresbreite entronnen.

So wunderte ich mich jetzt nicht, dass Lizzie auf Anhieb wusste, dass mit mir etwas nicht stimmte.

»Also, hast du Stress?«, fragte sie.

»Irgendwie nicht und irgendwie schon.«

»Geht es auch genauer?«

Ich lieferte Lizzie eine Kurzfassung der Ereignisse, die mit Gregor und Gerhard Meinhards Tod zusammenhingen. Lizzie leerte während der Zeit zwei Campari mit Orangensaft, bekam beim zweiten endlich ihren neuen Stuhl von Herrn Sulzer und ließ sich auf ihm nieder, ohne die Verzögerung bissig zu kommentieren. Ein Zeichen, dass sie geschockt war. Oder angetrunken, denn auch dann neigte sie zu lethargischer Versunkenheit.

Das dritte Glas kippte sie während meiner Geschichte über Martin, Laura und Sarah Baerenbaum hinunter. Ihr Gesicht versteinerte, sie begann zu schwitzen.

»Bevor du weiter so blöde theoretisierst, solltest du mit dieser Sekretärin sprechen«, erklärte sie schließlich leicht lallend.

»Meinst du?«

»Klar. Die ist doch scheißsauer auf Martin. Die wird sich schon mit dir unterhalten.«

»Und dann? Was soll ich der sagen? Herzlichen Dank, dass Sie sich von meinem Mann vögeln ließen?«

»Frag sie, wie lange das schon geht. Was er ihr versprochen hat – oder was weiß ich. Das wird sich schon ergeben.«

»Und wenn sie nicht will?«

»Na, dann ist es auch nicht tragisch. Dann fragst du eben die andere. Wie heißt die? Baerenbaum?«

Schweißperlen bildeten sich auf Lizzies Stirn und rollten in Richtung Augenbrauen. Sie stierte vor sich hin und schwieg. Der Alkohol hatte die Verbindung zwischen Gefühls- und Sprachzentrum gekappt. Eine bedauerliche, doch eher harmlose Reaktion, denn Gott sei Dank zeichnete sich Lizzie durch eine robuste Konstitution aus. Spätestens nach dem dritten Campari wären weniger belastbare Frauen längst zu Boden gegangen oder zur Toilette gestürzt, um den Magen zu beruhigen, indem sie ihn zwangsweise entleerten.

Ich wartete auf ein Wiedereinsetzen ihrer verbalen Schlagkraft. Vergebens. Die Verbindung zum Sprachzentrum blieb gestört.

»Sag doch mal was«, begann ich, während Lizzie weiter gebannt in ihr Glas starrte.

»Claire, was ... soll ich ... sagen? ... Das ist ... übel ... das alles.«

Die Worte entflohen ihrem Mund nunmehr in einer kurzatmigen Behäbigkeit. Immerhin jedoch verbanden erste Verständigungsfunken ihre beiden Gehirnzentren. Es gab Anlass zur Hoffnung.

»Ja, und? Ist das alles?«

»Entschuldige ... wenn mir nicht ... noch mehr superschlaue ... Kommentare einfallen ... Aber irgendwie ... bin ich ein bisschen ... benommen.«

»Du bist angetrunken«, unterbrach ich sie.

Verärgert sah sie mich an. »Na ... super. Du tischst ... mir eine so ... dämliche Geschichte auf ... und wunderst ... dich, dass ich ... vielleicht irritiert bin und ... einen Campari zu viel ... trinke? ... Entschuldige, wenn ... ich ein wenig ... zu viel intus ... hab, aber schließlich ... passiert es nicht ... jeden Tag, dass ... die beste Freundin ... von Leichen und ... Geliebten erzählt.«

Lizzie hatte sich in Rage geredet, so weit das ihr Alkoholpegel und ihre Kurzatmigkeit zuließen. Die letzten Worte fegten gar in einer Lautstärke über den Tisch, die mich erstarren ließ und von einer Empörung kündete, die aus Alkohol und den Spätfolgen einer konservativen Erziehung geboren worden war. Denn obgleich Lizzie in vielerlei Betracht vor allem durch unkonventionelles Verhalten auffiel, ließ sich ihr kurzfristiger Aufenthalt in einem katholischen Mädchenpensionat nicht verleugnen, schlich sich von Zeit zu Zeit hinterrücks durch ihren Charakter und hatte schon so manchen Spaß verhindert.

Lizzie war mit fünfzehn Jahren für eineinhalb Jahre an den Chiemsee ausgegliedert worden, da ihre pubertäre Aggressivität den Familienfrieden erheblich beeinträchtigt hatte und weder mahnende Worte noch rigorose Strafen wie zweiwöchiger Stubenarrest oder Kinoverbot sie gelehrt hatten, sich der elterlichen Autorität zu beugen. So sahen es jedenfalls ihr Papa und ihre Mama. Und deren Urteil hatte Konsequenzen gehabt.

»Ich bin nicht irre. Keineswegs«, erwiderte ich, während ich einen sondierenden Blick auf die Nachbartische warf.

Gleich neben uns starrte mich eine ältere Dame über den Rand ihrer Lesebrille hinweg verwundert an, als sehe sie den Teufel persönlich. Ihre Kiefer mahlten in träger, doch zwanghafter Bewegung und in ihren Händen zitterte eine Tageszeitung. Allerdings nicht von einer Windböe.

»Ist schon gut. War nur ein Scherz«, lächelte ich zu ihr hinüber, allerdings erfolglos. Ich drehte mich zu Lizzie und zischte ihr ein »Halt deine dämliche Klappe, Mensch, deine Lautstärke geht ja auf keine Kuhhaut«.

Als ich einen zweiten Blick wagte, um die Lage zu peilen, hatte sich die Dame am Nachbartisch wieder in ihre Zeitung vertieft. Der dreißigjährige Typ ein paar Tische weiter blickte munter grinsend zu uns herüber und erhob sein Glas mit dem Eiskaffee, um uns zuzuprosten. In den Achselhöhlen, die sein Muskelshirt freilegte, wucherte dunkles, krauses Haar. Dafür hatte sich sein Haupthaar entschlossen aus der Stirn zurückgezogen, während seine Geheimratsecken systematisch auf ein Treffen hinarbeiteten. In spätestens fünf Jahren sollte dem Mann eine Halbglatze versprochen sein.

Ich grinste ebenso dreist zurück und winkte schließlich mit der Serviette, die vor mir auf dem Tisch lag. Männer mit Glatze sollen besonders potent sein, besagt ein Gerücht, das sich über Generationen weiblicher Erwartungen hinweg gehalten hatte.

Ein nettes Gerücht. Allerdings eben nichts anderes und meiner Erfahrung nach weder zu beweisen noch zu widerlegen. Ganz sicher aber eine dieser unzähligen Legenden, geboren im Gehirn eines Mannes und von einem Mann in die Welt gesetzt. Von wem auch sonst? Oder haben Sie schon mal von einer Frau gehört, deren kreisrunder Haarausfall, zu dem die eine oder andere in Stresssituationen neigt, als Zeichen besonderer Orgasmusfähigkeit galt?

Ob der Typ mit der Halbglatze nun ein vielversprechendes

Sexobjekt war oder nicht, jung war er auf jeden Fall – und er winkte zurück. Winkte mir zu, die ich glatt fünfzehn Jahre älter war.

Ich nahm es als Kompliment, auf das ich stolz sein durfte. Obwohl ich das Verfallsdatum für taufrische Jugend und knackige Brüste längst überschritten hatte, schien ich zum Verzehr noch immer geeignet zu sein. Und das nicht nur in den Augen solch abgebrannter Typen wie Gregor.

Der Youngster am Nebentisch besaß Geld und Geschmack. Das legte die Kleidung nahe. Jeans von Helmut Lang und ein extrafeines T-Shirt. Ich tippte auf Gucci. Die Preisklasse war es allemal. Ich meine, okay, man muss für ein solches T-Shirt nicht zwingend erfolgsverwöhnter Unternehmer sein, garantiert aber Ästhet. Eine Einsicht, die mir runterging wie Öl.

Welch wunderbarer Tag. Ich fühlte mich zutiefst geschmeichelt, was ich nach dem Knock-out durch Martin auch dringend nötig hatte.

Kaum hatte die eitle Freude mein Gefühlszentrum erreicht, meldete sich das Schmerzzentrum. Und das war bei weitem kräftiger ausgebildet. Lizzie hatte mir unter dem Tisch einen saftigen Tritt gegen das Schienbein verpasst. Der Schmerz waberte kurz um die Freude herum und verschluckte sie schließlich ganz.

»Das ist meine Abteilung … Halt dich da raus … Der flirtet … schon die ganze Zeit mit mir. Also … misch dich nicht ein«, raunzte sie mich an, von der Hitze und dem Zuviel an Alkohol noch immer erheblich kurzatmig.

Ich lachte auf, weil Lizzie zwar angetrunken war, dennoch aber bemerkte, dass ich gerade in ihrem Revier wilderte.

Ich winkte nicht mehr zu dem Typen hinüber. Weniger aus weiblicher Solidarität oder weil Lizzies Ansage mich beeindruckt hatte, als deshalb, weil ich in meiner Situation mit einem neuen Liebhaber überfordert gewesen wäre. Ich war herzensfroh, Gregor los zu sein, auch wenn mir die Art seines Abgangs keinen Anlass zur Freude gegeben hatte.

Ich brauchte eine Verschnaufpause von Männern, mit denen ich nicht verheiratet war. Wenn ich ehrlich war, brauchte ich auch eine Pause von Martin. Aber da er Mittwoch ohnehin wieder abreiste, war die garantiert. Ich konnte mir danach in Ruhe überlegen, was ich glauben und vor allem auch tun sollte. Außerdem brauchte Lizzie einen Liebhaber sehr viel dringender als ich.

Seien wir doch mal ehrlich, Lizzie war in einer kritischen Phase. Sie war so alt wie ich, also vierundvierzig, und sie war Single.

Zwei Indizien, die erfahrungsgemäß nahe legten, dass sich an ihrem Zustand auch die nächsten Jahre nichts ändern würde. Mit anderen Worten: Lizzie hatte ein Problem. Auch sie hatte ihr Verfallsdatum überschritten.

Lizzie und ich hatten beide für eine Weile unseren Gedanken nachgehangen und geschwiegen, als sich unserem Tisch ein Mann näherte, der mir bekannt vorkam, den ich jedoch auf die Schnelle nicht einzuordnen wusste.

Er maß knapp einen Meter und neunzig, wirkte aber eher untersetzt. Im Verlauf seines vielleicht fünfzigjährigen Lebens hatte er kaum Fett, dafür umso mehr Muskelmasse ausgebildet, die sich unter einem engen T-Shirt abzeichnete.

Er hatte ein Lächeln aufgesetzt, das sich zwischen echtem Glück – tolles Wetter, schöne Frauen – und Routine – tolles Wetter, schöne Frauen, Scheißjob – nicht recht entscheiden konnte. Der Mann blieb vor unserem Tisch stehen, verbeugte sich artig, was bei der Statur eher seltsam aussah, und begrüßte mich.

»Hallo, Frau Hillger. Meiser, Knut, wenn Sie sich erinnern.«

Scheiße. Der Detektiv.

Ich schaute zu Lizzie, aber die hatte schon wieder einen neuen Campari am Wickel. Drink und Schweigen waren ihr nicht bekommen. Sie schaute alkoholselig hoch, ein debiles Grinsen auf den Lippen. Offenbar hatte sie zwischendurch nur einen lichten Moment gehabt, ein letztes Aufbäumen der Vernunft, bevor die endgültig im Alkohol ersoffen war. Lizzie war sturzbetrunken. Ich ignorierte ihren Zustand und wandte mich dem Mann zu.

»Das ist ja ein Zufall, dass wir uns so schnell wieder begegnen.«

»Zufall würde ich es nicht nennen.« Knut Meiser grinste. Er hatte sich zu dem glücklichen Lächeln durchgerungen: tolles Wetter, schöne Frauen. Über seinem Grinsen leuchtete hellrotes Haar in der Nachmittagssonne.

»Und was ist es dann?«, fragte ich ihn mit gespielter Gleichgültigkeit, meine Neugierde nur schwer zügelnd.

»Ich würde es Vorsehung nennen.«

Auch gut. Ich lehnte mich erleichtert in meinem Korbsessel zurück. Knut Meiser blickte auf mich herunter, ich zu ihm hinauf. Lizzie nippte an ihrem Campari – dem wievielten überhaupt? –, schaute mit alkoholumwölktem Blick zu mir, stellte das Glas ab und kippte mit dem Korbsessel zur Seite weg.

Peng. Einfach so, ohne Vorwarnung.

Ihr linker Ellbogen knallte als Erstes auf die Bretter des Bootsstegs und wäre sie nicht so betrunken gewesen, hätte er wohl den nachfolgenden Bodenkontakt ihres Kopfes verhindert. So aber schlug sie mit der rechten Gesichtshälfte gleichfalls auf den Brettern auf.

Hektisch sprang ich auf, registrierte aus den Augenwinkeln, dass der junge Typ ein paar Tische weiter ebenfalls aufgesprungen war und auf uns zurannte, während unter dem Tisch der älteren Dame gleich neben uns zwei schrill bellende Terrier hervorstürzten und auf Lizzie zuschossen.

Knut Meiser hatte sich blitzschnell gebückt, um Lizzie aufzuhelfen. Doch bevor er ihren Arm ergreifen konnte, saß einer der schwarzweißen Russel-Terrier auf Lizzies Schulter, die Vorderpfoten in ihr blondes Haar gestemmt, und kläffte siegesgewiss über die Außenalster, während der zweite auf die geflochtene Armlehne des umgestürzten Korbsessels gesprungen war, sich dort wie aufgezogen um sich selbst drehte und dabei gleichfalls wie verrückt bellte. Motto: »Ich bin der Größte.«

Lizzie schrie irgendetwas von Scheißescheißescheiße, wobei ihre Zunge Probleme mit dem »Sch« hatte. Synonyme, gar ganze Sätze gab ihr im Alkohol ertrunkener Verstand längst nicht mehr frei.

Ich stand erstarrt, der gut aussehende, etwa dreißigjährige Typ, der uns inzwischen erreicht hatte, erstarrte neben mir nicht minder, während die Dame vom Nebentisch aufgesprungen war und mit zittriger Stimme »Whisky und Scheich, Platz, Aus!« schrie. Die Hunde kümmerten die hysterisch gekreischten Befehle der ondulierten Dame nicht. Sie kläfften ohrenbetäubend und selbstverliebt in die Sonne, die immer noch leuchtend über der ruhig daliegenden Alster stand.

Knut Meiser hatte sich überrascht aufgerichtet, runzelte kurz die breite Stirn, holte mit dem linken Arm weit aus, legte sein ganzes Gewicht in die folgenden Schläge und langte erst dem einen und dann dem anderen Hund eine. Es hob die beiden kurz hintereinander in die Luft und sie flogen quer über den Steg Richtung Alster, in die sie kurz nacheinander mit lautem Platschen eintauchten. Flughöhe etwa eineinhalb Meter, waren sie über den Tisch ihrer Herrin hinweggesegelt. Kuchen und Kaffeetasse waren unberührt geblieben, nur die oberste Zeitungsseite hatte es angehoben. Sie war in der durch die Hunde verursachten leichten Böe kurz hochgeweht und zurück auf den Tisch gesegelt.

Als die Hunde in der Alster landeten, traf das aufpeitschende Wasser eine ältere Dame und unseren verdutzten Herrn Sulzer, der gerade an ihrem Tisch bediente. Über die ältere Dame, die aufgeregt mit einem an einer goldenen Uhrkette befestigten Lorgnon herumfuchtelte, ergoss sich blitzschnell ein Schwall kalten Alsterwassers. Die von kundigen Händen in feine Wellen gelegten und silberviolett eingefärbten Haare hingen nun in klatschnassen Strähnen in dem schmalen Gesicht, während ihr Kleid von dem kühlen Alsterwasser fast gänzlich durchweicht war. Damit nicht genug, entglitt dem verdatterten Sulzer auch noch das Tablett. Im Schoß der Dame landeten zwei Tassen mit heißem Kaffee, während eine Milchkanne mit ihrem dauergewellten Kopf kollidierte, von dort auf den kurzatmig auf- und abwogenden Busen prallte und das goldene Lorgnon, das sie in der rechten Hand zu schützen suchte, mit in die Tiefe ihres Schoßes riss. Kaum hatten sich Wasser, Kaffee und Milch zu einem unappetitlichen Gebräu vermischt, sprang die Dame auch schon schreiend auf, um sogleich ermattet in Herrn Sulzers Arme zu sinken. Sulzer bugsierte das bedauernswerte Wesen zurück in den Sessel, wo sie nun hing, als hätte sie sich bei so viel Flüssigkeitskontakt gleichwohl selbst in einen Schluck Wasser verwandelt. Ihr musste vor Schreck das Herz versagt haben. Vielleicht war sie aber auch nur ohnmächtig. Hoffentlich war sie nur ohnmächtig!

Lizzie schrie immer noch ihr Scheiße und schlug mit dem einen Arm, der über der Lehne des Korbsessels herausragte, um sich, während Meiser von hinten auf sie zutrat, ihren Oberkörper mit beiden Armen umfing und sie hochzog.

Sie war blau wie eine Natter und knickte weg, als er sie losließ. Flugs umklammerte er wieder einen ihrer Arme, während er mit der anderen Hand nach meinem Sessel griff.

Ich half ihm und gemeinsam bugsierten wir Lizzie in den Korbsessel, in den sie sich erschöpft fallen ließ. Die Augen geschlossen, lehnte sie sich zurück.

Aufmerksame Gäste oder die Geschäftsleitung hatten längst den Rettungsdienst alarmiert, denn in der Ferne hörten wir das Martinshorn, das sich uns näherte. Dass der Notarztwagen so prompt kam, war nicht verwunderlich, da sich das Winterhuder Krankenhaus gleich auf der anderen Seite der Alster in einer Seitenstraße befand.

»Was machen wir denn jetzt?«, fragte ich. Meiser grinste mich an und wies auf die immer noch schlapp in ihrem Sessel hängende alte Dame, um die sich ein Kordon von Schaulustigen versammelt hatte, so dass sie schließlich meinem Blick entzogen wurde. War auch gut so.

»Hoffentlich ist die Lorgnon-Lady nicht hinüber. Nicht, dass ich Schuld am Tod einer alten Dame bin!«

»Die wird nur ohnmächtig sein«, erwiderte ich kurz angebunden.

Ich hatte mit Lizzie genug am Hals. Auf eine Diskussion mit Meiser über die patschnasse Lady hatte ich jetzt keinen Nerv und auf eine mit Herrn Sulzer über den Zustand meiner Freundin noch weniger. Die ältere Hundebesitzerin neben uns war an einem Zusammentreffen mit dem Ober augenscheinlich auch nicht interessiert. Sie war zum Rand des Bootsstegs geeilt, wo bereits zwei Jugendliche die Hunde aus dem Wasser gefischt hatten. Von Sulzer und den herumstehenden Gästen unbeachtet, legte sie beide an die Leine, ging noch einmal an ihrem Tisch vorbei, hinterließ einen Zehneuroschein, den sie mit der Untertasse beschwerte, und verließ, so schnell es ihre trippelnden Füße erlaubten, den Ort des Geschehens.

Ich bückte mich nach dem Korbsessel, der unter Lizzies Gewicht zusammengebrochen war – und lachte schallend. War bei dem von Lizzie monierten Stuhl lediglich eine Strebe altersschwach aus ihrer Verankerung gerissen gewesen, gab es unter dem von Sulzer herbeigebrachten Korbsessel nicht eine intakte Strebe mehr. Der Mann hatte in der Hektik des Nachmittagsgeschäfts einen ausrangierten Sessel angeschleppt. Ein Wunder, dass das Ding nicht gleich zusammengebrochen war, als Lizzie sich auf ihm niedergelassen hatte.

Meiser grinste ebenfalls, als er das Malheur entdeckte.

Er nahm mir den Stuhl aus der Hand und rief mit tiefer Stimme nach einer Bedienung, die allerdings nicht kam, denn inzwischen hatte sich das gesamte Personal um die ohnmächtige Frau versammelt. Die Gäste blieben sich selbst überlassen, was ein junges Pärchen zum Aufbruch ermunterte. Ohne zu zahlen. Der dreißigjährige Typ, der noch vor kurzem so rasch auf Lizzie zugeeilt war, hatte inzwischen ebenfalls das Weite gesucht, jedoch etwas Geld auf dem Tisch hinterlegt.

Wahrscheinlich hatte ihn Meisers Erscheinung in die Flucht getrieben, in der Vermutung, der durchtrainierte Typ hätte irgendetwas mit Lizzie oder mir zu tun. Männer sind ja manchmal solche Idioten, die zu unbedachten Kurzschlusshandlungen neigen, wenn sie das Gefühl haben, sie wilderten in fremdem Revier.

Inzwischen war der Krankenwagen angekommen. Zwei Sanitäter und ein Arzt rannten über den Steg auf die Menschentraube zu, die sich ihnen willfährig öffnete. Dergestalt erhaschte ich einen Blick auf die alte Dame, die noch immer erschlafft in dem Sessel hing, als sei jegliches Leben aus ihr gewichen. Richtig wohl war mir nicht. Derweil ich nach der alten Dame gesehen hatte, hatte Meiser sich Lizzie geschnappt. Ich hinterließ genügend Geld für Lizzies und meine Getränke und wir drei machten uns auf den Heimweg.

Während Lizzie willenlos in Meisers Armen hing und nur durch ihn am Fallen gehindert wurde, eilte ich voraus und spähte nach Lizzies Auto, das Gott sei Dank direkt vor dem Lokal stand. Ich winkte Meiser zu, der Lizzie kunstvoll durch eine Reihe Tische führte, wobei ihre Beine bei jedem Schritt den Versuch unternahmen, sich umeinander zu schlingen. Schuld daran waren ihre in alle Richtungen schlenkernden Füße, denen durch zu viel Alkohol offenbar der Sinn für ihre ureigenste Bestimmung abhanden gekommen war, nämlich ihren Besitzer durch wohlfeiles Fuß-vor-Fuß-Setzen an seinen Bestimmungsort zu tragen. Lizzies Füße trugen sie nirgendwohin.

Nachdem Meiser Lizzie auf dem Rücksitz verstaut und ihren seitlich wegkippenden Körper, so gut es eben ging, angeschnallt hatte, nannte ich ihm Lizzies Adresse, versprach nach einem kurzen Wortwechsel, ihn anzurufen, und winkte ihm erleichtert hinterher, als er anfuhr.

Ich fuhr gleichfalls nach Hause, verbrachte den Abend auf der Terrasse, wartete auf Martin, der einmal mehr nicht kam, und ging schließlich deprimiert schlafen.

Depressionen schienen meine bevorzugten Begleiter zu werden.

7

»Hey, wach auf«, summte eine Stimme in meinem Ohr. Unmutig drehte ich mich auf die andere Seite. »Hallo, Claire, werd endlich wach.« Jemand zupfte ungeduldig an meinem Arm.

Benommen richtete ich mich auf und rieb mir die Augen. Mein Mann war es nicht, der an mir zerrte. Er glänzte durch Abwesenheit, wie ich mit einem schlaftrunkenen Blick auf seine Seite des Bettes registrierte, und sein Anzug hing auch nicht über dem Stuhl neben der Frisierkommode, wo er ihn normalerweise ablegte.

»Du hast vielleicht einen gesegneten Schlaf«, schnarrte Hedwig unangenehm wach, wenn auch mit gedämpfter Stimme.

»Hab … ich … nicht«, stotterte ich, von einem Hustenanfall begleitet.

»Hast du doch.«

»Hedwig! Hör auf … zu dis…ku …tie …ren.« Meine Stimmbänder gebärdeten sich, als wären sie am Abend zuvor von zu viel Alkohol und Zigaretten demoralisiert worden. Stockheiser quälte sich die Stimme durch den Satz. Doch weder Alkohol noch Zigaretten verursachten die Reibeisentonlage. Meine Stimme schlief einfach nur länger als der Rest des Körpers und hatte allmorgendlich Probleme, ihrer normalen Funktion nachzukommen. Sie war ein unbelehrbarer Morgenmuffel. Gemeinhin half ihr der samtige Schaum eines Milchkaffees in die Normalität zurück. Leider hatte Hedwig keinen dabei.

»Na, jedenfalls hattest du heute einen verdammt tiefen Schlaf. Ich versuche bestimmt schon seit zehn Minuten, dich zu wecken.«

»Wie spät ist es denn?«

»Halb sieben, glaube ich.«

»Und weshalb kommst du zu dieser Unzeit?«

»Ich mache mir Sorgen.«

»Und das hat nicht noch eine Stunde Zeit?«

»Nein«, antwortete Hedwig bestimmt.

»Und worüber machst du dir bitte schön Sorgen?«, krächzte meine Stimme, die noch immer an blecherne, auf einem Waschbrett erzeugte Schrammelmusik erinnerte.

»Über den Jungen in Bremsnitz.«

»Meine Güte, Hedwig. Das hab ich doch gestern schon mit Lisa besprochen. Ich meine, okay, der erste Schreck macht einen ganz panisch und verrückt. Aber wenn ich es recht bedenke, was kann der erkannt haben? Ich meine, schau doch in die Zeitung von gestern.«

»Das hab ich ja. Und da hab ich die Phantomzeichnungen gesehen. Und die von mir gefällt mir nicht.«

»Und was ist an der schlimmer als an meiner?«

»Das fragst du noch? Da kann doch jeder sehen, dass ich das bin.«

»Hedwig, das stimmt doch nicht. Kein Mensch erkennt uns, und dich schon gar nicht. Ich meine, du bist doch nicht die einzige mit dieser Zottelfrisur.«

Hedwigs Mund öffnete sich in Zeitlupe. »Wie nennst du meine Haare?«

Eine Auseinandersetzung über Hedwigs Frisur fehlte mir gerade noch. Ich richtete mich auf, ergriff reumütig ihre Hand und entschuldigte mich. Schließlich kam ich auf das Phantombild zurück. Ich wollte sie beruhigen und redete auf die alte Frau ein wie auf ein störrisches Kleinkind. Hedwig beruhigte sich jedoch erst, als ich versprach, noch einmal nach Bremsnitz zu fahren um herauszubekommen, ob der Junge uns erkennen würde. Ich fand die Idee, den Ort ein zweites Mal aufzusuchen, bescheuert, hatte aber zu dieser frühen Stunde keine Lust, über Sinn und Unsinn der Aktion zu debattieren.

Ich hielt das Gespräch für beendet und wollte mich gerade wieder wegdrehen, als Hedwig meinen Oberarm ergriff. Ich streifte ihre Hand wie ein lästiges Insekt fort und sah sie genervt an. »Was ist denn noch?«

»Du musst jetzt aufstehen, befürchte ich. Ich muss dir etwas zeigen.« Hedwigs Stimme konnte sich nicht entscheiden, ob sie nervös oder eingeschnappt klingen sollte. Ich tippte auf eingeschnappt. Der folgende Satz schien mir Recht zu geben. »Allerdings, wenn du drauf bestehst, gehe ich eben und komme später wieder.«

»Wo brennt es denn?« Ich bemühte mich, relaxt zu klingen.

»Dein Mann liegt in der Küche.«

»Wie, liegt in der Küche?«, wiederholte ich ihre Mitteilung, deren Sinn sich mir nicht erschloss.

»Er liegt da eben.«

Bis zu diesem Moment hatte mein Gehirn, das ein noch größerer Morgenmuffel als meine Stimme war, selig vor sich hin gedöst. Bei diesem Satz schrak es auf, setzte zu seiner ersten denkenden Großtat an und formulierte ein paar sinnvolle Fragen wie »Was soll das heißen? Ist er gestürzt? Betrunken, ohnmächtig oder was?«

Hedwig schüttelte den weiß umrahmten Kopf: »Ich weiß nicht, wie ich es sagen soll. Er liegt da einfach. Und ich glaube, er ist tot. Na ja, vielleicht auch nicht. Ich versteh davon nix.«

Adrenalin überschwemmte meinen morgenmüden Körper und versetzte ihn in eine panische Aktivität. Ich sprang aus dem Bett, angelte mit den Füßen hektisch nach meinen Hausschuhen, fand auf Anhieb nur den linken, ließ den anderen, wo auch immer er sich rumtrieb, und stieß Hedwig zur Seite. Sie taumelte daraufhin und fiel aufs Bett. Das Kleid hochgerutscht, die Beine in der Luft, landete ihr siebzigjähriger Körper unsanft auf dem Rücken. Schlecht für Hedwigs Bandscheiben und schlecht für ihre Hüfte. Sie jauchzte auf. Ob aus Schmerz oder Überraschung interessierte mich herzlich wenig. Mich interessierte ausschließlich die Küche und das, was ich dort vorfinden würde.

Nur mit meinem rosaweißen Pepitaschlafanzug bekleidet, rannte oder vielmehr sprang ich die Treppe hinunter, jeweils zwei Stufen auf einmal nehmend, lief durch die Halle, bog in den schmalen Korridor zu Hedwigs Küche ein und durchquerte ihn mit Riesenschritten. Vor der geschlossenen Küchentür wartete ich einen Moment, bis sich mein pochendes Herz etwas beruhigt hatte, öffnete sie dann behutsam und blieb wie angewurzelt im Türrahmen stehen. Die rechte Hand verharrte auf der Klinke, die linke klammerte sich Halt suchend an den Rahmen, während mein Kopf um die halb geöffnete Tür herumlinste.

Das Stillleben auf dem Küchenfußboden übertraf meine schlimmsten Fantasien – und die waren schon nicht jugendfrei. Vor allem aber hatte das Arrangement einen Haken. Mir präsentierte sich keine morbide Fantasterei oder ähnlich Albernes. Nein, mir präsentierte sich mein Gatte, und der lag in einem seiner teuersten Geschäftsanzüge auf den Fliesen. Lag da, platt wie eine Flunder, und hatte eine längliche Wunde im Bauch, gleich neben dem Hüftknochen.

Aus dem oberen Ende des gut und gern zehn Zentimeter langen Schnitts ragte Hedwigs Küchenmesser mit dem geschwungenen Ebenholzgriff. Gleich neben Martins Kopf stand Hedwigs Lieblingspfanne. Aus einer Kopfwunde über dem Ohr sickerte gleichmäßig Blut und bildete eine kleine Pfütze auf dem Fußboden. Blut hatte sich auch linkerhand seiner Hüfte ausgebreitet, während Martins Augen ungläubig und starr an die Decke stierten.

»Oh, mein Gott«, flüsterte ich, beugte mich im Türrahmen instinktiv nach vorn, griff mit einer Hand dorthin, wo sich der Magen befindet, und wartete auf das Einsetzen der Übelkeit.

Hatte sich was.

Mir wurde nicht einmal ein kleines bisschen schlecht. Keine Regung erfasste meinen Körper. Der Teil meines Gehirns, der für die adrenalingepuschte Hysterie zuständig war, stand unter Schock. Immerhin geschah es nicht jeden Tag, dass mein Gatte aufgespießt in der Küche lag.

Martins Anzug war im Eimer, der Jackettkragen von Blut durchweicht, die Hose ruiniert. Hemd und Unterhosen durften ebenfalls nur noch zum Wegschmeißen taugen.

Die Folgen der auswärts verbrachten Nacht kamen meinen Gatten teuer zu stehen. Richtig teuer.

Eine Erkenntnis, die mir gefiel. Trotz oder gerade wegen des Schocks, den ich erlitten hatte.

Neben meinem Mann lag Eule. Den Kopf auf den Pfoten, starrte sie mir entgegen mit einem Blick, der nicht weniger verständnislos war als der meines Gatten, allerdings weitaus lebendiger.

»Eule, hau ab.« Eule sah mich anklagend an. Ich ließ meinen Magen los, richtete mich auf und wiederholte den Befehl mit Nachdruck. Die Hündin schüttelte sich und trabte provozierend langsam zum Küchentisch, unter den sie sich beleidigt verkroch. Eule fand mich saublöd, ich sie saudämlich.

Vom Türrahmen aus konnte ich nicht erkennen, ob Martin atmete. Sein Brustkorb bewegte sich jedenfalls nicht einen Millimeter.

Gedankenverloren schlüpfte ich aus meinem Hausschuh. Die Blutlache im Auge, näherte ich mich vorsichtig meinem Mann, beugte mich über ihn, fuchtelte kurz mit meiner Hand vor seinen Augen herum und hoffte auf ein irritiertes Blinzeln. Als sich nichts tat, suchte ich am Handgelenk nach dem Puls.

Martins Haut fühlte sich kühl an und ich erschrak erneut. Nervös und fahrig fuhren meine Finger über das Handgelenk auf der Suche nach dem Puls. Ich entdeckte keinen.

Meine aufkeimende Panik ignorierend, suchte ich am Hals nach einem Lebenszeichen. Schüchtern klopfte der Puls gegen meine Fingerkuppen und ich atmete erleichtert auf.

Mein Mann starrte zwar blicklos an die Decke, doch hinter einer ausgewachsenen Ohnmacht, die wohl dem Blutverlust, dem Kopfkontakt mit Hedwigs Pfanne und dem Schock zuzuschreiben war, lebte er. Ich war erleichtert. Nicht auszudenken, welche Verwicklungen sein Tod ausgelöst hätte!

Ich sah zu Eule hinüber, die mich neugierig beobachtete, während ich Martins Krawatte abnahm und seinen blutverschmierten Hemdkragen öffnete. Ohne weiter darüber nachzudenken, zog ich ihm vorsichtig Jackett und Hemd aus. Es war mühselig, musste ich den Mann doch hin- und herdrehen und dabei sowohl auf die Wunden, auf das in seinem Bauch steckende Messer, als auch auf das bereits ausgetretene Blut achten.

Ich öffnete gerade den Reißverschluss von Martins Hose, als ich hinter mir Hedwigs Schritte vernahm.

»Mein Gott, Hedwig! Wie konnte das passieren?«, stieß ich unvermittelt hervor. Übel war mir immer noch nicht, dafür begann ich zu weinen. Vermutlich aus Erleichterung darüber, dass Martin lebte.

Geradezu dankbar nahm ich zur Kenntnis, dass mein Körper reagierte. Ich zweifelte ja langsam an meinem Geisteszustand, weil mir angesichts meines schwer verletzten Gatten nicht einmal die Hände zitterten.

Hedwig war in der Küchentür stehen geblieben, bückte sich nun, legte den Hausschuh, den ich mitten im Weg liegen gelassen hatte, zur Seite und richtete sich auf.

»Weshalb ziehst du ihn denn aus?«, fragte sie mich.

Ich hielt für einen Moment in meinem Tun inne. Eine Antwort hatte ich nicht parat. Wie sollte ich auch, war das Auskleiden in der Situation doch hochgradig idiotisch. Ich meine, wozu zog ich Martin die Hose aus? Ich war kein Arzt und hatte auch keine medizinische Notversorgung im Sinn. Ich zuckte hilflos mit den Achseln, während ich den Reißverschluss wieder schloss und Hedwig genauer betrachtete.

Trotz meines Weinens registrierte ich, dass ihr Gesicht puterrot angelaufen war und sich auf ihrem Hals handtellergroße, dunkelrote Flecken abzeichneten. Das waren im Moment allerdings die einzigen Hinweise darauf, dass Hedwig erregt oder durcheinander war und etwas mit Martins Verletzungen zu tun haben könnte. Merkwürdigerweise nämlich befleckte nicht ein Tropfen Blut das strahlende Weiß ihrer Schürze, über der das Messerfutteral am Gürtel hing. Heute früh recht vereinsamt, denn das Messer steckte in meinem Mann.

»Wann ist das denn passiert?« Tränen liefen mir immer noch unkontrolliert die Wangen runter.

Ich wischte die Tränen mit der flachen Hand weg und zog wässrigen Schleim die Nase hoch. Es war ordinär, doch egal. Ich hatte kein Taschentuch zur Hand.

»Ich weiß nicht, vielleicht vor einer halben Stunde?«

»Um sechs? Denk nach, Hedwig«, schluchzte ich nun ungeniert.

»Ich weiß wirklich nicht. Irgendwie so ... gegen sechs. Ja, ich glaube, so war es.«

Einmal in Aktion, konnten meinen Tränendrüsen nicht aufhören, ganze Sturzbäche hervorzubringen. Ich heulte ohne Unterlass und heulend rief ich schließlich auch unseren Hausarzt Dr. Michaelsen an. Dr. Johann Michaelsen war Ende siebzig und lebte theoretisch längst als Pensionär in der Provence, wo er ein Haus besaß, doch praktisch konnte er seinen Beruf nicht an den Nagel hängen. Sehr zum Leidwesen seiner Frau verbrachte er die Sommer in Hamburg und betreute in dieser Zeit sowohl meine Mutter als auch mich und eine Vielzahl anderer langjähriger Privatpatienten.

Johann Michaelsen kannte mich, seitdem ich meinen ersten Atemzug getan hatte, war er doch bei meiner Geburt zugegen gewesen. Später hatte er meinen Mumps ebenso erfolgreich wie meinen Keuchhusten behandelt. Michaelsen war es auch, der mir mit knapp siebzehn Jahren riet, mir die Pille verschreiben zu lassen, und der meiner Mutter seit nunmehr Jahrzehnten anempfahl, ihre Pumps im Interesse krampfadernfreier Beine aufzugeben. Vergeblich, wie wir wissen.

Als Dr. Michaelsen an diesem Morgen den Hörer abnahm, bedurfte es eines Momentes, bis er wach war. Dann jedoch hörte er meinem Geschluchze konzentriert, wenn auch verwundert zu. Ich war mir sicher, dass er nicht genau verstand, worum es ging, sondern nur, dass ich mit den Nerven am Ende, irgendetwas mit Martin war und ich einen Arzt brauchte. Ich solle mir keine Sorgen machen, in zirka fünfzehn Minuten sei er da, erklärte er mir schließlich und legte auf.

»Und wie ist es passiert?«, wandte ich mich, das Gespräch wieder aufnehmend, an Hedwig. Ich schluchzte immer noch.

»Er hat mich erschreckt. Er kam von hinten auf mich zu.«

»Hedwig, auch ich erschrecke dich manchmal. Trotzdem hab ich kein Messer im Bauch.« Hedwig fummelte in ihrer Schürzentasche herum, kam zu mir herüber und reichte mir eines ihrer baumwollenen Taschentücher, das von einer blütenweißen, gehäkelten Spitze eingefasst war.

»Hier, putz dir die Nase und wisch dir das Gesicht ab.« Ihre Augen funkelten mich durch die dicke rosafarbene Brille an. »Und dann brauchst du gar nicht so gemein zu sein und mir zu unterstellen, ich hätte ihn mit Absicht verletzt. Das hab ich nämlich nicht.«

»Du hast Martin nicht mal eben so verletzt, Hedwig. Du hast ihn ziemlich übel zugerichtet. Nimm das bitte zur Kenntnis«, herrschte ich sie an, während ich mir die Augen wischte und die Nase putzte.

Als ich Hedwig anfuhr, schloss sie einen Lidschlag lang die Augen und senkte betreten den Kopf.

»Das hab ich nicht gewollt.« Ihrer noch eine halbe Minute zuvor so selbstbewussten Stimme fehlte die Kraft. Sie klang winzig, so als sei die ganze Frau innerhalb von Sekunden geschrumpft.

»Ist das alles, was dir dazu einfällt? Ich meine, du hast gerade versucht, meinen Mann umzubringen!« Ich hatte aufgehört zu weinen.

»Hab ich nicht. Nicht so, wie du es jetzt sagst, jedenfalls. Und auch nicht gerade eben. Es war ein Unfall. Glaub mir.« Hinter den Brillengläsern füllten sich nun Hedwigs Augen mit Tränen. »Ich hab es nicht gewollt.« Der letzte Satz kam leise, begleitet von einem Winseln der Hündin, die irritiert von einer zur anderen schaute und mal wieder nicht begriff, was los war.

Hedwig murmelte: »Eule, ist ja gut«, holte aus der Schürzentasche ein zweites, blütenweißes Taschentuch mit einem gleichfalls gehäkelten Spitzensaum, nahm die Brille ab, rieb sich mit der freien Hand die Augen und setzte zu einer Erklärung an: »Eule hat mich heute früh geweckt. Sie bellte unter meinem Fenster und ich bin aufgestanden, um sie wieder nach Hause zu schicken. Aber dann dachte ich, wenn ich schon mal wach bin, kann ich ihr genauso gut ein paar Leckerlis geben. Und deshalb bin ich hier rübergekommen. Und als ich mich bückte, um die Tüte aus dem Unterschrank zu nehmen, hat mir dein Martin von hinten einen deftigen Schlag auf den Hintern gegeben. Ich meine …«, Hedwig stutzte kurz, »… ich wusste natürlich nicht, dass es Martin war … Morgens um sechs ist der doch noch nie in meiner Küche gewesen. Ich hab mich so erschrocken. Ich dachte, es wäre ein Einbrecher und nun hätte mein letztes Stündlein geschlagen. Ja, und dann hab ich mich irgendwie aufgerichtet, umgedreht und zugestochen. Es ging alles so rasend schnell. Ich hab ihn getroffen. Einfach so, meine Güte. Und weil die Pfanne noch auf der Arbeitsplatte stand, hab ich mit der auch gleich zugehauen. Da ging er aber schon in die Knie. Ich weiß nicht, Claire. Ich wollte sicher sein, dass der Mann außer Gefecht ist und uns nichts tun kann.« Hedwig schüttelte fassungslos das Haupt mit den silberfarbenen Locken. »Mein Gott, Claire. Dein Mann stand einfach zu dicht hinter mir und er hat mich zu Tode erschreckt. Wirklich! Glaub mir! Bitte.«

Während sie erzählte, forschte ich in ihrem Gesicht nach einem Anzeichen, dass sie die Unwahrheit sagte. Nach einem Zucken oder Blinzeln, einem Ausweichen des Blickes. Zu absurd schien mir, was da in unserer Küche geschehen war. Doch Hedwig schaute einfach nur belämmert drein. Mich brachte das nicht weiter. Hedwig konnte vor Schreck zugestochen haben. Oder sie hatte sich erschrocken, Martin dann aber doch erkannt und trotzdem zugestochen, um die Familienehre zu retten. Ich mochte das nicht beurteilen.

Klar war, dass raffiniertes Denken nicht Hedwigs Ding war. Davon konnte man getrost ausgehen.

Ein Charakterzug übrigens, den sie mit Eule teilte, denn weder Hedwig noch Eule zeichneten sich durch eine überbordende Intelligenz aus. Und vielleicht war ihr beiderseitiger Mangel an analytischem Verstand einer der Hauptgründe dafür, dass die zwei einander so abgöttisch liebten.

Hedwig hatte die Schule nach der sechsten Klasse abgebrochen, dafür aber acht Jahre benötigt, wie mir meine Großmutter erzählt hatte, als ich noch ein kleines Mädchen war. Die arme Hedwig sollte damals als abschreckendes Beispiel herhalten. Ich hatte es eine Zeit lang – ich denke, es war gleich zu Beginn meiner Schulzeit in der ersten oder zweiten Klasse – gehasst, meine Hausaufgaben zu erledigen, und war regelmäßig mit

Eintragungen nach Hause gekommen, meine Eltern mögen doch Acht geben, dass ich den Lehrstoff daheim wiederholte.

Meine Mutter hatte mich gebeten, mir gedroht, mich mit einem Leseverbot belegt – der schlimmsten Strafe überhaupt, las ich doch von morgens bis abends alles, was mir in die kindlichen Hände fiel. Genutzt hatte das Verbot nichts. Ich mochte Hausaufgaben nicht, lieh mir fortan in der Schulbibliothek Bücher aus und schmuggelte sie heimlich in der Sporttasche ins Haus. Den Ranzen kontrollierte meine Mutter, die Tasche nicht.

Schließlich hatte sich meine Großmutter eines Nachmittags eingeschaltet, ein Gespräch mit mir gesucht und mir Hedwigs Geschichte serviert. Eingeleitet von der Frage, ob ich auch einmal als Haushälterin enden und die Drecksarbeit für andere Leute machen wolle. Das nämlich käme auf mich zu, wenn ich versäumte, meine Hausaufgaben zu erledigen, und die Schule nicht ernst nahm. Nun gut. Hedwigs abschreckende Wirkung hielt sich in Grenzen, denn mir gefiel der Fortgang ihrer Geschichte. Ihr Vater hatte sie schließlich mit vierzehn Jahren von der Schule genommen und zu einem Paar nach Berlin geschickt, wo sie Ende der zwanziger Jahre lernte, wie man einen Haushalt führte. Keine Hausaufgaben mehr, kein Lernen für blöde Arbeiten. Welch idyllisches Leben! Meine Großmutter hatte mich irritiert angesehen, als ich mich von Hedwigs Tätigkeiten derart begeistert zeigte. Ein wenig ins Grübeln brachte mich schließlich das letzte Argument meiner Großmama: Hedwig hätte nie einen Mann gefunden. Dafür sei sie nicht klug genug gewesen. Das brachte mein kindliches Selbstverständnis allerdings erheblich durcheinander, schwärmte ich mit meinen sieben oder acht Jahren doch gerade für Tom Jones und wollte ihn unbedingt heiraten. Ich ließ mir die Geschichte also durch den Kopf gehen und beschloss, künftig alle Hausaufgaben widerspruchslos und sorgfältig anzufertigen. Was ich dann auch tat.

»Weshalb hast du mich denn nicht gleich geweckt?«, fragte ich sie, als sie mit ihrer Beichte fertig war. »Ich meine, es musste dir doch klar sein, dass Martin einen Arzt brauchte.«

»Claire, ich hab hier gesessen. Und dann musste ich weinen.

Und nachgedacht habe ich auch. Und dann musste ich wieder weinen. Ich weiß doch gar nicht genau, wie lange ich hier unten war. Aber ich konnte mich überhaupt nicht rühren. Ich war so durcheinander.«

Ich dachte, ich höre nicht richtig. Stach ein Messer in meinen Mann und setzte sich erst einmal hin, statt Hilfe zu holen?

»Hedwig«, ich wusste nicht, was ich sagen sollte, »wie kannst du ein Messer in Martin rammen und mich dann nicht wecken? Ich meine, du hast hier nicht die Milch überkochen oder den Braten anbrennen lassen. Du hast hier gerade was richtig Schlimmes angerichtet.«

»Weiß ich.«

»Und weshalb hast du mich dann erst so spät geholt?«

»Das habe ich doch schon gesagt: Ich weiß es nicht. Ich hab doch gar nicht gemerkt, wie spät es war oder wie viel Zeit verging.« Es kam trotzig und ich vermutete, der Wahrheit ziemlich nahe.

Resigniert drehte ich mich um, zog mir einen Küchenstuhl heran, nahm Platz und betrachtete den Mann auf dem Fußboden. Wieder ein schwer verletzter Mann und wieder in meinem Haus.

Ich war hochgradig ratlos. Michaelsen würde mir und Hedwig diese abstruse Geschichte vielleicht glauben, weil er mich so lange und so gut kannte. Aber sonst würde uns diese Geschichte nie im Leben jemand abnehmen. Zumal dann nicht, wenn sich herausstellte, dass mein Gatte erst frühmorgens heimgekommen war und sich neben mir gleich zwei Frauen gehalten hatte.

Denn wo er die Nacht verbracht hatte, war klar. Entweder bei der Baerenbaum oder bei Laura. Wobei mir Laura instinktiv näher liegend schien als die Baerenbaum. Dabei hatte ich dem Mann geglaubt, als er versprach, sein Verhältnis zu Laura zu beenden. Hatte sich was. Ich meine, der Mann war ja schon am Samstagabend, als er die Liaison angeblich beenden wollte, erst nachts gegen ein Uhr wieder daheim aufgetaucht.

Doch ich, blöd wie die meisten Weiber in dergleichen Situationen, hatte schlicht die Augen verschlossen und die Tatsache nicht zur Kenntnis genommen. Oder verdrängt. Bis zu diesem Morgen. Nun konnte ich nichts mehr verdrängen.

Hedwig hatte, derweil ich meinen deprimierenden Gedanken nachhing, einen Michkaffee für uns gekocht, dessen wohltuendes Aroma die Küche durchzog. Ich nahm einen Schluck aus der Tasse, während sie sich mir gegenüber auf einem Stuhl niederließ und mich schweigend beobachtete. Mit einer Hand unter dem Küchentisch kraulte sie Eule, die ahnte, dass etwas nicht stimmte, und nicht mehr wagte, sich wegzubewegen.

Hedwig beobachtete mich über ihre Kaffeetasse hinweg und heulte unvermittelt erneut los. Bei jedem Schluchzen wogte der Oberkörper der kleinen Frau auf und ab, ihre reinweiße Schürze wippte ebenso wie der Kleiderkragen und Hedwigs weißgraue Löckchen.

Ich war ratlos. Hedwig tat mir Leid, Martin tat mir Leid – und ich tat mir mindestens ebenso Leid.

»Was sollen wir denn jetzt machen?«, heulte Hedwig, nahm die Brille von der Nase und wischte sich mit dem nunmehr zerknüllten, doch immer noch blütenweißen Taschentuch über die Augen.

»Ich weiß nicht. Wir können nur beten, dass Martin das überlebt. Sonst sind wir im Eimer. Jeder wird doch annehmen, du hättest meinen Mann umbringen wollen. Oder wir beide hätten das ausgeheckt. Und stell dir vor, was passiert, wenn die Story dann in die Zeitung käme und uns dieser Dorfjunge tatsächlich wiedererkennt. Nicht auszudenken. Mal unabhängig davon, dass ich meinen Laden dicht machen könnte.«

»Dann beerdigen wir Martin eben im Garten. Ich meine …«

»Du meinst, da liegt eh schon einer und es kommt nicht drauf an, nicht wahr? Es kommt aber drauf an, Hedwig. Verlass dich drauf.« Ich erhob die Stimme, derweil Hedwig aufgehört hatte, Eule zu kraulen, und nunmehr aufgeregt mit den Fingern knackte. Widerliches Geräusch. Ich atmete tief durch und fuhr ihr ins Knacken der Gelenke: »Und außerdem ist Martin nicht tot, Hedwig. Auch wenn du es vielleicht gern hättest. Aber schaufle ruhig ein Grab. Keiner wird dich aufhalten.«

Hedwig schluchzte ob meiner rüden Ansage beleidigt auf, schnappte sich Eule und stürzte mit der Hündin im Schlepptau nach draußen. Ihre Nerven lagen ebenso blank wie meine.

Ich glaubte, Hedwig ginge eine Runde springen, und war erleichtert, meine Gedanken ordnen zu können, ohne dass mir jemand reinredete.

Ich betrachtete meinen Mann, starrte auf die Wunde und dachte über den Tod nach.

Ich versuchte mir vorzustellen, dass das Leben endlich war, begrenzt, zeitlich limitiert, dass es durch ein Versehen einfach vorbei sein konnte. Erledigt hätten sich dann die schicken Essen, die tollen Klamotten und die Superurlaube. Essig war es mit den Liebhabern und den schnellen Autos. Dergestalt schien mir der Tod unanständig und rücksichtslos. Kam ohne Vorankündigung und knipste das Licht aus.

Bei diesem Gedanken bekam ich eine Gänsehaut, die von den Beinen kam, über Po, Bauch und Rücken bis zu den Schultern hochkroch und sich auf den Armen ausbreitete. Meine Körperhärchen, zuverlässige Gradmesser meiner Panik, standen Gewehr bei Fuß.

Ich ging zum Kühlschrank und nahm mir eine Flasche Evian. Ich füllte mir ein Glas mit Eiswürfeln, die der Spender des amerikanischen Kühlschranks polternd ausspuckte, goss Wasser hinzu und trank mit gierigen Schlucken. Köstlich lief mir das Nass die Kehle hinab, in die Speiseröhre und weiter in den Magen, wo es sich ausbreitete und mich angenehm kühlte. Sehr beruhigend.

Als es endlich an der Tür klingelte, war ich erleichtert. Vor mir stand Johann Michaelsen, die spärlichen grauen Haare vom Duschen noch nass, das hagere, faltige Gesicht unrasiert.

Ich ließ ihn ein, und anstatt auf seine Frage zu antworten, was denn nun passiert sei, so richtig hätte er das am Telefon nicht verstanden, führte ich ihn in die Küche.

Michaelsen verharrte überrascht im Türrahmen, starrte auf meinen am Boden liegenden Mann und schüttelte das nasse Haupt.

»Das glaube ich nicht«, entfuhr es ihm.

»Ich war es nicht, wenn Sie das meinen, es war Hedwig.«

Michaelsen drehte sich zu mir um, die ich hinter ihm im Flur stand, fuhr sich mit langen Fingern durch das Haar und kratzte sich schließlich am Hinterkopf.

»Sieht schlimm aus«, erwiderte er und ging auf Martin zu. Noch im Gehen öffnete er seine dunkelbraune lederne Arzttasche, zog ein Paar Einmal-Latexhandschuhe heraus und streifte sie sich über. Nachdem er einen kurzen Blick auf die Kopfwunde geworfen hatte, betrachtete Michaelsen Martins Bauchwunde und schüttelte den Kopf.

»Mädchen, Mädchen. Das sieht nicht gut aus. Er muss in ein Krankenhaus. Dringend.« Noch während er das sagte, zückte er ein Handy und wählte eine Nummer. Ich eilte auf ihn zu und wollte ihn daran hindern, einen Notarztwagen zu bestellen, doch Michaelsen sprach bereits.

Notgedrungen wartete ich ab.

»Claire«, hob er an, als er aufgelegt hatte, »die Wunden müssen genäht werden. Wahrscheinlich ist eine Sehne durchtrennt worden und er muss dringend operiert werden. Und sein Kopf sollte geröntgt werden. Ich denke, wir müssen eine Computertomografie veranlassen, um festzustellen, ob er durch den Schlag mit der Pfanne ein Blutgerinnsel im Kopf hat. Und dann müssen wir zusehen, dass wir ihn aus dem Koma herausbekommen.«

»Martin ist nicht ohnmächtig?

»Nein, ich befürchte, er liegt im Koma.«

»Aber Sie melden es nicht der Polizei, nicht wahr? Bitte! Martin hat Hedwig doch so erschreckt. Sie kann nichts dafür. Bestimmt nicht. Er ist heute früh um sechs von hinten auf sie zugekommen, hat ihr einen Klaps gegeben, und sie hat gedacht, er wäre ein Einbrecher. Sie hat ihr Messer gezückt, zugestochen und ihm eins mit der Pfanne verpasst, damit sie sicher sein konnte, dass er uns nichts mehr tun kann.«

»Claire, reg dich doch nicht so auf. Du sagst doch selbst, dass es ein Unfall war. Also werde jetzt nicht hysterisch. Und außerdem kommt er auf meine Privatstation und natürlich werden wir es vorerst nicht der Polizei melden. Wozu auch? Beruhigt dich das?«

»Ja. Danke.« Ich wollte noch ein paar Erklärungen abgeben, hörte jedoch schon das scharfe Bremsen des Krankenwagens auf unserer Auffahrt und rannte nach vorn zur Tür, um die Sanitäter einzulassen. Michaelsen folgte mir und erklärte den beiden

Männern die Situation, während sie ihre Trage aus dem Transporter luden. Dr. Michaelsen geleitete sie zur Küche, überwachte Martins Abtransport und verabschiedete sich von mir mit der Bitte, dringend eine von den beiden Pillen zu nehmen, die er für mich und Hedwig auf den Küchentisch gelegt hätte. Ich sei ja mit den Nerven völlig runter, und wenn ich schlau wäre, dann käme ich noch am selben Nachmittag in seine Praxis. Er wollte mich mal genauer unter die Lupe nehmen.

Ich dankte Michaelsen für seine Hilfe und sein Vertrauen, entschuldigte mich, dass es am Nachmittag leider nicht passen würde, versprach aber, irgendwann demnächst zu kommen. Michaelsen gab sich damit nur ungern zufrieden und ging mit einem Seufzer auf den Lippen.

Nachdem er das Haus verlassen hatte, schmiss ich als Erstes die Pillen in die Toilette. Ich hasste Medikamente und nahm sie nur, wenn gar nichts mehr ging. An dem Punkt war ich aber noch lange nicht.

Ich rief Knut Meiser an, entschuldigte mich für die Unzeit und bat ihn, kurz vorbeizukommen. Er war erstaunt über meinen Anruf, doch ich schnitt ihm das Wort ab. Ich hatte keine Lust auf irgendwelche Erklärungen. Kurz angebunden teilte ich ihm mit, ich hätte einen Auftrag für ihn.

Danach informierte ich Martins Moskauer Büro und ließ seinem dortigen Bauleiter ausrichten, der Zeitpunkt von Martins Rückkehr sei ungewiss, da er nach einem Unfall im Krankenhaus liege. Außerdem teilte ich ihnen mit, dass Laura nicht mehr für Martin arbeite, und sein Hamburger Büro deshalb im Moment unbesetzt sei. Mehr brauchten die dort nicht zu wissen.

Schließlich suchte ich Hedwig im Garten. Ich glaubte, sie spränge hinterm Haus wieder ihren bescheuerten Hüpfekasten. Tat sie aber nicht.

Ich rief nach ihr. Erfolglos. Ich durchquerte den Garten und fand sie beim Flieder, unter dem schon der Liebhaber meiner Großmutter lag. Angetan mit einer blauen Arbeitsschürze über dem dunkelblauen Kleid und der weißen Küchenschürze grub sie emsig ein Loch. Sollte es meiner Vermutung nach jedenfalls werden.

Noch aber kämpfte Hedwig einen verzweifelten Kampf gegen ihre untaugliche Bekleidung und das dichte Geflecht der Rasenwurzeln, zwischen dem sich widerborstige Moosfelder angesiedelt hatten. Die Schuhe mit den flachen Absätzen hämmerten auf dem Spaten herum, um ihn durch das feste Wurzelwerk zutreiben. Anstrengend. Immerhin handelt es sich nicht um lockeren Mutterboden, in den der Spaten fährt wie das Messer durch die Butter. Die Grasnarbe widersetzte sich den Attacken der Frau, die in ihrer Panik vergessen zu haben schien, dass sie eine geprellte Hüfte hatte und demzufolge schmerzgeplagt war. Während der Fuß stoisch auf den Spaten einhieb, flatterten Hedwigs kurze Locken rhythmisch auf und ab.

Ich lachte leise auf, obwohl die Situation alles andere als komisch war.

Ich beschleunigte meinen Schritt, und als ich sie erreicht hatte, baute ich mich vor ihr auf.

»Was machst du denn da?«

»Nach was sieht es denn aus?«

»Nun sei mal nicht so schnippisch. Immerhin habe ich dir nichts getan.«

Hedwig hielt einen Moment mit dem Graben inne und schaute auf. Schweiß perlte auf ihrer Stirn und der Nasenrücken glänzte klebrig.

»Leg den Spaten weg und komm mit.« Ich ging auf sie zu, entwand ihren Händen das Gartenutensil und zog sie hinter mir her zum Haus. Widerborstig stemmte sie die Schuhe in den Rasen und protestierte lauthals, aber ich setzte mich durch.

Ich war größer, jünger, stärker. Und schließlich trippelte sie, das eine Bein wegen der Hüftprellung kaum merklich nachziehend, halbwegs freiwillig neben mir her.

»Was willst du denn?«

»Du musst mir helfen, die Küche sauber zu machen. Michaelsen hat Martin in seine Privatklinik geschafft. Er meint, Martin hätte gute Chancen durchzukommen, allerdings kann er nicht sagen, wann er aus dem Koma erwacht.«

»Martin liegt im Koma?«, fragte Hedwig erschrocken.

»Ja, er hat viel Blut verloren und dann hast du ihm ja auch

noch die Bratpfanne um die Ohren gehauen. Wenn du Pech hast, hast du ihm eine Sehne durchtrennt und er muss ein paar Monate im Rollstuhl sitzen. Beziehungsweise, wenn *Martin* Pech hat.«

Hedwig wollte zu einer Erwiderung ansetzen, doch ich winkte ab.

Schweigend legten wir den Rest des Weges bis ins Haus zurück, begleitet vom penetranten Knacken von Hedwigs Gelenken, denn sie zog wieder einmal aufgeregt an ihren Fingern. Ein verstohlener Blick zu ihr bestätigte meine Befürchtung. Das Ziehen der Finger war nur der Auftakt zu leisem Weinen. Ich stellte mich blind und taub.

Während eine immer mal aufschluchzende Hedwig die Küche und den Korridor putzte, duschte ich, wusch mir die Haare, epilierte die Beine, zupfte die Augenbrauen, massierte eine Peelingcreme in die sensible Gesichtshaut und wartete darauf, dass Meiser kam und ich später Lizzie anrufen könnte.

Kurz vor acht hielt sein Mercedes vor meiner Tür. Ich hatte bereits erwartungsvoll in meinem Büro gesessen und eigenhändig einen Kaffee gekocht. Als ich ihm eine Tasse anbot, lehnte er ab. Knut Meiser trank ausschließlich Tee.

»Tut mir Leid, hab ich auf die Schnelle nicht.«

»Das macht nichts. Ich hatte gerade eine Tasse grünen Tee mit Jasmingeschmack. Sehr zu empfehlen.« Meiser lehnte sich in seinem Sessel zurück.

»Und was kann ich nun für Sie tun?«, fragte er.

Ich erzählte ihm in groben Zügen von den Eskapaden meines Mannes, die ihn ehrlich gesagt weder verwunderten noch zu einer Beileidsbekundung anregten, und gab ihm die Adresse sowohl von Laura Hesselbach als auch von Sarah Baerenbaum. Ich war allerdings sehr viel neugieriger darauf, möglichst schnell möglichst viel über die Baerenbaum zu erfahren, die ja nicht nur offenbar eine Freundin meines Mannes war, sondern sich als Klientin auch in mein Leben geschlichen hatte.

Laura Hesselbachs Geschichte war dagegen einfach gestrickt und deshalb leicht zu durchschauen. Sie hatte sich in ihren Arbeitgeber verknallt. Das passierte wahrscheinlich allein in Hamburg jeden Tag drei Dutzend Mal.

Ich erzählte Meiser, dass Martin einen Unfall gehabt hatte und im Koma liege. Ich erzählte ihm nicht, wie es dazu gekommen war. Er fragte, doch ich wich aus. So gut kannte ich ihn nicht, dass ich ihm die komplette Geschichte auf die Nase binden wollte.

»Sie misstrauen mir?«, fragte er mich mit verständnisvollem Lächeln, doch ich winkte ab.

»Nein, nein. Ich möchte im Moment nur nicht darüber reden und ich bitte Sie, mich nicht danach zu fragen.«

Ich verlangte eine Menge. Immerhin erwartete ich sein Vertrauen, ohne ihm meines zu schenken.

Er nickte mit hochgezogenen Brauen und resigniert herabgezogenen Mundwinkeln, nach dem Motto »Frauen! Was soll man dazu noch sagen?«. Doch er respektierte meine Entscheidung und unterließ es, weiter nach dem Grund für Martins Kopfverletzung zu fragen.

Ich musste ihm nur versichern, ja geradezu schwören, dass ich persönlich nichts mit der Verletzung zu tun hatte. Sonst würde er den Job nicht übernehmen, sagte er ganz ruhig. Er wäre schon häufiger mit dem Gesetz und den Gesetzeshütern in Konflikt geraten. Meistens hätte er dann den Kürzeren gezogen. Allerdings nicht so sehr, weil er im Unrecht gewesen wäre, sondern weil er schlicht am kürzeren Hebel gesessen hätte. Er bräuchte seine Lizenz und könnte nicht riskieren, sie zu verlieren. Ich müsse das verstehen, sagte er.

Ich verstand es sehr wohl.

»Sind Sie sicher, dass Sie alles wissen möchten, was diese Baerenbaum betrifft?«, fragte Meiser, kurz bevor er ging.

»Ja, ich denke schon. Und ich möchte auch, dass Sie sie beobachten. Die Kosten spielen keine Rolle.«

»Ich denke, Ihr Mann liegt im Koma im Krankenhaus und Frau Baerenbaum denkt, er ist in Moskau? Da unternimmt sie sowieso nichts, was Sie irritieren könnte. Es sei denn, sie wird unruhig, weil Ihr Mann sich nicht bei ihr meldet. Aber nun gut, das werden wir alles sehen.«

Wir sprachen über seinen Tagessatz, vereinbarten, dass ich selbstverständlich die Spesen übernähme, und dann ließ sich

Meiser noch einmal detailliert die Flughafenszene beschreiben.

Als er ging, hinterließ er in mir ein Gefühl von Sicherheit. Ich war froh, dass ich Meiser am Abend von Martins Rückkehr aus St. Petersburg in den Mercedes gefahren war und dadurch seine Bekanntschaft gemacht hatte.

Trotzdem war ich an jenem Morgen aufgeregt und überdreht. Das merkte ich, als ich allein in meinem Büro saß und von meinem Schreibtisch zum Fester, zur Sitzgruppe in der Ecke und wieder zurücktigerte, die Schreibtischschubladen aufzog und begann, gänzlich nichtige Dinge beiseite zu räumen.

Als ich es schließlich nicht mehr aushielt, griff ich zum Telefonhörer. Ich brauchte einen Zuhörer. Ich musste mit Lizzie reden.

Lizzie war erwartungsgemäß alles andere als erfreut, zu solch früher Stunde geweckt zu werden, zumal sie glaubte, ich würde mich nur erkundigen wollen, wie es ihrem Kater ginge und ob sie mit einer postalkoholischen Depression ringe. Durch die morgendlichen Ereignisse hatte ich jedoch längst verdrängt, dass Lizzie am Nachmittag zuvor von Knut Meiser sturzbetrunken nach Hause gebracht worden war.

Als ich ihr von Hedwigs Messerattacke erzählte, war meine morgenmuffelnde Freundin schlagartig putzmunter.

Lizzie hatte mit ihren vierundvierzig Jahren eine unumstößliche Einstellung zu Männern. Sie glaubte, dass Männer prinzipiell untreu seien, prinzipiell dazu neigten, Frauen zu belügen, und dass es für das weibliche Allgemeinbefinden prinzipiell besser sei, die Wohnung nicht mit einem Mann zu teilen. Rein theoretisch jedenfalls.

Praktisch liefen seit etwa fünf, sechs Jahren all ihre Versuche mit Männern darauf hinaus, endlich einen Typen an Land zu ziehen, der sie heiraten würde. Wie wir wissen, wollte das keiner, zumindest keiner, der auch Lizzie interessierte. Sie hatte ihr Verfallsdatum längst überschritten, wollte das aber ums Verrecken nicht wahrhaben.

Als Lizzie Mitte dreißig gewesen war, hatte sie sich kapriziös, wie sie nun mal war, wirklich jedem Heiratskandidaten entzogen. Sie glaubte allen Ernstes, unendlich viel Zeit zu besitzen, und wollte in den Hafen der Ehe einlaufen, wann es ihr beliebte. Sie hatte sich geirrt. Allerdings war es für unsere Freundschaft besser, diesen Aspekt ihres Lebens nicht grundlos zum Gesprächsthema zu machen.

Während all meiner Ehejahre mit Martin jedenfalls hatte Lizzie meinem Treiben, wie sie es nannte, interessiert zugeschaut. Schwankend zwischen grenzenloser Bewunderung für meinen Langmut und grenzenloser Verachtung für meine Leidensfähigkeit, hatte sie mir mehr als einmal erklärt, jede halbwegs intelligente Ehefrau wäre eine Anwärterin für das Bundesverdienstkreuz in Gold. Ich allerdings sei ihre Favoritin.

Während ich also Lizzie auf den neuesten Stand brachte, was zu so manch ungläubigem Aufschrei führte, putzte Hedwig die Küche zu Ende und richtete mir mein Frühstück her.

Durcheinander und aufgeregt wie wir waren, fiel weder Hedwig noch mir auf, dass Lisa nicht zur Arbeit erschienen war. Während ich ein aufgebackenes Brötchen mit Hedwigs köstlicher selbst gekochter Erdbeermarmelade aß, überlegte ich, dass Lizzie Recht gehabt hatte mit ihrem Rat, die Geliebte meines Mannes aufzusuchen. Und da ich ziemlich durch den Wind war und den Tag ohnehin abhaken konnte, beschloss ich, mit Laura zu reden.

Heute noch. Sofort.

Was konnte mir schon passieren?

Gar nichts. Meiser brauchte es ja nicht zu erfahren.

Mich trieb sowieso einzig die Neugierde, was Martin an der Frau faszinierte.

Ich wartete nur noch auf den von Johann Michaelsen avisierten Anruf aus der Klinik.

Eine halbe Stunde später rief er mich an. Martins Allgemeinzustand sei zufrieden stellend, er habe eine Gehirnerschütterung, läge noch im Koma, müsse aber operiert werden, sofern tatsächlich eine Sehne durchtrennt worden sei. Ich erklärte mich mit der Operation einverstanden, wünschte Michaelsen pflichtschuldig viel Erfolg und legte besten Gewissens auf.

Schließlich machte ich mich auf den Weg zu Laura, entschlossen, die Geschichte hinter mich zu bringen.

Laura wohnte unweit der Außenalster in einem rot geklinkerten Mehrfamilienhaus, das schon bessere Tage gesehen hatte und dringend einer Renovierung bedurfte. Als ich an der Haustür klingelte, verweigerte Laura zunächst überrascht, mit mir zu sprechen. Schnippisch versuchte sie, mich an der Gegensprechanlage abzuwimmeln. Ich ließ nicht locker und erklärte ihr schließlich, dass ich ihre Aktion auf dem Flughafen beobachtet hätte.

Sie erschrak hörbar, sog den Atem ein, räusperte sich und betätigte schließlich den Summer.

Ich ging einen dunklen Flur entlang, in dem ich vergeblich nach einem Lichtschalter tastete, erklomm schließlich eine knarzende Treppe nach oben in den dritten Stock und betrat eine Wohnung, die entgegen der Erwartung, die der unansehnliche Flur geweckt hatte, lichtdurchflutet, geräumig und geschmackvoll eingerichtet war.

Ich hatte mir vorgenommen, mich cool zu geben, überlegen und über den Dingen stehend. Ich hatte allen Grund dazu, denn ich allein wusste, dass es nicht darum ging, ein Arrangement zu finden, um den Mann zu teilen.

Ich hatte längst entschieden, dass ich den Rest meines Lebens ohne Martin verbringen würde, dass es jedoch noch eines Abschieds bedurfte, den keiner von uns jemals vergessen sollte. Das war ich mir schuldig. Doch davon später.

Zu Laura also trieb mich allein die Neugierde. Gut, ich hatte Laura in den letzten zwei oder drei Jahren mehrmals in Martins Büro getroffen, doch unsere Begegnungen waren flüchtig gewesen. Ich hatte diese Vorzimmerdame als Frau nie zur Kenntnis genommen. Ich wusste, wie sie aussah, dass sie eine gute Sekretärin war, Termine und Ablage sorgfältig verwaltete und man ihren Kaffee trinken konnte. Das war es dann aber auch.

Ich wusste nichts über ihre Sehnsüchte, Vorlieben, Wünsche. Und ich wusste vor allem nicht, was sie mir voraushatte. Und sie musste mir etwas voraushaben, sonst hätte Martin kein Verhältnis mit ihr begonnen.

Doch nun zitterten mir die Knie und sie zitterten nicht vom Treppensteigen.

Wider Erwarten war ich nervös und angespannt, wusste ich doch nicht, was mich erwartete.

Ich hatte kaum die Wohnung betreten, als mir eine servicegeschulte Laura auch schon einen Kaffee anbot, den sie auf einem Glastisch servierte. Als sie die Tasse gefüllt hatte, stellte sie sie mit schepperndem Geräusch zurück auf die Platte. Ihre Hände zitterten unkontrolliert. Die Frau war ebenso nervös wie ich.

Ich sah von den Händen in ihr Gesicht und lächelte. Sie lächelte zurück – und begann auch schon zu weinen.

»Laura, ich bitte Sie, hören Sie auf zu weinen. Das ist der Mann nicht wert.«

»Ich weiß ja, aber ich muss schon die ganze Zeit heulen.«

»Das kenne ich.« Dankbar für meine vermeintliche Solidarität lächelte Laura erneut.

Enttäuschte Frauen unter sich, diese Nummer in etwa lief da ab. Wie sich herausstellte, war Laura genauso deprimiert wie ich, denn sie glaubte Martin die Version von seiner Jugendliebe Sarah keineswegs.

Sie gestand, dass Martin sie in der vergangenen Nacht tatsächlich besucht hatte. Sie war ziemlich überrascht gewesen, das müsse ich ihr glauben. Allerdings hätten sie ohnehin die ganze Nacht gestritten. Nun ja, nachdem sie gemeinsam im Bett gewesen waren. Eine Information, die mir den Magen zusammenschnürte und die ich nicht hören wollte. Ich machte mit den Händen eine abwehrende Bewegung, doch Laura kümmerte es nicht. Sie redete ohne Punkt und Komma. Als wäre ein Damm gebrochen und sie nach der Zeit der Heimlichkeiten nun froh, sich alles von der Seele reden zu können.

Damit hatte ich nicht gerechnet. Da verwechselte sie auch meine Rolle. Ich war schließlich nicht ihre beste Freundin, die sie trösten würde. Ich war die betrogene Ehefrau und ich hegte einen gehörigen Groll gegen die Geliebte meines Gatten.

Dennoch hörte ich mir ihre Geschichte geduldig, neugierig und wohlerzogen an.

Martin hätte ihr am Samstag tatsächlich gekündigt und ihr Verhältnis beendet. Und ich dürfte ihr glauben, sie hätte das ganze Wochenende nur geheult. Aber offensichtlich hätte er seinen Entschluss dann geändert, denn, nun ja, gestern Abend hätte er eben vor ihrer Haustür gestanden. Und sie hätte im ersten Moment jegliche Wut vergessen, ihn aufgeregt hereingelassen und wäre mit ihm noch einmal im Bett gelandet. Aber noch während er mit ihr schlief, wäre ihr eingefallen, wie schrecklich er sich ihr gegenüber benommen hatte. Nicht nur wegen dieser Sarah, nein, er hätte sie abgeschoben, statt sich zu ihr zu bekennen, wie er es ihr über Monate hinweg versprochen hatte. Stattdessen aber hätte er sich für mich und für diese merkwürdige Person entschieden. Und dabei hätte er doch in den letzten Monaten immer wieder beteuert, er würde sich scheiden lassen. Ich dachte, ich höre nicht richtig. Mein Mann wollte sich scheiden lassen? Hatte der sie noch alle beisammen?

Innerhalb weniger Tage erwischte mich gerade der zweite Tiefschlag und haute mich gnadenlos aus den Schuhen. Ich schnappte nach Luft. Ich konnte nicht durchatmen.

Laura sah mich entschuldigend an, aber das nutzte mir auch nichts. Sie nahm meine Hand tröstend in die ihre, tätschelte sie, wie es gemeinhin nur alte Damen draufhaben, und fuhr fort. Martin hätte also gesagt, es wäre allein eine Frage des richtigen Moments. Aber erst wäre ich ja krank gewesen – das war mir neu – und dann hätte er in St. Petersburg gearbeitet. Er hätte ihr aber fest versprochen, dass er sich von mir trennen würde, sobald er wieder in Hamburg weilte. Er hätte ihr erzählt, er würde mit ihr nach Mallorca ziehen oder nach Marbella, wohin auch immer sie wollte. Er würde seine Firma verkaufen und dort eine Art Alterssitz erwerben. Sie könnten Oliven ernten, Tomaten anbauen, Zucchini oder Paprika ziehen, was immer sie sich wünschte. Sie hätte sich so gefreut, war es doch schon immer einer ihrer leidenschaftlichsten Wünsche gewesen, Deutschland zu verlassen und sich in wärmeren Gegenden niederzulassen.

Tja, und dann das. Erst diese Geschichte auf dem Flughafen, dann die Trennung und die Versöhnung heute Nacht. Aber da hätte sie die Nase längst voll gehabt. Der Mann, so toll sie ihn auch fände, tanze auf entschieden zu vielen Hochzeiten. Sie hätte ihn heute Nacht rausgeschmissen. Er hätte ziemlich dumm geguckt.

Sie ließ meine Hand los und ich wusste nicht, wie ich auf diesen Erguss reagieren sollte.

Ich zog sie nicht trostvoll an den Busen und hatte auch nicht irgendwelche Ratschläge parat. Ich wollte nicht einmal, dass es ihr gut geht.

Im Gegenteil, von mir aus konnte es ihr durchaus schlecht gehen. Mir ging es schließlich auch beschissen.

Immerhin war ich die Frau, die sie hintergangen hatte. Und ich saß nicht hier, um die Geliebte meines Mannes zu trösten, sondern weil ich herausbekommen wollte, was Martin an Laura fasziniert hatte. Allzu viel Mitleid konnte sie also nicht erwarten. Die ganze Wahrheit auch nicht. Das nur mal so nebenbei.

Ich meine, Frauensolidarität ist notwendig in einer Welt, die von zu vielen Männern bestimmt und kontrolliert wird. Theoretisch jedenfalls. Praktisch aber hat alles seine Grenze.

»Und geht es Ihnen nun besser?«, hob ich fragend an.

Laura schüttelte den Kopf. Hätte ich mir ja denken können. Manchmal sind Frauen derartig gefühlsgesteuert, dass sie zu blöd zum Geradeausgehen sind. Da hatte diese Person gerade das einzig Richtige getan und bekam postwendend Depressionen, statt stolz auf sich zu sein und sich super zu fühlen. Einem Mann würde das niemals passieren.

Die Frau war ein Weichei. Hinter all ihrem toughen Gebaren war sie nicht raffiniert genug, zu empfindsam und offensichtlich auch noch eine ehrliche Haut. Mal unabhängig davon, dass sie meinen Mann angebaggert hatte – oder er sie. Und wenngleich sie Martin heute Nacht angeblich rausgeschmissen hatte, stellte sich doch die Frage, wie endgültig die Trennung war.

Während wir beide unseren Kaffee tranken, fragte ich sie, ob sie Sarah Baerenbaum jemals kennen gelernt hätte. Sie zögerte, druckste herum.

»Persönlich kannte ich sie nicht. Ich habe sie zu Martin durchgestellt, wenn sie angerufen hat. Ich habe mir nichts dabei gedacht, wissen Sie?«

»Wirklich nicht?«

»Was glauben Sie denn? Ich hätte doch sonst längst ein Riesentheater gemacht.«

»Und wie lange ging das?«

»So genau kann ich mich nicht erinnern. Ich denke, zwei Jahre. Vielleicht zweieinhalb?«

»Und seit wann haben Sie ein Verhältnis mit ...« Ich ließ den Satz in der Luft hängen.

»Dreieinhalb Jahre«, traf es in meinen Ohren ein. Demzufolge hatte Martin mit Laura ein Verhältnis, seitdem er sie eingestellt hatte. Das war etwa dreieinhalb Jahre her.

Die Erkenntnis hätte mein Selbstbewusstsein erschüttern, mich an mir und meinem Wahrnehmungsvermögen zweifeln lassen müssen. Ebenso sehr wie die Gewissheit, dass Martin sich mit Sarah mindestens genauso lange getroffen und mich belogen hatte, als er mir erklärt hatte, er sei der Frau erst vor kurzem wieder begegnet.

»Es tut mir Leid«, erklärte Laura, während ich schweigend dasaß und nach einer Regung suchte, nach irgendeiner Reaktion wie Wut, Enttäuschung oder Zorn.

Merkwürdigerweise war es mir nur noch gleichgültig, seit wann Laura mit meinem Mann ins Bett gegangen war oder was er ihr für Versprechungen gemacht hatte. Zu viele Enttäuschungen hatte ich seit Freitag weggesteckt. Und eigentlich war es egal, wie lange er mich mit diesen Weibern betrogen hatte. Er hatte mich verraten – und das allein zählte.

»Und Sie werden nicht mehr für ihn arbeiten?«

Laura lächelte. »Nein, natürlich nicht. Allerdings kostet das Ihren Mann einiges mehr, als mir gesetzlich zusteht. Aber ich denke, das wird er schon zahlen. Jedenfalls hat er es versprochen und mir erklärt, er hätte am Sonntag auch gleich mit seinen Anwälten telefoniert, damit die einen Abfindungsvertrag aufsetzen.«

Ich wunderte mich, hatte Martin doch Sonntagnachmittag geschlafen. Von einem Telefonat mit seinen Anwälten hatte ich jedenfalls nichts mitbekommen.

Wir saßen eine Weile schweigend da, bis Laura fragte: »Und Sie, was werden Sie jetzt tun?«

Ich zuckte mit den Schultern. »Keine Ahnung.«

»Werden Sie sich scheiden lassen? Ich meine, der Mann behandelt Sie doch respektlos. Und er wird sich immer eine Geliebte halten.«

»Woher wollen Sie das wissen?«

»Männer ändern sich nun mal nicht. Und welchen Grund sollte er haben, auf seine Liebschaften zu verzichten? Weil Sie es herausbekommen haben? Ich denke nicht, dass ihn das abhält. Vielleicht ein paar Monate. Länger nicht.«

»Hat er jemals über mich gesprochen?«

Ich sah Laura nicht an, als ich das fragte. Sie brauchte einen Moment, bis sie sich überlegt hatte, was sie antworten sollte. »Ja, hat er.«

»Und was?«, fragte ich mit einem Drängen in der Stimme.

»Er hat mir erzählt, dass Sie ehrgeizig seien, aber auch unberechenbar und streitsüchtig und vor allem, dass Sie ihm immer wieder aufs Neue unterjubelten, dass ja eigentlich *Sie* das Geld hätten. Und dass er Ihrer müde sei.«

Ich schlug die Hände vors Gesicht, atmete in die Tiefen meines Bauches hinein und hoffte, der Atem würde mich beruhigen. Tat er auch: Einen Moment lang. So einen winzigen, ganz kleinen.

Und dann schlug das große Elend zu. Mit aller Macht und ohne jede Rücksicht auf mein lädiertes Nervenkostüm.

Ich heulte los. Zum Gotterbarmen und bar jeder Scham. Mein Gatte war ein hinterhältiges Sackgesicht, ein Arschloch, ein gemeiner Mensch, der nicht zu mir stand und mich schlecht machte.

Und ich hatte so etwas geliebt. Mannomann. Da konnte einem nur speiübel werden.

Hatte der Mann ein Glück, dass er im Krankenhaus lag und ich erst jetzt erfuhr, was er über mich gedacht und vor allem auch erzählt hatte.

Laura kam von ihrem Sessel herüber zu mir auf die Couch und umarmte mich. »Ich wusste, dass Sie damit nicht klarkommen. Aber das hat er nun mal gesagt und Sie wollten es ja unbedingt wissen.«

Ich klammerte mich an Lauras Arm fest, biss die Zähne aufeinander, drängte die Tränen zurück, erhob mich schließlich, schaute auf die Frau hinab, die noch immer auf der Couch hockte, und beschloss, dass wir beide uns niemals wiedersehen würden. Ganz bestimmt nicht.

Ich verließ Lauras Wohnung. Sie winkte mir zum Abschied vom Balkon aus nach und rief, sie wäre jederzeit erfreut über einen Anruf.

Ich nicht, dachte ich und stieg in mein Auto, um nach Hause zu fahren und zu schauen, was Hedwig inzwischen gemacht hatte.

Ich wollte Laura nie wieder treffen.

8

Wir hatten Lisa vergessen. Hedwig und ich hatten an jenem chaosbewehrten Dienstag früh einfach verdrängt, dass es Lisa gab und sie ins Büro kommen würde. Wie sich im Nachhinein herausstellte, war sie am Morgen zum Friseur gegangen, weshalb sie erst gegen Mittag bei uns auftauchte.

Bestens gelaunt, wie Hedwig mir später erzählte. Zum einen hatte ihr der Friseur einen fashionablen fransigen Haarschnitt verpasst und zum anderen hatte sie eine Tageszeitung gekauft und nach einer Nachricht über unsere Leichen durchforstet.

Erst auf einer der letzten Seiten war Lisa fündig geworden. Ein unscheinbarer Fünfzeiler gab darüber Auskunft, dass die Leiche des Hamburger Kaufmanns Gerhard Meinhard am Sonntagnachmittag von seiner Tochter identifiziert, aber keine weitere Spur gefunden worden war. Die Polizei tappte über Motive und Täter nach wie vor im Dunkeln. Lisa und Hedwig hatte diese Meldung sehr beruhigt. Mich nicht.

Als ich am frühen Nachmittag heimkehrte, plagten mich jedoch andere Sorgen als Gerhard Meinhard und Gregor.

Ich sah Lisas Opel Kadett an der Bordsteinkante vor der Einfahrt parken, fuhr meinen Audi TT in die Garage, rannte durch den Keller ins Haus – und fand niemanden vor.

Ich rief nach Hedwig und Lisa, erhielt keine Antwort und ging in den Garten. Als sich auf mein Rufen auch dort niemand meldete, lief ich an Hedwigs Haus vorbei Richtung Flieder, wo meine Haushälterin bereits am frühen Morgen zugange gewesen war.

Schon von weitem leuchtete mir Lisa entgegen. Während ihr Hintern in einer pinkfarbenen Hose steckte, umhüllte ihren

Busen ein zitronengelbes Top, das das Blond ihrer Haare stumpf aussehen ließ und merkwürdigerweise mit einem Grünstich unterlegte. Na ja, wer weiß. Vielleicht war das Färbemittel nicht das Beste gewesen. Lisa sah billig aus.

Lisa hob schwungvoll eine Grube aus, wobei der Spaten in hohem Bogen an ihrem Körper vorbeiflog, während Hedwig mit Eule im Schatten des Flieders im Gras saß, gedankenverloren den Kopf des Hundes kraulte und zuschaute.

Im Näherkommen rief ich noch einmal ihre Namen. Unisono wandten sie die Köpfe nach mir. Lisa hörte auf zu graben, Hedwig erhob sich, Eule tat es Hedwig nach.

Hedwig öffnete den Mund und setzte gerade zu einer Erklärung an, doch ich unterbrach sie. »Kann mir mal einer erklären, was ihr hier macht?«

Lisa blickte zu Hedwig.

»Die Sachen müssen weg«, erwiderte Lisa.

»Welche Sachen?«

»Na, die blutverschmierten Sachen deines Mannes. Die können wir doch nicht einfach so in den Müllcontainer werfen. Nachher findet die jemand durch Zufall und dann bekommst du Ärger«, antwortete Hedwig.

»Nicht ich. Wir, Hedwig, wir.«

Ich betrachtete das Loch und schüttelte innerlich den Kopf.

Weiber! Dieses Loch war eine echte Meisterleistung weiblichen Unverstandes.

Lisa hatte kleine Rasenstücke abgetragen und sie sorgfältig zur Seite gelegt. Das war in Ordnung und die Tiefe stimmte auch. Zirka fünfzig, sechzig Zentimeter tief hatte Lisa bereits gegraben. Zu denken gab mir die Länge. Rund eineinhalb Meter taten sich vor mir auf. Wozu ein solches Riesenloch gut sein sollte, konnten weder Hedwig noch Lisa beantworten. Beide schauten nur gleichermaßen belämmert drein, als ich sie danach fragte. Zumal das Ausheben in der Hitze eine ziemliche Plackerei war, wie Lisas Zustand verriet. Unter den Achseln ihres Tops hatte sich ein dunkler Schweißrand gebildet, ihre Haare klebten auf der Stirn, die ebenso feucht glänzte wie der

Nasenrücken. Ich reichte Lisa die Hand und half ihr aus dem Erdloch.

Sie roch nach Schweiß, so dass ich sie süffisant auf mein erstklassiges Deodorant aufmerksam machte, das im Bad stand. Lisa warf mir einen genervten Blick zu, erklärte aufmüpfig, dass sie nicht daran dächte, das teure Zeug zu vergeuden, indem sie es über ihren stinkenden Schweiß verteilte, und rannte auch schon Richtung Haus, um sich eine Dusche, eine Ladung wohlriechenden Deodorants und einen Instant-Eiskaffee zu gönnen, wie sie mir über die Schulter hinweg zurief.

Während Lisa davonrannte, erzählte mir Hedwig, dass sie nicht mit Lisa gerechnet hätte. Das Mädchen sei urplötzlich in die Küche geschneit, beim Anblick der blutgetränkten Sachen kreidebleich geworden und erst einmal aufs Klo gestürzt.

»Und?«

»Was und? Da hat sie sich übergeben. Was glaubst du denn? Diese jungen Leuten sind nichts gewöhnt und können nichts ab. Ich meine, wer rechnet denn damit, dass sie sich übergibt, nur weil Blutflecke auf ein paar Männersachen sind. Hätte Martin da noch gelegen, wäre Lisa glatt umgekippt.«

»Nun sei mal nicht so ungerecht. Immerhin hat sie nicht geschrien, wie gewisse Leute, und sie hat auch nicht schreiend das Haus verlassen.«

»Natürlich nicht. Weil ich ihr alles durch die Toilettentür erklärt habe. Also das mit mir und Martin und dem Unfall und Eule. Und irgendwie schien sie erst sehr aufgeregt zu sein. Ist ja logisch. Doch dann war sie erleichtert, dass du mit Martins Unfall nichts zu tun hast. Jedenfalls schien es mir so.«

»Und weshalb hast du sie nicht nach Hause geschickt? Ich meine, warum gräbt Lisa hier herum?«

»Ich hab ihr ja gesagt, sie soll den Tag freimachen. Du hättest ganz bestimmt nichts dagegen. Aber sie wollte partout nicht gehen. Sie sagte immer wieder, sie müsse dir helfen.

Ich hatte mich zu Hedwig unter den Schatten spendenden Flieder gestellt. Keiner von uns beiden achtete auf Eule, die sich zur Grube geschlichen hatte, hineingehechtet war und wie eine Idiotin in der Erde buddelte und wühlte. Das registrierten wir erst in dem Moment, als uns Erdbrocken um die Ohren flogen.

Ich rief nach Eule, als die Hündin auch schon am Grubenrand auftauchte, ein erdverschmutztes, weißlich-graues Etwas in der Schnauze.

Während Hedwig aus Gewohnheit schon mal gellend schrie, dachte ich, ich spinne, ich sei nicht dicht oder irgend so etwas in der Art. Denn das, was in Eules Schnauze steckte, sah mir ganz nach einem Schädel aus.

Und wenn Eule einen Schädel in der Schnauze hatte, konnte es nur der des großmütterlichen Liebhabers sein. Das war ja logisch, oder?

Eine Logik, die mir ganz und gar nicht gefiel, mündete sie doch in der Einsicht, dass uns gerade ein saudämlicher Zufall ins Handwerk gepfuscht hatte.

Ausgerechnet dort, wo wir Martins Sachen vergraben wollten, hatten meine Mutter und mein Vater den Liebhaber der Großmama versenkt. Als hätten wir oder sie nicht vierzig Zentimeter weiter links oder rechts graben können.

Ich herrschte die Hündin mit »Bei Fuß« an, doch Eule stellte sich taub und tollte mit übermütigen Sprüngen durch den Garten davon. Hedwig sprang auf, stellte das Geschrei ein und hetzte dem Hund mit hinkendem Schritt hinterher.

Lisa, die gerade mit einem Glas Eiskaffee in der Hand vom Duschen zurückkam, und ich sahen uns überrascht an. Dann stellte Lisa das Glas ins Gras und gemeinsam rannten wir hinter Hedwig und der Hündin her. Eule durfte mit dem Schädel unter keinen Umständen zu Marie Overlut hinüberrennen. Das wäre für die Frau ein gefundenes Fressen, könnte sie uns mit dem Totenschädel doch eine Menge Ärger bereiten.

Lisa überholte Hedwig als Erste, doch gegen Eule hatte auch sie keine Chance. Die Hündin spielte mit uns Haschen und dachte nicht daran, den Schädel fallen zu lassen.

Ich blieb stehen. In der Nähe von Hedwigs Haus hatte sich Eule nach links gewandt und lief nun in großem Bogen um ihre Verfolgerinnen herum, immerhin wieder in Richtung des Erdloches. Mit anderen Worten: Die Königspudelhündin kam geradewegs auf mich zu.

Während ich noch überlegte, wie ich das Geschoss stoppen konnte, bremste sie kurz vor mir, indem sie die Pfoten in den Rasen stemmte, nickte durch den rapiden Stopp mit dem Kopf, ließ den Schädel zu meinen Füßen fallen, wedelte freudig erregt mit dem Schwanz und kläffte mich an. Ich sollte den vermeintlichen Ball aufnehmen und ihn möglichst weit werfen.

Ich nahm den Schädelüberrest widerwillig hoch und deutete einen Wurf an. Die Hündin stob vorauseilend davon, blieb nach zwanzig Metern stehen und starrte erwartungsvoll zu mir zurück. Währenddessen hatte Hedwig Eule erreicht und ergriff sie am Halsband. Die Hündin hechelte, Hedwig keuchte.

Ich drehte mich um, ging zu Lisas Loch zurück und warf den Schädel hinein.

Lisa und Hedwig setzten sich auf den Rasen. Die Hündin legte sich widerwillig, aber folgsam an Hedwigs Seite.

Ich hatte mich auf den Spaten gestützt und starrte in das Loch. Meine Kleidung, Jeans und Top, waren von der Hatz nach der Hündin verschwitzt. Der Jeansbund klebte am Rücken, mein Dekolleté bedeckte ein Schweißfilm und auf der Stirn perlte es ebenso munter wie unter den Achseln.

»Scheiße, jetzt können wir den ganzen Haufen Erde wieder reinschmeißen und ein neues Loch graben. Und das bei der Hitze«, nölte Lisa.

»Wir brauchen kein neues Loch. Der Schädel stört doch niemanden, oder?«, fragte ich.

Lisa öffnete den Mund und wollte zu einer Erwiderung ansetzen.

»Hör auf rumzumeckern, Lisa. Im Schuppen hängt noch eine Schaufel«, mischte sich Hedwig ein. »Du könntest Claire helfen.«

Während Lisa folgsam in Richtung Laube lief, warf ich Martins Sachen zu dem Schädel in das Loch und begann es zuzuschaufeln. Monoton klatschte Erde auf Erde.

Nach einer Weile hingen mir und Lisa, die mit einer Sandschaufel zurückgekehrt war, Rasen und Erde in den Haaren und auf der Kleidung, während Hedwig wie aus dem Ei gepellt dasaß und Eule kraulte.

Lisa und ich brauchten in der nachmittäglichen Hitze eine knappe Stunde, um die Grube ordentlich aufzufüllen. Dennoch blieb ein Haufen Erde übrig.

»Und was machen wir jetzt mit dem Rest?«, fragte Hedwig, die immer noch auf dem Rasen saß.

»Den verteilen wir im Garten. Wie meine Mutter damals.«

»Dabei kann ich dir aber nicht helfen. Du weißt doch, dass mein Rücken schmerzt, wenn ich zu schwere Dinge trage.«

»Du brauchst mir nicht zu helfen. Das kriege ich schon hin. Aber es wäre lieb, wenn du mir noch einen Kaffee kochen würdest.«

Hedwig stand auf und ging los, als sie auch schon über die offenen Riemchen ihrer Sandalen stolperte, ausrutschte und dabei Eule losließ. Die Hündin stob davon.

Lisa und ich halfen der alten Frau auf die Beine, ich gab ihr ein Taschentuch und Hedwig bemühte sich mit fahrigen Bewegungen, Gesicht und Hände zu säubern.

»Mann, sehen Sie zu, dass wir hier bald fertig werden!«, blaffte Lisa, die unzweifelhaft nervöser war als ich.

»Wir wollen jetzt nicht diskutieren. Es kommt auf diese halbe Minute bestimmt nicht mehr an«, widersprach Hedwig schnippisch, setzte sich erneut unter den Flieder und zog sich in aller Ruhe ihre Sandale an.

»Aber es ist halb fünf. Ich habe gleich Feierabend und Fred will mich abholen.«

Hedwig richtete sich auf, doch bevor sie etwas sagen konnte, hatte ich mir Lisa am Arm geschnappt und zog sie hinter mir her bis zum Haus.

»Du rufst den jetzt an und schlägst ihm vor, dass ihr euch anderswo trefft«, forderte ich.

»Kann ich nicht. Er hat heute früh sein Handy zu Hause vergessen und ist den ganzen Tag nicht in seinem Büro. Er hat irgendwelche Außentermine.«

»Dann gehst du jetzt rein ins Haus und fängst ihn ab. Er darf auf keinen Fall in den Garten gehen, hörst du?«

»Weiß ich auch so«, antwortete Lisa schnippisch. »Sie brauchen sich gar nicht so aufzuspielen.«

Das waren ja ganz neue Töne bei meiner Angestellten.

Sie sah mich an. »Und wenn Sie gestatten, würde ich vorher gern noch einmal duschen und Ihr tolles Deo benutzen. Der glaubt mir doch nie, dass ich nur vom Rumsitzen in Ihrem Büro so verschwitzt und schmutzig bin.«

»Am besten ziehst du auch frische Sachen an. Ich werde dir ein T-Shirt von mir geben. Dein gelbes ist ja ganz schmutzig.«

»Am besten wäre natürlich auch eine Hose, aber in Ihre passe ich ja nicht rein.«

Ich musterte Lisa und fand, dass sie Recht hatte.

»Komm mit.« Ich ging mit Lisa in die Küche, und bevor sie wusste, wie ihr geschah, goss ich ihr eine Ladung jenes Schmutzwassers über die Hose, das sich in der Auffangschüssel der Espressomaschine ansammelte. Lisa schrie auf, schaute entsetzt auf die einst makellos pinkfarbene, nun mit braunen Flecken übersäte Hose und war den Tränen nahe.

»Mensch, nun ist die ganz hin. Dabei hab ich die doch erst letzte Woche gekauft«, greinte sie.

»Die steckst du in die Waschmaschine und fertig. Jetzt stell dich nicht so an.«

»Das ist Wildseide. Das geht nicht.«

»Dann bring sie in die Reinigung.«

»Und wer bezahlt das?«

»Na, ich.«

»Und wenn es nicht rausgeht?«

»Dreck und Kaffeewasser gehen immer raus.«

Lisa sah mich mit gerunzelter Stirn an, schüttelte den Kopf und erklärte, ich hätte ihr die aber zu ersetzen, wenn die Flecken nicht rausgingen. Ich beteuerte, dass sie sich darüber keine Sorgen machen müsse, und schob sie in Richtung Bad.

Als ich das Rauschen des Duschwassers vernahm, ging ich zurück zu Hedwig, die am Kopfende des Erdhügels kniete und betete. Eule hatte sich endgültig verdrückt.

Ich kauerte mich neben Hedwig und betete etwas in der Art

wie, niemand möge sich jemals hierher verirren und den großmütterlichen Toten und Martins Sachen entdecken.

Zehn Minuten später winkte uns Lisa zu und rannte in ihrer verschmutzten Hose, aber mit einem meiner T-Shirts aus dem Haus.

Kurz nach dem Abendessen goss Hedwig die Pflanzen, während ich ein halbes Dutzend Eimer Erde durch den Garten schleppte und mit einer Handschaufel auf den Rosenbeeten verteilte. Obwohl es kurz nach sieben Uhr war, brannte die Sonne noch immer unbarmherzig und ich wünschte mir nichts mehr als einen Strand, das Rauschen von Wellen und das angenehme Gefühl, den Körper in kaltes Wasser gleiten zu lassen. Hatte sich was.

Mir schmerzten von der ungewohnten körperlichen Arbeit schon seit dem Nachmittag Oberarme und Rücken. Inzwischen hingen meine Arme wie Blei herunter, den Rücken konnte ich kaum mehr aufrecht halten, die Beine lahmten. Gebückt schlich ich schließlich ins Haus zurück, wo Hedwig mir eine Wanne mit warmem Wasser gefüllt hatte, in das ich mich dankbar gleiten ließ.

Die Wärme beruhigte meine Muskeln, mehr aber auch nicht. Meine Gedanken drehten sich im Kreis, hüpften von Martin zu Meinhard und Gregor, zu dem achtzehnjährigen Bremsnitzer, zu Lisa, Sarah Baerenbaum, zu Laura und wieder zurück. In meinem Gehirn gab es eine Blockade, eine Verstopfung des Datenflusses.

Ich verließ die Wanne und ließ mich in mein Bett fallen. Ich brauchte so viel Schlaf, wie ich kriegen konnte.

Martin lag mir zwar auf der Seele, aber die körperliche Erschöpfung erwies sich als stärker.

Binnen kürzester Zeit glitt ich in einen traumlosen Schlaf.

9

Ein strahlend blauer Himmel empfing mich am Mittwoch, als ich gegen acht Uhr aufwachte. Bestens gelaunt und voller Tatkraft, wollte ich mich meinem Mann zuwenden, um ihn zu wecken.

Ein Blick auf das aufgeschüttelte Bettzeug erinnerte mich daran, dass Martin nicht bei mir war, mich nach Strich und Faden hintergangen hatte – und dass ich meine Ehe beenden musste. Das war ich meinem Stolz schuldig.

Eigentlich. Uneigentlich hätte ich die letzten Tage lieber ungeschehen gemacht. Leider ging das nicht.

Schon konnte der Morgen strahlen, wie er wollte. Mit meiner guten Laune war es vorbei.

Ich starrte auf das pralle, weiße Damastkopfkissen mit der altmodischen Spitzenkante und konnte nicht fassen, was mir widerfahren war. Der Mann, den ich geliebt und geheiratet hatte, hatte mich hintergangen. Systematisch und jahrelang.

Was für eine Zumutung! Was für ein Schwachsinn!

Ich muss mich von Martin trennen, hämmerte es in meinem Kopf, während die Ungeheuerlichkeit der Entscheidung mir wie eine Faust in den Magen knallte und mir den Atem verschlug.

So jedenfalls fühlte sich die Depression an, die mich an jenem Morgen heimsuchte. Ich saß aufrecht im Bett, keuchte vor mich hin, riss Martins Kopfkissen an meine Brust und vergrub meinen Kopf darin.

Meine Nase nahm den feinen Geruch seines Parfüms wahr, der noch immer im Bezug hing. Ganz schwach, kaum wahrnehmbar – und so vertraut.

Ich heulte los, unkontrolliert, kindisch, laut.

Ich heulte, weil ich nie wieder mit meinem Mann frühstücken, nie wieder mit ihm streiten, keinen gemeinsamen Urlaub mehr mit ihm verbringen würde – und seinetwegen nie wieder einen Liebhaber abschaffen müsste. Nun gut, auf so ein Desaster wie mit Gregor konnte ich durchaus verzichten. Aber der Rest?

Ja, ja, ich weiß schon, dass mein Verhalten kein sonderlich emanzipiertes war. Aber glauben Sie mir, in emotionalen Stresssituationen denken auch Sie nicht mehr darüber nach, ob Sie sich gerade wie der letzte Depp oder wie eine Grande Dame verhalten. Da übernehmen allein die Instinkte die Kontrolle und die scheren sich nun einmal nicht um Emanzipation, Contenance oder dergleichen.

Mit zirka vierundzwanzigstündiger Verspätung überrollte mich die Wirklichkeit von Martins Verrat wie eine Dampfwalze. Und ich konnte nichts dagegen tun. So einfach war das.

Oder so kompliziert.

Wütend auf mich, auf Laura, Sarah Baerenbaum und den Rest der Welt schluchzte ich auf. Das Leben war ungerecht, obszön, hundsgemein und grottendämlich.

Ich presste meinen Kopf in das Daunenkissen, knüllte es an den Ecken und prügelte schließlich darauf ein, als sei es am Verrat meines Mannes beteiligt gewesen.

Ich kann Sie beruhigen: Ich drehte nicht durch. Ich war überdreht und mit den Nerven am Ende, wobei das rhythmische Einschlagen auf das Kopfkissen einen nicht zu unterschätzenden therapeutischen Wert besaß.

Nach einer solchen Aktion schlägt man weder Menschen noch Tiere und schmeißt auch nicht blindwütig mit Geschirr nach einem imaginären Gegner oder nach realen Küchenwänden.

Man legt sich nicht einmal mehr mit den eigenen Dämonen an. Kann man auch nicht. Die Wut verraucht, der Zorn zieht sich zurück, die Hilflosigkeit verbraucht sich.

Als mir die Arme schwer wurden und die Tränen versiegten, hörte ich mit dem Schlagen auf. Ich schnäuzte mir die Nase, wischte das Gesicht ab, fühlte mich um dreißig Kilo miesestes

Dämonenpack erleichtert, stand auf und ging hinab in die Küche.

Bereit für den Alltag und Hedwig, die dort vor einem Kaffee saß und mir erzählte, sie hätte Lisa gestern Abend, nachdem ich bereits im Bett gewesen war, noch angerufen und sie gebeten, heute etwas früher als gewöhnlich zu kommen und ein paar Arbeitssachen mitzubringen, um die Erde unter dem Flieder endgültig einzuebnen.

Lisa hatte gemurrt, war aber seit halb acht unten im Garten zugange.

Ich staunte über Hedwigs Umsichtigkeit und Lisas Arbeitswillen und ging in den Garten hinaus, um meine Sekretärin zu begrüßen und ihr zu danken.

Lisa strahlte, als ich ihr offenbarte, diese Sonderleistung würde ich natürlich auch gesondert honorieren. Noch am selben Tag.

Lisa grinste mich an und wies auf ein Springseil, das sie an den Flieder gehängt hatte.

»Springen geht immer noch am besten. Sonst reicht mein Gewicht nicht, um die Erde platt zu trampeln.«

Ich lachte auf, schnappte mir das Seil und hüpfte auf der Stelle herum, wo wir Martins Sachen und den Schädel begraben hatten.

Seilspringen war schon als Vorschulkind eine meiner Lieblingsbeschäftigungen gewesen und ich hatte es zu beachtlicher Routine gebracht. Während ich nun sprang und mich nach und nach an die alten Tricks erinnerte, stieß Hedwig zu uns. Den Kopf mit den zu großen Ohren unter ihren weißen Locken schief gelegt, beobachtete sie meine Hüpferei aufmerksam und wiegte sich in den Hüften von einer Seite zur anderen. Die Arme ausgebreitet wie eine Vogelscheuche, wurden ihre Bewegungen ausholender und schließlich schwang sie hin und her, indem sie mal den einen, mal den anderen Fuß hob.

Es war nur eine Frage der Zeit, bis sie sich überwinden und mich bitten würde, sie doch springen zu lassen, bitte, bitte, einmal nur. Schweigend wies ich auf das Messer, das im Futteral an ihrem Kleidergürtel steckte. Sie nahm es aus der Scheide und legte es unter dem Flieder ins Gras.

Während Lisa und ich das Seil nunmehr über Hedwig hinwegschwangen, konzentrierte sie sich auf ihren ersten Sprung, hüpfte über das Seil, das unter ihren Füßen hindurchrauschte – und legte sich bei der Landung fast auf die Nase. Ihre geprellte Hüfte hatte sich gemeldet. Ich ließ das Seil fallen und griff nach der taumelnden Hedwig, die schmerzgepeinigt nach vorn einknickte.

»Mensch, Hedwig«, sagte ich, während ich sie umfasste und ihr half, sich auf den Rasen zu setzen. »Vielleicht akzeptierst du endlich, dass du nicht mehr neunzehn bist, und hörst mit diesen Hüpfereien auf. Das halten deine Gelenke nicht mehr lange aus.«

Hedwig winkte ab. Sie duldete keine Diskussion über ihr Alter.

Ein Blick auf die Uhr, es war inzwischen kurz vor neun Uhr, zeigte mir, dass für dergleichen Gespräche ohnehin keine Zeit mehr war.

Es war Mittwoch – und ich war mit Sarah Baerenbaum zum Shoppen verabredet. Ich hatte allerdings in der Zwischenzeit beschlossen, die Verabredung abzusagen.

Es schien mir im Moment die einzig richtige Lösung, hatte ich doch keinen blassen Schimmer, wie ich der Person begegnen sollte.

Ich hatte mir ein Bild von ihr gemacht. Ein Bild, das nicht stimmte. Ich hatte sie bedauert, bemitleidet, nachgedacht, wie ich ihr helfen konnte, und erfahren, dass das alles so überflüssig wie ein Kropf gewesen war. Die Frau hatte mich gelinkt, benutzt und auf den Arm genommen, hintergangen und belogen.

Wie aber sollte ich mit jemandem umgehen, den ich nicht einschätzen konnte, dessen Gefühle und Lebensziele mir undurchschaubar blieben? Wie sollte ich reagieren angesichts einer Person, die meinen Mann umgarnt, vielleicht verführt, ganz sicher aber in ihren Bann gezogen hatte, um ihn als Ehepartner einzufangen?

Das ging nicht. Definitiv nicht.

Gelassenheit funktionierte nicht, Hilfsbereitschaft war nicht angesagt und Mitleid verbot sich. Es sei denn, man war in diesem Leben als Masochistin unterwegs. Das war ich aber nicht.

Ich konnte ihr gegenüber vielleicht ein professionelles Lächeln aufbringen. Musste ich auch. Immerhin war Sarah Baerenbaum trotz allem eine Kundin, die für lächelndes Verständnis zahlte. Exorbitant gut zahlte.

Diese Art Lächeln beherrschte ich perfekt, hatte ich doch von Kindesbeinen an Gelegenheit, seine Wirkung zu studieren. Meine Mutter lebte es uns vor und zauberte selbst dann ein verständnisvolles Lächeln auf ihre tiefrot geschminkten Lippen, wenn sie das Personal maßregelte oder Ärger mit meinem Vater hatte.

Im Gegensatz zu meiner Mama aber zeichnete mich ein Handicap aus, das dem Lächeln gelegentlich gehörig in die Parade fuhr.

Mein Mundwerk neigte nämlich dazu, Sätze schneller zu formulieren, als mein Verstand sie in seiner Konsequenz zu Ende denken konnte. Gemeinhin nannte meine Umgebung derlei Sentenzen dann die ungeschminkte Wahrheit, was Quatsch war und gefährlich – für mich.

Das, was ich unter solchen Umständen unreflektiert von mir gab, waren Halbwahrheiten, nicht zu Ende gedachte Einsichten, Ansichten oder Stellungnahmen. Meistens hielten sie genauerer Prüfung nicht stand, standen aber im Raum und verkorksten den geplanten Fortgang des Geschehens, worauf ich es bei Sarah Baerenbaum auf keinen Fall ankommen lassen wollte.

Für den Umgang mit ihr brauchte ich gute Nerven, einen fest umrissenen Plan – und etwas Abstand.

Allerdings hatte ich noch einen weiteren Grund, die Verabredung mit der Baerenbaum abzusagen. Ich musste dringend nach Bremsnitz fahren und mir den Jungen ansehen, der am Freitag unsere Autos beobachtet und Zeichnungen von uns aus angefertigt hatte. So bescheuert ich selbst auch die Idee fand, den Ort des Leichenfundes noch einmal aufzusuchen, ich hatte es Lisa und Hedwig versprochen. Wider besseren Wissens übrigens. Ich meine, Täter, die es an den Ort des Verbrechens zurückzieht, gelten gemeinhin als blöd, hält die Polizei Augen und Ohren doch gerade dort besonders offen.

Lisa entfuhr ein erleichtertes »Viel Spaß«, als ich sie von meiner Entscheidung in Kenntnis setzte. Hedwig schaute zu mir hoch und erklärte bestimmt, sie käme mit nach Bremsnitz. Ich hätte ja wohl nichts dagegen, oder?

Ich hatte sehr wohl etwas dagegen, war doch gewiss, dass mir ihre Anwesenheit ziemlich auf die Nerven gehen würde. Das behielt ich jedoch im Interesse meines Seelenheils für mich. Einen solchen Einwand würde Hedwig erstens sowieso nicht gelten lassen und zweitens mir bis an mein Lebensende nachtragen. Und darauf wollte ich es nicht ankommen lassen.

Also lächelte ich Hedwig an und erklärte, sie möge sich beim Packen von ein paar Kleinigkeiten sputen. Ich ging zurück ins Haus und rief Sarah Baerenbaum an.

Sarah Baerenbaum war ob der kurzfristigen Absage erstaunt und, wie sie sagte, ein wenig traurig, hatte sie sich doch sehr auf ein paar neue Kleider gefreut. Darüber hinaus machte sie keine Anstalten, mich umzustimmen oder gar meine Ausrede, ich hätte mir eine Darminfektion eingefangen, in Frage zu stellen.

Mit professionellem Bedauern vertröstete ich sie auf ein anderes Mal und versprach, ich würde mich melden, sobald es mein Zustand erlaube.

Zwanzig Minuten später hatte ich eine kleine Reisetasche gepackt, saß mit Hedwig im Audi TT und war in Richtung Bremsnitz unterwegs, wo wir nach dreieinhalb Stunden reibungsloser Fahrt bei schönstem Sonnenschein und über dreißig Grad Hitze ankamen.

Ich hatte das Cabrio mit Bedacht gewählt, da die Polizei glaubte, die von dem Jungen gezeichneten Damen seien in einem Opel oder in einem Audi A8 unterwegs.

Bremsnitz lag in der Hitze da wie ausgestorben. Das Straßendorf, das sich entlang eines kleinen Baches schlängelte, wartete mit einem kleinen Gemischtwarenladen auf, der aus DDR-Zeiten stammte und über dessen Eingangstür noch immer, wenn auch in verwitterten Buchstaben, »Konsum« zu lesen stand. Ich hoffte sehr, das kleine Eckgeschäft hätte geöffnet, waren Hedwig und ich nach der Fahrt doch rechtschaffen hungrig und durstig.

Bedauerlicherweise war der Laden über Mittag für zwei Stunden geschlossen. Hedwig meckerte rum, nach dem Motto »blöde Ex-DDR«, was ihr einen Rüffel von mir eintrug. Immerhin schlossen selbst in ihrem geliebten Schleswig-Holstein die kleinen Dorfläden mittags für zwei Stunden.

Wir entschieden uns, in das Nachbardorf zu fahren und nach einer Kneipe zu suchen.

Das nächstgelegene Dorf war nicht größer als Bremsnitz, besaß aber einen Gasthof, zumal einen, der geöffnet hatte und mit einem lauschigen Vorgarten zum Verweilen einlud.

Aufatmend stieg Hedwig aus dem Auto und begab sich zielstrebig zu einem Tisch, der unter einer Schatten spendenden Kastanie stand. Trotz der Hitze saßen an einem benachbarten Tisch ein paar Bauern in dunkelblauen Twillichhosen und groß karierten Flanellhemden, deren Ärmel sie hochgekrempelt hatten, und aßen Bratkartoffeln mit Matjes. In einer Ecke zur Straße hin hatten es sich zwei ältere Damen unter einem knallgelben Sonnenschirm bequem gemacht und nippten mit spitzen Mündern an zwei Halblitergläsern Apfelsaftschorlen. Ihre stilvolle Kleidung legte nahe, dass sie an diesem abgeschiedenen Ort ebenfalls nur auf der Durchreise waren. Ein junges Pärchen, das aussah, als hätte es seine Kleidung in den Säcken des Roten Kreuzes gefunden, wartete auf seine Bestellung. Beide trugen einst schwarze, nunmehr verwaschene, knallenge Jeans, über denen weite T-Shirts undefinierbarer Farbe schlabberten. Der Junge spielte mit einem Bierdeckel, während das Mädchen vor sich hin starrte.

Hedwig und ich ließen uns also an dem Tisch unter der Kastanie nieder und bestellten bei einem netten älteren Herrn in einer braunen Cordhose und einem gelblichen Hemd, zu dem er eine goldbraune Fliege trug, eine große Flasche Evian.

Der etwa Siebzigjährige ignorierte meine Anwesenheit, grinste Hedwig ein »Hammer nich« zu und entblößte dabei ein gepflegtes Gebiss, dessen ebenmäßige Zahnstellung darauf hinwies, dass wir es mit einem Kunstprodukt zu tun hatten. Gepflegt und ohne dunklen Zahnstein, der zumeist mangelhafte Pflege und übermäßigen Tee- oder Nikotingenuss verriet, strahlte uns das Kukident-Gebiss entgegen.

Hedwig strahlte zurück, den Mund leicht geöffnet. Ihre künstlichen Zähne mussten sich hinter denen des Mannes in keiner Weise verstecken.

Sie hatten mich auch genug gekostet, hatte die Krankenkasse sich doch stur gestellt und nur einen geringen Prozentsatz gezahlt, da es sich bei Hedwigs Gebiss im Verständnis der Kasse um eine kosmetische und nicht um eine medizinische Angelegenheit handelte.

Nachdem Hedwig und ich also zwei Apfelsaftschorlen bestellt hatten, lehnten wir uns entspannt auf unseren Stühlen zurück. Hedwig mit einem verstohlenen Lächeln auf den Lippen, das einen Kommentar geradezu herausforderte.

»Ich glaube, der findet dich nett«, sagte ich schmunzelnd.

Hedwig lächelte nicht.

Ich saß in einem Fettnapf von der Größe eines Waschzubers und wünschte mir, ich hätte mein impulsiv arbeitendes Mundwerk besser im Zaum gehalten.

Hedwig wurde erst rot, straffte sich dann in Zehntelsekunden, richtete sich auf, knallte die Ellenbogen auf den Tisch und starrte mich durch ihre rosafarbene Brille wütend an.

»Und was ist daran lächerlich?«

Scheiße.

»Gar nichts. Ich wollte nur einen Spaß machen. Tut mir Leid, Hedwig.«

»Einen Spaß. Auf meine Kosten. Typisch. Kenne ich ja.«

»Hedwig, es tut mir Leid. Bitte entschuldige.«

Ich nahm ihre Hände in meine und schaute sie an. »Komm schon. Ich lade dich ein. Los, bestell dir einen Apfelkuchen mit Sahne. Oder vielleicht gibt es ja sogar schon Pflaumenkuchen.«

Während ich Hedwig zu beruhigen versuchte, war der Kellner zurückgekehrt, servierte die Schorle vornehm mit über dem Arm drapierter, schneeweißer Serviette und winkte bei der Frage nach frischem Pflaumenkuchen bedauernd ab. Es sei leider noch nicht die rechte Zeit. Aber er könne uns einen hervorragenden Himbeerkuchen anbieten. Selbst gebacken. Von seiner Tochter. Ob wir den nicht probieren wollten?

Wir wollten und drei Minuten später standen zwei überwältigende Stücke Himbeerkuchen vor uns, die zwei exorbitant große Sahnehauben trugen.

»Heiliger Strohsack, da können Sie aber nicht viel dran verdienen, wenn Sie Ihren Gästen solche Riesenstücke vorsetzen«, staunte Hedwig.

Ich starrte auf meinen Kuchen, um nicht ungebührlich zu grinsen.

»Die Größe der Stücke richtet sich immer nach dem Sympathiewert der Gäste«, antwortete der Kellner charmant und mit einer leichten Verbeugung erst zu Hedwig, danach zu mir.

Meine Güte, ein Charmeur alter Schule, dachte ich und schob mir die erste Gabel Kuchen in den Mund. Köstlich.

»Köstlich«, schleimte Hedwig im selben Moment. »Führen Sie dieses Lokal?«

»Nein, nein, das betreiben meine Tochter und ihr Mann. Ich helfe nur ein wenig aus. Das heißt, genau genommen gehört es mir schon, aber als meine Frau vor zwei Jahren starb, habe ich es meiner Tochter überlassen. Nun helfe ich immer mal, wenn ich Lust habe oder mich langweile.« Während er unsere Frage beantwortete, strahlten zwei hellgraue Augen auf Hedwig nieder.

»Und langweilen Sie sich häufig?«, fragte ich und hoffte, das Gespräch irgendwie auf die beiden Leichen lenken zu können, denn in dem kleinen Ort mussten die zwei das Ereignis des Jahres sein und damit den Dauergesprächsstoff für die nächsten drei Monate liefern. Dachte ich so.

»Nun ja, eigentlich nicht«, erwiderte denn auch Herr Larentius, wie er sich uns zwischendurch vorgestellt hatte, an mich gewandt.

»Es gibt hier auf dem Land immer genügend zu tun. Andererseits liebe ich den Kontakt zu den Gästen, so dass es mir sehr schwer fällt, mich gänzlich aus dem Gasthof zurückzuziehen.«

»Aber manchmal«, hob Hedwig an, die sich mitunter exakt so blöd verhielt, wie ich immer behauptete, und nun mit der Tür ins Haus fiel, »geschehen doch selbst in so einem kleinen Dorf Verbrechen – oder? Jedenfalls glaube ich, wenn ich mich nicht irre, dass ich letztes Wochenende in den Nachrichten gehört habe, dass in Bremsnitz zwei Leichen gefunden wurden.«

Herr Larentius beugte sich zu uns hinunter und drosselte die Stimme zur heiserem Flüstern.

»Nicht so laut, meine Damen, bitte. Die zwei Damen dort drüben wissen nichts davon – und sie sind unsere einzigen Sommergäste. Sie bleiben ganze fünf Nächte. Und es wäre bedauerlich, wenn sie diese Nachricht von Mord und Totschlag vergraulte.«

Ich lachte auf, den Kopf in den Nacken gelegt, während Hedwig Herrn Larentius über den Rand ihrer Brille hinweg anlächelte.

»Nun machen Sie sich mal keine Sorgen. Tote sind doch nun bei Gott nichts Ungewöhnliches. In Hamburg liegen dauernd welche rum«, bemühte Hedwig sich, ihrer Frage großstädtische Normalität zu geben. »Ich meine, erinnerst du dich, Claire, dass letzte Woche schon wieder in der Zeitung stand, dass sie eine alte Frau gefunden haben, die wochenlang tot in ihrer Wohnung lag, ohne dass sie jemand vermisste?«

»Nun, das mag bei Ihnen durchaus normal sein«, erwiderte Herr Larentius und schüttelte sein weißes Haupt, so dass ihm eine Strähne ins Gesicht fiel. Mit eleganter Geste legte er sie zurück auf den Kopf. »Aber hier bei uns ist das Auffinden von Toten etwas ganz und gar Außergewöhnliches. Selbst unser Bürgermeister, der nun ja bei Gott genug zu tun hat, ließ es sich nicht nehmen, den Fundort der Leichen persönlich in Augenschein zu nehmen.«

Mit einem »Soso« schüttelte Hedwig ihrerseits den nicht weniger weiß umrahmten Kopf und wollte einen weiteren Gesprächsbeitrag leisten, doch ich unterbrach sie, bevor sie noch mehr Unfug verzapfte.

»Dürften wir Sie zu einem Kaffee einladen?«, fragte ich mit all meinem Charme und einem entwaffnenden Lächeln auf den Lippen, um das Thema endgültig zu beenden.

Jedenfalls bemühte ich mich redlich um ein solches Lächeln, während Hedwigs Augen die Tasse auf dem Tisch fixierten, als benötigten sie einen Halt, einen Widerhaken, an dem sie sich stellvertretend für die ganze Person festhalten konnten. Hedwigs Hände flatterten, bis sie unter der Tischdecke verschwanden. Ich glaube, ihr zitterten selbst die Beine.

Hedwigs Nervösität mochte daher rühren, dass die Frau trotz ihres erklecklichen Alters keine Routine im Umgang mit Männern besaß. Ich glaube, außer von meinem Vater und Martin war Hedwig in den letzten dreißig Jahren von keinem Mann mehr beachtet worden. Begehrt schon gar nicht.

»Gerne doch, wenn ich statt des Kaffees einen Becher Tee trinken darf«, erwiderte Herr Larentius auf meine Einladung und enteilte auch schon, um sich einen Tee zuzubereiten.

Ich wollte gerade zu einer Bemerkung ansetzen, doch Hedwig kam mir zuvor.

»Halt den Mund«, sagte sie und zeigte mir ihren arthritischen Mittelfinger, der arg zitterte, sonst aber wie eine Eins aus der geballten Faust hervorragte. Mir fielen beinahe die Augen aus dem Kopf. Das musste sie sich von Lisa abgeschaut haben.

Es war nicht zu leugnen: Seit dem Unfall meines Gatten machte sich in meiner Umgebung ein gewisser Verfall der guten Sitten bemerkbar. Noch vor vier oder fünf Tagen wäre es undenkbar gewesen, dass Hedwig mir ihren Finger entgegengestreckt hätte, wobei mir einfiel, dass ich Lisa anrufen wollte, um mich zu erkundigen, ob sie inzwischen den Audi aus der Werkstatt geholt hatte.

Während ich Lisa anrief und mit ihr plauderte, war Herr Larentius mit einer Tasse Tee an unseren Tisch zurückgekehrt, hatte sich neben Hedwig niedergelassen und plauschte nun mit verhaltener Stimme mit meiner Hausangestellten.

Ich dankte Lisa für das Abholen des Wagens, grüßte sie von Hedwig, legte auf und bekam gerade noch mit, wie Herr Larentius bemerkte, er sei der Mann, der die Leichen gefunden hätte.

Ich hielt den Atem an und Hedwig sperrte vor Überraschung den Mund auf, was Laurentius zu einer ausführlichen Erklärung veranlasste.

»Regen Sie sich um Gottes Willen nicht auf, meine Damen. So furchtbar ist der Anblick zweier Leichen nicht. Jedenfalls in dem Fall war er es nicht. Wissen Sie, ich war im Krieg. Da habe ich eine Menge gesehen. Und die hier, die gingen noch. Der Ältere hatte ein merkwürdiges Loch im Kopf, eine gebrochene Nase, glaube ich, und ein paar Abschürfungen im Gesicht. Nun gut. Der andere sah auf jeden Fall sehr manierlich aus. Und die haben dort ja auch nicht lange gelegen. Vielleicht einen Tag, hat die Polizei gesagt. Und deshalb waren die auch noch ganz gut in Schuss.« Larentius schaute Beifall heischend zu Hedwig.

»Gut in Schuss waren die?«

»Nun ja, der eine Polizist erklärte mir, es sei ein großes Glück, dass Olga, das ist meine Hündin, und ich die Leichen so schnell gefunden hätten. Normalerweise sähen Leichen, die in freier Natur gelegen haben, sehr viel schlimmer aus. Da gibt es dann Verwesungen oder die Tiere fressen mal hier, mal da was ab. Das war aber alles nicht passiert.«

»Und weiß man schon, wer sie waren und wer sie getötet hat? Und vor allem, warum?«

Larentius erzählte uns, dass man inzwischen sehr wohl wisse, wer der eine Tote sei. Die Tochter des Toten hätte ihn identifiziert. Das hätte den Tag zuvor sogar in der Zeitung gestanden.

Eine ganz merkwürdige Geschichte sei das übrigens. Wir müssten uns mal vorstellen, das war ein richtig betuchter Geschäftsmann, dessen Tochter hier unten am Geraer Theater als Schauspielerin arbeite. Ja, und hier hätten sie im Lokalblatt Fotos von den Toten abgebildet. Und nun sollten wir uns mal vorstellen, der Mann sei aus Hamburg, so wie wir.

Als Herr Larentius das anmerkte, zuckte Hedwig zusammen.

Ich schüttelte leicht mit dem Kopf, um ihr zu signalisieren, sie solle sich beherrschen, während Larentius weitererzählte, wie komisch doch manchmal das Leben sei. Da spielte die Tochter ausgerechnet hier unten Theater, hier, wo sie nun den Papa tot aufgefunden haben.

Ja, und nun habe die Polizei ein Problem: Wie kommt der Mann nach Thüringen? Und weshalb? Und wer ist der andere? Darauf könne sich niemand einen Reim machen.

Tja, und dann gebe es noch diese drei oder vier Hamburger Damen. Ob wir von denen ebenfalls gehört hätten? Hedwig schüttelte den Kopf. Ja, diese Frauen mit den zwei Autos, die an dem Tag, bevor er die Leichen gefunden hätte, in Bremsnitz gesehen worden seien. Die Polizei suche das Trio fieberhaft, denn sie glaube inzwischen, die Damen hätten etwas mit den Toten zu tun. Da gebe es doch diese aufgefundene Harke, mit der sie die Spuren beseitigt hätten.

Das sei schon ein wesentliches Indiz dafür, dass Frauen die Leichen abgelegt hätten. Männer kämen einfach nicht auf die Idee, mit einer Harke die Spuren zu verwischen. Ein derartiger Einfall könne nur einem weiblichen Gehirn entspringen.

»Nun ja«, fuhr Larentius fort, nachdem er zwischendurch auf der Toilette verschwunden war. »Wissen Sie, das Merkwürdigste an der ganzen Geschichte habe ich Ihnen aber noch gar nicht erzählt.« Beifall heischend schaute Larentius zu Hedwig, die ihn nun bat, doch bitte fortzufahren, ihre Neugierde sei doch gar zu überwältigend.

»Ja, also, die Polizei hat mir etwas erzählt und ich soll es um Gottes willen nicht weitererzählen, aber bei Ihnen ist es ja ganz sicher. Sie kennen hier ja niemanden und reisen auch schnell wieder ab, nicht wahr?« Beim letzten Satz schaute Larentius erneut zu Hedwig, die brav nickte. »Also die Polizei sagte, die zwei wären gar nicht ermordet worden. Der Ältere sei an einem Herzanfall gestorben und der Jüngere, glaube ich, an Drogen oder so etwas.«

»Und weshalb hatte der ältere Herr dann ein so lädiertes Gesicht?«

»Die Polizei glaubt, das wäre beim Transport hierher geschehen.«

»Beim Transport?«, fragte Hedwig und ich warf ein »Das ist ja eine simple Erklärung« ein.

»Ja, ja. Und jetzt grübeln alle, weshalb man zwei Leichen im Wald ablegt, wo man doch nur den Notarzt hätte kommen lassen müssen. Der hätte die beiden untersucht, Totenscheine ausgestellt und sie dann abholen lassen. Niemand hätte irgendwelchen Ärger bekommen. Aber so? Ach ja«, unterbrach Larentius seinen eigenen Redefluss, »fast hätte ich es vergessen. Der Ältere soll irgendwie zwei Tage länger tot gewesen sein als der Jüngere. So war das, glaube ich.«

»Ja, das ist eine interessante Frage, weshalb man zwei Leichen im Wald hinterlegt«, stellte Hedwig fest.

»Hinterlegen ist gut«, bemerkte Larentius.

»Was glauben Sie denn, weshalb die da lagen?«, fragte ich den Mann.

»Tja, schwer zu sagen. Der Polizist, Schuhriegel, aus unserem Dorf, der auch dabei war, als man die Leichen abtransportierte, der sagte mir gerade gestern, ihn würde es nicht wundern, wenn die zwei einfach nur ganz zufällig bei jemandem gestorben seien. Und der hätte sich dann wahnsinnig erschrocken und so eine Art Kurzschlusshandlung hingelegt. Wenngleich dagegen spricht, dass der eine länger tot ist als der andere. Na ja, ich habe da keine richtige Meinung. Ich glaube, es gibt ganz seltsame Geschichten. Und das hier ist so eine.«

Hedwig musterte den Mann, während ich ihm Recht gab.

Wir drei schwiegen eine Weile. Jeder hing seinen Gedanken nach. Wenngleich ich allein Hedwig und Lisa zu Gefallen hierher gereist war, erschien es mir nun richtig zu sein, hatte doch Larentius' Geschichte etwas Beruhigendes an sich. Immerhin wusste ich nun, dass man nicht zwingend nach Mordverdächtigen fahndete, sondern lediglich nach der Lösung eines Rätsels suchte. Und das bedeutete immerhin, dass die Polizei uns eher als Nebensache betrachtete.

Larentius hatte erst Hedwig gemustert und nun sah er mich an.

»Wissen Sie, es ist seltsam, aber je länger ich Sie betrachte, desto mehr ähneln Sie den Phantombildern.«

Hedwig wollte gerade ihren letzten Bissen Himbeerkuchen in den Mund schieben, als der Satz ihre Ohren traf, sich durch den Gehörgang wälzte und im Gehirn eine Panikattacke verursachte. Sie schmiss die Gabel mit dem Kuchen einmal quer über den Tisch. Die Gabel segelte an mir vorbei, kleine Kuchenstücke trafen meinen Hals und rutschten gemächlich dem Halsausschnitt meines T-Shirts entgegen.

»Hedwig!«, entfuhr es mir, während ich rote Himbeerkuchenstückchen vom Hals sammelte und Larentius aufsprang, davoneilte und mit einem schwarzen Hund, einer Mischung aus

Labrador und Schäferhund, wie er uns erklärte, und einem feuchten Lappen wiederkehrte, den er mir reichte. Larentius wies kurz mit seiner Hand unter den Nachbartisch, wohin Mischling Olga folgsam verschwand. Jedoch ließ sie weder Larentius noch Hedwig oder mich aus den Hundeaugen.

»Sie sind aber schreckhaft«, sagte Larentius lachend zu Hedwig. »Ich meine, die zwei Damen dort drüben«, Larentius wies auf den Nachbartisch mit den zwei Sommergästen, »sehen den Phantombildern auch ähnlich. Eine Frage des Haarschnittes, nehme ich mal an.«

Hedwig atmete bei dem Satz hörbar auf.

»Wer hat die Frauen eigentlich gesehen?«

Larentius kratzte sich am Hals.

»Na ja, das war Oskar. Und Oskar ist eigentlich ein verdammt schlechter Zeuge«, räumte er ein. »So einer, den man als Zeugen nicht gebrauchen kann, wenngleich seine Mutter – sie betreibt übrigens den kleinen Laden in Bremsnitz – schon gesagt hat, dass er eine bemerkenswerte Beobachtungsgabe besitzt. Nur leider ist er sonst sehr beschränkt. Zeichnen kann er wohl ganz gut. Aber seine Aufnahmefähigkeit ist stark begrenzt, die Motorik gestört, so dass er immer etwas taumelt, wenn er schnell geht. Seine Sprache hat das Niveau eines Sechsjährigen. Wissen Sie, ich will ja nicht bösartig sein, doch früher hätte man ihn als Dorftrottel bezeichnet. Herzensgut, aber schwachsinnig.«

»Die arme Frau«, warf Hedwig ein.

»Ich sage es Ihnen. Karola Maler hat den Jungen ganz alleine großgezogen, weil der Vater sich kurz nach der Geburt abgesetzt hat. Er war auf Montage – und ein paar Wochen nach Oskars Geburt kam er einfach nicht mehr nach Hause. Tja, und dann betrieb sie den Laden. In DDR-Zeiten war das ein harter Job. Es gab ja nichts. Und sie musste immer zusehen, wie sie an Senf oder Wein kam, Zahnbürsten besorgte oder die Zuteilung für Hochprozentiges umging. Anstrengend. Und dann immer der Junge, der auf eine Sonderschule nach Jena gefahren werden musste. Der ging ja nicht hier mit den anderen Kindern auf die Grundschule. Jeden Tag brachte sie morgens ihren Sohn weg, öffnete dann den Laden, holte Oskar abends wieder aus dem

Hort ab, versorgte ihn und so weiter. Einfach war das bestimmt nicht. Eher eine nervenzehrende Tretmühle.«

Wir plauderten noch ein wenig mit Larentius über alte DDR-Zeiten, die wir nur vom Hörensagen kannten, erzählten, dass wir gerade eine Kurzreise durch die neuen Bundesländer unternahmen, ließen uns erklären, wo man hier besonders schön spazieren gehen konnte, was die Jugendlichen in dieser Abgeschiedenheit mit ihrer Freizeit anstellten, und beschlossen, in Larentius' Pension zu übernachten und nicht am selben Tag nach Hause zurückzufahren.

Ich wollte mit Hedwig den Abend am Bremsnitzer Weiher verbringen. Dort trafen sich auf der einen Uferseite die Einwohner mit ihren Frauen und Kindern an einem von Frau Maler betriebenen Imbissstand, an dem sie Bier oder Limo ausschenkte, während sich auf der anderen Uferseite von April bis spät in den Oktober hinein die Jugendlichen der umliegenden Dörfer trafen. Ich hoffte, unter ihnen diesen Oskar zu finden. Ihn zumindest einmal anschauen zu können, um zu testen, ob er mich oder Hedwig wiedererkennen würde.

Hedwig und ich mieteten uns also bei Larentius in zwei Einzelzimmern ein, lernten seine Tochter Traudel kennen sowie ihren Mann Hugo Peddersen, der in der Küche werkelte und deftige Pfannen-Gerichte und Eintöpfe mit frischen Zutaten aus dem eigenen Garten zauberte.

Auf frisches Gemüse und selbst geschlachtetes Vieh vom Bauern aus dem Nachbardorf legten sie schon seit dreißig Jahren wert. Mit genmanipulierten Pflanzen oder Rinderwahn hätten sie nichts zu tun, erklärte Hugo Peddersen der erstaunten Hedwig.

Hedwig war beeindruckt, in einer Dorfgaststätte, noch dazu einer im ehemaligen Osten, eine solch vorbildliche Einstellung anzutreffen, und freute sich auf das Abendessen. Sie wünschte sich einen Möhrcheneintopf, und Hugo Peddersen versprach, ihn zu kochen, nachdem er sich rückversichert hatte, dass wir nichts gegen eine kräftige Rinderbrühe einzuwenden hätten. Gegen halb sieben aßen wir zu Abend.

Goldgelbe Fettaugen schwammen auf der Mohrrübensuppe, die kräftig mit Kümmel gewürzt war und der klein gehackte Petersilie optisch und geschmacklich den letzten Pfiff gab. Hugo Peddersen hatte die Brühe aus Knochen und Suppenfleisch von einem Rind namens Veronika zubereitet, das er von der Geburt bis zur Schlachtung wie alle seine tierischen Fleischlieferanten gekannt und regelmäßig auf der Weide besucht hatte. Petersilie und Mohrrüben wiederum hatte er nachmittags im Garten eigenhändig geerntet, und nun sah er uns mit einem glücklichen Lächeln bei den ersten Löffeln zu.

Während Hedwig und ich uns an der leckeren Suppe labten, kroch eine orangefarbene Abendsonne langsam hinter die Hügel, und die Temperaturen wurden merklich erträglicher. Hedwig und ich tranken ein helles Weizenbier zu dem deftigen Eintopf, stiegen in das Cabrio und fuhren die drei Kilometer bis Bremsnitz mit offenem Verdeck über eine menschenleere Landstraße.

Larentius senior hatte es sich nicht nehmen lassen, uns zu begleiten. Er folgte uns in einem neuen VW Polo, der seiner Tochter gehörte. Normalerweise fuhr er einen gebrauchten Mercedes, der aber hatte Öl verloren und war gerade zur Reparatur in der Werkstatt.

Nach ein paar Minuten kamen wir am Ufer des Weihers an, den Hedwig und ich schon von unserem vorherigen Besuch in Bremsnitz kannten und dem der dunstige Abendhimmel zu einer bläulich-grünen Idylle verklärte.

Larentius, im Schlepptau Hündin Olga, begleitete uns zu dem kleinen Stand von Frau Maler, der wir artig vorgestellt wurden als zwei norddeutsche Damen, die den Osten Deutschlands erkundeten und über Nacht blieben. Mit Larentius lautstarker Vorstellung kannten uns auf einen Schlag allerdings auch die restlichen zehn oder zwölf Besucher, die in einer Traube um Frau Malers Stand herumstanden, ein Bier oder eine Dose Cola in der Hand. Rechts des Standes versuchte ein junger Mann, einen Grill in Gang zu setzen. Es qualmte erbärmlich, denn richtig brennen wollte die Kohle nicht.

Larentius gesellte sich zu dem jungen Mann, verschränkte die Finger seiner Hände, klappte diese rhythmisch zusammen und versuchte so, einen Luftzug zu erzeugen, der die Grillkohle entflammte. Es reichte nicht.

Hedwig und ich grinsten einander an. Hedwig überließ mir ihr Bier, drehte sich um und ging zu der kleinen asphaltierten Straße, die an dem Weiher vorbeiführte und auf der unser Auto parkte.

Mit einem frühmorgens an der Autobahn erstandenen *Stern* kehrte sie zurück. Eilig folgte ihr ein junger Mann der auffallend hinkte und dessen linke Schulter sich nach unten zum Brustkorb hin neigte. Als er sie erreichte, klopfte er ihr auf die Schulter. Hedwig schrie erschrocken auf, drehte sich um und zuckte zusammen. Trotz des Schreckens schenkte sie dem Jungen einen Moment Gehör, schüttelte dabei jedoch monoton den weiß gelockten Kopf, während der Junge aufgeregt vor ihr gestikulierte. Schließlich schob Hedwig den Jungen zur Seite und kam eiligen Schrittes auf uns zu. Sie überreichte Larentius mit einem verkrampften Lächeln die Zeitschrift zum besseren Fächeln, kam dann zu mir herüber und flüsterte: »Oskar. Das war Oskar. Und er hat uns erkannt.«

Frau Maler hatte die Szene beobachtet, winkte uns nun zu sich und erklärte, Hedwig möge bitte Oskars Belästigung verzeihen und ihm nicht böse sein. Er sei mitunter sehr nervig gegenüber Menschen, die er nicht kannte. Vorgestern hätte er doch glatt zwei Schweizer Damen als die Autofahrerinnen identifiziert, die hier die beiden Leichen abgelegt hätten. Wir hätten doch sicherlich davon gehört. Gott sei Dank aber hätte Herr Schuhriegel, das sei der Dorfpolizist, sich in Jena erkundigt. Und die dortige Polizei hätte sich anderswo erkundigt und dann gemeldet, die Damen seien zum fraglichen Zeitpunkt in ihrer Heimatstadt Bern gewesen.

»Ja, ja«, sagte Hedwig. »Mir hat Ihr Sohn auch gerade erklärt, er hätte mich gesehen und ich sei eine ganz Böse.«

Ich biss mir bei diesen Worten vor Schreck auf die Zunge, doch Frau Maler verstand den Satz anders als ich.

»Ach du liebe Güte.« Frau Maler rief nach einem Paul. Paul war der junge Mann, der versuchte den Grill in Gang zu bekommen. Als er auf uns zukam, wirkte er nicht mehr ganz so jung. Ich schätzte ihn auf Mitte dreißig. Schlaksige Arme schlenkerten an einem dürren Körper, während ihm feines blondes Haar in ein schmales Gesicht fiel, dem ein spitz zulaufendes Kinn eine unvorteilhafte Proportion verlieh. Frau Maler erklärte uns, Paul sei Arzt und Therapeut an der Jenaer Uniklinik.

»Hat er Sie bedroht?«, fragte Paul Hedwig, die mit den Schultern zuckte. »Sie können es mir ruhig sagen. Er wird Fremden gegenüber mitunter anmaßend und ausfallend. Wir geben ihm dann ein Beruhigungsmittel. Und wenn das nicht hilft und er trotzdem ausfallend wird, behalten wir ihn für ein paar Wochen zur Beobachtung in der Klinik. Wir kennen das hier alle seit Jahr und Tag. Oskar ist lieb, hat aber von Zeit zu Zeit seine Ausreißer.«

Ich bemerkte, dass Hedwig nicht sicher war, was sie sagen sollte, doch schlussendlich raffte sie sich zur Wahrheit auf. »Na ja, wenn ich den Jungen richtig verstanden habe, was ich zwar glaube, aber nicht genau weiß, da er so stottert, dann hat er mir angedroht, er würde mich zur Polizei bringen. Gleich heute Nacht. Er wüsste ja, wo wir wohnen. Bei Hannes Larentius, mit dem wir gekommen sind.«

Der Junge mochte sich im Fall der Schweizer Damen geirrt haben, in unserem Fall kam er der Wahrheit erschreckend nahe. Dennoch nahm ihn niemand ernst, nicht einmal seine Mutter und ich wunderte mich, weshalb die Polizei mit seinen Phantombildern arbeitete.

Paul wollte Oskar eine Beruhigungsspritze verabreichen, sich noch schnell um das Grillfeuer kümmern, eine Bratwurst essen und den Jungen anschließend mit nach Jena nehmen. Das könne auf keinen Fall schaden, sagte er.

Ich freute mich, hatte ich doch nicht vermutet, dass wir den Jungen so schnell und unkompliziert loswurden.

Paul winkte Oskar, der in der Ferne stehen geblieben war und aufgeregt mit den Armen ruderte, zu sich. Als Oskar näher kam, nahm ich wahr, dass er bis auf die verwachsene Schulter ein schlank gewachsener, junger Mann mit einem angenehmen, ovalen Gesicht war.

Als Oskar sich uns noch weiter näherte, bemerkte ich, dass seine Augen in verschiedene Richtungen blickten, als hätte der Junge Angst, er verpasste etwas von dem, was um ihn herum geschah. Außerdem grinste uns ein Mund entgegen, dessen rechter Mundwinkel etwas höher stand als der linke und der verhinderte, dass die Lippen sich schließen konnten. Das Schielen und der schiefe Mund gaben dem Gesicht einen niederschmetternd unattraktiven Zug, wenngleich die Lippen zu einem schiefen Grinsen angesetzt hatten.

Paul entfernte sich mit Oskar in Richtung einer dicht gewachsenen Hecke aus Buschrosen. Paul schien Oskar etwas zu erklären und wies auf das Gras vor der Hecke. Oskar legte sich folgsam hin, während Paul zu seinem Auto eilte und mit der Arzttasche wiederkehrte.

Wir hörten, wie Oskar in abgerissenen, kurzen Sätzen redete. Wir seien die Damen. Ganz gewiss. Er kenne uns und habe uns hinter der nassen Scheibe des Autos gesehen. Ganz bestimmt. Alle beide. Er wies mit dem Finger auf uns.

Paul schüttelte den Kopf, drückte Oskar, der aufgeregt war, aber keine Gegenwehr leistete, ins Gras nieder und setzte ihm eine Spritze in den Oberarm. Oskar schloss die Augen. Vielleicht aus Resignation oder Erschöpfung oder weil die Spritze so schnell wirkte –, ich hatte keine Ahnung.

Ich kümmerte mich nicht weiter um ihn, denn die Leute neben uns schubsten Hedwig und mich an und wiesen auf einen Storch, der seit einiger Zeit neugierig über dem Weiher kreiste. Ich hatte den Vogel längst wahrgenommen, jedoch nicht auf ihn geachtet, da ich mich auf Oskar konzentriert hatte. Nun aber erklärte uns Frau Maler entspannt lachend, der Storch schiene absolut besoffen zu sein, denn er käme immer wieder ins Trudeln. Die Leute neben uns lachten ebenfalls.

Tatsächlich trudelte der Storch direkt über uns, drehte sich um sich selbst – und fiel dann wie ein Stein vom Himmel.

Den Schnabel voran, schoss der Vogel lautlos der Erde entgegen. Ich traute meinen Augen nicht. Neben mir quiekte Hedwig. Frau Maler schrie wie auch einige andere Frauen kurz auf, während sich Herr Larentius und ein älterer Mann in Bewegung setzten, um die Absturzstelle des Storches zu erreichen. Er schlug acht, neun Meter neben uns auf, wobei er auf einem Puffer landete, der den Aufprall des Storches dämpfte.

Der Puffer hatte einen Namen. Er hieß Oskar und er lag – durch die Spritze außer Gefecht gesetzt – vor den Buschrosen. Der schwergewichtige Vogel rammte Oskar den Schnabel ins Gesicht und begrub Gesicht und Brustkorb des Jungen unter seinen großen, ermatteten Flügeln. Die langen schwarzen Beine zappelten noch einmal in wilder Bewegung in der Luft, als wollte sich der Vogel mit letzter Energie aufrichten. Dann senkten sich die Beine und hingen bewegungslos herab. Ein deprimierender Anblick.

Ich schüttelte mich ungläubig, während Hedwig neben mir die Hände vor das Gesicht geschlagen hatte und Frau Maler mit offenem Mund ungläubig erstarrt stand. Die Unterarme weit von sich gestreckt, wiesen ihre Handflächen in den Himmel, als wollte sie den Sturz des Storches dämpfen, den Vogel vielleicht gar auffangen, um so ihren von der Beruhigungsspritze außer Gefecht gesetzten Sohn zu schützen.

Paul, der unmittelbar neben Oskar stand, schien paralysiert zu sein. Er starrte fassungslos auf den Jungen und den Storch. Hannes Larentius eilte in großen Schritten auf die Hecke zu und rief: »Nimm ihm doch endlich den Storch vom Gesicht!«

Paul bückte sich und rollte den Vogel mit beiden Händen zur Seite.

Dann hielt er sich die Hand vor den Mund, wandte sich ab, würgte in kurzen Intervallen und übergab sich.

Selbst als promovierter Mediziner und Therapeut – wie uns Hannes Larentius später berichtete – schien Paul auf den Anblick von Verletzten nicht vorbereitet zu sein. Vielleicht war er zu sensibel.

Während Paul sich in die Hecke übergab, hatten Larentius und der andere Mann Oskar erreicht. Larentius starrte auf die Bescherung vor sich, konnte sich ob des Anblicks aber auch nur wegdrehen. Die eine Hand auf Höhe des Magens vor dem Bauch, die andere an der Stirn, war auch er dem Anblick des malträtierten Kopfes nicht gewachsen und wurde von einer massiven Übelkeit attackiert.

Dem dritten Mann erging es besser. Jedenfalls übergab er sich nicht. Ihm knickten gleich die Knie weg und er sackte auf der Wiese einer freundlichen Ohnmacht entgegen.

Ich rannte los und mit mir Olga, die es sich unter einem Baum bequem gemacht hatte, der jedoch die Reaktion ihres Herrchens offenkundig zu schaffen machte. Auch mir machten die Reaktionen der Männer zu schaffen.

Ein Arzt, der die Nerven verlor, und ein ehemaliger Soldat, der erst vor kurzem zwei ramponierte Leichen im Wald gefunden hatte und dabei völlig cool geblieben war – und beide mussten sich übergeben?

Offenbar sah es für Oskar gar nicht gut aus.

Als ich meinerseits bei dem Jungen ankam, stand Larentius mit hängenden Armen vor Oskar, neben ihm stand breitbeinig und in Habachtstellung Olga, während Paul, dessen Übelkeit abgeflaut sein musste, seine Arzttasche auf der Suche nach irgendeinem Gegenstand durchwühlte.

Oskar hatte bei der Kollision mit dem Storch eindeutig den Kürzeren gezogen. Der Ärmste war kaum mehr wiederzuerkennen. Dort, wo andere Menschen gemeinhin ein linkes Auge besaßen, besaß Oskar nurmehr eine dunkle Höhle, aus der die schleimigen Überreste des einstigen Augapfels seitlich an der Wange herunterhingen. Der Schnabel des Vogels hatte das linke Auge durchbohrt, das rechte Auge starrte blicklos in den Himmel. Oskars seitlich weggedrückte Nase war gebrochen, eine Augenbraue aufgeplatzt, zwischen den Lippen hing die Zunge heraus.

Der Junge stöhnte auf und hustete. Kleine weiße Bläschen sammelten sich in den Mundwinkeln. Der Aufprall des herabgesausten Vogels hatte ihm scheinbar die Lunge gequetscht.

Der Vogel lag ebenfalls verletzt im Gras, sah aber besser aus als Oskar. Olga tänzelte um den Storch herum und packte ihn dann energisch am Hals. Etwas knackte, die Beine des Storches zappelten noch einmal kurz, dann hing der Vogel leblos in der Schnauze der Mischlingshündin, die ihn von uns weg hinter die Hecke zerrte. Keiner der Umstehenden hielt den Hund auf. Wir waren zu sehr mit Oskar beschäftigt, um uns auch noch um einen Storch zu sorgen oder darum, was die Hündin mit dem Vogel anstellte.

Olga war eine Landhündin, auf dem Dorf geboren und groß

geworden. Gemeinhin verspeiste sie auch schon mal ganze Tauben, wenn sie sie verunglückt auf der Straße fand. Selbst einen Igel hatte Olga schon vertilgt, erzählte uns Larentius ein paar Tage später, als ich ihn nach dem Verbleib des Storches fragte. Kein Mensch hatte an dem Abend noch an den Storch gedacht. Am nächsten Morgen hatten er und sein Sohn nur noch die Beine und den Kopf mit dem langen Schnabel sowie ein paar Überreste des Rumpfes gefunden. Alles andere hatte Olga vertilgt. Genüsslich, wie Larentius betonte. Olga liebte frisches Fleisch.

Ich beugte mich zu Oskar herunter. Sein eben noch starres Auge blinzelte lethargisch und folgte meiner Bewegung. Er versuchte den Arm anzuheben, doch Storch und Beruhigungsmittel hatten ihm sämtliche Kraft geraubt. Der Arm erstarrte nach einem kaum merklichen Bewegungsansatz und fiel nach unten. Großmütig tätschelte ich Oskars Hand und lächelte ihm beruhigend zu, derweil Paul offensichtlich endlich das gefunden hatte, was er suchte.

Er jagte dem Jungen eine Spritze in den Brustkorb.

»Adrenalin«, sagte er. »Mehr kann ich nicht tun.«

Ich konnte es mir leisten, freundlich zu Oskar sein. Erstens glaubte dem Jungen sowieso kein Mensch. Und zweitens würde er diesen Unfall kaum überleben. Jedenfalls wies so ziemlich alles darauf hin, dass seine verbleibende Erdenzeit knapp bemessen war.

Ich streichelte weiter Oskars Hand, während seine Mutter sich auf der anderen Seite niederbeugte und ihm beruhigend über den Kopf strich.

»O mein Gott, Oskar. Wie siehst du nur aus?« Mit fahrigen Bewegungen strich sie ihm eine Haarsträhne aus dem Gesicht. Sie begann zu weinen, setzte sich hinter Oskar und legte seinen malträtierten Kopf in ihren Schoß. Der Junge versuchte wohl ein Lächeln, drehte seine Hand aus meiner, ergriff die Hand seiner Mutter und starb lautlos genau in dem Moment, als wir die schrille Sirene des Krankenwagens vernahmen. Das Auto näherte sich dem Dorf von Jena her, kam jedoch zu spät.

Schade, der Junge hatte den Tod nicht verdient. Er war definitiv zu jung und hatte keiner Fliege etwas zuleide getan.

Und mir schon gar nicht. Jedenfalls nicht so wie Martin, der gemeine Hund.

Hedwig, Lisa und mir hätte Oskar nicht einmal mehr gefährlich werden können. Der Ärmste.

Ich schaute zu Hedwig hinüber, die sich mit Larentius unterhielt, und bedeutete ihr, dass wir gehen sollten, bevor der Krankenwagen hier wäre. Sie nickte und kam mit Larentius im Schlepptau auf mich zu. Mir hatte sich in der Zwischenzeit die arme Frau Maler in die Arme gedrängt, um Schutz und Trost zu suchen. Hilflos hatte ich sie gewähren lassen. Paul kam mit einer neuen Spritze, redete auf Frau Maler ein, sie möge mich loslassen und sich einen Moment hinsetzen, und injizierte ihr ein Beruhigungsmittel.

Hedwig, Larentius und ich fuhren schließlich aufgewühlt zurück in die Pension nach Ockersdorf, wie das Bremsnitzer Nachbardorf hieß.

Ich checkte mein Handy, das ich am Abend in meinem Zimmer vergessen hatte, nach irgendwelchen Anrufen. Lisa hatte mir auf die Mailbox gesprochen, im Büro sei alles okay. Michaelsen berichtete persönlich, die Operation sei zufrieden stellend verlaufen, und dann war da als Letztes noch ein Anruf von Knut Meiser, der mit empörter Stimme fragte, warum ich ihm ins Handwerk pfusche. Ich möge ihn dringend zurückrufen, egal, um wie viel Uhr. Ich hatte nach den Ereignissen am Weiher ganz gewiss nicht die Bohne Lust, mich auch noch mit den üblen Geschichten in Hamburg auseinander zu setzen, und rief Meiser nicht zurück.

Ich ging vielmehr zu Hedwig und Larentius in den Garten, wo wir noch einen Liter Weißwein tranken und über Oskars Tod diskutierten. Irgendwann gegen Mitternacht ging ich zu Bett und fiel in einen traumlosen Tiefschlaf.

Was Hedwig trieb, weiß ich nicht. Larentius begleitete sie zu ihrem Zimmer, das gleich neben dem meinen lag. Ich hörte sie noch eine Weile auf dem Korridor reden.

Dann schlief ich ein.

10

Wir blieben fünf weitere Tage in Ockersdorf. Einfach so.

Pflichtschuldig telefonierte ich am Tag nach Oskars Unfall mit Knut Meiser, der ausgesprochen sauer darauf reagierte, dass ich Laura Hesselbach besucht hatte. Wie ich dazu käme, ihm derart unprofessionell ins Handwerk zu pfuschen?

Ich entschuldigte mich wortreich, bedauerte, dass ich versäumt hatte, ihn von meinem Besuch in Kenntnis zu setzen, und versprach, weder Laura noch die Baerenbaum jemals wieder ohne seine Einwilligung zu kontaktieren. Allerdings konnte ich mir nicht verkneifen, darauf hinzuweisen, dass mein Besuch bei der Hesselbach seinen Job erleichterte. Ich hätte quasi auf eigene Faust recherchiert und deshalb könnte er sich ganz Sarah Baerenbaum widmen und Laura vernachlässigen. Immerhin könnte ich sie, Meisers Einverständnis vorausgesetzt, jederzeit besuchen und ihr meine Fragen auch persönlich stellen. Meiser atmete am anderen Ende des Telefons hörbar auf. Er hatte vermutet, ich hätte die Frau im Affekt zusammengefaltet, und war nun erleichtert. Noch mehr erleichtert war er, als er hörte, dass Laura sogar geweint hatte.

Dass ich ebenfalls Tränen vergossen hatte, verschwieg ich. Der Mann war nun einmal ein Mann und musste nicht alles wissen.

Ich informierte ihn, dass ich ein paar Tage in Thüringen sei, und wir verabredeten, dass ich ihn anrufen würde, wenn ich wieder in Hamburg sei. Er versprach, dass er bis dahin sicherlich mit ein paar aufschlussreichen Recherchen dienen könne.

Ich telefonierte täglich mit Michaelsens Klinik und ließ mir bestätigen, dass es Martin den so genannten Umständen entsprechend gut ging, wenngleich das Koma andauerte.

In dem Moment, in dem Martin wieder bei Sinnen wäre und aus dem Krankenhaus käme, mussten Hedwig und ich nach Hamburg zurückkehren.

Ich hatte da so meine Pläne, von denen niemand etwas ahnte, nicht einmal Lizzie. Doch davon später.

In Ockersdorf verbrachten Hedwig und ich zunächst überaus angenehme Tage. Zumal eine kleine Meldung mit einem retuschierten Foto von Gregor in der *Thüringer Tageszeitung* justament einen Tag nach Oskars Tod besagte, dass die Polizei mit unseren Leichen noch immer im Dunkeln tappte und die Bevölkerung bei der Identifizierung des abgebildeten Mannes um Mithilfe bat. Hedwig, die die Nachricht entdeckt hatte, klatschte vor Freude erleichtert in die Hände und rief stehenden Fußes Lisa an, um ihr die Neuigkeit mitzuteilen.

Ich freute mich ebenfalls, wie sich wohl jeder vorstellen kann.

Ich hatte Frau Maler, die seit Oskars Tod von meiner mütterlichen Zuneigung und Hilfsbereitschaft beeindruckt war, versprochen, bei Oskars Beerdigung zugegen zu sein. Die kleine Frau hatte mich und Hedwig inständig gebeten und Hedwig kam die Bitte gerade recht, freute sie sich doch zu bleiben. Dass der Grund männlicher Natur war und Larentius hieß, war klar.

Hannes Larentius stellte Hedwig, mir und den beiden Schweizer Damen, die sich bei gelegentlichen Gesprächen als sehr nett, wenngleich auch überaus konservativ erwiesen, jeden Morgen frische Blumen auf den Tisch. Er bediente uns in täglich wechselnden Hemden – lediglich die braune Fliege mit dem goldenen Paisleymuster wechselte er nicht – und leistete uns abends Gesellschaft.

In seiner Gegenwart blühte Hedwig auf, kicherte wie ein Schulmädchen und bat mich gar, mit ihr nach Jena zum Shoppen zu fahren. Als sei es das Selbstverständlichste der Welt, erklärte Hedwig mir, sie benötige ein neues Kleid.

Die blauen, die sie seit nunmehr über dreißig Jahren im Haushalt trug und bei denen einzig die Rocklänge variierte, waren für die Hausarbeit zwar gerade richtig – frisch in der Farbe und doch unempfindlich –, hingen ihr aber zum Hals heraus.

Ich verstand Hedwig gut, doch bislang hatte sie auf die blauen Einheitskleider nichts kommen lassen und jeglicher Versuch, ihr einen neuen Schnitt oder eine neue Farbe unterzujubeln, war verpufft. Hedwig ließ ihre blauen Kleider mit den weißen, abtrennbaren Spitzenkragen und den passenden, gekordelten und deshalb sehr stabilen Stoffgürteln seit Jahrzehnten bei einer allein stehenden Schneiderin, einem Fräulein Gräulich, nähen. Das zierliche Fräulein Gräulich näherte sich inzwischen seinem achtzigsten Geburtstag, war jedoch immer noch flink im Zuschneiden und Abstecken und fertigte Hedwigs Standardkleider im Schlaf, was insofern nicht verwunderlich war, als Hedwig doch jährlich drei oder vier neue bestellte. Hedwig war da eigen, wechselte ihr Kleid alle zwei, drei Tage und begnügte sich nicht mit einem längeren Auslüften auf der Terrasse, sondern brachte das getragene Kleid jedes Mal in die Reinigung. Das stete Bügeln ließ den Stoff schnell glänzend und unansehnlich werden, was Hedwigs enormen Verbrauch an dunkelblauen Kleidern erklärte.

Erstaunt, doch auch erfreut über Hedwigs späten Gesinnungswandel, kam ich ihrem Wunsch nach und fuhr sie in die Stadt.

Herr Larentius nahm sich an dem Nachmittag frei und begleitete uns. Während ich nach einigem Hin und Her mit Hedwig ein lavendelfarbenes Seidenkleid auswählte, erledigte Larentius ein paar Besorgungen. Wir trafen ihn schließlich in einem wunderschön renovierten Café am Jenaer Marktplatz. Ebenso wie die berühmte Universitätsmensa stammte es noch aus Bauhaustagen und bestach durch seine geradlinige Schlichtheit und bemerkenswerte Funktionalität. Längs der Wände reihte sich Tisch an Tisch, umgeben von originalen oder originalgetreu nachgebauten Bauhausstühlen, deren Sitzfläche kunstvoll geflochten war. Der Kuchentresen, der einem ins Auge fiel, wenn man das Café betrat, glänzte in Glas, rotbraunem Holz und Chrom. Die Einrichtung musste ein Vermögen gekostet haben, selbst wenn es sich nur um Nachbauten handelte.

Es wurde ein wunderbarer Nachmittag. Und nachdem wir nach Ockersdorf zurückgekehrt waren, wurde es auch noch ein vergnüglicher Abend.

Besonders für Hedwig, die in ihrem neuen, lavendelfarbenen Sommerkleid geradezu strahlte.

Hedwig zeigte Hannes Larentius, wie man einen Hüpfekasten malte, und spielte mit ihm Himmel und Hölle. Derweil ich mich unter der Kastanie entspannte und gedankenverloren ein Frauenmagazin durchblätterte, amüsierten sich die beiden weißhaarigen Alten so sehr, dass sie das eine oder andere Mal vor Vergnügen laut quietschten. Besonders herzhaft quietschte Hedwig, wenn sie strauchelte und Hannes Larentius' durchtrainierte Kellnerarme sie auffingen. Jedenfalls spielte dann ein verklärtes, beinahe idiotisch zu nennendes Lächeln in ihrem Gesicht und zauberte Hunderte von Falten in die alterstrockene Haut.

Die beiden Schweizer Damen, die an ihrem angestammten Tisch unter dem Sonnenschirm ihre allabendliche Weinschorle tranken, schauten pikiert zu Hedwig hinüber, deren glockig schwingender Rock beim Springen temperamentvoll auf- und niederschwang und ihre alterskrummen Beine unzüchtig freigab.

Ich vermute, Hedwigs Verhalten widersprach so ziemlich jeder Regel, die den beiden Schweizerinnen durch eine konservative Erziehung und eine angeborene Zurückhaltung zu Eigen war. Hinzu mochte ein Anflug von Eifersucht kommen, denn sie wurden als Gäste zwar überaus zuvorkommend behandelt, doch Hedwig und ich lagen in der Gunst der Gastwirtsfamilie – einschließlich ihrer Mischlingshündin Olga – seit Oskars Unfall weit vorne. Das zeigte sich insbesondere daran, dass Hugo, Larentius' Schwiegersohn, allmorgendlich mit geradezu verschwörerischer Miene an unseren Tisch trat und uns in den hauseigenen Gemüsegarten bat. Dort führte er uns zu seinen Nutzbeeten und erläuterte uns, welches Gemüse an dem Tag am besten zu ernten sei und was er am Abend Besonderes daraus zu kochen gedächte, wenn wir denn mit seinem Vorschlag einverstanden wären.

Hugos Gemüseaufläufe, Braten und Suppen waren sehr schmackhaft, manche geradezu delikat, wenn auch bäuerlich deftig. Das war nicht weiter tragisch, denn der Fettgehalt der

Speisen hielt sich in Grenzen und behagte sicherlich auch so kalorienbewussten Gästen wie den beiden Berner Damen. Beschwerlich für uns Gäste war allein die Größe der Portionen und das traurige Gesicht von Hugo, wenn Larentius wie an diesem Abend halb volle Teller zu ihm zurück in die Küche trug. Betrübt war er an unserem Tisch erschienen und hatte sich erkundigt, weshalb wir seine Gemüselasagne verschmähten. Es hatte Hedwig und mich einige Mühe gekostet, bis wir Hugo glaubhaft gemacht hatten, dass es keineswegs an seinen Kochkünsten, sondern ausschließlich an der Größe der Portionen lag. Larentius hatte uns schließlich unterstützt und Hugo erklärt, dass unsere Mägen sich erst an die ländlichen Portionen gewöhnen und sich weiten müssten. Hugo hatte sich daraufhin ein wenig beruhigt und uns zu einem Kaffee eingeladen.

Während Hedwig und Larentius sich also beim Hüpfekasten-Springen vergnügten, kam ein kleiner korpulenter Mann um die fünfzig mit schweinchenrosa Wangen und hellbraunem, dichtem Haar, das er kess über die Ohren gekämmt hatte, in dem kleinen Biergarten auf mich zu und fragte, ob er sich einen Augenblick zu mir setzen könnte. Während ich überrascht nickte, winkte Larentius ihm ein »Hallo, Konrad, das Bier steht im Kühlschrank!« zu und kümmerte sich nicht weiter um den neuen Gast.

»Schuhriegel, Konrad Schuhriegel ist mein Name.«

»Claire Hillger.«

»Ich weiß. Ich bin hier der Polizist. Ich hol mir nur schnell ein Bier und vielleicht können wir uns dann einen Moment unterhalten.«

Ich nickte zustimmend und Schuhriegel verschwand, um eine halbe Minute später mit einer Flasche Bier und einem Glas zurückzukehren.

»Wissen Sie, Sie sind sicher verwundert, dass ich mit Ihnen sprechen möchte.« Schuhriegels rosiges Gesicht wurde noch einen Tick rosiger, während er die Bierflasche mit einem Plopp öffnete und das Bier vorsichtig in das schräg gehaltene Glas laufen ließ. »Aber gestern früh unterhielt ich mich noch einmal mit Paul und er erzählte mir, dass Oskar an seinem Todestag sehr aufgeregt gewesen sei, weil er glaubte, in Ihnen und Ihrer Begleiterin zwei von den Hamburgerinnen erkannt zu haben, die in unserem Dorf die beiden Leichen abgelegt hätten. Sie haben doch davon gehört, oder?«

Ich nickte. Sollte Schuhriegel vorgehabt haben, mich zu überraschen, war ihm das gelungen. Ich hatte nicht damit gerechnet, dass Oskar uns noch einmal einholen würde. Hatte der Dorfpolizist allerdings vor, mich einzuschüchtern, gar zu ängstigen, gelang ihm dies nicht. Dazu war er denn doch zu tapsig, zu unerfahren, vielleicht sogar zu beschränkt.

»Und haben Sie die Toten hergebracht?«

Ich starrte den kleinen, korpulenten Mann vor mir belustigt an.

»Die Frage meinen Sie doch nicht ernst, oder?«, entgegnete ich schließlich.

»Doch, eigentlich schon. Sehen Sie, Oskar sah vielleicht wie ein Volltrottel aus und war nicht ganz normal im Kopf, aber richtig verblödet war er auch nicht.« Schuhriegel trank einen Schluck Bier und musterte mich über den Rand seines Glases hinweg aus grauen Augen, die in den speckigen Hautfalten seiner Schlupflider fast verschwanden.

»Aber er hat doch auch die beiden Schweizerinnen verdächtigt. Das erzählte uns jedenfalls Ihr Freund, Herr Larentius. Sie können ihn gerne fragen.«

»Weshalb? Ich weiß ja, dass Oskar die zwei Damen als Erstes verdächtigte. Das lag an den Frisuren und am Alter. Sehen Sie, Sie haben die auch und sind ebenfalls in dem Alter, das Oskar angegeben hat. Und ganz zufällig sind Sie auch noch aus Hamburg und tauchen hier ebenso zufällig, ein paar Tage nachdem die Leichen gefunden wurden, auf. Eigenwillig. Sehr eigenwillig sogar. Und dann fahren Sie auch noch einen Audi. Auch ein merkwürdiger Zufall.« Schuhriegel spielte mit dem Glas in seiner Hand. Er hob es an, drehte es um sich selbst und stellte es auf die Tischplatte zurück, hob es nach einer kleinen Pause erneut an, drehte es um sich selbst, stellte es zurück.

»Was soll das denn heißen?«

»Na ja, Oskar hat einen Audi und einen Opel erkannt.«

»Und wo bitte schön soll ich in meinem Cabriolet die Leiche transportiert haben? Haben Sie sich das schon mal gefragt und sich den Kofferraum angesehen? Der ist, mit Verlaub, viel zu klein für einen kompletten Menschen.« Ich lächelte den Mann an.

»Und wer sagt überhaupt, dass die zwei Leichen nicht in einem Auto transportiert wurden und das zweite nur als Begleitung mitgefahren ist?«, fragte Schuhriegel, auf mein Lächeln und meine Frage verärgert reagierend.

»Das wäre eine Möglichkeit. Aber Sie glauben doch nicht im Ernst, dass eine Frau wie ich etwas mit Ihren Toten zu tun hat, oder? Und außerdem erinnere ich mich, dass Ihr Freund Larentius von einer Limousine, nicht von einem Cabrio gesprochen hat, nachdem die Polizei fahndete.« Das stimmte zwar nicht ganz, denn nicht Larentius hatte von einer Limousine geredet, sondern der Nachrichtensprecher im Radio, aber ich war mir sicher, dass Larentius sich nicht erinnern würde, ob wir über den Autotyp gesprochen hatten. Sicher war ich mir nur, dass er es ganz gewiss nicht ausschließen würde, sollte man ihn darauf ansprechen.

»Und weshalb, bitte schön, sollten Sie beide nichts mit den Toten zu tun haben?«, antwortete Schuhriegel mit einer Gegenfrage.

»Welches Motiv sollte ich haben? Und welches die alte Dame dort hinten? Geld? Eifersucht? Ich meine, man sollte Eifersucht nicht unterschätzen. Aber ich bitte Sie. Ich bin eine verheiratete Frau. Seit dreizehn Jahren. Und welche der zwei Leichen sollte auf Frau Hartemanns Rechnung gehen?«

Schuhriegel fummelte ein weißes Stofftaschentuch mit einem dunkelblauen und einem goldfarbenen Randstreifen aus seiner Hosentasche und wischte sich über das inzwischen hochrote, schwitzende Gesicht und den kurzen, feisten Nacken.

Die abendliche Temperatur rechtfertigte den Schweißausbruch in keiner Weise. Der Mann neigte zu übermäßig hohem Blutdruck, was bei der Korpulenz nicht weiter verwunderlich war. Darüber hinaus schien ihn unser Gespräch weit mehr aufzuregen als mich. Und das wunderte mich allerdings.

»Was weiß ich?«, versuchte Schuhriegel sich gleichgültig zu geben.

»Ach, Sie halten ein Motiv für unwichtig?«

»Natürlich nicht. Oder glauben Sie, nur weil ich auf dem Dorf lebe, habe ich keine Ahnung?« Schuhriegel war sauer.

»Haben Sie denn Ahnung?« Ich konnte mir diese provokante Frage nicht verkneifen.

Schuhriegel atmete tief durch und blies seinen Oberkörper unförmig auf. Ich dachte, er platze gleich wie eine Bratwurst aus ihrem Naturdarm. Seine Ader auf der Stirn schwoll gefährlich an, den fettüberwucherten Hals überzogen rote Flecken, die aus dem Hemdkragen Richtung Doppelkinn krochen, seine fleischigen Hände knüllten nervös das Taschentuch zusammen, als stünde Schuhriegels Glaubwürdigkeit und Ehrenhaftigkeit auf dem Prüfstand und nicht meine.

Meine Finger klopften in der Luft nervös vor sich hin. Ich hatte mich gerade wie eine Idiotin verhalten und einen Polizisten verärgert, mit dem man sich besser gut stellte.

Das hatte mir meine Mutter bereits in meiner Kindheit während unserer ersten Urlaube im ländlichen Bayern eingebläut. Ehre und achte die Kinder des Dorfpolizisten, die Kinder der Mitglieder der Freiwilligen Feuerwehr und die des Gemeindearztes. Mit den Blagen aller anderen durfte ich mich anlegen. Leider blieben nicht allzu viele übrig, gehörten die meisten Dorfbewohner doch der Freiwilligen Feuerwehr an. Bei so manchem Streit hatte ich demzufolge schlechte Karten, weil das Gebot meiner Mama mich daran hinderte, mich gebührend zu wehren.

»Sie sollten uns nicht unterschätzen«, erwiderte Schuhriegel, der seine Übellaunigkeit nicht mehr verbarg.

»Drohen Sie mir?«, entgegnete ich nicht minder gereizt.

»Hätte ich einen Grund?«

»Hören Sie, meine Haushälterin und ich sind hier auf einem Kurzurlaub.«

»Aber zuvor haben Sie noch nie mit Ihrer Haushälterin Urlaub gemacht, oder?« Nervös fuhr Schuhriegel erneut mit seinem Taschentuch über den feisten Nacken und die breite Stirn.

Die Frage servierte mir die Antwort auf dem silbernen Tablett. »O doch, sicherlich. Wenn mein Mann und ich uns ein Apartment mieteten, nahmen wir Hedwig mitunter sehr wohl mit. Für sie war es zwar kein wirklicher Urlaub, immerhin aber ein Orts- und Klimawechsel. Fragen Sie sie.«

»Halten Sie mich wirklich für so beschränkt?«

Ich zuckte mit den Achseln und hob die Augenbrauen kurz an, was so viel hieß wie, weiß ich doch nicht.

Wir schwiegen eine Weile. Ich lauschte Hedwigs und Larentius' Lachen, das von dem breiten Gartenweg, auf dem die zwei ihren Hüpfekasten aufgemalt hatten, herüberdrang, und nippte an meiner Weinschorle. Larentius hatte sie mir gebracht, bevor er mit Hedwig herumzualbern begonnen hatte. Sie war bereits zu warm und schmeckte schal. Schuhriegel trank sein restliches Bier auf einen Zug aus.

»Also, Sie meinen, ich soll einfach daran glauben, dass es so etwas wie ganz verrückte Zufälle gibt«, hob er an und sah mir in die Augen. »Sie meinen, ich soll glauben, ganz besonders zufällig machten Sie ausgerechnet hier einen Zwischenstopp auf Ihrer Reise und wurden zufällig von Oskar verwechselt.«

»Herr Schuhriegel, erstens: Die zwei Schweizerinnen hat er angeblich auch erkannt, wie Sie wissen. Zweitens: Jawohl, wir machen hier ganz zufällig einen Zwischenstopp. Und damit Sie es genau wissen: Ich kenne die Gegend seit dem letzten Jahr. Da habe ich dieselbe Tour schon einmal mit meinem Mann gemacht und mich nachgerade in dieses Dorf verliebt. Nur schliefen mein Mann und ich damals in Jena. Da gibt es einfach ein hervorragend geführtes Romantikhotel. Vielleicht sollten Sie die Übernachtungsliste einsehen. Oder die Meldelisten Ihrer Dienststelle in Jena. Wir haben dort übernachtet. Ich glaube das Hotel hieß *Zum wilden Johann* oder so ähnlich. Und natürlich sucht man einen Ort ein zweites Mal auf, wenn der einen bezaubert hat und man in der Gegend ist. Und in Larentius' Pension sind wir nur zufällig abgestiegen. Das wird er Ihnen sicherlich bestätigen.«

»Das hat er mir schon heute Mittag erzählt.«

»Sie haben ihn gefragt?«

»Ich habe hier heute zu Mittag gegessen, wie ich es fast jeden Tag tue. Ja, und da habe ich ihn nach Ihnen gefragt. Sie wollten nur etwas trinken, blieben aber dann, als er Ihnen erzählte, dass diesem Gasthof eine Pension angeschlossen sei und man abends an dem Weiher noch bei Frau Maler einen trinken könne.«

»Und weshalb nehmen Sie dann an, dass wir etwas mit Ihren Toten zu tun haben?«

»Das sagte ich doch schon. Einerseits ist es mir durchaus vorstellbar, dass Sie zufällig hier sind. Doch andererseits sind es zu viele Zufälle. Ich wollte deshalb mit Ihnen sprechen und mir selbst ein Bild machen.«

»Das haben Sie ja nun getan.«

Schuhriegel erhob sich, ächzte leise, nahm die Flasche und das Glas, verabschiedete sich knapp und rief zu Larentius durch den Garten: »Hey, Hannes, ich leg dir das Geld auf den Küchentisch, okay?«

»Ja, ja«, schallte es gut gelaunt zurück, während Schuhriegel aus meinem Blickfeld in Richtung Haus verschwand.

Ich wusste nicht, was dieses Gespräch zu bedeuten hatte, wünschte mir allerdings sehr, ich hätte den Mann trotz seiner zeitweiligen Verärgerung von unserer Harmlosigkeit überzeugt.

Kurze Zeit später kamen Hedwig und Larentius noch auf einen Wein zu mir herüber. Ich erzählte den beiden von dem Gespräch und konnte wohl nicht so recht verbergen, dass mich Schuhriegels Fragen irritiert hatten.

Hedwig reagierte verblüfft, während Larentius uns erklärte, der Dorfpolizist sei ein feiner Kerl und er kenne ihn von Kindesbeinen an. Der Mann tue nur seine Pflicht und er habe uns keineswegs in Verdacht. Im Übrigen würde uns sowieso niemand aus dem Dorf verdächtigen, etwas mit den Leichen zu tun zu haben. Dazu seien wir viel zu nett. Als Larentius das sagte, schaute er Hedwig an. Die wurde vor Freude knallrot und wandte sich schleunigst von ihm ab.

Zwei Tage nach diesem Abend nahm ich Hedwig zur Seite. Wir mussten zurück nach Hamburg. Ich hatte an dem Tag einen Anruf aus Michaelsens Klinik erhalten. Die Schwester hatte mir mitgeteilt, Dr. Michaelsen würde mich kurz sprechen wollen, und gefragt, ob ich vorbeikommen könnte. Ich verneinte und so holte sie ihren Chef ans Telefon. Nachdem Michaelsen sich erkundigt hatte, wie es mir ging, erzählte er mir, er ginge inzwischen davon aus, dass Martin jederzeit aus dem Koma erwachen und ich ihn bald nach Hause holen könne. Ansonsten blieb es dabei: Martin müsse wegen der verletzten Sehne aller Voraussicht nach noch Wochen im Rollstuhl verbringen, da der Heilungsprozess erfahrungsgemäß langwierig sei.

Zwischen Hedwigs Brauen entstand eine Falte von der Tiefe eines Grabens. Sie zerrte aufgeregt an ihren Fingern, so dass die Knöchel knackten, wenn sie aus den Gelenken sprangen. Ich nahm ihre Hände in meine und wollte sie trösten, doch sie warf mir nur einen bitterbösen Blick zu, entzog mir die Hände, drehte sich um und verließ, ohne ein Wort zu verlieren, das Zimmer.

Hedwig war beleidigt, weil ich sie vor vollendete Tatsachen stellte und damit demonstrierte, dass ich mich nicht um ihre Meinung kümmerte.

Darüber hinaus war sie wahrscheinlich auch noch geschockt, dass die dörfliche Idylle inklusive ihres Verehrers so schnell der Vergangenheit angehören konnte.

Es gab allerdings noch einen weiteren Grund, weshalb ich umgehend nach Hause wollte. Von dem ahnte Hedwig jedoch nichts und das war auch besser so.

Lisa hatte mich angerufen. In meiner Geschäftspost sei ein ganz eigenwilliger Brief gewesen. Ein anonymer Drohbrief sozusagen. Der Text war knapp und simpel. Lisa las ihn mir am Telefon vor: »Die Zeichen stehen auf Sturm. Sehen Sie sich vor.«

Lisa war ganz aufgeregt gewesen und wollte sofort die Polizei einschalten. Ich überzeugte sie davon abzuwarten, bis ich wieder zu Hause war und mir den Brief ansehen konnte.

Hedwig war auch noch am nächsten Tag, dem Tag unserer Abreise, sehr übellaunig und sprach bei unserem Abschied im Gasthof kein Wort mit mir. Ich scherte mich nicht weiter darum. Ich hatte andere Sorgen als eine beleidigte Haushälterin.

11

Nach fünf erquicklichen Tagen verließen Hedwig und ich Ockersdorf an einem Montag. Hedwigs Augen waren leicht gerötet, als sie aus dem Gasthof trat und zu mir ins Auto stieg. Sie schaute mich nicht an und ich unterließ es, ihr irgendwelche Fragen zu stellen. Hannes Larentius und sein Schwiegersohn Hugo Peddersen winkten uns zum Abschied nach und Olga lief noch bis zur Straße kläffend hinter dem Auto her. Als wir durch Bremsnitz fuhren, stieg ich an dem kleinen Eckladen aus, um mich von Frau Maler zu verabschieden. Sie war mir mit ihrer Freundlichkeit und Offenheit ans Herz gewachsen.

Das Wetter war uns zunächst wohl gesonnen, und wir fuhren mit offenem Verdeck. Kurz vor Hannover zog sich allerdings eine Unheil verkündende Gewitterfront zusammen. Mir blieb nichts anderes übrig, als auf der Autobahn auf dem Standstreifen zu halten und das Verdeck des TT zu schließen. Es war höchste Zeit, denn kaum fuhr ich wieder an, prasselten dicke Tropfen auf uns herab, die sich innerhalb kürzester Zeit zu einem Sturzregen verdichteten. Die Scheibenwischer kamen gegen die windgepeitschte Last des Regens nicht an, weshalb wir kaum etwas sahen und nur noch knapp achtzig Kilometer die Stunde fuhren. Schließlich entlud sich direkt über uns ein Gewitter, dessen archaische Gewalt Hedwig im Beifahrersitz in sich zusammenkriechen ließ. Ich erklärte Hedwig die Wirkungsweise eines Faradaykäfigs und dass das Auto ein ebensolcher sei.

Hedwig waren meine Erklärungen ziemlich einerlei. Ihr saß die Angst im Genick und so fuhren wir die nächstbeste Tankstelle an. Im Bistro warteten wir bei einem Kaffee und einem Stück Sandkuchen das Unwetter ab.

Die restliche Fahrt über war Hedwig schweigsam und bedrückt. Ich fragte nicht, weshalb, und sie sagte nichts.

Wir kamen am frühen Abend in Hamburg an. Das Unwetter hatte sich längst gelegt. Lisa war bereits nach Hause gegangen, hatte mir jedoch den malvenfarbenen Briefumschlag mit dem malvenfarbenen Briefpapier und den zwei ominösen Sätzen »Die Zeichen stehen auf Sturm. Sehen Sie sich vor.« auf meinem Schreibtisch im Arbeitszimmer hinterlegt.

Von der Fahrerei im Dauerregen erledigt, setzte ich mich mit einem Glas Wein und dem Brief auf die Terrasse. Die Temperaturen waren durch das Gewitter gefallen, so dass ich im wohl temperierten, lichten Schatten meines Apfelbaumes überlegte, was zu tun sei. Ich konnte Knut Meiser anrufen und ihn beauftragen herauszubekommen, von wem dieser Brief stammte. Ich konnte zur Polizei gehen. Und als dritte Alternative konnte ich den Brief ignorieren.

Ich entschloss mich kurzerhand, den Brief zu ignorieren. Das mag Ihnen vielleicht merkwürdig, gar eigenwillig vorkommen, doch mir schien dieser Drohbrief so absonderlich und absurd, dass ich ihn einfach nicht ernst nehmen konnte. Wer sollte mir auch einen schicken?

Laura Hesselbach? Die naive Kuh mochte mich und hatte kaum Bedarf, mir zu nahe zu treten. Sarah Baerenbaum? Die wusste nicht, dass ich wusste, dass sie eine von zwei Geliebten meines Gatten gewesen war. Mithin hatte sie keinen Grund, mir zu drohen oder mich zu verunsichern. Es sei denn, sie wollte mir eins auswischen, so aus Jux und Tollerei. Und Schuhriegel? Der war Polizist und würde sicherlich nicht zu solch illegalen Methoden neigen, um mich einzuschüchtern.

Ich trank meinen Wein und ließ mich vom Rascheln der Blätter, durch die ein sanfter Wind fuhr, einlullen. Gelegentlich schilpten ein paar Vögel durch die Stille der Terrasse. Ich lehnte mich in meinem Strandkorb zurück und träumte mich meiner ehelosen Zukunft entgegen. Kurz vor elf Uhr wurde es merklich kalt und ich verkroch mich in mein Bett.

Am nächsten Morgen empfing mich eine lebenssprühende Lisa, die zunächst ängstlich darauf beharrte, wir müssten wegen des Briefes die Polizei einschalten. Schlussendlich überzeugte sie dann ausgerechnet der wohltuende Geruch des Briefpapiers davon, dass der Brief lediglich ein Jux sein konnte. Vielleicht war er dem enttäuschten Gehirn einer unserer Klientinnen entsprungen, die sich auf diese Weise dafür rächen wollte, dass sie ein Singledasein fristete. Davon gab es etliche. Selbstverständlich auch den einen oder anderen Mann, der einfach nicht vermittelbar war, weil er zu alt, zu fett oder zu mittellos war.

Also legten Lisa und ich die Sache mit dem Brief schließlich zu den Akten und sie erzählte mir, was sich in meiner Abwesenheit getan hatte. Sie hatte ein paar penetrante Anrufer besänftigt und vertröstet. Ein paar besonders renitente Klienten, die sich nicht abwimmeln ließen, hatte sie an mich weitergeleitet, wie ich ja wisse. Mit denen hatte ich ein paar neue Termine ausgemacht, bei dem einen oder anderen gar ein neues Rendezvous vorgeschlagen.

So weit hatten sich keine Katastrophen ereignet.

Nur Lisa wartete mit einigen Überraschungen auf. Sie war bei ihrem Freund Fred ausgezogen und übernachtete vorübergehend bei einer Freundin.

Fred hätte sie beleidigt, erniedrigt und gedemütigt, und zwar alles auf einmal und nicht zum ersten Mal. Doch an jenem Abend, da wäre er zu weit gegangen, begann sie ihre Geschichte.

Mitten auf einer Party hätte Fred lautstark einen Streit vom Zaun gebrochen und Lisa vor allen Gästen als Versagerin und Zicke beschimpft, deren Gehirn einem rapiden Schrumpfprozess ausgesetzt sei und die partout nichts raffe. Und das nur, weil sie nicht gewusst hätte, wer William Friedkin sei und dass der diesen berühmten Horrorklassiker »Der Exorzist« gedreht hatte. Als ob sie sich so was Blödes merken könnte. Ob ich mir so etwas jemals gemerkt hätte? Ich winkte resigniert ab.

Da könnte ich mal sehen. Sie wäre schließlich nicht doof und deshalb könnte sie sich ein so abgefucktes Benehmen auch ganz und gar nicht bieten lassen. Das ginge definitiv zu weit und verletzte ihren Stolz.

Und um diesem haarsträubenden Betragen die Krone aufzusetzen, hätte Fred sich von so einer rothaarigen Tusse anbaggern lassen. Die dachte wohl nach dem Theater, den Typen könnte sie jetzt abgreifen, und forderte Fred zum Tanzen auf.

Da hätte die Tante allerdings die Rechnung ohne Lisa gemacht. Ein solches Benehmen tolerierte sie weder von irgendeiner Tusse noch von Fred.

Deshalb hätte sie sich zwischen Fred und diese Tante gestellt und begonnen mit Fred zu tanzen. Ganz so, als wäre nichts gewesen.

Sehr zum Leidwesen von Fred, dem Wichser. Der hätte ziemlich blöd aus der Wäsche geschaut. Noch blöder aber guckte er, als die Tante ihren Irrtum erkannte und entnervt davonzog. Und dann legte Fred, der Bekloppte, die zweite Szene des Abends aufs Parkett, nach dem Motto, sie hätte diese Tusse beleidigt und sich hundsmiserabel aufgeführt, indem sie sich zwischen Fred und die Tante gedrängt hätte.

Fred wäre nicht ganz dicht in der Birne. Dass er sie beleidigte, indem er sich vor ihren Augen schamlos anbaggern ließ, das verdrängte der Kerl doch glatt.

Typischer Fall eines typischen Kerls. Zu dämlich zum Geradeausgehen. Gegipfelt hätte sein unverschämtes Betragen jedoch darin, dass er sie auf der Tanzfläche stehen ließ. Allerdings wäre ihr dieses Benehmen da schon so etwas von egal gewesen. Es hätte dem Abend lediglich die Krone aufgesetzt.

Der Kerl wäre echt plemplem und für sie erledigt.

Nun ja, machte ja nicht so viel. Oder doch. Aber nur kurze Zeit.

Wie sich herausstellte, war Lisa zwei Abende lang todunglücklich gewesen und hatte ununterbrochen in ihr Kopfkissen geweint. Das fand sie selbst übel. Andererseits beruhigte sie ihre Reaktion auch, bewies sie ihr doch, dass sie keine kaltschnäuzige Zicke war, die sich mal so eben von ihrem Freund trennte und das auch noch als besonders tolle Leistung abhakte.

Aber irgendwann war eben auch für Lisa Schluss mit lustig.

Nach zwei Tagen Dauerweinens hatte Lisa beschlossen, dass sie genug geweint habe, und die Heularie einfach beendet. Punkt. Aus. Vorbei.

Nun musste selbstverständlich ein neuer Mann her, denn solo durchs Leben zu laufen, dafür fand Lisa sich zu jung. Recht hatte sie, für ein Singledasein war sie tatsächlich zu jung.

Einen neuen Freund zu finden könnte jedoch nicht so schlimm sein, monologisierte meine Sekretärin weiter. Wozu arbeite sie schließlich bei mir? Ich mit meiner Agentur hätte ja wohl irgendeinen Kandidaten in petto. Sie hätte auch schon jemanden im Auge. Diesen netten, süßen Frauenarzt, der immer so verklemmt durch seine Persol-Brille guckte. Theo Egon Petrello, oder wie der hieße. Dem würde sie zu gerne mal zeigen, wie lustig und entspannt das Leben sein kann.

Während ich Lisas Monolog mehr oder weniger aufmerksam verfolgte, lümmelte ich entspannt in meinem Corbusier-Sessel, schaute ab und an auf meine Beine, freute mich ob ihrer Länge und zuckte erst bei dem Namen Theo E. Petrello zusammen. Der Mann war in meinem Alter und es passte mir nicht ins Konzept, dass Lisa ihn klasse fand. Ich hatte, kurz bevor Gregor in mein Leben geplatzt – oder besser: in mein Bett gefallen war – eine Nacht mit ihm verbracht.

Theo E. Petrello hatte mich noch ein paarmal angerufen und zum Essen eingeladen, doch da Gregor alle meine Bedürfnisse erfüllte, sah ich keinen Anlass, mir auch noch Theo aufzuladen. Eine Entscheidung, die unter den gegebenen Umständen durchaus wert war, noch einmal geprüft zu werden. Das konnte keinesfalls schaden.

Während Lisa mir also in meinem Büro vom Scheitern ihrer ersten großen Liebe erzählte – und das war Fred sehr wohl, gingen die zwei doch seit Lisas sechzehntem Lebensjahr zusammen –, klingelte zwischendurch immer mal das Telefon in ihrem Vorzimmer. Wir ignorierten es beide und lästerten noch eine Weile über Männer im Allgemeinen, über ihren Exfreund Fred und über meinen untreuen Martin.

Es tröstete mich, dass Lisa mit ihrer Trennung bewies, welch Stellenwert Stolz und Würde bei jungen Frauen wieder einnahmen.

Ich hatte in meiner Agentur ein paar Frauen getroffen, die wider besseres Wissen und auf Teufel komm raus an ihren Ehe festgehalten und dafür so ziemlich jede Demütigung ertragen hatten, nur um am Ende dann doch von ihren Gatten verlassen zu werden. Meist wegen einer jüngeren Frau.

Fragte man diese Frauen, weshalb sie so lange an einem Mann festgehalten hatten, der ihrem Seelenheil nicht bekam, bekannten die meisten von ihnen, sie seien aus Gewohnheit geblieben, aus Angst vor dem Alleinsein, um der Familie willen, der Freunde wegen, um des lieben Friedens willen oder einfach aus Trägheit. Womit die Gründe erschöpft waren. Nicht eine war geblieben, weil sie hoffte, in ihrer Ehe glücklich zu werden. »Zufriedenheit« reichte den meisten als Schlüsselbegriff für ihr Lebensziel aus.

Da tat es gut zu wissen, dass junge Mädchen heute weitaus kämpferischer und selbstbewusster durchs Leben liefen als so manche ihrer Mütter. Selbst ein nettes, wenngleich letztlich schlicht gestricktes Mädchen wie Lisa, der nun bei Gott niemand überbordende Intelligenz unterstellen konnte, ging in die Offensive, wenn man sie verarschte.

Meine dreiundzwanzigjährige Lisa schien eine ähnliche Haltung wie ich zu entwickeln, was mich für die Zukunft des weiblichen Geschlechts hoffen ließ. Wenn Männer zu anstrengend wurden, mussten sie entsorgt werden. Schnellstens und bevor sie bei Frauen irreparable Schäden wie Depressionen, Angstzustände oder Mutlosigkeit hinterließen.

Schließlich rückte Lisa mit der nächsten Überraschung heraus: Zwei Hamburger Polizisten hätten bei uns geklingelt. Im Rahmen eines Amtshilfe-Ersuchens hatte die Thüringer Staatsanwaltschaft die Hamburger Polizei um Mithilfe gebeten. Sie waren deshalb beauftragt worden, alle Besitzer von A6 und A8 Limousinen aufzusuchen und zu erfragen, wo sich die Fahrzeughalter an dem besagten Juniwochenende aufgehalten hatten, als in Thüringen zwei Leichen aufgefunden worden waren.

Zunächst hatte Lisa geglaubt, ohnmächtig zu werden, doch dann hatte sie sich gefangen, wie sie stolz erzählte, und den beiden besten Gewissens beschieden, der Halter des Audi A8 sei Martin Hillger und der sei am vergangenen Freitag erst aus St. Petersburg zurückgekehrt. Verschwörerisch blinzelte sie mir zu, als sie mir von dem Gespräch berichtete. Sie hätte den Polizisten dann noch gesagt, ich führe einen Audi TT und den Wagen meines Mannes würde ich nie im Leben anrühren, da er mir viel zu riesig und ungelenk sei. Höchstens zum Flughafen würde ich damit mal kutschieren. Daraufhin hätten die Jungs, wie Lisa sie nannte, sich für ihren Besuch fast entschuldigt, aber Dienst sei nun mal Dienst, und dann wären sie gut gelaunt gegangen. Tja, und da das alles so glimpflich abgegangen war, hatte Lisa beschlossen, mich und Hedwig damit nicht zu behelligen. Wir hätten uns in diesem Dorf sonst nur Sorgen gemacht und der Besuch der beiden wäre nun echte Routine gewesen. Die hatten den A8 in der Garage flüchtig bestaunt, sich das Armaturenbrett aus echtem Wurzelholz recht genau angesehen – als ob das Auskunft über eine Fahrt geben könnte – und schon wären sie wieder verschwunden gewesen.

Nachdem Lisa ihre Geschichten losgeworden war, verließ sie mein Büro, und ich hing meinen Gedanken nach, als sich die Tür leise und ohne Vorwarnung öffnete. Es war Knut Meiser, den ich diesmal sogar auf Anhieb erkannte.

Lisa lugte Meiser über die Schulter und deutete ein paar Gesten des Bedauerns an. Sie hatte ihn offenbar nicht aufhalten können.

Knut Meiser trug einen braunen, bayrischen Filzhut auf dem Kopf, dunkelgrüne Cordhosen, einen rotbraunen Janker, der an den Kanten mit einer Lederpaspel verziert war, sowie ein beiges Wollhemd. Unter der breiten Krempe seines Hutes grinste er mir gut gelaunt entgegen.

»Sie müssen entschuldigen. Aber als ich gestern von Ihrer Sekretärin erfuhr, dass Sie ab heute wieder hier zu erreichen sind, beschloss ich vorbeizukommen. Ich musste Sie einfach sehen.«

»Wie bitte?« Ich dachte, ich höre nicht richtig.

»Nein, nein, so meine ich es nicht«, hob Meiser an und lachte glucksend aus den Tiefen seines durchtrainierten Bauches. »Ich denke nur, ich hab da eine Geschichte für Sie, die ich Ihnen persönlich erzählen möchte und die Sie sicherlich brennend interessieren wird.«

Neugierig bat ich ihn in meine Plauderecke, in der drei gemütliche Louis-Corbusier-Sessel um einen rund dreißig Zentimeter hohen afrikanischen Teakholztisch standen, der mich ein Vermögen gekostet hatte, allerdings mit seinen kunstvollen Intarsien auch eine Augenweide war. Auf dem Tisch stand eine zirka achtzig Zentimeter hohe Vase aus mattem, dunkelgrünem Glas, in der sich zehn weiße Lilien nicht so recht entscheiden konnten, ob sie aufrecht stehen bleiben oder sich der Tischplatte zuneigen sollten. Das Ergebnis der pflanzlichen Unentschlossenheit war ein bizarres Gebilde aus gebogenen Stielen, sich neigenden Blütenköpfen und herabhängenden Blättern.

»Schön«, sagte Meiser und deutete auf die Blumen, während er in einem der Sessel Platz nahm.

Ich orderte bei Lisa noch schnell einen Tee, den Meiser, wie er sagte, lieber trank als Kaffee, und nahm ihm gegenüber Platz.

»Worum geht es denn nun?«

Meiser nahm mit zarter Geste eine Lilienblüte in seine großen Hände, bog die Blüte zu sich hoch und sog den Blumenduft genüsslich, ja fast gierig ein.

»Wunderbar«, erklärte er. »Und so selten, dass Schnittblumen noch duften.«

»Ist doch klar, die werden heute nur noch auf Wuchsschnelligkeit gezüchtet und nicht mehr auf Duft oder Langlebigkeit.«

»Ja, schade eigentlich. Diese ganzen wunderbaren Düfte von Primeln, Rosen oder Hyazinthen – alles weggezüchtet. Heute kann man doch glatt von Glück sprechen, wenn man noch einmal eine Pflanze erwischt, die ihren arteigenen Geruch über die Generationen der Veredlung und Züchtung behalten hat.«

Während wir uns angeregt über die neuesten Blumenzüchtungen unterhielten, servierte Lisa den Tee mit Milch, ein paar Kekse, dunklen Waldhonig und braunen Zucker.

»Oh, danke vielmals. Sehr aufmerksam, dass Sie Honig servieren. Ich süße Tee grundsätzlich nur mit Honig.«

Lisa knallte Meiser ein »Das tun viele Klienten Ihres Alters« an den Kopf, verdrehte ob ihrer Dreistigkeit selbst erstaunt die Augen und legte einen extrem schnellen Abgang hin.

Meiser flößte ihr einen Heidenrespekt ein.

Der Mann lächelte, ich lächelte zurück.

Meiser nahm die Lilie erneut in die großen Hände und beugte seinen Kopf zu den weißer Blüte hinunter. Sein dichtes mittelbraunes Haar fiel in die Stirn und verbarg eine dicke Ader, die gerade anschwoll wie ein Gebirgsbach bei der Schneeschmelze. Er roch an der Blüte, sah zu mir hoch und erklärte: »Ich habe einen neuen Auftrag erhalten. Vielmehr meine Firma. Einen Überwachungsauftrag und eine Anfrage oder …«, Meister stutzte kurz und dachte nach, »… so eine Art Gesuch.«

»Und weshalb erzählen Sie mir das? Schwingt da ein tieferer Grund mit?«, fragte ich noch ziemlich gelassen.

»Ich denke schon«, grinste Meiser und erzählte mir in den folgenden zehn Minuten, worum es ging. Ich verlor zunehmend die Fassung, und als Meiser endete, war ich ein Nervenbündel.

Knut Meisers Firma war beauftragt worden, mich und eine weitere Frau zu observieren. Außerdem sollte sich einer von Meisers Angestellten nach St. Petersburg begeben, um einen gewissen Martin Hillger ausfindig zu machen.

Die zweite zu beobachtende Person war Laura Hesselbach, Geliebte und Sekretärin meines Mannes.

Auftraggeberin war eine Sarah Baerenbaum.

»Wie bitte?«, war alles, was mir einfiel.

Meiser sah mich an und fuhr fort, derweil er meinen Blick mit dem seinen quasi festnagelte.

»Es tut mir Leid, Frau Hillger«, begann Meiser schließlich einen längeren Monolog. »Ich bin hier, weil ich Sie nach reiflicher Überlegung davon in Kenntnis setzen wollte, dass Sie ein Problem haben. Und wir, also meine Firma. Normalerweise unterliegen wir der absoluten Schweigepflicht. Eine Art Ehrenkodex wie bei Ärzten, Priestern und so fort. Sonst wären wir auch längst erledigt. In Ihrem besonderen Fall aber habe ich nach Rücksprache mit meinem Geschäftspartner entschieden, dass wir Sie über den Auftrag von Frau Baerenbaum informieren. Allerdings gibt es ein paar Fakten, die Sie wissen sollten.

Frau Baerenbaum ist um Ihren herzigen Herrn Hillger äußerst besorgt. Bis vor kurzem hatte er sie nämlich täglich angerufen, zuletzt mehrfach aus St. Petersburg. Aber in der letzten Zeit hat er es wohl gelassen und auch alle ihre Anrufe und Nachrichten auf dem Anrufbeantworter ignoriert. Dieses Verhalten irritiert sie sehr und sie verstand es auch nicht. Sarah Baerenbaum ist seit drei Jahren mit Ihrem Mann liiert, er hat ihr erst vor kurzem einen Heiratsantrag gemacht – und nun meldet er sich nicht mehr.«

»Noch einen Heiratsantrag?« Ich starrte Knut Meiser an und konnte nicht fassen, was ich da hörte. »Bin ich mit einem Heiratsschwindler verheiratet? Auf jemanden abgefahren, der Frauen nur benutzte? Mich inklusive?« Meine Stimme erhob sich in hysterisch helle Gefilde.

Meiser guckte bei der Satzkanonade ziemlich blöd aus der Wäsche, zuckte überfordert mit den Schultern und kratzte sich hektisch hinter dem linken Ohrläppchen. Dann fummelte er ein Päckchen Kaugummi aus der Jackentasche – wahrscheinlich nur, um etwas zu tun zu haben – und bot mir einen Streifen an. Ich lehnte verstört ab. Er steckte sich ein Kaugummi in den Mund und augenblicklich hoben die Kiefer an, monoton zu mahlen.

»Davon verstehe ich leider gar nichts. Ich meine, ich bin Privatdetektiv, ich bin kein Psychologe oder Eheberater. Also, mit so was können Sie mir einfach nicht kommen. Aber so, wie es aussieht, hatte ihr Mann 'ne ganze Menge Eisen im Feuer«, nuschelte Meiser, nunmehr durch das Kaugummikauen in der Aussprache behindert.

»Wieso eine ganze Menge?«, fragte ich irritiert.

Meiser beförderte das Kaugummi in die linke Wangentasche. »Ich kann mir nicht vorstellen, dass diese Laura Hesselbach und Sarah Baerenbaum die einzigen Frauen in seinem Leben sind oder waren, die er mit falschen Versprechungen geködert hat.«

»Wieso nennen Sie das falsche Versprechungen?«, hakte ich irritiert nach. »Vielleicht ist er ja nur nicht mehr dazu gekommen, sich von mir zu trennen?«

»Ach, kommen Sie! Das glauben Sie doch selbst nicht. Der Mann trifft sich mit zwei Frauen. Beide glauben, wie Sie ja auch bestätigten, sie bedeuteten ihm mehr als seine eigene. Mit anderen Worten, sie glauben felsenfest, sie seien etwas anderes als eine Affäre. Beide sind es aber nicht, denn für beide hat er sich von Ihnen nicht getrennt und dafür wird er seine Gründe haben.«

Als Meiser das sagte, schossen mir die Tränen in die Augen. Eine Art sentimentaler Reflex. Meiser guckte mich zunächst hilflos an, als ich zu weinen begann, um schließlich gänzlich ungerührt fortzufahren: »Wissen Sie, Frau Hillger, ich bin mir ganz sicher, dass wir noch ein paar Verflossene im Leben Ihres Mannes finden werden, sollten wir uns die Mühe machen, danach zu suchen.«

Ich schluchzte noch lauter auf. Es war schockierend, sich von einem Wildfremden erklären zu lassen, dass der Mann, dem man sein halbes Erwachsenenleben lang getraut hatte, in Wahrheit ein Arschloch war. Meiser reichte mir ein Tempotaschentuch, ich schnäuzte mich und wischte mir die Tränen ab.

»Es gibt da einen Brief«, schluchzte ich. »Sozusagen einen Drohbrief. Auf Büttenpapier. Lavendelfarbenes.

»Und das sagen Sie erst jetzt? Zeigen Sie mal her.«

Während Meiser zornig auf seinem Sessel herumrutschte, suchte ich in meiner Schreibtischschublade nach dem Umschlag mit dem anonymen Brief. Er lag unter einem Schälchen mit Briefmarken. Ich fischte ihn hervor und reichte ihn Meiser.

»Wann haben Sie den denn bekommen?«, fragte der Mann, nachdem er ihn herausgezogen und einen Blick auf die beiden Sätze geworfen hatte. »Die Zeichen stehen auf Sturm. Sehen Sie sich vor.«

»Vor ein paar Tagen.«

Auf Meisers Stirn wuchs eine Falte so tief wie ein Graben und er atmete hörbar ein, hielt die Luft an und atmete langsam wieder aus. Ich vermutete, es handelte sich um eine Art Stressbewältigungsatem, sonst hätte er mich wohl angebrüllt.

»Und können Sie mir mal sagen, weshalb Sie nicht in der Lage waren, mich anzurufen und darüber zu informieren? Ich meine, wozu haben Sie mich engagiert, wenn Ihnen meine Hilfe wurscht ist?«

»Sie ist mir nicht wurscht«, schluchzte ich erneut. »Aber selbst meine Sekretärin glaubte, dass es sich lediglich um einen harmlosen Jux handelt.«

»Ich nehme den jetzt mit und dann gucken ihn sich mal ein paar Experten an. Ich meine, nach dieser Geschichte mit der Baerenbaum sollten Sie vielleicht ein wenig aufmerksamer und vorsichtiger sein.«

Ich wischte mir erneut im Gesicht herum. Ich wusste schon, dass ich gerade meine Wimperntusche verschmiert, außerdem knallrote Augen und eine verquollene Heulnase hatte. Hingucker von der Sorte, auf die man besser verzichtete, wenn einem das Gegenüber etwas bedeutete.

Meiser bedeutete mir als Mann jedoch nichts und konnte mich sehen, wie er wollte. War mir doch egal.

Für Meiser schlug ich nicht einmal meine Beine übereinander. Dabei hatten die bisher noch jeden in Bann gezogen, ob Gärtner, Bankangestellte, Steuerberater oder Ärzte. Lang, schlank, mit schmalen Fesseln und einem hohen Spann waren meine Beine nach wie vor so ziemlich das Beste an mir und kamen immer dann zum Einsatz, wenn mir die Argumente ausgingen oder Männer nicht so auf mich reagierten, wie ich es mir in den Kopf gesetzt hatte.

Verständlich, oder? Immerhin hat jeder so seine kleinen Tricks und die Nummer mit den Beinen war eben meiner. Wirkung garantiert. Na ja, nicht immer, aber meistens.

Während ich vor mich hin schluchzte, schlug ich meine Beine schließlich doch übereinander. Mitunter hilft ein wenig Bewunderung, um sich aus dem Tal der Tränen hinauszumanövrieren.

Meiser schaute jedoch nicht auf meinen Spann, auf die Fesseln oder auf meine eleganten Waden. Er stand auf, ging zu Lisa ins Vorzimmer und kehrte mit einer Kanne frisch gebrühtem Kaffee zurück.

Es mag Menschen geben, die sein Verhalten diskret genannt hätten. Ich nannte es ignorant.

Enttäuscht von seiner Missachtung und noch immer schluchzend, fuhr ich die Beine wieder ein, nahm mir jedoch vor, gelegentlich im Spiegel zu überprüfen, ob sie Anlass gaben, sich ihrer zu schämen. Vielleicht war mir entgangen, dass zu Dellen neigende Orangenhaut, schwabbelnde Fettbeulen, Krampfadern oder ähnliche unästhetische Erscheinungen ihre Attraktivität inzwischen erheblich eingeschränkt hatten.

Ich schluchzte ein letztes Mal auf und bedankte mich für das Taschentuch und den Kaffee, den er mir gerade eingeschenkt hatte.

»Ich kümmere mich um den Brief. Versprochen. Und nur mal so nebenbei: Manchmal sind Männer wirklich schlimme Idioten«, begann er, setzte sich mir wieder gegenüber und lächelte mich mit freundlichen Augen aufmunternd an.

Wie Recht er hatte, dachte ich, sagte aber: »Und Sie sind die Ausnahme?«

»Hypnotisiert mich der Anblick Ihrer Beine? Oder habe ich neulich die Situation Ihrer Freundin Lizzie ausgenutzt?«

»Ähm …« Ich stotterte und fühlte mich ertappt. »Hören Sie auf mit diesen dämlichen Gegenfragen«, fing ich mich schließlich wieder. »Und Lizzie brauchen Sie gar nicht erst anzuführen. Von der habe ich schon die ganze Zeit nichts mehr gehört.«

»Ist das normal?«

»Manchmal. Aber sind Sie jetzt wegen Lizzie oder meinetwegen hier?«

Ich hatte mir bei der Frage nichts weiter gedacht. Doch Meiser reagierte mit einem kaum wahrnehmbaren, nervösen Lidschlag, hob dann abwehrend die großen Hände und lachte schließlich. »Eine interessante Frau, dennoch bin ich Ihretwegen hier.«

»Dann hören Sie auf mit den Ablenkungsmanövern. Das durchschaue ich nämlich ganz gut.«

»Deshalb haben Sie ja auch gestottert, nicht wahr?« Meiser lachte immer noch und wippte vor Vergnügen auf seinem Stuhl hin und her. Die Lachfalten an den äußeren Augenwinkeln wippten rhythmisch mit.

»Wie wäre es, wenn Sie sich wieder einkriegten?« Ich zickte ein wenig rum.

»Okay«, gluckste er gut gelaunt. »Wissen Sie, mal im Ernst, auch Frauen können ganz schöne Mistviecher sein.«

»Wie meinen Sie das denn schon wieder?«

Meiser lachte erneut.

»Sie zum Beispiel sind auch nicht ganz ohne. Auf einer Sympathieskala tangieren Sie mitunter den roten Bereich. Das bedeutet, Sie sind dann unerträglich zickig. Allerdings rede ich im Moment nicht von Ihnen.«

Seine Augen, in denen noch soeben der Schalk Samba getanzt hatte, wurden eine Spur schmaler und musterten mich ernst.

»Wissen Sie, ich bin so überfallartig hier hereingeschneit, weil Frau Baerenbaum meinen Kollegen fragte, woher man heute in Deutschland einen professionellen Killer bekommt. Und wir vermuten, die Frage stellte Sie Ihretwegen. Und wenn der Brief von ihr ist ...« Meiser holte tief Luft. »Nun gut. Das kriegen wir schon noch raus.«

Mir klappte die Kinnlade in Richtung Brustbein, der Mund öffnete sich, die Zunge schoss heraus und schnellte wie ein Scheibenwischer bei Platzregen von Mundwinkel zu Mundwinkel. Ich spürte die hektische Bewegung meiner Zunge und es war mir gebührend unangenehm. Allerdings fand ich den Mechanismus zum Ausschalten nicht. Und der Mechanismus zum Atmen hatte auch gerade seinen Geist aufgegeben.

Jedenfalls fühlte ich mich wie jemand, dem man die Faust auf den Solarplexus geknallt hatte, so dass das Zwerchfell nun störrisch das Weiteratmen verweigerte.

Ich meine, dieser lavendelfarbene Drohbrief war mir wie eine Lachnummer erschienen. Doch Meisers Offenbarung glich einer Szene aus Wes Cravens »Scream«. Und ich sollte jetzt furchtbar schreien, angstvoll, hysterisch und durchgeknallt.

Dachte ich. Ich tat es aber nicht.

Vielleicht lag es daran, dass ich nicht unter der gleißenden Sonne Kaliforniens lebte, sondern mitten in Deutschland. Na ja, in Norddeutschland. Und wir Norddeutschen schreien einfach nicht ständig rum, nur weil wir gerade Angst haben oder erfahren, dass uns jemand ans Leder will.

Ich saß jedenfalls bei der Eröffnung, dass mir jemand tatsächlich nach dem Leben zu trachten schien, nur da und starrte den Mann an wie das Kaninchen die Schlange.

Das alles ließ nur einen Schluss zu: Ich saß im falschen Film.

Sarah Baerenbaum, diese dreiste Person, die in den unmöglichsten Kostümen mein Büro aufgesucht und der ich versprochen hatte, ihren Stil und ihre Ausstrahlung auf Vordermann zu bringen, diese impertinente Person wollte nicht nur meinen Mann, die wollte mich, ohne mit der Wimper zu zucken, umbringen lassen?

War die noch ganz dicht im Kopf?

Ausgerechnet mich? Mitten in Deutschland? Wir leben hier doch nicht in irgendeiner Bananenrepublik und ich hatte auch keinen Kontakt zu Drogenkartellen, der Mafia oder sonst irgendwelchen Organisationen, die in dem Ruf standen, missliebige Personen einfach mal eben so verschwinden zu lassen.

Das hatte doch nun beileibe keinen Stil. Dabei war die Frau in einem Internat erzogen worden. Und dann erlaubte die sich solche Patzer?

Und weshalb hatte ich diese Frau eigentlich nicht durchschaut? Ich hätte doch erkennen müssen, wes Geistes Kind Sarah Baerenbaum war. Immerhin besaß ich eine natürliche und durch meinen Job zusätzlich geschulte Menschenkenntnis.

Glaubte ich jedenfalls. Bis zu Meisers Offenbarung.

Immerhin hätte ich ohne diese Menschenkenntnis mein Eheanbahnungsinstitut doch bislang keinesfalls so erfolgreich führen können, oder? Ich meine, für eine solche Arbeit benötigte man Fingerspitzengefühl, eine geschulte Sensibilität für Zwischentöne, unartikulierte Wünsche, Vorlieben und Abneigungen. Man musste erkennen, welcher Typ Mann welche Art Frau bevorzugte und umgekehrt.

Wohin bloß hatte sich angesichts dieser Baerenbaum meine Menschenkenntnis verkrochen?

Sarah Baerenbaum hatte mich eingewickelt, auf den Arm

genommen und übel gelinkt. Meine Menschenkenntnis konnte ich in der Pfeife rauchen. Ich war zu blöd, zu naiv, zu gutgläubig gewesen.

Mit anderen Worten: Ich hatte mich grottendämlich verhalten. Einfach bekloppt. Geradezu Lisa-mäßig.

Und da ich gerade bei der Wahrheit bin: Meinem göttlichen Gatten gegenüber war ich nicht weniger dämlich gewesen. Niemals wäre ich auf die Idee gekommen, der Mann betrüge mich. Ich hatte ihm blindlings vertraut, ihn nicht durchschaut, nicht gekannt, erkannt, gar verstanden oder was auch immer. Wie unangenehm und peinlich auch dieses Versagen. Immerhin hatte ich mit Martin dreizehn Jahre meines Lebens mehr oder weniger geteilt, zumindest aber unter einem Dach verbracht.

Ich hatte gar angenommen, ich sei glücklich und hätte mein Leben im Griff. Dabei hatte ich gar nichts im Griff. Vielleicht Hedwig, Lisa und meine verflossenen Liebhaber. Das war es dann aber auch schon. Und selbst so einen Typen wie Gregor hatte ich nicht wirklich im Griff gehabt. Sonst wäre der mir nicht in meinem eigenen Badezimmer an einer Überdosis Drogen krepiert. Oder?

Darüber hinaus kam ich mir auch noch bescheuert vor. Diese verhuschte Person, diese Sarah Baerenbaum, wandte sich sofort an Knut Meiser? An meinen Knut Meiser? An den einzigen Privatdetektiv, den ich kannte? Das ging einen Schritt zu weit.

Inzwischen hechelte ich in etwa so wie ein Hund bei akuter sommerlicher Hitze, kratzte mir mit der einen Hand panikgeschüttelt die Stirn, während die Finger der anderen nervös auf dem Tisch nach Krümeln fahndeten, die es dort nicht gab. Weder Meiser noch ich hatten einen von Lisas Keksen gegessen.

»Wenn die Frau mitbekommt, dass Sie mich kennen! Nicht auszudenken! Dann ordert die doch postwendend einen neuen Killer. Wie furchtbar. Meine Leben ist in Gefahr, verpfuscht, vielleicht verwirkt«, nuschelte ich vor mich hin. »Und dabei können die zwei sich um meinen Mann streiten bis zum

Jüngsten Tag. Wenn der aus dem Krankenhaus kommt, will ich den hier in meinem Haus sowieso nicht mehr haben.«

Ich schüttelte den Kopf, während ich Meiser aus der Gewohnheit heraus, eine aufmerksame Gastgeberin zu sein, Tee nachschenkte. Hand und Kanne zitterten.

Meiser legte seine Hand beruhigend auf meine und ich staunte erneut über die Länge seiner Finger und die Breite der Handwurzel.

Ich war geplättet, nervös, mit den Nerven am Ende. Jemand hatte angeordnet, mich zu observieren, überlegte gar in diesem Moment, ob er mich umbringen lassen wollte. Dieser Jemand war eine Frau. Noch dazu eine aus meiner eigenen Klientenkartei.

Und das alles nur, weil sie scharf auf meinen Mann war.

Wie besessen muss man da eigentlich von einem Kerl sein? Ich kannte meinen Mann und ich hatte ihn geheiratet, weil ich ihn liebte. Doch über eines war ich mir im Klaren: Einen Mord war der Mann bestimmt nicht wert. Kein Mann war das wert.

»Mensch, wissen Sie eigentlich, wie pervers die Sache ist?«

Ich sah Meiser an, der fragend die Schultern in die Höhe zog.

»Wenn mein Mann aus dem Koma erwacht und nach Hause darf, werde ich gleichzeitig beide Frauen hierher bestellen. Mein Mann wird wohl ein paar Wochen im Rollstuhl sitzen müssen, wie mir der Arzt bei einem meiner Telefonate mitteilte, weil Hedwig eine Sehne durchtrennt hat. Sie werden ihn dann vor dem Haus im Rollstuhl mitsamt einer notwendigen Grundausrüstung an Klamotten und einem Zettel finden und können ihn mit zu sich nach Hause nehmen und gesund pflegen. Dazu bin ich mir nämlich zu schade.«

Meiser lachte schallend auf. »Sie wollen Ihren Mann auf der Straße im Rollstuhl abstellen – und die zwei Frauen sollen sich zanken, wer ihn mit nach Hause nimmt und pflegt?«

»Ja.«

»Welch kuriose Idee.« Meiser wackelte grinsend mit dem Kopf hin und her. »Zumindest aber dürfte diese Aktion die Baerenbaum veranlassen, Sie nicht weiter beobachten zu lassen.«

»Trotzdem weiß man nicht, wie diese Frau reagiert«, warf ich ein.

Sarah Baerenbaum war hinterhältig, perfide, abgewichst, grottenkalt und berechnend. Als ich das dergestalt verinnerlicht hatte, dass nicht nur mein Kopf, sondern endlich auch mein Bauch glaubte, ja wusste, wie Recht ich hatte, da wurde mir übel, speiübel. In mir tobte die Wut wie ein Sturm. Einer von der unberechenbaren Sorte. Einer, der ständig die Richtung änderte und weder vorhersehbar noch kalkulierbar war.

»Ich will, dass diese Frau bezahlt.«

»Hey!« Knut Meiser grinste mich an. »Kommen Sie runter. Sie wird schon bezahlen. Aber schauen Sie, solche Anfragen bekommen wir immer mal wieder. Vor allem erhalten wir sie, wenn wir zum Beispiel einen Ehemann observieren und der Ehefrau dann Beweise für sein Fremdgehen liefern. Die eine oder andere ist dann im Affekt durchaus willens, ihren Gatten umbringen zu lassen. Allerdings wirklich nur im ersten Moment. Zwei, drei Tage später hat sich das meistens wieder gelegt. Ich denke, bei der Baerenbaum wird es ähnlich laufen. Die ist doch nicht blöd.«

»Und wenn doch?«, fragte ich in Meisers Monolog hinein. »Wenn sie mich nun doch umbringen lassen will?«

»Also, erstens glaube ich es nicht. Zweitens wird Sie Ihre Aktion davon abbringen. Und drittens werden meine Kollegen und ich das zu verhindern wissen. Schließlich überwachen wir die Baerenbaum seit heute, so dass sie Ihnen gar nichts antun könnte. Angst brauchen Sie jedenfalls nicht zu haben. Und wenn sie jemand anderes anheuert, würden wir auch das erfahren, das verspreche ich Ihnen. Zuvor werden wir aber Sarah Baerenbaum in der Sicherheit wiegen, dass wir Sie und diese Laura überwachen und Martin Hillger in St. Petersburg suchen.« Ich nickte brav zu Meisers Sätzen und er fuhr fort: »Schauen Sie, Sarah Baerenbaum soll getrost glauben, dass Ihr Mann in Petersburg ist, Sie hier brav das Eheweib geben und sie nach wie vor Ihre von Ihnen bedauerte Klientin ist. Darauf kommt es vor allem an. Sie muss glauben, dass Sie keine Ahnung von der Sache haben. Okay?

Also gehen Sie mit ihr shoppen, so, wie Sie es mir vorhin erzählt haben.«

Ich nickte wieder.

In Meisers Anwesenheit mutierte ich zum folgsamen Weib, wie ich erstaunt wahrnahm. Kein Widerspruch, kein Einwand, kein rhetorisches Gegenangesabbel.

»Unsere Aktion kostet natürlich etwas«, sagte Knut Meiser und sah mich mit seinen braunen Augen treu an. »Allerdings weniger, als wir gemeinhin berechnen, da Sarah Baerenbaum ja – unfreiwillig, aber immerhin – einen Teil des Honorars übernimmt. Aber einen Teil müssen auch Sie begleichen.«

»Mann, Meiser, jetzt hören Sie auf!«, warf ich genervt ein. »Und hören Sie auf, diesen Dackelblick aufzusetzen, wenn Sie über Ihr Honorar reden. Geld war noch nie mein Problem.«

»Vielleicht fand das Ihr Mann ja so anziehend an Ihnen.«

Für diese taktlose Bemerkung hätte ich Meiser am liebsten eine geknallt, zeigte ihm aber lediglich den Mittelfinger. Was Lisa und Hedwig sich erlaubten, gestattete ich mir schon lange.

»Sagen Sie mal«, hob ich an, »haben Sie Sarah Baerenbaum jemals gesehen?«

»Ja, vorgestern. Sie verließ Jonnys Büro. Das ist mein Kompagnon. Der, den sie ursprünglich angeheuert hat.«

»Machte sie auf Sie den Eindruck, als wüsste sie sich nicht zu kleiden oder als hätte sie bemerkenswerte Minderwertigkeitskomplexe?«

Meiser runzelte die Stirn, griff in den Mund, holte den Kaugummi heraus und drehte ihn gedankenverloren zwischen Daumen und Zeigefinger zu einer Kugel, die er in den Gästeaschenbecher vor sich auf den Tisch schnippte.

»Sind Sie noch ganz dicht?«, fauchte ich ihn an, »wo haben Sie denn Ihre Kinderstube gehabt?«

»In Mühlheim an der Ruhr«, kam es wie aus der Pistole geschossen.

»Na, das merkt man ja wohl auch.« Ich grinste.

»Jetzt werden Sie mal nicht unverschämt.«

»Und Sie nicht überheblich.«

Ich schlug mir auf den Mund. Da war mir mal wieder etwas unbeabsichtigt entfleucht.

»Tut mir Leid«, entschuldigte ich mich, doch Meiser grinste nur, holte ein Taschentuch aus seiner Jackentasche, nahm den Kaugummi aus dem Aschenbecher, rollte ihn sorgfältig in das Taschentuch – und drückte es mir in die Hand.

»Sie wissen sicherlich besser als ich, wo das Zeug entsorgt werden kann.«

Überrumpelt nickte ich und warf das Taschentuch in den Papierkorb unter meinem Schreibtisch, während Meiser noch über meine Frage nachzudenken schien. »Wissen Sie, ich verstehe nicht besonders viel von Stil, aber ich würde behaupten, sie weiß sich zu kleiden.«

»Echt?«

»Ja, ich denke schon. Und sie hat auch keine besonderen Komplexe.«

»Aber mir gegenüber tat sie immer so.«

»Na ja, vielleicht, damit Sie sich ihr besonders zuwenden. Vielleicht wollte sie Sie besser studieren, herausbekommen, was Ihren Mann an Ihnen so reizte, dass er sie heiratete.«

»Und ich bin drauf reingefallen?«

»Was soll's. Tun Sie auch weiter so, als würden Sie Ihr die Masche mit der bedürftigen grauen Maus abnehmen, und dann sehen wir weiter. Wann treffen Sie sie eigentlich wieder?«

»Ich habe mit ihr abgemacht, dass ich sie anrufe, wenn es mir nach meiner Magen-Darm-Grippe besser geht.«

»Okay. Rufen Sie sie noch heute an. Dann ist sie beschäftigt. Das schadet nie. Fühlen Sie sich dem gewachsen?«

Ich fühlte mich dem nicht gewachsen. Mich überkam das ganz und gar infantile Bedürfnis, heim in Mutters Schoß zu kriechen. Ein bemerkenswertes Gefühl, das mir als Frau in den besten Jahren kaum zustand und meine Frau Mama sowieso nur zu einem Brechreiz verleiten würde, wenn sie darum wüsste.

Meine Mutter hielt nämlich nichts von den so genannten schwachen Momenten im Leben einer Frau. Konsequent hatte sie ihre weibliche Stärke bereits zu einer Zeit kultiviert, als das Wort Emanzipation noch lange nicht zum allgemeinen Wortschatz gehört hatte. Meine Mutter begann mit ihrer Selbstverwirklichung, indem sie meinen Vater einfing, ihn vor den Traualtar zerrte und ihn radikal domestizierte. Nicht mit Stress und Streit, sondern mit weiblicher Lust, List und Tücke.

Das heißt, meine Mutter tat, was ihr beliebte – und mein Papa freute sich geradezu königlich, wenn er meine Mama glücklich machen konnte.

Meine Mutter wusste also, was sie wollte, und selbstverständlich auch, wie sie es bekam. Deshalb wäre sie auch komplett überfordert gewesen, würde ich mich bei ihr vergraben oder verstecken. Sie müsste sich eingestehen, mit ihrer Erziehung gescheitert zu sein. Das ging natürlich nicht bei einer Frau, die von sich sagte, ein Scheitern käme in ihrer Lebensplanung nicht vor.

Meine Mutter würde an meiner Stelle dastehen wie eine Königin und eine Niederlage nicht dulden. Sie würde kämpfen.

Gegen wen? Gegen Sarah Baerenbaum.

Um was? Nein, nein. Um einen Mann. Sie würde selbstverständlich um die Ehre kämpfen, um *ihre* Ehre.

Und natürlich würde meine Mama gegen Sarah Baerenbaum gewinnen, wie sie immer gewann.

Ich sollte mir ein Beispiel nehmen. Ich versuchte es.

Nachdem ich mit Meiser besprochen hatte, dass ich mich am nächsten Tag mit Sarah Baerenbaum treffen und ihm am Abend bei einem Glas Wein berichten würde, ging er schließlich und ich rief Sarah Baerenbaum an.

Es kostete mich eine gehörige Portion Überwindung und noch mehr Nerven, gut gelaunt mit ihr am Telefon zu plaudern, doch ich bekam es hin.

Ich entschuldigte mich, dass meine Magen-Darm-Grippe ein paar Tage mehr beansprucht hatte, als mein Hausarzt prognostiziert hatte, plauderte ein wenig über das Wetter und die nach dem Gewitter doch nunmehr einigermaßen erträglichen Temperaturen und verabredete mich mit ihr für den nächsten Morgen zu der Shoppingtour.

In der Nacht schlief ich hundsmiserabel. Ich wachte gegen halb vier Uhr schweißgebadet auf und konnte nicht wieder einschlafen. Ich stand auf, tigerte durch die Wohnung, trank ein

Glas Wasser und wünschte mir, diese Frau liefe vor ein Auto, bekäme einen Schlaganfall oder dergleichen, nur damit ich ihr nicht begegnen müsste.

Ich legte mich schließlich wieder hin, versuchte mich zu entspannen und wartete auf den Schlaf. Vergeblich. Sarah Baerenbaum wirbelte durch meine Gedanken und gab keine Ruhe. Ich fragte mich, wie jemand tickt, der sich in mein Institut schmuggelte, mir den Ehemann abspenstig machen wollte, mich observieren ließ und zur Durchsetzung der eigenen Interessen gar über einen Auftragsmord nachdachte.

Ich wälzte die Frau durch alle meine Gehirnwindungen. Ich suchte nach einem Anhaltspunkt, um sie ansatzweise zu verstehen. Vergeblich. Ich wurde nicht schlau aus ihr.

Die Stunden trödelten durch die Nacht, ich dämmerte kurz weg, träumte wirres Zeug, wurde wach, dachte erneut über Sarah Baerenbaum nach und darüber, wie ich ihr freundlich und entspannt begegnen konnte, und wartete schließlich ungeduldig auf den Anbruch des neuen Tages.

Gegen halb acht ging ich in die Küche hinunter und bereitete mir das Frühstück.

Eule saß wie jeden Vormittag vor der Tür. Heute knurrte sie ungehalten. Sie fand es ebenso unangemessen wie ich, dass Hedwig sich gestattete, ihr Tagewerk später als üblich zu beginnen. Ich mutmaßte, sie hatte zu nachtschlafender Zeit mit Hannes Larentius telefoniert. Da der Mann durch seine Kellnerei erst zu später Stunde genügend Muße für ein Gespräch fand, nahm ich an, ihr Gespräch hatte bis weit in die Nacht gereicht, so dass Hedwig verschlafen hatte.

An diesem Morgen ließ ich den Hund rein, gab ihm ein paar Leckerlis und begann mich in Ermangelung eines anderen Gesprächspartners mit ihm zu unterhalten. Natürlich nicht über weltbewegende Dinge – dazu war es viel zu früh –, sondern über so belanglosen Kram wie die Frage, ob die Regenrohre gereinigt werden müssten, ob wir für die nächste Weinbestellung einen neuen Lieferanten ausprobieren sollten oder ob ich Lisa erklären sollte, zu ihren Aufgaben gehöre ab jetzt, die Terrassenpflanzen zu gießen.

Die Hündin schaute mir zu, wie ich mir einen Kaffee kochte, ein Brötchen aufbuk, das Müsli bereitete. Neugierig lauschte sie mit angehobenem Kopf meinen Worten. Eule war ein exzellenter Zuhörer. Sie widersprach nicht und quatschte nicht dazwischen.

Die nächsten zwei Stunden rannte die Zeit zwar auch nicht gerade, hatte aber immerhin schon mal einen Zahn zugelegt. Kurz vor halb zehn erschien Hedwig, die Augen noch verquollen, als sei sie nach einer viel zu kurzen Nacht gerade aus dem Bett gestiegen.

War sie auch.

Und sie hatte tatsächlich mit Hannes Larentius telefoniert. Bis gegen zwei Uhr. Larentius hatte ihr erzählt, dass Konrad Schuhriegel, der Dorfpolizist, langsam, aber sicher durchdrehte. Der dickliche Möchtegern-Columbo hatte in der Zwischenzeit alle möglichen Nachbarn nach uns befragt und war ziemlich sauer, weil er keine Anhaltspunkte dafür fand, dass wir etwas mit dem Leichenfund zu tun hätten. Trotzdem rannte er durch das Dorf und erzählte jedem, dass er genau dieses glaubte.

Hedwig hatte sich darüber ziemlich aufgeregt, doch Larentius hatte versprochen, noch einmal mit Schuhriegel zu reden. Denn das, was Schuhriegel da im Dorf über uns verbreitete, kam einer Verleumdung gleich. Sagte Larentius. Jedenfalls war Hedwig nach diesem Telefonat so aufgewühlt gewesen, dass sie erst gegen halb vier Uhr eingeschlafen war, weshalb sie heute früh verschlafen hatte.

Ich sah es ihr nach.

Kaum hatte ich das Gespräch mit Hedwig beendet, kam Lisa ins Büro, kochte als Erstes eine Kanne Kaffee und erledigte irgendwelche privaten Anrufe. Klang nach einem Makler. Sie brauchte eine neue Wohnung. Schließlich konnte sie nicht auf Dauer bei ihrer Freundin wohnen.

Als sie schließlich auflegte, bat ich sie, sich im Krankenhaus nach Martins Zustand zu erkundigen. Ich hatte auf dieses Telefonat keine Lust, sondern verkroch mich in mein Büro und wartete auf Sarah Baerenbaum, derweil Lisa erfuhr, dass Martin drei Stunden zuvor aus dem Koma erwacht, aber noch etwas orientierungslos war. Die Schwester bat, ich solle doch am Nachmittag vorbeischauen. Lisa versprach, es mir auszurichten.

Ich stellte mir vor, wie ich meinen Mann genüsslich abservieren würde, und grinste in mich hinein. Allerdings sollte ich vor meiner Aktion Knut Meiser informieren, sonst rastete der womöglich aus.

Zehn Minuten später klingelte Sarah Baerenbaum an der Tür. Die ahnungslose Lisa öffnete und führte sie guter Dinge und fröhlich über das Wetter plaudernd in mein Büro.

Im Gegensatz zur Laune meiner Angestellten war meine in Erwartung der Geliebten meines Mannes eher gedämpft bis beschissen, obgleich ich mir vorgenommen hatte, vor dem Betreten meines Büros meine Gefühle abzulegen wie meine Kunden ihren Mantel. Das war leichter gedacht als getan. Gefühle abzustreifen war etwas komplizierter, als ein Kleidungsstück auszuziehen.

Immerhin bekam ich ein Lächeln hin. Zwar nur ein kleines, das die Mundwinkel nach oben zog und die Augen aussparte, doch ungeschulten Menschen würde kaum auffallen, dass mein Lächeln nicht aus dem Herzen kam und unter ihm Enttäuschung, Unmut, Ohnmacht und Zorn lauerten.

Sarah Baerenbaum trug ein knieumspielendes hellgraues Leinenkleid, dessen leicht taillierte Silhouette in Kombination mit dem runden Halsausschnitt und den kurzen Ärmeln einerseits langweilig war, andererseits ihre grazile Figur betonte, während das Grau einen wunderbaren Kontrast zu ihren kupfergoldenen Locken bildete.

Die blöde Kuh Sarah Baerenbaum wusste recht gut um Stil, Ausstrahlung und Wirkung.

Sie hatte mich schlicht auf den Arm genommen.

Am liebsten hätte ich ihr den zarten Hals umgedreht. Danach stand mir mehr der Sinn, als mich in ihr Mercedes Cabrio zu setzen und Richtung Jungfernstieg zum Shoppen zu fahren.

Sarah Baerenbaum fuhr schweigend und konzentriert, während ich meinen Gedanken nachhing und so tat, als würde ich nicht von Neid, Eifersucht und Neugierde zerfressen und ihr nicht am liebsten zehntausend Fragen über meinen Mann stellen. Wie oft sie sich gesehen und so getrieben hatten und vor allem, ob sie nichts von Laura geahnt hatte.

Ich hörte ihren Ausführungen nur halbherzig zu und bekam zunächst nicht mit, dass sie von ihrer Mutter sprach.

»Habe ich Ihnen eigentlich schon gesagt, dass meine Mutter heute früh mit einem Herzanfall ins Krankenhaus gekommen ist und auf der Intensivstation liegt?«, fragte Sarah Baerenbaum gerade.

»Meine Güte, nein. Natürlich nicht. Wann denn auch?« Ich sah sie von der Seite an. Sie wirkte weder traurig noch beunruhigt. Ich suchte nach nahe liegenden Beileidssätzen, doch mir fiel keiner ein.

Sarah schwieg, ich schwieg. In der unangenehmen Pause gelang es mir schließlich, eine Frage aus dem Brei meiner Gedanken zu kondensieren: Wann ihre Mutter den Anfall denn gehabt hätte.

»Heute früh. Ich sagte es doch schon.«

»Wie? Heute früh?« Ich dachte, ich hätte etwas missverstanden, mich verhört oder dergleichen.

»Heute früh eben. So gegen halb acht.«

»Aber Sie können doch unmöglich mit mir zu einem Einkaufsbummel aufbrechen, wenn Ihre Mutter zwei Stunden vorher auf die Intensivstation gekommen ist. Ich meine, Sie sollten vielleicht bei ihr sein.«

»Und wozu? Ich könnte doch sowieso nichts für sie tun. Und außerdem hatte ich es eilig. Und meine Mutter läuft bestimmt nicht weg. Das war noch nie ihre Art.«

Ihre Kälte erschreckte mich. Instinktiv rückte ich auf meinem Autositz von ihr ab zum Fenster hin und ergriff den Türöffner. Sie beobachtete meine Reaktion aus dem Augenwinkel und lächelte.

»Sind Sie geschockt?«, fragte mich die Baerenbaum grinsend von der Seite her, ohne die Augen von der Straße zu nehmen.

»Ehrlich gesagt ...«, ich stotterte wie eine Idiotin, »... ich weiß nicht recht.«

»Mein Gott. Meine Mutter hatte einen Herzinfarkt, den dritten oder vierten. Sie hat bislang jeden überlebt. Dabei haben uns die Ärzte schon beim letzten prophezeit, den könnte sie keinesfalls überstehen. Jedenfalls nicht bei klarem Verstand.« Sie drehte ihren Kopf in meine Richtung, während sie mich weiterhin mit ihren grüngelben Katzenaugen anlächelte. Aufmerksam, neugierig, siegesgewiss. Als läge in ihnen ein uralter Jagdinstinkt auf der Lauer, der von Zeit zu Zeit die Iris durchbrach und sie mit Hunderten kleiner gelber Funken versah. »Wir machen jetzt einen Einkaufsbummel. Danach bleibt immer noch Zeit, auf die Intensivstation zu fahren und gegebenenfalls Händchen zu halten.«

Das sollte wohl komisch sein, doch mir fehlte der Sinn für ihren Humor. Meinen Nacken durchzog ein Spannungsschmerz. »Was halten Sie eigentlich von Lavendelfarbe?«, wechselte ich das Thema, wusste aber schon beim ersten Satz, dass mir dadurch auch nicht wohler werden würde.

»Wie bitte?« Sarah Baerenbaum schaute mich an, als sei ich das Christkind. »Wie kommen Sie denn da drauf? Ich meine, schauen Sie mich an. Die Farbe würde mir nicht stehen, wenn Sie das meinen.«

»Und würden Sie sie als Briefpapier wählen?«

»Was soll das denn jetzt?«, fragte Sarah Baerenbaum und schaute erneut zu mir herüber. »Ich bezahle Sie doch nicht, damit wir zusammen Briefpapier kaufen. Außerdem besitze ich genügend Briefpapier, wenn auch nicht in dieser Farbe. Aber so genau weiß ich es nicht. Man bekommt ja immer mal wieder welches geschenkt, nicht wahr?«

Sie besaß also doch Briefpapier in dieser Farbe oder wie sollte ich das verstehen?

Ich schüttelte mich. Ein Jucken breitete sich auf meinem Unterarmen aus, wie es öfter geschah, wenn ich nervös wurde. Ich konnte mich nicht kratzen. Meine rechte Hand verharrte wie festgenagelt auf dem Türgriff, bereit, ihn sofort zu öffnen, sobald wir an einer Ampel zum Stehen kämen. Archaisches Fluchtverhalten würden Psychologen diese Reaktion nennen.

Ich brauchte dringend eine Pause. Einen Erholungsurlaub, eine Ayurvedakur oder einen Drink. Ein guter Cognac würde allemal am schnellsten helfen, allerdings wäre ich danach zu nichts mehr zu gebrauchen.

Ich wischte weitere Überlegungen beiseite und kehrte zum eigentlichen Anlass unserer Ausfahrt zurück. Ich war ein Profi und ich sollte mich wie einer benehmen.

Wir benötigten drei Stunden für unsere Einkaufstour. Sarah hatte sehr wohl Geschmack, wie sie eher unbeabsichtigt demonstrierte. Und sie eroberte die Läden mit so viel Verve – und Geld natürlich –, dass die Verkäuferinnen sich fast überschlugen, sie zu bedienen.

Kurz vor zwei Uhr hatten wir ein paar Verkäuferinnen glücklich gemacht und fürs Erste alles zusammen, was man als ansehnliche Grundgarderobe benötigte. Die Frau hatte gerade fast fünfzehntausend Euro auf den Kopf gehauen. Machte nichts, wie sie lächelnd erklärte, als ich unsere Einkäufe noch einmal Revue passieren ließ.

Sarah Baerenbaum schlug vor, zum Abschluss der Einkaufsorgie einen Drink zu nehmen.

Ich konnte ihren Vorschlag kaum ablehnen und so fuhren wir zu einem der Cafés am Jungfernstieg mit Blick auf die Binnenalster. Hatte ich in den letzten drei Stunden fast verdrängt, dass Sarah Baerenbaum die Geliebte meines Mannes war und Meiser mit einer mehr als merkwürdigen Anfrage behelligt hatte, kochte die ganze Geschichte hoch, kaum dass ich die würzige Rum-Limetten-Schärfe des Caipirinha gerochen htte.

Nach ein paar Schlucken fühlte ich mich angetrunken. Ich hatte seit dem Frühstück nichts mehr gegessen und die Mittagshitze grillte mir gemeinsam mit dem achtzigprozentigen Rum den Verstand.

»Tut Ihnen der Herzanfall Ihrer Mutter nicht wenigstens ein bisschen Leid?«, fragte ich, während ich mich zurücklehnte.

»Nein. Meine Mutter mag mich nicht und ich mag sie nicht. Weshalb sollte es mir Leid tun? Sie liegt ja nicht im Sterben. Und von mir aus kann sie im Krankenhaus bleiben, solange sie will. Mir fehlt ja nichts. Nur ein passender Mann.«

»Den werden wir für Sie schon finden«, ermunterte ich die Baerenbaum mit professionellem Charme. Die Frau schien sich ihrer Sache mit meinem Mann doch nicht gänzlich sicher zu sein. War eigentlich auch logisch, sonst würde sie weder Laura noch mich überwachen lassen.

»Das will ich auch hoffen, schließlich bezahle ich Sie dafür«, erwiderte Sarah Baerenbaum mit einer Süffisanz in der Stimme, die mir erst jetzt auffiel. Vielleicht, weil ich um ihre Absichten wusste.

Am liebsten hätte ich sie gefragt, ob sie mich so generös entlohnte, weil sie scharf auf meinen Mann war, verkniff mir die Frage aber selbstverständlich. Meiser hatte Recht: Die Frau durfte nicht wissen, was ich wusste.

Bevor sie mich heute früh abgeholt hatte, hatte ich noch auf die Schnelle in meiner Datei nach ein paar passenden Herren für Sarah Baerenbaum gesucht. Während wir also an der Binnenalster saßen, offerierte ich ihr einen geschiedenen Unternehmer mit besten Referenzen und einen Witwer, der durch das Vermögen seiner verstorbenen Frau nie wieder arbeiten musste.

»Wenn es Ihnen recht ist, faxe ich Ihnen später das Profil der beiden und Sie können dann zu Hause in Ruhe entscheiden, ob Sie beide Herren treffen wollen oder vielleicht nur einen.«

Sarah Baerenbaum nickte ihr Einverständnis zu mir herüber, schlug dabei elegant die Beine übereinander und blinzelte zu einem Herrn hoch, der gerade blicklos an uns vorübereilen wollte, dann aber doch mit den Augen an ihren Beinen hängen blieb, bis er ihr schließlich ins Gesicht sah und zurückblinzelte.

Ich dachte, mich tritt ein Pferd.

Als ich diese Geschichte am späten Abend Knut Meiser auf meiner Terrasse bei einem Wein erzählte, schüttete der sich aus vor Lachen.

»Da hat Ihnen aber mal jemand gezeigt, was eine Harke ist. Vielleicht verstehen Sie jetzt ein wenig besser, was Ihr Mann an der Frau findet.«

»Nein, das verstehe ich nicht. Nicht wirklich. Aber vielleicht können Sie es mir erklären«, erwiderte ich, ganz die Zicke, die ich mitunter sein konnte.

Meiser ignorierte meinen Tonfall. »Die Frau ist ein Chamäleon, jemand, der sich ständig neu erfindet, und immer, wenn Sie glauben, Sie hätten sie durchschaut, ist sie wieder jemand ganz anderes. Männer macht es entweder komplett gaga oder es turnt sie an. Ihren Martin …«

»Hören Sie auf!«, unterbrach ich Meiser. Ich wollte jetzt nichts mehr davon hören.

Meiser prostete mir zu.

»Vernünftige Entscheidung. Sie zerfleischen sich selbst, das wissen Sie, nicht wahr?«

Ich prostete zurück. »Sie Schlaumeier. Ja, ich weiß es. Ich kann es nur nicht von heute auf morgen abstellen. Irgendwie finde ich den Schalter nicht.«

»Würde es sie trösten, wenn ich Ihnen erzähle, dass wir ein wenig recherchiert haben?«

Augenblicklich saß ich kerzengerade in meinem Sessel, mit durchgedrücktem Rücken, den Kopf erhoben, die Ellenbogen akkurat nebeneinander auf den Tisch gelegt, die Hände neben dem halb ausgetrunkenen Weißweinglas gefaltet.

Meiser übte eine eigentümliche Wirkung auf mich aus. Seine Gegenwart beruhigte mich und ließ meine Widerborstigkeit schwinden. Ich wurde weich und formbar, von gelegentlichen Ausfällen mal abgesehen.

Hätte meine Mutter gewusst, dass jemand einen derartig manipulierenden Einfluss auf mich ausübte, wäre sie im Dreieck gesprungen, da sie an ihrer Erziehungsarbeit hätte zweifeln müssen. Formbar hatte in einer Beziehung – egal, wie die aussah – nämlich nur einer zu sein: der Mann. Glaubte meine Mama jedenfalls. Und manchmal hatte die alte Dame eben Recht.

»Fangen Sie an«, bat ich und hob bittend die Hände.

Meiser griff in seine Brusttasche, holte ein Zigarrenröhrchen hervor, entnahm ihm mit genüsslichem Grinsen eine schlanke Zigarre, drehte sie in den Händen, zog sie sich einmal schnüffelnd und schmatzend über die Oberlippe, nahm einen Zigarrenschneider und entfernte die Spitze.

»Was haben Sie denn nun herausbekommen?«, insistierte ich, da mir diese Prozedur bei weitem zu lange dauerte.

Ich war neugierig und legte im Moment keinen Wert auf irgendwelche gesellschaftlichen Konventionen, die Frauen in gesetztem Alter vornehme Zurückhaltung auferlegten. Ich war in meinem Job täglich mindestens sechs, meistens acht Stunden lang eine Lady mit sonorer Stimme, vorzüglichem Benehmen und erlesener Kleidung. Ich war damenhaft, zurückhaltend, diskret und charmant.

Jetzt aber hatte ich frei und keine Lust auf dieses dämliche Getue. Ich platzte vor Neugierde. Und ich wollte es wissen. Nicht irgendwann, sondern jetzt.

»Los, Meiser, zieren Sie sich nicht länger.« Ich grinste ihn frech an, saß aber nach wie vor stocksteif vor dem Mann und wartete. Meiser grinste zurück, nahm eine Streichholzschachtel, entzündete gemächlich ein Hölzchen und drehte die Zigarre im Mund mehrmals um sich selbst, bis sie endlich brannte, wie mir der beißende Qualm bestätigte, der über den Tisch in meine Richtung waberte und mir umgehend in den Augen biss.

»Pusten Sie gefälligst in die andere Richtung, das brennt in den Augen!«, blaffte ich ihn an, während ich mit den Händen nach unverbrauchter Sommerluft fuchtelte.

Meiser kicherte hinter der Wand aus silbrigem Rauch aus der Tiefe seines durchtrainierten Bauches heraus.

»Okay, also Ihre liebe Sarah Baerenbaum hat keine Freunde …«

»Das weiß ich, das hat sie mir doch längst erzählt«, unterbrach ich ihn. Meiser legte seinen Kopf leicht schief und schaute mich mit seinen braunen Augen flehend an.

»Okay, ich unterbreche Sie nicht mehr.«

»Braves Mädchen, sehr brav.« Der Mann sprach mit mir wie mit einem Hund. Fehlte nur noch, dass er ein Leckerli zückte. Natürlich entging mir der ironische Unterton seiner Stimme nicht und die Lachfalten an den äußeren Augenlidern waren ebenso wenig zu übersehen wie das verräterische Zucken der Mundwinkel.

»Sie ist in einem Internat aufgewachsen, beziehungsweise in mehreren.« Ich wollte Meiser schon unterbrechen, dass ich das alles selbst wüsste. Immerhin legte ich über jeden meiner Klienten eine Datei an. Doch da Meiser mit so viel Verve sprach, unterließ ich es. »Sie ging teils in England, teils auf Ibiza und in den USA zur Schule. Erst in der neunten Klasse kehrte sie zu ihrer Mutter nach Hamburg zurück und machte hier ihr Abitur. Da war sie nicht mehr in einem Internat. Aus der Zeit kennt sie Ihren Mann. Sie sind in eine Klasse gegangen. Er war ihre Jugendliebe. Nach dem Abitur haben die zwei sich dann aus den Augen verloren. Sie studierte Architektur in London und machte dort auch ihren Abschluss. Danach arbeitete sie drei Jahre in einem Londoner Büro, ging dann nach Amsterdam, heiratete dort einen Schiffsmakler, der Ihrem Mann übrigens verblüffend ähnlich sieht, ließ sich ein halbes Jahr später wieder scheiden, lebte viele Jahre sehr zurückgezogen und kehrte 1994 nach Deutschland zurück. Bis vor drei Jahren lebte sie in Berlin, wo sie ebenfalls für ein Architekturbüro arbeitete. Und dann kam sie nach Hamburg zurück, zog zu ihrer Mutter und hat seitdem mal hier mal dort gejobbt, aber keinen festen Job mehr angenommen. Das hat sie allerdings finanziell auch nicht nötig, da ihr Großvater väterlicherseits ihr sein gesamtes Vermögen hinterlassen hat, als er vor sechs Jahren starb. Und da ihr Vater das Testament nicht angefochten hat, hat sie genug Geld, um nie wieder arbeiten zu müssen.«

»Weshalb ist sie nach Hamburg zurückgekehrt?«, fragte ich Meiser.

»Was ich glaube? Ich denke, Berlin ging ihr nach dem Tod ihres Freundes schlicht auf die Nerven. Zu viel Hektik, zu viel Stress, zu viel Lärm, zu viele Erinnerungen.«

»Sie hatte einen Freund, der gestorben ist?«

»In dem Jahr, als sie Berlin verließ, ist er mit dem Auto tödlich verunglückt. Sarah Baerenbaum saß mit im Wagen.«

»Das ist ja furchtbar.«

»Ja, vor allem, weil die zwei sich gestritten hatten. Er geriet ins Schleudern, und da er zu schnell fuhr, war es das dann. Er ist kurz vor Potsdam von der Fahrbahn abgekommen und hat sich überschlagen. Er war gleich tot. Sie hatte nur ein paar Prellungen und einen Unterschenkelbruch.«

»Und seit wann ist sie nun mit meinem Mann zusammen?«

Meiser musterte mich für einen kurzen Moment, als wollte er abschätzen, was er mir zumuten konnte.

Ich machte mich auf starken Tobak gefasst.

»Das haben wir noch nicht sicher herausbekommen. Doch die Aussage der Sekretärin Ihres Mannes deckt sich weitgehend mit unseren Ermittlungen. Sie hat noch von Berlin aus, also tatsächlich vor drei Jahren, Kontakt zu Ihrem Mann aufgenommen. Das würde ich aber eher als harmlos beurteilen. Ich denke, sie suchte damals wirklich einen Freund, also eher einen Gesprächspartner. Da war Ihr Mann schon ehrlich zu Ihnen. Allerdings nicht, weil sie sich hatte scheiden lassen, sondern weil der Typ gestorben war. Da hat ihr Mann nun wiederum gelogen – oder es nicht besser gewusst. Auf jeden Fall haben die beiden schnell ein Verhältnis gehabt.«

»Und glauben Sie nun, dass sie mich umbringen lassen will?«

Meiser zuckte mit den Achseln, schenkte sich und mir Wein nach und schlug mir kumpelhaft auf die Schulter. Sollte wohl beruhigend wirken, tat aber nur höllisch weh, so dass ich vor Schmerz aufschrie.

Meiser zog die Augenbrauen hoch, sprang auf, entschuldigte sich und massierte mir umgehend die schmerzende Stelle.

»Wissen Sie Genaueres über das Briefpapier?«, fragte ich unterdessen.

Meiser verneinte. Weder Papier noch Umschlag trügen Fingerabdrücke. Außerdem sei es ganz normales Büttenpapier, das man in den meisten Fachabteilungen der großen Kaufhäuser erwerben könne, was die Fahndung nach einem Käufer erheblich erschwere. Wäre das Papier ein besonders feines, exklusives gewesen, das nur ausgewiesene Fachgeschäfte führten, wäre die Fahndung erheblich leichter.

Während ich mich mit Meiser über das Briefpapier und seine Tücken unterhielt, massierte der Mann mir routiniert den Nacken.

Ich ließ entspannt den Kopf nach vorn fallen und schloss die Augen, als eine helle Stimme an mein Ohr drang und mich auffahren ließ.

Um die Hausecke kam Lizzie auf uns zu. Meiser massierte mich weiter, während Lizzie die fünf Stufen zur Terrasse heraufkam und sich vor mir aufbaute. Hektische Flecken zierten Hals und Dekolleté. Ich schaute zu ihr hoch, sie zu mir herunter. Meiser massierte meine Schultern mit einer Hingabe, als gäbe es Lizzie gar nicht.

»Toll, kann man den ausleihen?«, fragte sie mich und ignorierte Meiser. Dabei hatte der Mann sie neulich von der Alster nach Hause gefahren, als sie sturzbetrunken gewesen war. Manieren hatte meine beste Freundin manchmal – es war nicht zum Aushalten.

»Lizzie, das ist Knut Meiser. Erinnerst du dich? Er hat dich vorigen Montag nach Hause gebracht.«

»Ja, und mich ins Bett gelegt.«

»Da waren Sie auch noch nett zu mir«, schaltete sich Meiser in unser Gespräch ein. Seine Stimme klang beleidigt.

»Vor allem war ich betrunken, sonst hätten Sie mich niemals ausziehen können!«

Hatte ich da etwas verpasst? So sprach man nicht miteinander, wenn man sich nur flüchtig kannte. Vielmehr redete man in solch einem Ton nur miteinander, wenn man sich gegenseitig verletzt hatte, also gefühlsmäßig involviert war.

»Hey, Leute«, warf ich dazwischen, »kann mir mal jemand erklären, was hier läuft?«

»Was hier läuft?«, echote Lizzie. »Frag deinen Meiser lieber, was mit ihm los ist. Flößt mir zwei Aspirin ein, bringt mich ins Bett, sitzt aus mir nicht bekannten Gründen die ganze Nacht neben mir, hört sich mein besoffenes Geschnarche an, macht mir morgens das Frühstück, kocht mir ein Ei, nimmt meine Visitenkarte mit sämtlichen Telefonnummern mit und ruft mich nie wieder an. Soll ich das normal finden, oder was?«

Ich drehte mich zu Meiser um, der zwar aufgehört hatte, mich zu massieren, aber noch immer hinter mir stand.

»Gibt es für dieses Verhalten irgendeine halbwegs anständige Entschuldigung oder zumindest eine akzeptable Ausrede?«, fuhr ich ihn an.

Meisers braune Augen weiteten sich, gelbe Punkte irrlichterten panisch in der Iris.

Zwei Frauen, das war mehr, als ein Mann ertragen konnte. Da nutzte die ganze antrainierte Muskelmasse nichts. Da richtete höchstens noch der Verstand etwas aus. Falls der nicht gerade panikgeschüttelt das Weite gesucht hatte.

»Es ist doch erst ein paar Tage her«, nuschelte Meiser entschuldigend und demonstrierte damit, dass tatsächlich nur noch rudimentäre Verstandesreste in seinem Gehirn hausten. Das musste selbst ihm klar geworden sein, denn kaum hatte er den Satz beendet, schien er um einen halben Kopf zu schrumpfen.

»Das darf ja wohl nicht wahr sein!«, empörte ich mich. »Wie sind Sie denn drauf? Glauben Sie, Sie könnten heutzutage noch solche beschissenen Spiele spielen? Meinen Sie ernsthaft, Sie könnten eine Frau kennen lernen und sie erst einmal zwei, drei Wochen schmoren lassen? Ihren Jagdtrieb in allen Ehren, Herr Meiser, aber das geht denn doch einen Tick zu weit. Sie hätten Lizzie zumindest anrufen können. Zumindest das. Dabei hätten Sie nicht das Gesicht verloren, wenn sie nicht interessiert gewesen wäre. Aber so haben Sie nur demonstriert, dass Sie kein Benehmen haben und ein echter norddeutscher Stiesel sind. Und außerdem, mein Lieber: Die Konkurrenz schläft nicht! Ist Ihnen das nicht bewusst?«

»Ähm … Ich bin doch gar kein Norddeutscher, ich bin aus Mühlheim. Das hab ich doch schon mal gesagt. Und außerdem … ich dachte …« Kreuz durchgedrückt, Brust raus, kämpfte der Mann gerade um seine natürliche Körpergröße. »Ich wollte nicht aufdringlich sein und Sie nicht bedrängen, Lizzie. So war das.« Der letzte Satz kam mit voll tönender Stimme aus der Tiefe seines Bauchraumes.

Meiser hatte gerade seine Größe von rund einem Meter neunzig und sein Selbstbewusstsein wieder gefunden.

Lief irgendwie auch nicht anders als bei uns Frauen ab. Eine Beobachtung, die mich seltsam beruhigte, neigte ich gewöhnlich doch zu der Annahme, Männer und Frauen hätten nicht sonderlich viel gemein. Im Idealfall besitzen sie denselben Humor, vielleicht noch ein gemeinsames ästhetisches Empfinden.

Und natürlich sind Nahrungsaufnahme und Verdauung identisch. Aber sonst war es nicht weit her mit den Gemeinsamkeiten.

Während Meiser auf Lizzies Reaktion wartete, hatte ich mich aus dem Sessel erhoben und schlenderte nun in die Küche, um für Lizzie ein Glas zu holen. Es sah danach aus, als würde sie eine Weile bleiben.

Gemeinhin putzte Hedwig jeden Abend meine Küche, kaum hatte ich das Büro verlassen. An diesem Abend schien sie es nicht geschafft zu haben.

Jedenfalls schrie die Küche nach einer Reinigung. Schmutzige Espressotassen standen neben Lisas Eisteeglas, in dem eine ausgelutschte Zitronenscheibe gammelte. Meine Kaffeetasse lag mit ein paar anderen in der Spüle. Das Milchkännchen hatte Lisa achtlos auf den Schrank gestellt, statt es in den Kühlschrank zu räumen, so dass die Milch am nächsten Tag garantiert sauer sein würde. Ich ließ die Küche, wie sie war, und ging auf die Terrasse zurück, wo Knut Meiser und meine Freundin Lizzie die Köpfe über den Tisch hinweg zusammengesteckt hatten und wie zwei Schulkinder flüsterten.

»Und? Habt ihr euch wieder eingekriegt?«

Lizzie und Knut Meisers Köpfe fuhren auseinander. Beide sahen mich an. Lizzie musste sich dafür umdrehen. Ihr Blick erinnerte mich an unsere Schulzeit, eine Mischung aus Verlegenheit und »Leck mich«-Stimmung. So hatte sie immer geschaut, wenn man sie beim Abschreiben erwischt hatte.

»Bist du neidisch oder weshalb klingst du so verbissen?« Lizzie neigte nicht dazu, um den heißen Brei herumzureden. Ich sah jedoch, wie Meisers Fuß unter dem Tisch nach ihrem Bein fahndete, um sie anzustoßen. Das konnte er sich sparen. Lizzie war meine beste Freundin und durfte sich schon mal im Ton vergreifen.

»Weshalb sollte ich?«, erwiderte ich eine Spur zu hastig.

Irgendwie war ich sehr wohl neidisch, dass »mein« Meiser ganz augenscheinlich auf meine beste Freundin abfuhr. Gut, sie sah großartig aus mit ihren mittelblonden, halblangen Haaren, die dem ovalen Gesicht die nötige Kontur verliehen. Und sie war groß, knapp einen Meter achtzig, sehr schlank und hatte einen hübschen, wohl proportionierten Po und lange Beine.

Dennoch fand ich es blöd.

Während Meiser und Lizzie angeregt plauderten, nippte ich schmollend und in Gedanken versunken an meinem Weißwein. Ich kam mir vor wie eine Anstandsdame. Komplett überflüssig saß ich am Tisch und langweilte mich, während sich Lizzie und Meiser amüsierten.

Schließlich wurde es mir zu blöd und ich ging schlafen. Die zwei kümmerte es nicht. Sie hatten entdeckt, dass sie genug zu bereden hatten, sich miteinander bestens amüsierten, und fragten lediglich, ob im Kühlschrank noch eine Flasche Weißwein stünde. Sie wünschten mir eine gute Nacht und blieben auf meiner Terrasse bei meinem Wein zurück.

12

Meine Mutter rief an, früh um halb sieben. Als ihre Stimme durchs Telefon tönte, hätte ich sie am liebsten stranguliert, gevierteilt, gesteinigt oder Ähnliches. Ich war stocksauer. Meine Mutter hatte mich an einem jener seltenen Morgen erwischt, an dem ich durchgeschlafen hatte und nicht zur Unzeit aufgewacht war.

Und welche dramatischen Vorgänge oder Katastrophen hatten meine siebzigjährige Mutter veranlasst, meinen Schlaf zu stören?

Keine. Gar keine. Meine Mutter langweilte sich, das war alles.

Was bei uns los sei, fragte sie. Sie habe ja seit Tagen nichts mehr von mir gehört. Laberlaber.

Ihre Stimme drang frisch und ausgeruht durch den Hörer. Meine Mutter kannte Schlafstörungen nur vom Hörensagen und verstand überhaupt nicht, dass man früh um halb sieben Uhr noch schlaftrunken war.

Da ich sie einmal am Ohr hatte, erzählte ich ihr, dass Martin im Krankenhaus liege, sie sich jedoch keine Sorgen zu machen brauche, da er in den nächsten Tagen sowieso entlassen würde. Froh, endlich mal wieder ein wenig aufgeregt sein zu dürfen, wollte sie ihn sofort besuchen. Langsam glaubte ich, dass meine Mutter einen Grad an Senilität erreicht hatte, an dem sie nicht mehr bei sich war. Es war zwanzig vor sieben.

Ich beruhigte meine Mutter und beendete das Gespräch mit dem Versprechen, sie sofort anzurufen, wenn Martin wieder zu Hause wäre.

Kaum hatte ich aufgelegt und mich wieder entspannt in mein

Kopfkissen fallen lassen, fiel mir ein, dass ich durch die Shoppingtour mit der Baerenbaum und den frühnachmittäglichen Caipirinha vergessen hatte, dass ich gestern in Michaelsens Klinik vorbeikommen sollte.

Ich würde dort heute früh anrufen und mich entschuldigen. Fertig.

Die Oberschwester kam mir zuvor.

Pünktlich um neun Uhr meldete sie sich auf meinem Handy. Überrascht entschuldigte ich mich für mein Benehmen und versprach, über Mittag vorbeizuschauen. Mir war auf die Schnelle keine Ausrede eingefallen, und so sah ich mich um der guten Sitten willen geradezu gezwungen, meinem Mann einen Besuch abzustatten.

Blass und im Gesicht ein wenig hagerer als gewöhnlich, lag Martin im Bett und lächelte mir mit so viel naiver Freude entgegen, dass ich kurz davor stand, all meine Wut, all meine Enttäuschung und all meine Pläne über den Haufen zu werfen, zu vergessen, was geschehen war, und ihn postwendend mit nach Hause zu nehmen und aufzupäppeln. Damit würde ich mich in den Augen meiner Mama unmissverständlich als Versagerin outen, aber als Vorlage für eine Kinoromanze wäre die Versöhnung perfekt.

Allerdings behagte mir der Gedanke dann doch nicht, Protagonistin in einer Romanze zu sein.

Ich hatte Martin unterwegs ein paar Kirschen besorgt, die er mit einem Strahlen entgegennahm, als hätte er in den letzten zehn Jahren keine mehr gesehen. Ich grüßte ihn von Hedwig, die mir einen Strauß Blumen mitgegeben hatte, richtete ihm ihre besten Genesungswünsche aus und entschuldigte mein Fernbleiben am Tag zuvor.

Alles schien so zu laufen, wie es sich für eine funktionierenden Ehe gehörte. Theoretisch jedenfalls.

Während Martin ahnungslos und genussvoll eine Kirsche nach der anderen in den Mund schob, unterhielten wir uns über seine Operation, von der er nur vom Hörensagen wusste, und über Hedwigs Messer-Missgeschick, von dem er ebenfalls nur durch Dr. Michaelsens Erzählung Kenntnis hatte. Martin konnte sich an nichts, was mit seinem Unfall zu tun hatte, erinnern. Das war auch gut so, schenkte er doch Hedwigs Version zweifellos Glauben.

Im Gegensatz zu mir. Von Anbeginn an hatte ich am Hergang des Unfalls gezweifelt und befürchtet, dass Hedwigs übergroße Loyalität mir gegenüber der eigentliche Auslöser für Martins Verletzungen gewesen war. Unbestritten hatte sie sich erschrocken, als Martin zu einer so frühen Stunde hinter ihr aufgetaucht war. Und im ersten Schreck hatte sie das Messer gezogen. Doch es erschien mir in manchen Momenten gewiss, dass sie bewusst zugestochen hatte und Martin verletzen wollte, als sie ihn erkannt hatte.

Vielleicht sogar, um mich zu rächen.

Dieser Gedanke war nicht abwegig, denn Hedwig war altmodisch, und auf ihre verkorkste Art empfand sie Rache als romantischen Akt.

Nun gut. Niemand würde es ihr je beweisen können und das war in Ordnung.

Martin erwartete, dass er zwei Tage später, also am Samstag, aus der Klinik käme. Eine Rücksprache mit der Oberschwester bestätigte den Termin, der zwar ungewöhnlich war, aber Martin wollte nun einmal so früh wie möglich nach Hause. Michaelsen hatte schließlich nachgegeben, obgleich er Martin ursprünglich über das Wochenende beobachten und erst am Montag entlassen wollte.

Ich versprach Martin, ihn am Samstag früh abzuholen, und verließ die Klinik. Mir kam der Tag äußerst gelegen.

In Lisas Vorzimmer erwartete mich ein neuer Klient, Sven Schalmüller, ein netter, fünfunddreißigjähriger Computerspezialist, der schüchtern auf der Stuhlkante hin- und herrutschte, sich immer wieder an den Steg seiner Brille griff und sie auf der Nase hoch-und runterschob. Ich hatte den Eindruck, er war erleichtert, als ich mit zehnminütiger Verspätung eintraf und ihn aus Lisas Gesellschaft befreite. Ich sollte mich irren.

Als Sven Schalmüller mir schließlich gegenübersaß und über sich, seinen Beruf, seine Hobbys und seine Vorstellungen von einer Frau und einer Beziehung Auskunft gab, drehte er hochnervös seine Kaffeetasse auf dem Tisch. Noch nervöser wurde er, als Lisa unangemeldet hereinschoss und mir mitteilte, sie müsse jetzt dringend zum Zahnarzt, sie habe komplett vergessen, dass sie heute einen Termin habe.

Auch Lisa wirkte hektisch und nervös.

Sven Schalmüller nahm seine Tasse mit einer heftigen Bewegung auf, setzte zu einem Schluck an, begann gleichzeitig zu sprechen und verschluckte sich. Seine Worte erstickten in einem würgenden Husten.

Lisa eilte auf ihn zu und klopfte ihm auf den Rücken, derweil ich zu meinem Schreibtisch ging, nach einer Packung Tempotaschentücher griff und ihm eines reichte.

Der Hustenanfall legte sich. Sven Schalmüller saß da, mit hochrotem Kopf unter blondem, kurzem Strubbelhaar, putzte sich die Nase und wischte sich mit dem Taschentuch verlegen über Mund und Stirn.

Ich hatte mich wieder gesetzt und auf ein Abflauen des Hustens gewartet, derweil Lisa unentschlossen vor uns stehen blieb.

»Wenn Sie wollen, fahre ich Sie hin«, rang sich Sven Schalmüller zu einem Angebot durch.

Ich wollte schon antworten, dass das nicht nötig sei, da Lisa ein eigenes Auto besitze, hielt mich aber zurück. Über Lisas Gesicht glitt ein schnelles, erleichtertes Lächeln.

»Gerne doch«, erwiderte sie.

In dem Moment war ich mir sicher, dass ich Sven Schalmüller nicht zum letzten Mal gesehen hatte, ihn jedoch als Klienten abhaken konnte. Den würde Lisa verarzten.

Es war mir recht, ließ sie doch so von Theo E. Petrello ab. Dachte ich und nahm mir vor, den Mann mal wieder anzurufen.

Sven Schalmüller fuhr also Lisa zum Zahnarzt.

Ich hatte ihr den Rest des Nachmittags freigegeben und wandte mich, kaum hatten die zwei mein Büro verlassen, meinem, wie ich gestehen muss, etwas hinterhältigen Vorhaben zu.

Als Erstes rief ich Laura Hesselbach an, danach Sarah Baerenbaum. Beide bestellte ich für Samstag um elf Uhr zu mir nach Hause. Während ich Laura erläuterte, dass ich noch einmal mit ihr über meinen Mann sprechen wollte, erzählte ich der Baerenbaum, ich hätte eine Superidee: Wir könnten zum Lagerverkauf einer renommierten Hamburger Designerin fahren, die einmal im Jahr ihre Kollektion zu zwanzig Prozent des Ladenpreises verkaufte. Solchen Schnäppchen konnte keine Frau widerstehen. Auch nicht Sarah Baerenbaum. Weder die echte noch die schüchtern-geschmacklose Person, die sie mir vorgespielt hatte. Auf jeden Fall hatten Laura und Sarah Baerenbaum zugesagt, am Samstag zu kommen. Pünktlich.

Den Rest des Nachmittags verbrachte ich auf meiner Terrasse, ungestört sowohl von Lisa als auch von Hedwig, die ebenfalls ihren freien Nachmittag genommen hatte. Sie hatte einen Beutel mit altem Brot zurechtgemacht und war mit ihrer Vespa an die Alster geknattert.

Seit Jahr und Tag fuhr sie mit ihrem weinroten Roller auf dem Radweg entlang der Außenalster bis zu einer Bank gleich neben dem Bootsanleger *Alte Rabenstraße*. Die Vespa, auf der Hedwig mit ihrem quittegelben Helm thronte wie die Königin der Rothenbaumchaussee, brachte es zwar nur auf fünfundfünfzig Stundenkilometer, dennoch war die Benutzung des Radwegs mit dem Roller untersagt.

Wie so vieles scherte Hedwig dieses Verbot nicht. Erstens glaubte sie, auf dem Radweg schneller als auf der Straße zu sein – was während der Rushhour durchaus zutraf. Zum zweiten war sie nachdrücklich der Meinung, es wäre für sie weitaus ungefährlicher, den Radweg zu benutzen. Stimmte auch, denn Hedwigs Sehvermögen war ausgesprochen mangelhaft, was daran lag, dass sie seit zwanzig Jahren dieselbe Brille trug und ihre Sehstärke weder hatte überprüfen noch korrigieren lassen. Eine neue Brille hätte ihr nicht nur besser als das rosafarbene Kassenmodell aus den siebziger Jahren gestanden, sondern die optimierte Dioptrienzahl hätte das mangelhafte Sehvermögen auch wunderbar ausgeglichen.

Die illegale Benutzung des Radwegs kümmerte Hedwig also nicht. Und es interessierte sie ebenso wenig, dass sie den Roller frech und gleichermaßen verboten direkt am Wasser parkte. Sie nannte es ein in zehn Jahren erworbenes Gewohnheitsrecht, auf dem sie auch gegenüber einem Polizisten beharren würde. Doch zu solch einer Diskussion hatte sie bislang keine Gelegenheit erhalten, war sie doch noch nie von einem Polizisten oder einer Politesse angehalten worden. Die alte Dame hatte mehr Glück als Verstand, denn sie zöge den Kürzeren und erhielte eine beträchtliche Geldstrafe. Vielleicht würde man ihr sogar untersagen, weiterhin mit der Vespa zu fahren.

Nun gut. Jedenfalls fuhr sie zur Alster runter, um dort in aller Beschaulichkeit die Enten zu füttern und sich anschließend im Café *Alstereck* ein Stückchen Kuchen und ein Kännchen Kaffee zu gönnen. Regnete es in der Hansestadt, ließ Hedwig die Vespa in der Garage stehen, übersprang das Füttern der Enten und fuhr mit einem Taxi gleich ins Café *Alstereck*, wo sie über die Jahre zu einer gern gesehenen, weil unproblematischen Stammkundin geworden war. Die Bedienung des altehrwürdigen Cafés war in Hedwigs Alter und packte ihr auch gern den Kuchenrest ein, wenn es Hedwig unmöglich war, ein ganzes Stückchen Torte zu verzehren. Das eine oder andere Mal geschah es nämlich durchaus, dass Hedwigs Magen überfordert streikte und die Tortenaufnahme verweigerte. Zum einen war ihr Magen immer bestens gefüllt, aß Hedwig doch regelmäßig und ausnahmslos zu Mittag. Zum anderen knabberte sie, wenn sie gedankenverloren die Enten fütterte, gern selbst am altbackenen Brot, so dass es gelegentlich geschah, dass sie sich ein großes Stück Schwarzwälder Kirschtorte bestellte, dieses dann jedoch nicht aufzuessen vermochte.

Der Donnerstag verging und auch der Freitag zog ereignislos an Hedwig, Lisa und mir vorüber. Lisa schwärmte morgens, kaum dass sie mein Büro betreten hatte, von Sven Schalmüller, seinem Charme, seinem guten Benehmen und vor allem davon, dass er ihr die Autotür aufgehalten hatte, als er sie bei ihrem Zahnarzt ablieferte. Eine Geste, die sie schwer beeindruckt hatte.

Nachdem Lisa sich wieder in ihr Vorzimmer zurückgezogen hatte, gab ich für ein paar meiner Klienten einige Kontaktanzeigen in diversen Hamburger und überregionalen Zeitungen und Zeitschriften auf. Diese Anzeigen dienten nicht nur dem

Zweck, meinen vorhandenen Klienten neue Eheanwärter zuzuführen, sondern waren eine Art versteckter Kundenakquisition. Ein paar dieser Anzeigen schwemmten immer auch neue Klienten in meine Kartei und das war gut so.

Am Nachmittag besuchte mich eine ältere Dame, der ich einen Herrn vermittelt hatte, mit dem sie nichts anfangen konnte, und der ich nun das Profil eines anderen Kandidaten überreichte.

Hedwig erledigte den wöchentlichen Hausputz, während Lisa im Vorzimmer thronte und ein paar Briefe tippte, die ich am Morgen in den Rekorder diktiert hatte.

Am Abend, als Lisa längst gegangen war und Hedwig in ihrem Häuschen saß und fernsah, wie das Licht anzeigte, das flimmernd aus den Wohnzimmerfenstern strahlte, holte ich zwei Umzugskartons aus dem Keller, wo sie noch unversehrt von Martins und meinem Einzug dreizehn Jahre zuvor standen.

Ich ließ mir Zeit und überlegte genau, welche Sachen ich Martin für die ersten Tage seiner neuen Freiheit zusammenpacken wollte. Von den Socken über die Unterhosen bis hin zu passenden Krawatten und Sommeranzügen baute ich kleine Stapel, um den Überblick zu behalten.

Wenn ich den Mann schon rauswarf, sollte er zumindest gut gekleidet sein.

Das war ich meiner Ehe und meiner Ehre schuldig.

Ich war mir sicher, dass es nicht den Gepflogenheiten entsprach, seinen Ehemann vor die Tür zu setzen, kaum dass er aus dem Krankenhaus entlassen wurde. Ich war mir allerdings auch sicher, dass Martins Eheversprechen, das er großzügig gleich zwei anderen Frauen gegeben hatte, ebenfalls nicht dem normalen Gebaren unter Eheleuten entsprach.

Das Aussuchen, Sortieren und Zusammenpacken einer sommerlichen Grundgarderobe hielt mich bis kurz vor Mitternacht auf Trab. Derart beschäftigt, hatte ich weder Muße noch Zeit, über meine Entscheidung nachzudenken. Kaum hatte ich die Kartons sorgfältig neben der Eingangstür abgestellt, schlich ich die Treppe hinauf in mein Schlafzimmer, wo ich mich in meinem mir nun allein gehörenden Doppelbett ausstreckte und friedvoll einschlief.

Am nächsten Morgen erwachte ich dennoch viel zu früh. Ein Blick auf meine Uhr sagte mir, dass es halb fünf war. Mein inneres Tonband hatte mich geweckt. Es intonierte in meinem Kopf immer dieselben Fragen: »Ist es richtig? Bist du dir sicher?« Ruhelos wälzte ich mich hin und her und gegen halb sechs gab ich es endgültig auf, mich gegen die innere Unruhe zu wehren. Noch ein wenig morgenmüde stand ich auf, kuschelte mich in meinen orangefarbenen Fleecemantel und tappte in die Küche, um mir einen Kaffee zu kochen.

Während das Wasser in der Espressomaschine heiß wurde, ging ich ins Wohnzimmer und holte ein paar Fotoalben aus dem Bücherregal. Bereits vor unserer Eheschließung hatte Martin damit begonnen, gelegentliche Schnappschüsse mit Unterschrift und Datum zu versehen und sie ordentlich in Alben einzukleben. So hielt ich eine fast komplette fotografische Übersicht über die wichtigsten Stationen meiner Ehe in den Händen. Gedankenverloren setzte ich mich an den Küchentisch und verbrachte die nächsten zweieinhalb Stunden damit, meine Ehe Revue passieren zu lassen. Von meiner Hochzeitsfeier in Hamburg über meine Hochzeitsreise nach Singapur, diverse Urlaube in den USA und Asien bis hin zu Oster- oder Pfingstausflügen waren alle Reisen, Picknicks mit Bekannten und Familienfeiern wie der sechzigste Geburtstag meiner Mutter auf Bildern festgehalten.

Martins liebevoll geführtes fotografisches Ehetagebuch passte so gar nicht zu seinen außerehelichen Eskapaden. Ich musste mich sehr zusammenreißen und presste beim Anblick unserer Zweisamkeit mehr als einmal die Zähne an das Porzellan der Tasse, um nicht unkontrolliert loszuheulen.

Gegen neun Uhr kam Hedwig in die Küche, sah die Alben auf dem Küchentisch und wie ich die Kaffeetasse zwischen den Fingern drehte, und verwickelte mich in ein Gespräch über Eule. Ich hatte nur wenig Lust, über die Riesenhündin zu plauschen, und versuchte, Hedwigs Erguss Einhalt zu gebieten.

»Hedwig, bitte lass mich einen Moment in Ruhe.«

»… und dann hat sie den Schädel ausgegraben. Und Martins Hemd.« Hedwigs Stimme klang unbeteiligt und so, als würde sie mir erzählen, dass sie zu Mittag einen Salat zubereiten wollte.

Ich war mit meinen Gedanken noch bei einem der letzten schönen Urlaubstage, die Martin und ich über Ostern in Südtirol nahe Bozen verbracht hatten, als Hedwigs Satz zu meinem Verstand durchdrang.

»Was hat sie?«

»Den Schädel wieder ausgegraben. Gestern Abend. Gegen halb zwölf stand sie mit dem Ding vor meiner Tür. Ich hab mit ihr geschimpft und sie hinten am Schlafittchen gepackt. Das fand sie gar nicht gut. Sie hat mich richtig angeknurrt und die Zähne gefletscht. Das hat mich aber alles nicht beeindruckt. Na ja, und ich wollte dich ja auch nicht stören. Ich dachte, du hättest einen anstrengenden Tag hinter dir, und deshalb habe ich ihn allein wieder eingegraben. Und das Hemd gleich mit. Der Ärmel schaute aus der Erde.«

»Aber du konntest doch gar nichts sehen.«

»O doch. Mehr als genug. Erstens wird es ja gar nicht so stockdunkel wie im Winter. Und zweitens war der Himmel komplett wolkenlos und der Mond schien ganz hell. Und dann hab ich einfach vier oder fünf von deinen Partyfackeln mitgenommen und die Dinger haben dann genügend Licht gegeben.«

»Und bist du sicher, dass der Schädel tief genug vergraben ist? Schließlich würde es nichts bringen, wenn Eule alle paar Tage mit dem Ding durch den Garten läuft.«

»Ich weiß nicht, aber ich denke schon.«

Ich ging schließlich mit Hedwig zu dem Flieder hinterm Haus. Lisa hatte sich das letzte Mal sehr viel Mühe gegeben, die kahle Stelle mit den sorgsam abgetragenen Rasenstücken zu bedecken und den kleinen Hügel mit Hilfe ihres Springseils einzuebnen.

Hedwigs Aktion hatte Lisas Mühe zunichte gemacht. Ein unsymmetrisch aufgeworfener Erdhügel wölbte sich unter dem Strauch und unförmig abgestochene Rasenstücke lagen wild verteilt darauf herum. Hedwig mochte eine Perle sein, was den Hausputz, das Organisieren von Handwerkern, das Beschneiden von Pflanzen und dergleichen Tätigkeiten betraf. Im Vergraben von Totenköpfen und blutigen Hemden war sie eine Fehlbesetzung, nachgerade eine Niete. Als Mordkomplizin sollte man Hedwig besser nicht einspannen. Es reichte schon die Nummer mit unseren Toten in Bremsnitz und der Harke. Hedwig war ein Dussel.

Ich starrte nach unten. Es war mir unverständlich, wie Eule den Schädel lokalisiert und dann ausgebuddelt hatte, und es schien nur eine Frage der Zeit zu sein, wann sie mit dem Teil neuerlich durch den Garten traben würde. Bestens gelaunt, versteht sich, während Hedwig Panikattacken bekäme.

Der Morgen war kühl. Seit dem Gewitter drei Tage zuvor waren die Temperaturen merklich zurückgegangen. Pflanzen und Menschen atmeten auf. Na ja, zumindest meinen Rosen gefielen die weitaus moderateren Temperaturen. Hedwig persönlich machte Hitze nichts aus. Sie war nur genervt, weil die hochsommerlichen Temperaturen dazu führten, dass sie die Pflanzen morgens und abends wässern musste. Ein Arbeitsaufwand, der ihr in ihrem Alter längst zu viel war. Dennoch wollte sie sich nicht mit dem Gedanken vertraut machen, diese Arbeit jemand anderem zu überlassen.

»Vielleicht sollten wir ein paar Blumen unter dem Flieder anpflanzen«, bemerkte Hedwig. Ich schüttelte den Kopf.

»Das verhindert doch Eules Buddelei auch nicht. Oder hast du schon mal bemerkt, dass die Hündin auch nur im Entferntesten darauf Rücksicht nimmt, ob sie sich auf einem Beet befindet oder nicht?«

Hedwig schüttelte resigniert den Kopf.

»Aber vielleicht können wir Knoblauch, Lavendel, Minze oder andere Kräuter anpflanzen, deren Eigengeruch so stark ist, dass er den Geruch von Martins Sachen oder den des Schädels überdeckt. Was meinst du?«

Die Idee gefiel mir und wir beschlossen, es auf einen Versuch ankommen zu lassen. Hedwig wollte mit ihrer Vespa in die Gärtnerei fahren, derweil ich Martin aus der Klinik abholte.

Ein Blick auf die Uhr zeigte an, dass es höchste Zeit war, mich auf den Weg zu machen.

Ich lief ins Haus zurück und schob die Umzugskartons vor mir her nach draußen auf die Auffahrt.

»Was ist das denn?«, fragte Hedwig, als sie die braunen Kartons sah. Ich erläuterte ihr hastig mein Vorhaben. Sie schüttelte ungläubig den Kopf und versuchte mich zu überreden, noch einmal eine Nacht darüber zu schlafen. Ich blieb unerbittlich bei meinem Nein. Außerdem hatte ich es eilig und keine Zeit für unnütze Diskussionen.

Ich schnappte mir Martins Limousine und machte mich auf den Weg in die Klinik, um meinem Mann den letzten Gefallen in dieser Ehe zu erweisen.

Im Krankenhaus angekommen, führte mich die Schwester ins Chefarztzimmer. Dr. Michaelsen persönlich erwartete mich, um mir noch ein paar Ratschläge für Martins Pflege mit auf den Weg zu geben. Darüber hinaus warnte er mich, Martin könne durch den Schlag auf den Kopf immer mal wieder kleine Aussetzer haben. Das würde eventuell ein paar Wochen lang anhalten, doch dann sollte sein Gedächtnis wie gehabt funktionieren.

Nachdem er mir auch noch Karte und Anfahrtskizze des Rehazentrums am Winterhuder Fährhaus überreicht hatte, gingen wir zusammen zu Martin, der bereits in der klinikeigenen Cafeteria auf mich wartete.

Höflich bedankte sich mein Mann bei Dr. Michaelsen für seine Hilfe und versprach, noch am selben Tag Termine im Rehazentrum auszumachen.

Wir verabredeten mit Michaelsen einen Termin für die erste Nachuntersuchung und dann schob ich meinen Mann aus der Klinik hinaus auf den Parkplatz. Zwei Sanitäter halfen mir, Martin aus dem Rollstuhl ins Auto zu heben, den Stuhl zusammenzuklappen und hinten im komfortablen Kofferraum der Limousine zu verstauen. Passte wunderbar. Der klinikeigene Fahrdienst hätte Martin sehr wohl nach Hause gebracht, aber mein Mann hatte darauf bestanden, dass ich ihn abholte, und ich hatte eingewilligt, um den Schein zu wahren. Ich hatte keine Lust, mit meinem Hausarzt mehr Gespräche über mich, Martin und meine Ehe zu führen, als unabdingbar waren.

Kurz nach halb elf kam ich zu Hause an. Hedwig war noch nicht von ihren Kräutereinkäufen zurück und so plagte ich mich gemeinsam mit Martin, ihn aus dem Auto in den Rollstuhl zu bugsieren. Als er endlich drinsaß, strahlte er mich an.

»Ich bin froh, wieder zu Hause zu sein.«

Der Mann glaubte unbeirrbar, alles wäre wunderbar und ich blöd genug, ihm seine Geliebten zu verzeihen.

Ich strahlte nicht zurück, sondern kauerte mich neben ihn und wies auf die zwei Kartons, die nur einen halben Meter neben seinem Rollstuhl standen.

»Die gehören dir.«

»Wie?«

»Die Kartons. Ich habe alles Notwendige eingepackt. Von diversen Versicherungsunterlagen, die hier noch herumlagen, bis zu deinen Sommeranzügen, T-Shirts und so weiter. Na ja, eben alles, was man am Anfang so braucht. Ich hab sogar deinen Nassrasierer und deine elektrische Zahnbürste eingepackt, dein Deo und dein Parfüm. Ich denke, damit kommst du erst einmal über das Wochenende. Und alles Weitere kannst du dir ja dann nächste Woche beschaffen.«

Während meines Monologes hatte Martin versucht, mich zu unterbrechen, doch ich hatte seine Einwürfe ignoriert.

»Und was soll das geben?«, fragte er mich mit vorwurfsvoller Stimme, nachdem ich geendet hatte.

»Ich will die Scheidung.«

Mein Mann starrte zu mir hoch. »Nach dreizehn Jahren?«

»Warum nicht?«

»Das macht doch keinen Sinn.«

»Für mich schon. Ich werde mich nicht weiterhin mit einem Mann auseinander setzen, der mich seit Jahren mit anderen Frauen betrügt – was ja noch gerade angeht. Aber du musstest denen ja sogar Heiratsanträge machen und das, mein lieber Martin, ist absolut indiskutabel.«

Bei meinem letzten Satz sank Martin im Rollstuhl sichtbar in sich zusammen.

»Das stimmt doch gar nicht«, setzte er meinem Anwurf lahm entgegen.

»Hör auf, Martin. Versuch gar nicht erst, es zu leugnen. Mit Laura willst du gar nach Mallorca auswandern und Tomaten anbauen und der Baerenbaum hast du ebenfalls einen Antrag gemacht. Nur ich, ich komme in deinen Plänen für die Tomatenzucht nicht vor. Du wirst verzeihen, wenn ich das blöd finde und meine Konsequenzen ziehe. Und deshalb schmeiße ich dich raus.«

Martin guckte wie ein Schwein ins Uhrwerk. Sein Verstand hatte den Abflug gemacht. Wo auch immer er sich rumtrieb, in Martins Gehirn jedenfalls nicht.

»Aber«, hob er stotternd und nach Worten ringend an. »Aber … du ka… kannst doch nicht einfach so… die Scheidung einreichen. Das ge … eht doch nicht. Man muss do… och so ein Trennungs … jahr haben.«

»Doch, das geht sehr wohl. Ich behaupte einfach, wir lebten zwar im selben Haus, führten aber schon seit geraumer Zeit ein getrenntes Leben. Als Beweise benenne ich einen Hightechdildo mit Lithiumbatterie und Sechsgangschaltung, Laura Hesselbach und Sarah Baerenbaum. Also, leb wohl.«

Ich drehte mich um und hastete die Einfahrt hoch. Ich hörte hinter mir ein »Wieso einen Dildo mit Sechsgangschaltung? So etwas hast du doch gar nicht«.

»Hab ich doch!«, rief ich über die Schulter zurück und hastete weiter.

»Claire, komm zurück. Bitte. Lass uns reden. Was hat denn ein Dildo mit unserer Scheidung zu tun? Ich verstehe das nicht.«

Ich drehte mich nicht um. Mein Bedarf an unerquicklichen Aussprachen war für diesen Tag gedeckt. Und so eine dämliche Frage. Einen Dildo benötigte ich, wenn die Zahl meiner Orgasmen zu wünschen übrig ließ oder mich Depressionen überrollten. Ist ja wohl logisch.

Da ich ab sofort in Scheidung lebte, würde ich mir zur Bekämpfung meiner Trauer nicht einfach mal einen Liebhaber nehmen. Erstens wäre das blöd, denn wie stünde ich vor dem Scheidungsrichter da, wenn das rauskommt? Und zum zweiten war eine Scheidung etwas, das einen aller Erfahrung nach mitunter geradezu zwangsweise depressiv machte. Da kam es dann zu depressiven Dunkelphasen, man erlebte. Abende mit Heulkrämpfen und Verzweiflungsattacken, Mordgelüsten und Selbstmordgedanken. Und in solchen Momenten konnte ich einfach keinen Liebhaber gebrauchen. Gemeinhin hatte auch ein Liebhaber seine Ansprüche und die würden mich dann schlicht überfordern.

Das war einer der Gründe, weshalb ich Theo Ernst Petrello in den letzten Wochen zwar immer anrufen wollte, es aber bis heute unterließ, und weshalb ich inzwischen einen Hightechdildo besaß. Einem Dildo war es egal, welche seelischen Müllberge sich gerade vor mir auftürmten. Ein Liebhaber würde es gemeinhin bemerken, zumindest ein so sensibler wie Theo Ernst Petrello. Und das wäre einem solchen Menschen gegenüber unfein und unfair.

Martins Verhalten an jenem Morgen war mal wieder typisch. Erst baute der Mann hinter meinem Rücken eine Riesenscheiße, dann flog die auf und anschließend wollte er mit mir reden, beziehungsweise mir einreden, dass alles halb so schlimm und ganz schnell zu richten sei.

Dabei waren die Dinge längst gelaufen. Das hatte der Mann nur noch nicht begriffen.

Es war mittlerweile kurz vor elf Uhr und Sarah Baerenbaum und Laura Hesselbach mussten jeden Moment auf die Auffahrt einbiegen.

Ich hatte inzwischen längst das Haus erreicht, schlüpfte hinein, und als ich aus Martins Blickfeld verschwunden war, rannte ich durch die Halle und die Treppe hinauf zum ersten Stock. Außer Atem und nach Luft japsend wie ein Fisch auf dem Trockenen, stellte ich mich im Schutz der seitlich gerafften Vorhänge hinter das angekippte Korridorfenster, das direkt über der Eingangstür lag. Nicht unbedingt ein Logenplatz, aber einen besseren gab es nicht.

Zwei Minuten vor elf Uhr bog Laura Hesselbach in einem dunkelblauen Golf um die Ecke, fuhr die Auffahrt halb hoch, bis sie Martin erreichte, und hielt abrupt an.

Sie kurbelte das Fenster herunter und sprach mit ihm. Ich konnte nicht hören, was sie miteinander redeten. Doch schließlich sprang Laura wenig grazil aus dem Auto, lief die letzten fünfzig Meter wie von der Tarantel gestochen auf mein Haus zu, läutete Sturm und rief immer wieder meinen Namen.

Ich hatte mir vorab überlegt, dass ich unter keinen Umständen die Tür öffnen wollte. Nun aber, da Laura panikgeschüttelt vor meiner Haustür stand, ging ich gegen meine Überzeugung hinunter und öffnete sie.

»Was soll das denn, Frau Hillger?«, keuchte Laura. »Ich dachte, Sie hätten mir geglaubt, dass ich Ihren Mann verlassen habe.«

»Das habe ich sehr wohl«, entgegnete ich. »Aber schauen Sie, mal unabhängig von Ihrer Entscheidung, trenne ich mich ebenfalls von ihm. Und Sie sind sowohl seine Angestellte als auch seine, na, nennen wir es mal, Freundin. Nehmen Sie ihn und werden Sie glücklich mit meinem Mann. Ich habe mit ihm definitiv nichts mehr am Hut.«

Laura Hesselbach schob ihren Kopf nach hinten, drückte das Kinn Richtung Brustbein, bekam dadurch ein unattraktives Doppelkinn und spitzte ihren Mund.

Die Frau wirkte innerhalb eines Lidschlags zehn Jahre älter.

»Das können Sie doch nicht machen, Frau Hillger. Er ist juristisch immer noch Ihr Mann und er ist hilfsbedürftig und Sie sind verpflichtet …«

»Kommen Sie mir jetzt nicht mit der juristischen Seite oder der Mitleidsschiene«, unterbrach ich ihre atemlos hervorgestoßene Satzkanonade. »Da beißen Sie auf Granit. Es gibt private Pflegedienste, freiberufliche Krankenschwestern. Es gibt Sie und Sarah Baerenbaum. Der Mann ist also bestens versorgt.« Laura schüttelte fassungslos den Kopf mit dem halblangen Haar und sagte: »Wir beide hätten Freundinnen werden können.«

»Nein, das hätten wir nicht. So naiv können Sie unmöglich sein«, entfuhr es mir. »Sie erwarten doch nicht ernsthaft, dass Sie mit meinem Mann eine Affäre haben und wir dann beste Freundinnen werden. Das ist unangemessen und peinlich.«

Laura senkte betreten den Kopf, so dass das Doppelkinn wieder hervortrat und sie mir fast Leid tat. Mit einer kleinen Bewegung ihrer Schultern drehte sie sich um und ging die Eingangsstufen hinunter. Am Ende der Treppe angelangt, wandte sie sich noch einmal um zu mir, die ich in der Eingangstür reglos verharrte.

»Das hätte ich Ihnen nicht zugetraut. Mich so zu überrumpeln. Nicht nach unserem Gespräch. Allerdings muss ich zugeben, dass ich Sie verstehe.«

Ich entgegnete nichts, mein Blick schweifte von Laura zu Martin und weiter zum Ende der Auffahrt, in die gerade der Mercedes von Sarah Baerenbaum einbog.

Ich schloss die Tür und begab mich hastigen Schrittes erneut auf meinen Beobachtungsposten im ersten Stock. Laura ging auf Martin zu, den Rücken durchgedrückt, den Kopf wieder stolz erhoben. Ihr glockiger Rock schwang im Rhythmus ihrer Schritte in kleinen Wellenbewegungen auf und nieder.

Sarah Baerenbaum fuhr an Martin vorbei. Sie hatte die Hand mechanisch zu einem Winken erhoben, als sie realisierte, dass sie tatsächlich an meinem Mann vorbeifuhr. Und der hatte nicht hier, sondern ihren Informationen zufolge in St. Petersburg zu sein.

Sarah Baerenbaum trat abrupt auf die Bremse. Die Reifen quietschten kurz auf und ihr Kopf mit der rotgoldenen Mähne wippte nach vorn und zurück. Schließlich kam der Mercedes kurz hinter Martins Rollstuhl zum Stehen. Nach einer Schrecksekunde stieg die Frau wenig elegant aus dem Wagen. Inzwischen hatte auch Laura Martin wieder erreicht und versperrte mir für einen Augenblick die Sicht.

Einen kurzen Moment später sah ich die drei wild gestikulieren, hörte schließlich die sich überschlagende Stimme von Laura und das Keifen von Sarah Baerenbaum, vernahm dazwischen die Stimme meines Mannes, der die Situation zu entspannen trachtete, jedoch nichts erreichte. Schließlich gab Martin auf und hielt den Mund, was in der Situation das Vernünftigste war.

Sarah Baerenbaum beschimpfte Laura Hesselbach als Sekretärinnenschnepfe, während Laura die Baerenbaum zur hinterhältigen Ehebrecherin erklärte.

Ich grinste vor mich hin und genoss das Theater vor meinem Haus. Sollten die zwei sich doch so lange streiten, wie sie wollten. Ich als Zuschauerin fühlte mich blendend.

Ich fühlte mich in dem Moment nicht mehr blendend, als meine Mutter in ihrem alten Mercedes um die Ecke bog, das Auto hinter dem von Sarah Baerenbaum parkte, ausstieg und verwundert auf die Szene starrte. Sie hatte einen riesigen Blumenstrauß im Arm und wusste ausnahmsweise einmal nicht, wie sie sich verhalten sollte. Weder Sarah Baerenbaum noch Laura Hesselbach bemerkten meine Mutter.

Martin hob zum Gruß zögernd die linke Hand, zuckte dabei hilflos mit den Schultern und wies mit der anderen Hand auf das Haus.

Noch weniger blendend fühlte ich mich, als der Vibrationsalarm meines Handys losging.

Während meine Mutter, die zu einem fliederfarbenen Kostüm hohe, violette Sandaletten mit einer fliederfarbenen Schleife trug, mit einem vollendet eleganten Gang, der auf ein jahrzehntelanges Training hindeutete, auf unser Haus zuging, hatte ich Knut Meiser im Ohr.

Der Mann teilte mir mit, ich möge bitte nicht die Tür öffnen, sollte es in den nächsten zehn Minuten klingeln. Sarah Baerenbaum sei auf dem Weg zu mir. Ich lachte auf, derweil ich die Treppe zur Haustür hinunterlief. »Sie sind nicht auf dem Laufenden. Die Frau steht längst vor meinem Haus«, sagte ich, öffnete die Tür, bevor meine Mutter klingelte, und zog die erstaunt dreinblickende Frau in den Korridor.

»Ich hab sie selbst herbestellt«, sagte ich zu Meiser, während ich meiner Mutter bedeutete, den Mund zu halten.

Ich hörte, wie Meiser am anderen Ende des Telefons tief und lang einatmete. Bevor er seine Atemluft nutzten konnte, um mich lautstark zusammenzustauchen, weil ich ihn ein weiteres Mal nicht informiert hatte, berichtete ich ihm, dass ich mich gerade von meinen Mann trennte. Mit einem Rauswurf.

Meiser setzte zu einer Erwiderung an, doch ich hängte ihn ab, entwand meiner Mutter den Blumenstrauß, den sie fest an die

Brust gedrückt hielt, zog sie in die Küche und lieferte auch ihr eine Schnellversion der ehebrecherischen Aktivitäten meines Mannes, während ich die Blumen mechanisch in einer Vase arrangierte.

Meine Mutter wollte mich wie zuvor Knut Meiser in eine Diskussion verwickeln, doch ich zog sie kurz entschlossen hinauf in die erste Etage, wo wir beide, verborgen hinter den Vorhängen, dem Treiben auf der Auffahrt folgten.

Sarah Baerenbaum hatte sich in der Zwischenzeit vor Martin aufgebaut und forderte ihn mit erhobener Stimme auf, er müsse eine Wahl treffen. Sofort und ohne Wenn und Aber.

Laura Hesselbach stand derweil schweigend hinter Martins Rollstuhl und streichelte hingebungsvoll, doch mit hektischen Bewegungen seinen Kopf.

Meine Mutter wies mit dem Finger auf Laura. »Das darf ja wohl nicht wahr sein. Die benimmt sich ja wie seine Ehefrau«, empörte sie sich.

»Hab ich dir doch gesagt«, zischte ich meine Mutter an und bat sie genervt, sie möge jetzt Ruhe geben, sonst könne man überhaupt nichts mehr verstehen.

Viel hörten wir ohnehin nicht.

Martin schwieg – offenbar entsetzt von Sarahs Forderung – vor sich hin, Laura streichelte weiter schweigend sein Haar.

Sarah Baerenbaum stupste ihn an. »Hey, antworte mir!« Ihre Stimme drang schrill zu mir hoch.

Martin schaute hilflos auf seine Füße hinunter und sagte immer noch nichts, während Sarah Baerenbaum sich mit in den Hüften gestemmten Händen zu ihm hinunterbeugte und ihn anbrüllte, er solle sich entscheiden. Als sie sich aufrichtete, fragte meine Mutter mich, ob ich den Speichelfaden sähe, der an Martins linker Wange herunterlief.

Ich sah ihn und Martin spürte ihn. Der Mann fummelte nervös ein Taschentuch aus der Anzugjacke und wischte sich wortlos und mit angewidertem Gesicht die Wange ab.

Sarah Baerenbaum ließ sich nicht einmal zu einer Entschuldigung herab. Vielleicht hatte sie im Eifer ihrer emotionalen Wallung nicht bemerkt, dass sie meinen Mann angespuckt hatte. Ein Fauxpas der unentschuldbaren Art, in den Augen meines Gatten jedenfalls.

Den Mann ekelte nämlich nichts mehr als der Gedanke, mit der Körperflüssigkeit anderer Leute in Kontakt zu geraten. Egal, ob es sich nun um Schleim, Spucke, Urin oder Sperma handelte. Martin war einer der wenigen Männer, die ich kannte, der standhaft verweigerte, öffentliche Toiletten zu benutzen, wobei die Vorstellung, ein Urinal benutzen zu müssen, ihn geradezu erbleichen ließ. Mein Mann hatte also den Speichelfaden bemerkt. Und er hasste es, den Speichel anderer Leute im Gesicht zu haben.

Sarah Baerenbaum starrte meinen in seinem Ekel erstarrenden Mann ungläubig an, holte einmal weit aus und knallte dem hilflos in seinem Rollstuhl sitzenden Martin eine, so dass sein Kopf in Lauras Bauch landete. Wutschnaubend und mit weit ausholenden Schritten stakste Sarah Baerenbaum zu ihrem Cabrio zurück, ließ sich hineinfallen, schloss das Verdeck, als könnte sie es nicht ertragen, in der Stunde ihrer Niederlage gesehen oder gar erkannt zu werden, und brauste davon.

Martin griff sich an den Kopf und verharrte einen Moment wie betäubt.

Laura Hesselbach sah dem Auto nach, kratzte sich nervös die Kopfhaut, zückte schließlich, ganz pragmatische Sekretärin, ein Handy und begann zu telefonieren.

Während sie telefonierte, begann Martin, seinen Rollstuhl auf unser Haus zuzurollen. Ich dachte, mich tritt ein Pferd. Ich wollte den Mann unter keinen Umständen noch einmal sehen oder gar sprechen.

Meine Mutter musste Ähnliches durch den Kopf gehen.

»Was will Martin denn noch? Ich denke, du hast alles geklärt?«

»Hab ich ja auch.«

»Bist du dir sicher?«

Ich antwortete nicht.

»Gut, gut. Wenn du einverstanden bist, gehe ich jetzt runter und rede mal ein paar Takte mit ihm.«

»Wir brauchen doch nicht zu öffnen«, erwiderte ich.

»Claire, auch wenn du dich von ihm trennst, gehört sich ein solches Benehmen keinesfalls«, appellierte meine Mutter an meine Erziehung.

»Es gehört sich auch nicht, ihn in dem Zustand rauszuwerfen«, stellte ich richtig.

»Das mag schon sein, besitzt in Anbetracht der zwei Frauen da unten aber zumindest eine logische Konsequenz«, sagte meine Mutter, winkte aber zugleich ab. »Also, lass mich mit ihm reden. Bis jetzt hat es noch immer gewirkt, wenn ich mit ihm gesprochen habe.«

Es war mir völlig egal, wer hier noch mit wem sprechen wollte, musste oder konnte. Hauptsache, ich musste mich nicht mehr damit auseinander setzen.

Für mich war diese peinliche Szene das definitive Ende meiner Ehe. Und der Schlussstrich unter dreizehn Jahren Zweisamkeit mit ein und demselben Mann.

Heute Abend würde ich Theo Ernst Petrello anrufen. Es war an der Zeit, auf andere Gedanken zu kommen, und eine Affäre war dafür bestens geeignet.

Immerhin war ich momentan nicht deprimiert.

Ich ging nach hinten auf die Terrasse, legte mich in meinen Liegestuhl und griff mir die Tageszeitung, während meine Mutter Martin die Haustür öffnete. Allerdings fertigte sie ihn kurz angebunden zwischen Tür und Angel ab.

Wohl formuliert, doch mit befehlsgewohnter Stimme wies meine Mutter meinen zukünftigen Exmann darauf hin, dass er besser daran tue, meinen Scheidungswunsch zu respektieren. Ich könne ihm sonst über unsere Familienanteile an seiner Firma erheblichen Ärger bereiten. Daran hatte ich zwar überhaupt noch nicht gedacht, aber meine Frau Mama hatte Recht.

Martin fuhr seinen Rollstuhl wortlos zu Laura Hesselbach zurück, die mit Tränen in den Augen auf ihn wartete, wie mir meine Mutter erzählte. Sie hatte einen Blick auf die Frau erhascht, als die Ärmste sich nach dem Telefonat suchend nach Martin umdrehte.

»Die hast du aber reingelegt.«

»Nein, hab ich nicht. Ich hatte keine Ahnung, wie sich das entwickeln würde.«

»Wer's glaubt!«, lachte meine Mutter, lenkte dann jedoch ein. »Es ist auch ziemlich gleichgültig. Sie hat schließlich deinen Mann verführt.«

»Mama! Nun sei mal nicht so altmodisch. Frauen sind nicht automatisch und alleine schuld. Vielleicht hat Martin ja auch sie umgarnt und verführt, wie du es so schön nennst. Zuzutrauen wäre es ihm. Und sie war seine Sekretärin. Wie sollte sie seine Avancen da ignorieren oder ihm aus dem Weg gehen?«

»Wenn sie schlau ist, wirft sie den Mann ganz schnell raus«, ließ meine Mutter mich an ihren Gedanken teilhaben.

»Erfahrungsgemäß – und ich hab ja nun in meinem Leben so manche Ehe scheitern sehen – bleiben Männer nicht bei den Geliebten, deretwegen ihre Ehen zerbrochen sind. Wahrscheinlich, weil an diesen Frauen dann doch zu viele ungute Erinnerungen hängen.« Der Monolog meiner Mutter hielt, wie so häufig, eine Weile an. Ich hörte sie reden, ohne ihr wirklich zuzuhören, bis sie sagte, sie könnte mir für den Rest des Tages Gesellschaft leisten.

Das fehlte mir gerade noch. Ich bat sie, mich allein zu lassen. Ich musste meine Gedanken ordnen, die sich in einem Irrgarten aus aufgewühlten Emotionen verlaufen hatten und dringend einer Wegbeschreibung bedurften. In dem Chaos fand sich ja kein Mensch mehr zurecht.

Kaum war meine Mutter gegangen, bog Hedwig um die Ecke auf die Terrasse. Wie immer, wenn sie mit dem Roller unterwegs war, sah sie am Kopf zerzaust aus. Durch den Helm lag das dauergewellte Kurzhaar platt am Kopf an und ließ Hedwigs Wirbel, derer sie gleich zwei besaß, einen am Hinterkopf und einen an der rechten Schläfe, in ihrer ganzen störrischen Pracht hervortreten.

Angetan mit dem dunkelblauen Kleid mit dem weißen Spitzenkragen, weißen Gesundheitssandaletten und einem leuchtend blauen Neopren-Nierengurt, unter dem das Lederfutteral mit dem Küchenmesser baumelte, trug sie in der linken Hand den quittegelben Sturzhelm und in der rechten einen kleinen Spankorb mit einer Kollektion Kräuter.

Die Kräuter kamen mir gerade recht. Ich schnappte mir den Korb mit den Pflanzen und ging nach hinten auf das Grundstück, um Eules Buddelstelle zu begrünen. Ich hoffte sehr, die Hündin wäre durch die intensiven Gerüche so irritiert, dass sie die Suche nach dem Schädel oder Martins Sachen aufgab.

Noch während ich den Boden für die Pflanzen vorbereitete, eilte Knut Meiser über den Rasen auf mich zu. Hinter ihm rannte Hedwig, die sich mühte, mit ihm Schritt zu halten.

»Hallo, Herr Meiser«, begrüßte ich ihn in der Hoffnung, er käme nicht extra hierher, um mir die Leviten zu lesen.

»Wenn Sie noch einmal die Baerenbaum treffen und mich nicht darüber informieren, lege ich umgehend meinen Auftrag nieder. Ist das klar?« Meisers Stimme zischte wie ein Wasserkessel unter Überdruck, der bereit war, jeden Moment zu explodieren.

»Sind Sie eigens deswegen hergekommen? Um mir das anzudrohen?«

Ich richtete mich auf und sah ihm ins Gesicht.

»Sicher, oder nein, ich hab mir auch Sorgen gemacht, als ich erfuhr, dass die Baerenbaum bei Ihnen ist. Man weiß ja nie. Und ob Sie sich unter Kontrolle haben, das weiß man bei Ihnen auch nicht wirklich.« Seine Stimme vibrierte noch immer zornig.

Meiser und ich stritten uns auf eine spielerisch harmlose Weise darüber, ob ich ihn informieren musste oder nicht. Hedwig stand schweigend daneben und Eule rannte mit einem zerknautschten Gummiball im Maul auf uns zu und jaulte glücklich, weil sie so viele Menschen traf. Sie versprach sich einen Spielgefährten, doch keiner von uns unternahm Anstalten, mit ihr um den Ball zu zerren.

Derweil sich Eule abwartend zu unseren Füßen legte, versprach ich Meiser schließlich hoch und heilig, ihn das nächste Mal zu informieren, sollte Sarah Baerenbaum mich anrufen oder gar aufsuchen.

Ich war mir nach dieser Szene vor meinem Haus jedoch fast sicher, dass ich nie wieder etwas von ihr hören würde.

Meiser blieb skeptisch. Er sollte Recht behalten.

13

Der Sommer verging, die Nächte wurden kühler und die Stadt atmete auf. Ein paar meiner remontierenden englischen Rosen blühten vereinzelt nach, doch die überbordende Blütenpracht war vorbei. Den Apfelbaum, der die Terrasse den ganzen Sommer lang so wohltuend überschattet hatte, hatten Hedwig und ich Ende August abgeerntet. Einen Teil der Apfelernte hatte Hedwig als Apfelmus eingekocht, den weitaus größeren Anteil der Ausbeute allerdings auf Stiegen im Keller gestapelt. Wir hofften, dass die prachtvollen, grüngelben Augustäpfel sich die nächsten zwei, drei Monate hielten, denn nichts war dem süßlich sauren Geschmack der selbst geernteten Äpfel vergleichbar.

Martin hatte immer mal wieder angerufen, doch ich hatte jedes Gespräch verweigert. Sein Besuch bei meiner Mutter und die Bitte, sich doch für unsere Ehe, das heißt für ihn, einzusetzen, hatten ebenfalls zu nichts geführt. Entnervt hatte Martin irgendwann ins Telefon gepöbelt, ihm reiche es jetzt. Seitdem – das mochte drei, vier Wochen her sein – hatte ich nichts mehr von ihm gehört.

Ich vermisste nichts, mir fehlte nichts und das war gut so.

Die zwei jugendlichen Polizisten, die sich Martins A8 angesehen hatten, als Hedwig und ich in Bremsnitz unterwegs gewesen waren, kamen Anfang September erneut vorbei. Der Fall der Thüringer Leichen war ungeklärt geblieben und die Kriminalpolizei fahndete immer noch nach einem Audi A6 oder A8 und einem Opel, wobei den beiden Polizisten offenbar entgangen war, dass Lisas Opel wie jeden Tag vorn auf der Straße parkte.

Ihr erneuter Besuch war den beiden Polizisten sichtlich unangenehm und sie entschuldigten sich wortreich. Doch es gab ein zweites Ersuchen aus Thüringen, sämtliche Hamburger Audi-Besitzer erneut zu überprüfen. Ihre Kollegen auf dem Revier waren alle gleichermaßen stinkig, dass sie noch einmal losgeschickt wurden. Allerdings hatte der Hamburger Innensenator persönlich um diese zweite Überprüfung gebeten und da mussten sie eben ran. Als ob sie nichts Besseres zu tun hätten.

Die Hamburger Polizei galt seit Jahren als personell unterbesetzt und sollte sich nun mit solch einem bescheuerten Ansinnen auseinander setzen, wie der jüngere der beiden grollend kommentierte, während der andere ihn mahnend in die Seite knuffte. »Hagen, ich denke, es reicht jetzt.«

Hagen, ein sommersprossiger, blonder Junge Mitte zwanzig, dachte nicht daran, seinen Redefluss einzudämmen, sondern erläuterte uns, dass die neuerliche Überprüfung drei Monate nach der Tat – das müsse man sich übrigens mal vorstellen – mit der Landespolitik zusammenhinge und damit, dass man der Thüringer Polizei unbedingt demonstrieren wollte, wie ernst man ein Amtshilfeersuchen aus den neuen Bundesländern nehme. So irgendwie hing das zusammen. Sagte Hagen.

Ich bot den beiden einen Kaffee an. Sie lehnten ab, ließen sich von mir noch einmal den Hergang des damaligen Tages erklären und fragten, wo ich und Martin gewesen seien.

»Sagen Sie mal«, hob der Polizist, den der andere Hagen genannt hatte, an. »Ihre Sekretärin erzählte uns doch, Sie hätten mit Ihrem Wagen bei Kassel an jenem Abend, bevor man die Leichen, also diesen einen Hamburger und diesen anderen, unbekannten Toten, in Thüringen gefunden hat, in einem Stau gesteckt. Und die Sekretärin Ihres Mannes, Frau Hesselbach, hat das auch bestätigt, weil Sie die ja angerufen haben. Aber weshalb standen Sie in Kassel im Stau? Das hatten wir beim letzten Mal vergessen zu fragen.« Der junge Mann verzog das Gesicht zu einer Grimasse, die wohl entschuldigend sein sollte, aber sein sommersprossiges Gesicht mit einem derart blöden Ausdruck überzog, dass ich unwillkürlich lächeln musste. Irritiert von meinem Lächeln stutzte er einen Moment, fuhr dann aber sogleich unbekümmert fort: »Unser Abteilungsleiter bat uns, nachdem er unsere Protokolle noch einmal gelesen hatte, das bitte zu klären.«

»Ja«, bestätigte der andere Polizist. »Eine Erklärung wäre sehr freundlich.«

Während Streifenpolizist Hagen monologisierte, hatte ich meine Hände geballt und die Daumen unter die Finger geschoben, so dass sie sie schützend umschlossen. Ich drückte so intensiv auf den Daumen herum, dass die Fingerknöchel weiß hervortraten. Schneller denken konnte ich durch den Schmerz allerdings nicht und so brauchte ich einen gewissen Anlauf, bis mir einfiel, dass ich mit Lisa schon vor Wochen abgemacht hatte, wo ich an diesem fraglichen Tag angeblich gewesen war.

Auch für Lisa und Hedwig hatten wir längst eine Art Alibi beziehungsweise eine Erklärung parat. Lisa sollte an diesem Tag gemeinsam mit Hedwig die Aktenschränke aufgeräumt und gesäubert haben, was ebenso nahe liegend und plausibel war wie meine Erklärung, weshalb ich in den Kasseler Bergen in einen Stau geraten war.

»Ich kam aus Frankfurt. Ich hatte darüber nachgedacht, dort eine Dependance zu eröffnen.«

»Kann das jemand dort bestätigen?«

»Nein, natürlich nicht. Ich bin durch die Stadt geschlendert. Wissen Sie, wenn Sie überlegen, sich mit einem Eheinstitut in einer anderen Stadt niederzulassen, so muss das Büro schon eine sehr gute Lage haben. Deshalb bin ich also mit Hilfe eines Stadtplans durch Frankfurt gefahren und habe mir ein paar repräsentative Straßen und Viertel angesehen. Wenn ich jetzt einen Makler einschalte, um dort ein Büro anzumieten, kann ich gewisse Angebote von vornherein ausschalten, weil die Lage nicht stimmt. Das erspart mir Zeit.«

Streifenpolizist Hagen kratzte sich die Stirn. »Kann das jemand bestätigen? Vielleicht Ihre Sekretärin?«

»Aber selbstverständlich«, gab ich mich leutselig und unbedarft. »Meine Sekretärin verwaltet meinen Terminkalender und dort wird der Termin wie jeder andere vermerkt sein.«

Ich begleitete die beiden Polizisten, die sich ohnehin verabschieden wollten, zu Lisa ins Vorzimmer hinaus.

Lisa thronte in einer verwaschenen, supermodischen Stretchjeans, zu der sie eine gestärkte, weiße Bluse und weinrote Turnschuhe trug, hinter ihrem hellgrauen Schreibtisch, die Haare von einem weinroten Samtreifen gebändigt, und lächelte den beiden mit so viel naiver Freude entgegen, dass sie gar nicht anders konnten, als zurückzulächeln. Der blonde Hagen entblößte gelbliche Raucherzähne, dafür strahlte das Gebiss seines Kollegen in vollendetem Weiß. Entweder waren die unecht, oder der junge Mann hatte sie bleichen lassen. Normal war das strahlende Weiß jedenfalls nicht.

Trotz des porentief reinen und makellos weißen Gebisses des einen blieb Lisas Blick an Hagen hängen. Der junge Mann nahm seine Dienstmütze ab, drehte sie nervös in den Händen und konnte seinen Blick nicht mehr von Lisas blauen Augen lassen.

Nachdem Lisa begriffen hatte, dass es letztlich um unser Alibi ging, wühlte sie sich in meinem Terminkalender bis zum Juni zurück, vergewisserte sich, dass die beiden Jungs den 21. Juni meinten, und las vor: »Frankfurt/Lage für evt.« – den Punkt las sie doch glatt mit – »Büro ansehen«.

Hagen dankte Lisa überschwänglich und schien ebenso erleichtert wie ich, dass ich für den fraglichen Tag ein ganz normales Alibi besaß.

Dem anderen Polizisten schien das anfängliche Misstrauen ebenfalls abhanden gekommen zu sein. Jedenfalls verabschiedeten sich die beiden Männer freundlich, wobei Hagen erwähnte, dass die ganze Geschichte ohnehin auch deshalb so albern sei, weil sie damals ja praktisch alle Hamburger Audis nach Spuren untersucht hätten.

»Alle?«, fragte ich und Hagen nickte.

»In Ihrem, der damals in einer Werkstatt gestanden hatte, hatten sich etwas normale Erde, Holzspuren sowie Fasern einer Decke gefunden. Jedenfalls keine Fasern von dem Sweatshirt oder den Hosen der Bremsnitzer Toten. Ich habe es extra noch einmal nachgelesen, bevor wir hierher gekommen sind.«

Ich lächelte gequält, als er das erzählte. Lisa schaute ebenfalls merkwürdig drein, doch ihr Gesicht überzog blitzartig ein ganz besonders breites Lächeln, als Hagen schließlich nach unserer Visitenkarte fragte. Vermutlich benötigte er sie nicht, weil er plante, mein Institut als Klient zu kontaktieren. Er dachte wohl eher daran, sich mit Lisa zu treffen. Zu wünschen war es Lisa, war doch aus der anfänglich so vielversprechenden Affäre mit Sven Schalmüller – jenem jungen Mann, der sie Wochen zuvor zum Zahnarzt gefahren und anschließend eine Woche lang mit Blumen geradezu überfallen hatte – nichts Ernsthaftes geworden. Leider.

Ich hatte mit Sven Schalmüller darüber hinaus einen solventen Klienten verloren, hatte der junge Bauingenieur doch gerade den Baustoffgroßhandel seines Vaters übernommen. Ich konnte den Verlust des jungen Mannes verschmerzen, Lisa hatte da schon eher Blessuren davongetragen. Allerdings waren sie schnell vernarbt, denn schließlich war sie mit Sven Schalmüller nur kurz zusammen gewesen.

Aller Wahrscheinlichkeit nach, so muss man eingestehen, lag das vorzeitige Scheitern der Geschichte an Lisa, die dazu neigte, mit so viel Verve auf die Männer zuzugehen, dass der eine oder andere schon nach der zweiten oder dritten Verabredung panikartig das Handtuch schmiss. Seitdem Lisa sich von Fred getrennt hatte, hatte sie nämlich eine Art Torschlusspanik befallen. So geschah es immer mal wieder, dass sie den Jungs etwas von Heim, Herd und Kindern erzählte, wenn die gerade darüber nachdachten, ob sie Lisa ein zweites Mal zum Essen einladen mussten oder gleich mit ihr ins Bett gehen konnten.

Nun hatte ich mit Lisa zwar über ihr zu offensives Verhalten gesprochen, doch Lisa fand, dass sie mit ihren dreiundzwanzig Jahren einen festen Freund brauchte. Das war in Ordnung. Und es war auch okay, dass sie darüber nachdachte, wie viele Kinder sie einmal großziehen wollte. Nicht okay war, dass sie den Jungs gleich beim ersten oder zweiten Date ihre Zukunftsplanung um die Ohren haute. Das sah sie natürlich anders und sie ließ sich auch nicht belehren. Jedenfalls nicht von mir.

Doch zurück zu den zwei Polizisten.

Da Martin längst nicht mehr in meinem Haus wohnte und Laura den Audi in Martins Auftrag bereits vor Wochen abgeholt hatte, zogen die beiden mit Lauras Adresse und der Absicht davon, mit meinem Mann zu sprechen. Das würde natürlich ebenfalls nichts ergeben, da Martin nachweisbar aus St. Petersburg gekommen war.

Obgleich mir nicht sofort eingefallen war, was ich mit Lisa und Hedwig für den besagten 21. Juni als Alibi abgemacht hatte, war der Besuch der beiden Polizisten für Hedwig, Lisa und mich doch keineswegs überraschend erfolgt.

Hedwig telefonierte inzwischen täglich mit Hannes Larentius, und so waren uns die Thüringer Ereignisse und Konrad Schuhriegels Aktivitäten bekannt. Der Mann konnte und wollte keine Ruhe geben. Seine Penetranz ging so weit, dass er einen Brief an den Thüringer Innenminister geschickt hatte mit der Bitte, sich doch weiterhin intensiv um die Aufklärung der Leichenfunde zu bemühen. Wie Schuhriegel Larentius erzählt hatte, fühlte er sich diskriminiert, weil die Thüringer Kriminalpolizei seine Ermittlungsvorschläge ignorierte. Dabei seien die hervorragend. Glaubte Schuhriegel. Und der Minister hatte dann ja auch geantwortet. Selbstverständlich würden die zuständigen Kriminalbeamten alles unternehmen, um den Fall zu lösen.

In Thüringen wurde im Oktober gewählt, erklärte Larentius die ministeriale Beflissenheit. Unaufgeklärte Verbrechen und beleidigte Dorfpolizisten konnte der Minister nicht gebrauchen und hatte sich wohl aus diesen Gründen persönlich mit Schuhriegels Brief befasst. Beziehungsweise sein Pressebüro, kommentierte ich, denn dass der Minister sich mit einem Dorfpolizisten auseinander setzte, schien mir eine zu absonderliche Vorstellung zu sein.

Darüber hinaus waren der Innenminister und der Hamburger Innensenator in derselben Partei. Da wüsste man doch, um was es eigentlich ginge, erklärte uns Hannes Larentius.

Unabhängig von Martins Anrufen hatte sich Laura Hesselbach über Wochen immer mal wieder gemeldet, um Auskunft über Martins gesundheitliche Fortschritte zu erteilen und sich auszuheulen. Martin traf die Baerenbaum weiterhin, trotz der Spuckeattacke und ihrer Backpfeife, was nach Laura Hesselbach nur einen Schluss zuließ: Die Frau musste Dinge draufhaben, die andere nicht konnten. Vielleicht sprang sie im Spagat vom Schrank, oder sie besaß eine saugstarke Zunge mit Turboantrieb.

Mir waren die Gespräche mit Laura Hesselbach lästig, war ich doch froh, in so relativ kurzer Zeit einen gewissen Abstand zu meiner Ehe und meinem ehemaligen Ehemann gewonnen zu haben. Ich wollte Auskünfte und so bat ich Laura Hesselbach nach einem halben Dutzend Gesprächen, ihre Anrufe zu unterlassen. Martin interessierte mich nicht. Dass er bald wieder der Alte sein würde, wussten Hedwig und ich ohnehin, und ob das nun zwei Wochen länger dauerte oder nicht, war mir herzlich gleichgültig. Erst recht interessierte mich sein Verhältnis zu Laura Hesselbach oder Sarah Baerenbaum nicht.

Oder nur so ein kleines bisschen. So ganz heimlich, mehr hinter meinem eigenen Rücken, wenn Sie verstehen, was ich meine.

Nachdem Laura nun also folgsam aufgab, mich anzurufen, war ich zunächst erleichtert. Dann schlichen sich jedoch beim Zähneputzen, beim Duschen oder Haarewaschen immer mal wieder ganz hinterrücks Fragen nach Martin an. Was der wohl so macht. Und ob Laura ihm die Hemden bügelt und seine Unterhosen wäscht. Oder gibt sie alles in eine Wäscherei? Trinkt er mit ihr Champagner oder doch nur Prosecco? Kocht sie? Und wenn ja, was? Betrügt er sie? Leidet er, weil ich ihn verlassen habe – oder ist er etwa glücklich?

Derlei Fragen führten zu einer gewissen Erregung, verbunden mit einer Beschleunigung meines Pulsschlags.

Ein paar Tage lang zwang ich mich zu dem Versuch, das Gehirnareal, welches für dergleichen Aufregung zuständig ist, mittels autogenem Training stillzulegen. Nun bin ich in autogenem Training jedoch weder erfahren noch trainiert, und die Fragen nach Martin drangen immer häufiger und überraschender an die Oberfläche meines Bewusstseins.

Eine unangenehme Geschichte.

Da berechnete ich gerade die Menge Henna, die ich benötigte, um ein paar Strähnen ins Haar zu färben und – Peng! – dachte ich an meinen zukünftigen Exmann und was der wohl so trieb. Und mit wem er wohl gerade das Bett teilte. Schon konnte ich das Strähnen abhaken, denn prompt begann ich zu heulen. Mich überrollte eine geradezu irrationale, blöde, ganz doofe, idiotische, durch nichts zu rechtfertigende Trauer. Glauben Sie mir. Ich empfand mich selbst als Brechmittel.

Mitunter stand ich am Fenster meines Büros, schaute in den Vorgarten und ertappte mich bei dem Gedanken, wie schön es doch wäre, führe jetzt der pompöse Audi meines Gatten auf der Auffahrt vor.

Unvermittelt saß mir eine dicke Depression im Nacken und nur das Wissen um die mich erwartenden Wonnen meines Hightechdildos verhinderten, dass ich heulend zusammenbrach.

So schaute es nämlich mit mir aus in jenem Herbst. Eine widerliche Situation.

Jedenfalls gelangte ich nach ein paar Wochen an einen Punkt, an dem ich die komplette Nullinformation über Martin kaum mehr aushielt. Ich gierte nach einer Information wie ein Suchtraucher nach der nächsten Zigarette, selbst wenn ich um die gesundheitsschädigende Wirkung wusste.

Und dann, etwa Mitte September, die Abende wurden zusehends kürzer und die beginnenden Herbststürme hatten die ersten Blätter von den Bäumen gefegt, überrumpelte meine Neugierde meinen Stolz und ich rief Laura an.

Laura Hesselbach wunderte sich über meinen Anruf, gewährte mir jedoch alle Informationen, die sie selbst besaß.

Sie hatte Martin inzwischen eine eigene Wohnung in der Nähe der Elbe besorgt. Eine schöne, wie sie beteuerte, mit einem wunderbaren Blick auf den Fluss und die ein- und auslaufenden Schiffe. Außerdem betreue ihn ein privater, exklusiver Pfleger, der ihm die Einkäufe erledigte, die Wohnung putzte und seine Wäsche wusch. Auch den hatte sie organisiert.

Laura Hesselbach hatte sich an jenem Tag, als ich Martin vor die Tür gesetzt hatte, fest vorgenommen, anständig zu dem im Rollstuhl sitzenden Mann zu sein. Und sie hatte sich sehr bemüht. Immerhin hatte sie den endgültigen Auszug meines Gatten aus unserem Haus Ende August ganz allein organisiert. Doch schließlich hatte sie den Mann nicht mehr ertragen. Ständig hatte er rumgenörgelt, weil sie seine Hemden nicht so zusammenlegte wie Hedwig, seine Schuhe nicht putzte wie Hedwig oder seine Handtücher nicht so weichspülte, wie Hedwig es immer getan hatte.

Ob er jemals erwähnt hatte, dass auch ich etwas für ihn getan hatte? Hatte er nicht. Der Sack.

Martin hatte Laura mit seinen Attitüden jedenfalls an den Rand eines Nervenzusammenbruchs getrieben, so dass sie am Ende vor der Frage stand: Er oder sie? Die Antwort fand sie nach drei durchwachten Nächten und einem Hausarztbesuch: Ohne Wenn und Aber hatte sie ihn schließlich vor die Tür gesetzt. Sie lachte. Nicht in des Wortes eigentlicher Bedeutung wie ich, sondern sie hatte ihm zunächst ein Hotelzimmer im Hamburger Hotel *Vier Jahreszeiten* gebucht. Unter dem ging es ja nicht. Und dann hatte sie die neue Wohnung für ihn angemietet, eine möblierte, und ihn dort einquartiert.

Laura schluchzte auf. Sie hatte es einfach nicht ertragen, dass er wieder begonnen hatte, diese Baerenbaum zu treffen.

Auf meine Frage, woher sie das eigentlich wisse, druckste Laura ziemlich herum. Entweder, sie war dem Mann heimlich gefolgt oder sie vermutete die Dates einfach nur.

Nachdem ich das Gespräch mit Laura beendet hatte, rief ich Knut Meiser an, um zu fragen, ob Martin sich wieder mit Sarah Baerenbaum traf. Doch auch er konnte mir die Frage nicht beantworten. Er observierte Sarah Baerenbaum schon seit ein paar Wochen nicht mehr. Er fahndete im Übrigen auch nicht mehr nach dem Briefpapier.

Nach dem Auszug meines Gatten hatte es keine neuerlichen Drohbriefe an mich gegeben und für Meiser und mich war es vertane Zeit, nach einem anonymen Briefschreiber zu suchen, solange es keine Briefe an mich mehr gab. Gut, über den Stempel wussten wir, dass der Brief in Hamburg aufgegeben worden war. Doch was hieß das schon?

Meiser hatte pflichtschuldig das Seine getan, doch die Recherchen in den Kaufhäusern waren frustrierend gewesen und fruchtlos geblieben. O ja, der eine oder andere Kassierer hatte sich wohl an ein junges Mädchen, ein anderer an eine Frau in mittleren Jahren erinnern können, die lavendelfarbenes Papier gekauft hatten. Bedauerlicherweise beschrieb der Fachverkäufer die Frau in den mittleren Jahren dann aber so beliebig, dass man die Hälfte der weiblichen Wähler über fünfzig Jahre verdächtigen konnte. Braune Haare, mittelgroß, etwa Konfektionsgröße vierzig oder zweiundvierzig. Und wer wollte behaupten, dass ein hanseatischer Poststempel bewies, dass das Papier auch in Hamburg gekauft worden war? Das ist doch lächerlich, befanden Meiser und ich übereinstimmend und gaben die Suche auf.

Nun gut.

Nachdem die Baerenbaum vor meinem Haus so überraschend und schmerzlich erfahren hatte, dass mein Mann nicht nach Leningrad zurückgekehrt war und mitnichten daran gedacht hatte, sich für sie zu entscheiden, hatte sie Knut Meiser ihrerseits den Auftrag entzogen, mich und Laura weiterhin zu observieren. Allerdings hatte sie ihm zuvor eine Riesenszene gemacht und ihr Geld zurückverlangt. Eine solche Pfuscherei sei ihr noch nie begegnet. Ein Detektiv, der jemanden in St. Petersburg beschatten sollte und nicht einmal imstande war herauszubekommen, dass dieser Mann gar nicht in der Stadt war.

Meiser fand Sarah Baerenbaums Aufregung ebenso wie die Kündigung ihres Auftrages nur folgerichtig. Dennoch konnte er sich nicht vorstellen, dass das alles gewesen sein sollte, was wir von ihr hören würden. Meiser glaubte, die Geschichte mit der Baerenbaum könnte ein Nachspiel haben.

Ich wollte davon nichts wissen.

In den darauf folgenden Wochen hatte Knut Meiser es sich zur Gewohnheit gemacht, einmal die Woche abends bei mir vorbeizuschauen, ein Bier zu trinken und sich nach meinem Befinden zu erkundigen.

An einem Freitagabend Ende September, Hedwig lag bereits seit zwei Tagen mit einer üblen Magen-Darm-Grippe im Bett, saßen Knut Meiser und ich mal wieder auf der Terrasse und plauderten über Gott und die Welt, als ich einen Anruf von

Sarah Baerenbaum erhielt. Sie könne verstehen, wenn ich sauer auf sie sei, aber sie müsse mich dringend sprechen.

Ich schaute fragend zu Knut Meiser. Der guckte überrascht drein, nickte mir jedoch zu, und so verabredete ich mich mit Sarah Baerenbaum für den nächsten Nachmittag bei mir zu Hause.

»Ich hab es Ihnen prophezeit: Eine Frau wie Sarah Baerenbaum gibt nicht so schnell auf.«

»Sie kann meinen Mann doch haben. Weder Laura Hesselbach noch ich haben ein Interesse an ihm.«

»Das kann schon sein. Trotzdem denke ich, dass die Baerenbaum auf Sie und diese Hesselbach sauer ist. Ich meine, so richtig sauer. Und glauben Sie mir, die Frau wird Sie und die Hesselbach für ihre Situation verantwortlich machen. Sie werden sehen. Sie braucht einen Sündenbock und sie wird einen finden. Denken Sie an meine Worte, wenn Sie sie morgen treffen. Bei Frauen weiß man nie.«

»Was soll das denn heißen?«

»Ach, kommen Sie. Legen Sie nicht jedes Wort auf die Goldwaage. Sie wissen doch ganz genau, dass diese Baerenbaum nicht berechenbar ist.«

Ich nickte.

»Und Sie verhalten sich mitunter auch völlig unberechenbar. Und Ihre Lizzie sowieso.«

Womit Meiser beim Thema war. Hatte ich es mir doch gedacht.

Meiser und ich tranken ein Glas Wein zusammen und plauderten ein wenig über Lizzie, die sich Meiser zufolge sehr merkwürdig verhielt. Ich sah das anders, aber ich war auch kein Mann. Ich war die beste Freundin. Mithin hatte ich einen anderen Blick auf die Ereignisse.

Ich hatte Lizzie schon eine ganze Weile nicht mehr gesehen. Allerdings telefonierten wir regelmäßig, sodass ich über Lizzies Geschichten weitgehend auf dem Laufenden und Meisers Erzählung für mich nicht weiter neu war.

Lizzie und Meiser, so erzählte er, hatten sich ein paarmal auf einen Wein in einem Lokal getroffen, waren einmal zusammen essen gegangen und hatten dann gemeinsam bei Lizzie übernachtet.

Überrascht schaute ich Meiser an.

Meiser winkte ab. Sie waren nicht zusammen im Bett gelandet. Er hatte dort wirklich nur geschlafen.

Ob sie einen anderen Verehrer oder er etwas falsch gemacht habe, wollte er wissen. Ich schüttelte verneinend den Kopf. Knut Meiser war von Lizzies Verhalten irritiert. Ich beruhigte ihn. Lizzie habe keinen anderen Freund und er habe auch nichts falsch gemacht. Lizzie sei etwas kapriziös. Sie flirte für ihr Leben gern, doch habe sie auch Angst vor festen Bindungen. Potentielle Freunde müssten sich mächtig ins Zeug legen, um ihr Herz zu gewinnen. Andererseits sei ihr Meiser offensichtlich wichtig, sonst wäre sie mit ihm längst für eine Nacht im Bett gelandet.

Meiser schaute mich an, als hätte ich den Verstand verloren. Ich gebe zu, auf Personen, die Lizzie nicht besonders gut kannten, musste diese These sehr eigentümlich wirken, und so erklärte ich Meiser Lizzies Verhaltenskodex.

Männer, die sie kennen lernte und nett fand in die sie aber nicht verliebt war, habe sie durchaus für eine Nacht mit nach Hause genommen. Beziehungsweise für eine halbe Nacht.

Keiner dieser Männer habe sie jemals mit morgenmüden, verquollenen Augen gesehen und mit keinem dieser Männer habe sie jemals gefrühstückt. Soviel ich wüsste, würden die alle noch nachts die Wohnung verlassen, egal ob es regnete, stürmte oder hagelte. Keinen habe sie jemals wiedergetroffen und mit keinem habe sie jemals wieder telefoniert. Diese Männer hätten ihr Bestes gegeben und wären danach unten durch für sie.

Ich erzählte Meiser außerdem, dass Lizzie Komplexe habe, konkurrierten doch Zwanzigjährige um die Gunst derselben Männergeneration.

Meiser hob abwehrend die Hände.

»Das ist Unfug. Ich kann mit diesen jungen Dingern doch gar nichts anfangen.«

»Wirklich gar nichts?«, fragte ich und grinste.

»Frau Hillger, wie soll ich mich mit einer Zwanzigjährigen

verständigen? Die hat keine Lebenserfahrung, könnte meine Tochter sein und soll meine Partnerin werden? Mir zuhören, gar raten, wenn es mir nicht gut geht? Ich weiß nicht.«

»Dennoch gibt es genug Männer, die nach zwanzig oder noch mehr Jahren Ehe ihre Frauen verlassen, nur um sich dann weniger anstrengende, sehr junge Frauen mit sehr schönem, meist künstlich aufgeblasenem Busen zu nehmen. Ich hatte erst vor ein paar Tagen eine dieser verlassenen Frauen vor mir sitzen. Glauben Sie mir.«

»Und was hat die Ihnen erzählt?« Meiser sah mich neugierig an.

»Das Übliche eben. Sie glaubte achtzehn Jahre lang, ihre Ehe sei wunderbar und es gäbe nichts auszusetzen. Am Ostersonntag schenkte ihr ihr Gatte noch einen Ring, fuhr am Nachmittag zur Tankstelle, um angeblich eine Zeitung zu kaufen, und kam an diesem Tag nicht wieder nach Hause.«

»Das ist ja verrückt«, sagte Meiser kopfschüttelnd. »Wenngleich ich in solchen Fällen auch schon recherchiert habe.«

»Sehen Sie. So ungewöhnlich ist es nämlich nicht. Darüber hinaus kommt es aber noch viel bunter. Der Mann kam auch Ostermontag nicht nach Hause. Und als die Frau am Dienstagabend aus der gemeinsamen Firma, in der der Gatte ebenfalls nicht erschienen war, in die gemeinsame Wohnung kam, da fand sie ihren Mann vor. Er hatte sich mit sämtlichen Koffern bewaffnet, die sie besaßen, und zog aus. Einfach so. Packte seine Sachen. Kommentarlos. Ohne eine Erklärung. Und sie stand wie eine Vollidiotin daneben.

Tja, seitdem hat sie ihn nie wiedergesehen. Nicht in der Firma, nicht in der Wohnung und auch nicht zufällig in irgendeinem Restaurant oder auf dem Golfplatz. Der Mann ist seit jenem Dienstag spurlos verschwunden und nur noch über seinen Anwalt erreichbar.«

»Hat sie die Scheidung eingereicht?«

»Ja, hat sie. Nutzt ihr aber im Moment auch nicht viel. Er hat ihr echt böse mitgespielt, sie mit der Firma, die immerhin zweiundsechzig Angestellte beschäftigt, sitzen gelassen und will nun noch eine Abfindung von ihr. Das ist doch pervers, oder?«

Meiser nickte und starrte gedankenschwer in sein Weinglas. »Und deshalb hat Lizzie Angst vor Männern?«

Ich war etwas perplex. »Wieso Lizzie?«

»Na, Sie haben mir das doch wegen Lizzie erzählt, oder?«

»Ach so, ähm, ja«, stotterte ich, aus dem Konzept gebracht. »Ich wollte eigentlich eher so ganz pauschal erklären, dass Frauen in einem gewissen Alter schlechte Karten haben.«

Meiser und ich philosophierten noch eine Weile über alte Männer und junge Mädchen und waren uns einig, dass Männer wie Frauen gleichermaßen eine Scheibe hatten.

Beziehungen zwischen älteren Männern und jungen Mädels, dozierte Meiser, wären für ihn eine Art steinzeitliches Tauschgeschäft. Ich nickte. Das sah ich ebenso.

»Der Deal besagt, ich gebe dir mein Geld, du stellst mir deine Silikonimplantate zur Verfügung«, fuhr Meiser fort. Ich stutzte einen Lidschlag lang. Meiser grinste mich an. »Ganz bestimmt braucht man Silikon nicht zum regen Gedankenaustausch, nicht wahr?« Er grinste immer noch. »Zumal die Brustimplantate der meisten Mädels mehr Gewicht besitzen als ihr Gehirn, was solche Männer aber naturgemäß nicht weiter bekümmert, denn wer will schon einen intellektuellen Disput mit Frauen führen, die sich selbst als Luder oder Schlampen bezeichnen und das auch noch toll und originell finden?«, fragte Meiser und ich fragte mich das auch.

Es mochte gegen halb elf Uhr sein und Meiser wollte gerade gehen, als es an meiner Haustür schüchtern klingelte. Sie wissen schon, jenes Klingeln, das sanft anhebt, kurz die optimale Lautstärke erreicht und dann schlagartig verebbt, als würde sich derjenige, der die Klingel betätigte, für den Lärm, den er damit um seine Person entfachte, in Grund und Boden schämen. Entschlossen, zu dieser Unzeit niemanden mehr zu empfangen, ging ich über die Terrasse nach vorn, lugte neugierig um die Hausecke und schaute, wer mich so spät aufsuchte.

Es konnte eigentlich nur Lizzie sein, doch im Schein der Außenbeleuchtung erspähte ich als Erstes einen dunkelroten Schalenkoffer, hinter dem sich die Silhouette eines groß gewachsenen, schlanken Mannes mit schlohweißem Haar abzeichnete. Ich brauchte einen Moment, um zu realisieren, dass Hannes Larentius vor meiner Haustür stand.

»Herr Larentius, welche ein Überraschung und Freude!«, rief ich und eilte flugs um die Ecke auf den Mann zu, der seinerseits mit einem breiten Lächeln im Gesicht auf mich zukam.

»Oh, meine Gnädigste, verzeihen Sie, dass ich unangemeldet und zumal zu einer solch späten und ungewöhnlichen Uhrzeit bei Ihnen auftauche. Aber ich bin heute aus Ockersdorf gekommen und bleibe über das Wochenende in Hamburg. Ich dachte, es würde Sie und Hedwig freuen, wenn ich Ihnen als Erstes, also bevor ich in mein Hotel gehe, meine Aufwartung machte«, erklärte er, nahm meine Hand, verbeugte sich und küsste sie, indem seine Lippen die Haut derart flüchtig streiften, dass ich den Kuss wie einen Luftzug wahrnahm.

»Ja, natürlich, herzlich willkommen! Doch weshalb wissen wir nichts von Ihrem Besuch?«

»Oh, es sollte doch eine Überraschung sein.«

»Kommen Sie nur auf einen Wein mit nach hinten auf die Terrasse. Ich sitze dort mit einem Bekannten und Sie sind herzlich eingeladen, mein Gast zu sein.«

Larentius ging zurück zu seinem Koffer und rollte ihn hinter sich her auf die Terrasse, wo Knut Meiser sich erhob und ich die beiden Männer miteinander bekannt machte. Neben Meiser stand Eule in Habachtposition. Eule kannte Meiser inzwischen gut genug, um ihn zu mögen, hatte sich der Mann zu Anfang ihrer Bekanntschaft doch immer mal wieder mit kleinen Leckereien ihre Zuneigung erschlichen. Eules Aufmerksamkeit galt also dem unbekannten Larentius, der durch seine Mischlingshündin Olga allerdings bestens wusste, wie man mit einem Hund umging und sein Vertrauen erwarb. Es dauerte dann auch keine zwei Minuten und der weiße, getrimmte Kopf der Königspudelhündin schmiegte sich an Larentius' Oberschenkel. Wie jeder, der sie kennen lernte, fragte Larentius nach dem verstümmelten Ohr und ich erzählte von Hedwigs Küchenmesser und dem Missgeschick.

Ich ging in die Küche, um ein frisches Glas für Larentius zu holen, derweil die beiden Männer über Unfälle der verschiedensten Couleur plauderten, ihr Gespräch aber unterbrachen, als ich zurückkam.

»Verzeihen Sie, Frau Hillger, aber ist Hedwig schon zu Bett?«, fragte Hannes Larentius, während ich ihm Wein einschenkte.

Ich erzählte ihm von Hedwigs Magen-Darm-Grippe, die sie schon seit zwei Tagen ans Bett fesselte, und von der Dr. Michaelsen meinte, sie würde drei, vier Tage anhalten.

Über Hannes Larentius' freundliches Gesicht legte sich ein Schatten.

»Aber wir haben doch telefoniert. Und da hat sie mir nichts davon erzählt«, sagte er kopfschüttelnd.

»Herr Larentius, so eine Darmgrippe ist recht unangenehm und Sie würden doch auch nicht gern darüber reden, wenn Ihnen permanent übel wäre und Sie ständig aufs Klo rennen müssten, oder?«

»Ja, ja. Ich verstehe«, erwiderte Larentius sichtbar geknickt. »Das wäre aber schade, wenn Hedwig erst wieder aufstehen könnte, wenn ich zurückreise.«

Ich versuchte, Larentius ein wenig aufzumuntern. Hedwig sei eine zähe Person und habe mir ohnehin am Abend, als ich noch einmal nach ihr gesehen hatte, angekündigt, dass sie gedenke, am Samstag aufzustehen, mit der Vespa nach Winterhude auf den Wochenmarkt zu fahren, frische Kartoffeln, Suppengrün, Mohrrüben und frische Brötchen zu besorgen und mir einen Mohrrübeneintopf zu kochen. Nach dem Rezept von Hugo Peddersen. Larentius' Anwesenheit würde ihre Genesung sicherlich beschleunigen.

Larentius freute sich und strahlte wie ein Honigkuchenpferd. Meiser, der noch bei Larentius' Ankunft hatte gehen wollen, machte keine Anstalten mehr aufzubrechen. Die beiden Männer unterhielten sich angeregt, und als ihr Gespräch kein Ende zu nehmen schien, bat ich kurz vor Mitternacht, mich zu entschuldigen. Ich müsse jetzt dringend ins Bett.

Ich stellte den beiden eine Flasche Wein und eine Karaffe Wasser hin und ging.

Der nächste Tag begrüßte mich freundlich. Gegen halb neun wurde ich wach. Nach einer ausgiebigen Dusche fühlte ich mich wunderbar erfrischt und ging hinunter in die Küche, um mir meinen Milchkaffee zu kochen.

In der Küche stand Hedwig mit dem Rücken zur Tür und putzte Mohrrüben. Unter dem Küchentisch lag Eule und schlief seelenruhig weiter, nachdem sie sich durch ein kurzes Blinzeln davon überzeugt hatte, dass lediglich ich die Küche betreten hatte.

Ich wünschte Hedwig einen guten Morgen und sie drehte sich zu mir, das blasse Gesicht ein einziges, überschwängliches Leuchten.

»O Claire, weißt du, wer hier ist?«, schoss es aus ihr heraus.

Ich sagte es ihr und sie strahlte wie eine 1000-Watt-Birne, als sie mir erzählte, wie sie in der Frühe mit Eule durch den Garten und über die Terrasse gegangen sei. Sie sei eigentlich schon an meinem Strandkorb vorbei gewesen, als sie aus dem Augenwinkel heraus eine Bewegung wahrgenommen habe. Sie habe sich sehr erschrocken, sei aber gleichzeitig ganz ruhig geblieben, da Eule doch in jedem Fall heftig gekläfft hätte, hätte sich in unserem Strandkorb jemand gänzlich Wildfremdes verborgen.

Interessiert war Hedwig stehen geblieben und hatte den Strandkorb genauer beäugt. Merkwürdigerweise hing unsere alte Gartendecke aus dem Strandkorb heraus, unter der wiederum zwei Füße hervorlugten. Einer steckte in einem dunkelbraunen Herrenschuh, derweil der andere nur mit einer dunkelbraunen Socke bekleidet war.

Neugierig, wer von unseren Bekannten auf der Terrasse übernachtete, war Hedwig mit Eule auf den Strandkorb zugeschlichen. Bis zum Hals in die raue Wolldecke eingemummelt, schlief dort Hannes Larentius, ab und an einen leichten Seufzer ausstoßend, der durchaus etwas Schnarchendes an sich hatte. Eule leckte Larentius aufgeregt den sockenbewehrten Fuß, und Hedwig hatte Mühe, die freudig erregte Hündin von dem Korb wegzuziehen, um den Mann nicht zu wecken.

Hedwig musste sich erst einmal auf einen der Teakholzstühle setzen. Sie benötigte einen Moment, um sich zu sammeln und das Zittern ihrer Beine sowie das fast schmerzhafte Pochen ihres Herzens in den Griff zu bekommen.

Während Hedwig mir diese Geschichte erzählte, hatte ich sie zunächst nur irritiert gemustert. Die alte Frau wirkte anders als gewöhnlich, doch ich konnte nicht ausmachen, weshalb.

Dann erklärte sie mir jedoch, dass sie nie wieder ein neues Kleid kaufen würde. Mit so einem feinen fliederfarbenen Kleid könne sie ja weder Vespa fahren noch hüpfen. Da erst ging mir ein Licht auf und ich registrierte, dass Hedwig ihr Seidenkleid aus Jena trug, statt eines ihrer dunkelblauen Alltagskleider und dass sie durch die freundliche Farbe weniger streng und bedeutend liebenswürdiger wirkte.

Ich lächelte, derweil Hedwig vor sich hin schimpfte, ihr fehle an diesem Konfektionsmodell der robuste geflochtene Gürtel, auf den sie das Futteral für das Messer ziehen könne. Und komfortabel sei so ein Seidenkleid auch nicht. Auf der Vespa habe sie Blut und Wasser geschwitzt, als sie zum Brötchen- und Mohrrübenkaufen unterwegs gewesen war, weil sie bei jedem Anfahren oder Bremsen das Gefühl hatte, sie würde das Kleid beschmutzen oder gar irgendwo hängen bleiben und es zerreißen. Und ohne ihr Messer fühle sie sich für den Alltag nicht gewappnet.

Ich schlug vor, einen hellen Ledergürtel zu kaufen. Der würde das Gewicht des Messers allemal verkraften. Hedwig nickte ein energisches »Wenn du meinst«, so dass ihr weißer Haarkranz aufgeregt um den Kopf hüpfte. Zugleich zupfte sie nervös an den Fingern, dergestalt anzeigend, dass sie mit ihren Gedanken längst nicht mehr bei ihrem Kleid oder Gürtel weilte. Wo oder bei wem ihre Gedanken waren, muss wohl nicht weiter erläutert werden.

Der Anblick von Hannes Larentius hatte meine siebzigjährige Haushälterin Hedwig zu einem spätpubertären Nervenbündel gemacht, das doch tatsächlich noch einmal nach Hause gelaufen war und sich das neue, lavendelfarbene Kleid übergestreift hatte.

Außerdem roch Hedwig merkwürdig, so zwischen frisch gewaschen und abgestandenem Blumenwasser. Ich vermutete, dass Hedwig wagemutig ihr *4711* über sich ausgeschüttet hatte, jenes berühmte Eau de Cologne, das in den fünfziger Jahren auf keiner

Frisierkommode gefehlt hatte und das, solange ich denken konnte, auf einem Schränkchen in Hedwigs Bad gestanden hatte. In Ermangelung irgendwelcher Anlässe hatte sich die bauchige Flasche mit dem blaugrünen Etikett und der goldenen Schrift bis heute gehalten. Leider roch das Eau de Cologne inzwischen eher ranzig.

Derweil Hedwig also ihre Mohrrüben putzte, kochte ich mir einen Milchkaffee und setzte mich zu ihr. Es war Samstag und weder sie noch mich drückte ein Termin.

Gegen halb zehn betrat Hannes Larentius etwas derangiert, doch bestens gelaunt unsere Küche und begrüßte erst Eule, die unter dem Küchentisch lag, mit einem Klaps, mich mit einer angedeuteten Verbeugung und schließlich Hedwig mit einem überschwänglichen Handkuss, zu dem er sich allerdings nicht verbeugte, wie es gemeinhin üblich war und wie er es bei der einen oder anderen Gelegenheit in Ockersdorf getan hatte, sondern er führte Hedwigs Hand hoch an seine Lippen. Larentius entschuldigte sich wortreich. Sein Ischiasnerv habe sich in dem doch ungewohnt kühlen und beengten Strandkorb gemeldet und nun sei er etwas steif. Mit vorgebeugtem Rücken stakste er auf einen Stuhl zu, auf den er sich niederließ. Den Rollenkoffer hatte er in der Terrassentür stehen gelassen.

Meiser und Larentius hatten noch bis drei Uhr morgens auf der Terrasse gesessen. Die Hündin habe sich im Verlauf der Nacht als echter Schoßhund entpuppt, der immer wieder Anlauf nahm, um auf Larentius' Oberschenkel zu landen. Schließlich habe Eule entnervt aufgegeben und sich den beiden zu Füßen gelegt. Meiser und Larentius seien so vertieft in die Geschichte mit den beiden Leichen gewesen, dass sie gar nicht bemerkt hätten, wie die Zeit verging. Schließlich habe Larentius in sein Hotel fahren wollen, doch als er sich erhob, habe er feststellen müssen, dass ihm der Alkohol in den Gliedmaßen saß. Jedenfalls sei er etwas getaumelt, so dass Meiser ihm in den Strandkorb geholfen, in dem Hotel angerufen und ausgerichtet habe, Larentius käme einen Tag später, also am heutigen Samstag.

Während Hedwig Larentius ein stärkendes Frühstück mit Eiern, gebratenem Speck und frischen Brötchen bereitete, erzählte uns Larentius von Schuhriegel und dass der so sauer auf das Innenministerium und die Kriminalpolizei in Jena sei, dass er sich habe beurlauben lassen und seit anderthalb Wochen auf eigene Faust recherchiere. Wir müssten uns das mal vorstellen: Ein Dorfpolizist ermittle in einem Kriminalfall. Larentius lachte, Hedwig lachte und ich lachte, obgleich mir nicht nach Lachen zumute war.

»Ja, stellen Sie sich vor. Der hat doch tatsächlich noch einmal alle Leute in Bremsnitz und Ockersdorf befragt, die an dem fraglichen Abend, als der Junge von dem Storch erschlagen wurde, an dem Weiher waren.«

»Entschuldigen Sie, dass ich Sie unterbreche, Herr Larentius, aber weshalb fiel der Storch damals eigentlich vom Himmel? So etwas hab ich ja noch nie gehört«, warf ich ein. »In Ockersdorf und Bremsnitz redete ja jeder über diesen Storch und es gab die absurdesten Erklärungen – nur plausibel waren die alle nicht.«

»Ja, ja, das war schon ein Ding. Wir, also Frau Maler und ich, wir wollten den Storch ja obduzieren lassen. Doch als wir am nächsten Tag zurückkamen, war von dem Vogel fast nichts mehr übrig. Olga hatte fast alles aufgefressen und nichts übrig gelassen außer dem Kopf mit dem Schnabel und den Beinen. Deshalb wissen wir es nun nicht. Es kann sehr wohl sein, dass der Storch einen Kreislaufkollaps hatte oder einen Gehirnschlag oder Ähnliches. Sagt der Veterinär. Das gibt es. Ich meine, die Vögel haben schließlich auch Stress, nicht wahr? Schon allein der Maschinenlärm immer, wenn die Ernte eingefahren wird. Aber wissen Sie, mal so unter uns: Wir, also Hugo, mein Schwiegersohn, und ich, wir denken, der Storch hatte eine Alkoholvergiftung und taumelte erst so rum und trudelte dann vom Himmel. Ich meine, der fiel ja runter, weil er nicht mehr fliegen konnte. Und wissen Sie was? Unser Dieter, das ist der Sohn vom Metzger Landach, der hatte einen in Spiritus eingelegten Frosch auf dem Hof stehen. In einem Ein-Liter-Einweckglas. Leider hatte das Glas keinen Deckel. Ja, und der Frosch ist spurlos verschwunden und das Glas mit dem Spiritus war umgekippt. Und zwar justament an dem Tag, an dem der Oskar starb, da verschwand der Frosch.«

Ich guckte Larenitus skeptisch an.

»Und Sie glauben, der Storch hat den toten Frosch geschluckt?«, warf Hedwig ungläubig ein und rieb sich gedankenvoll die faltige Stirn. »Also so etwas habe ich noch nie gehört.«

»Eigentlich machen die das auch nicht. Aber wer weiß? Vielleicht hat ihm ja eins der Dorfkinder einen Streich gespielt und ihn mit in Alkohol getränktem Brot gefüttert. Wäre ja nicht das erste Mal. Vielleicht hat er aber auch den Frosch erspäht, weil der gar nicht mehr im Glas lag. Und bevor er mitbekam, dass der tot war, hatte er ihn schon geschluckt.«

»Aber genau können Sie es nicht sagen?«

»Nein. Aber der Paul, der hat gesagt, den Kopf hätten sie doch eingeschickt. Ich glaub ja nicht, dass das was hergibt. Doch der Paul meinte, da gäbe es in Amerika so eine Hirnerkrankung bei Weißkopfseeadlern. Die knallen dann gegen Felswände oder fallen torkelnd aus dem Nest, weil die so wie unser Storch taumeln. Jedenfalls hätten die Amerikaner festgestellt, dass weder Viren noch Bakterien daran schuld sind.«

»Und woran liegt es dann?«, fragte ich.

»Da sollen Umwelt- oder Pflanzengifte zu richtigen Hohlräumen in der weißen Hirnmasse führen und die Forscher vermuten, dass die Seeadler sich die Krankheit von Wasservögeln holen, die sie als Beute verspeisen. Sagt Paul. Ich denke, das ist zu absonderlich. Und so weit weg. Von Amerika nach hierher, also nein. Wie soll das denn hier ein Storch bekommen?«

»Vielleicht über die Zugvögel?«

Larentius wackelte mit dem Kopf und zupfte an seiner Fliege, die er wie immer trug. Diesmal in dunkelbraun mit goldfarbenem Paisleymuster.

»Das weiß ich alles nicht. Das sind so neumodische Sachen. Davon versteht unsereins einfach nichts mehr.«

»Und wie ist es nun mit Herrn Schuhriegel? Über den wollten Sie ja eigentlich erzählen«, lenkte ich von dem Storch ab.

»Ach so, ja. Ja, ja. Das wollte ich erzählen. Wissen Sie, der Schuhriegel, der hat bei sich zu Hause eine Tafel aufgehängt, so eine Pinnwand. Und an der hängen jetzt säuberlich alle Aussagen von den Zeugen. In durchsichtigen Plastikmappen. Meine auch. Dabei hatte ich gar nichts zu sagen, weil ich ja nichts wusste. Das beeindruckte Schuhriegel aber nicht. Ich glaub, der Konrad wird allmählich altersstarrsinnig. Diese Kalkablagerungen. Sie wissen schon, nicht wahr? Da werden die Menschen schließlich ganz streitsüchtig davon. Kennen Sie das?«, fragte er an mich gewandt, derweil ich ungeduldig mit dem Kopf nickte. »Und dann hat er sich in den Kopf gesetzt, nach Bern zu fahren und die zwei Damen zu befragen. Und Sie beide will er hier in Hamburg auch noch aufsuchen.«

Kaum hatte er ausgeredet, verschwand Hedwig kommentarlos aus der Küche. Sie hatte ihr Kartoffelmesser ins Futteral geschoben, beides mit einer heftigen Bewegung auf den Tisch geworfen, sich umgedreht und war aus dem Haus gerannt. Larentius schaute mich irritiert an.

»Dass Schuhriegel keine Ruhe gibt, ich glaub, das regt sie furchtbar auf. Und wenn sie erregt ist, dann geht sie ihren Hüpfekasten springen. Sie erinnern sich bestimmt – Sie sind doch selbst schon in Ockersdorf mit ihr gesprungen.«

Larentius nickte und fragte mich, ob es Zweck habe, ihr zu folgen. Ich zuckte mit den Achseln, woraufhin Larentius mit der Bemerkung aufstand, dass ein Versuch keinesfalls schaden könne, zumal Hedwig für die Hüpferei doch viel zu schwach sei.

»Und sagen Sie ihr bitte, dass der Mann gar kein Recht hat, uns zu befragen. Sie soll also nicht verrückt spielen«, bat ich ihn.

Ich sah die beiden an dem Samstag nur noch kurz. Hedwig versuchte in ihrer Aufregung tatsächlich zu hüpfen, beruhigte sich aber schließlich und lud Larentius zu einer Stadtrundfahrt auf ihrer Vespa ein, um ihm den Hafen und die Alster zu zeigen. Ein zweiter Helm lag seit Jahren in unserer Garage, da die Vespa ursprünglich dazu gedacht gewesen war, Martin oder mich durch den dichten Stadtverkehr zu bringen. Als wir dann feststellten, dass wir trotz der erheblichen Parkplatzprobleme in der Innenstadt den Motorroller viel zu selten nutzten, überließen wir ihn Hedwig, die sich freute wie ein Kind. Schon in den fünfziger Jahren war Hedwig für ihre Einkäufe und anderweitigen Besorgungen mit einem Motorroller unterwegs gewesen und der Gedanke, nach Jahren der Abstinenz wieder einen Roller zu fahren, beglückte sie.

Bevor wir ihr den Motorroller überließen, drangen Martin und ich darauf, dass sie ein paar Fahrstunden nahm, denn der Verkehr war über die Jahrzehnte sehr viel dichter geworden und die Autofahrer sehr viel aggressiver. Hedwig hatte pflichtschuldig ihre Fahrstunden absolviert und düste seither trotz ihres hohen Alters unfallfrei durch Hamburg.

Man musste sich also um Hannes Larentius keine Sorgen machen. Als Hedwigs Sozius würde er einen angenehmen Samstag in Hamburg verbringen und am Abend mit Hedwig vielleicht noch etwas essen gehen.

Ich war versorgt. Mittags hatte ich den Mohrrübeneintopf und für den Abend einen gefüllten Kühlschrank.

Gegen Mittag rief Knut Meiser an und erkundigte sich, ob bei mir alles okay sei und wie es Larentius ginge. Ich beruhigte Meiser, dem Mann ginge es blendend, lediglich sein Ischiasnerv habe ihm nach der Nacht unter freiem Himmel zu schaffen gemacht, doch nun sei er bei meiner Haushälterin in den besten Händen. Meiser erinnerte mich daran, ihn sofort anzurufen, wenn Sarah Baerenbaum komisch wurde. Ich versprach es und legte auf.

Und dann kam sie tatsächlich.

Stand vor der Tür, die üppige rote Mähne mit einer Spange gebändigt und schaute mich herausfordernd an.

Ich begrüßte sie mit aller gebotenen Höflichkeit, führte sie nach hinten auf meine Terrasse und bot ihr einen Kaffee oder Eistee an. Sie schaute erst mich an, dann auf ihre Armbanduhr. Eine Patek Philippe. Darunter ging es wohl nicht mehr.

»Weder noch. Einen Wodka Lemon, bitte.«

Ich verschwand im Inneren des Hauses und bereitete einen Wodka Lemon zu. Als ich zurückkam, stand Sarah Baerenbaum am Aufgang der Terrasse und blickte auf die Rosen. Hinter ihr stand Eule und schaute auf Sarah Baerenbaum. Ich rief Eule zu mir.

Sarah Baerenbaum erschrak sichtbar, als sie sich umdrehte und den Hund sah.

»Mein Gott!«, entfuhr es ihr. »Was ist das denn?«

»Ein Königspudel. Vielmehr eine Hündin«, korrigierte ich mich und überreichte ihr den Drink. »Sie ist harmlos.«

Ich nahm Sarah Baerenbaum gegenüber Platz, wunderte mich aufs Neue über die Metamorphose beziehungsweise die Schauspielkunst der Frau und kraulte Eule, die sich jedoch nur eine kurze Streicheleinheit abholte und sich anschließend sofort wieder zu einem Nickerchen hinter den Strandkorb verkroch.

Nach dem Austausch von ein paar Belanglosigkeiten über den wunderbaren Ausblick und den gepflegten Garten, kam Sarah Baerenbaum auf ihre Mutter zu sprechen.

»Meine Mutter ist vor drei Tagen gestorben.«

»Oh, das tut mir Leid für Sie.«

Mein Beileid war aufrichtig gemeint.

»Das muss es nicht. Sie kam als Pflegefall aus dem Krankenhaus. Sauerstoffmangel. Und außerdem wissen Sie doch, dass wir uns nicht mochten. Darüber hinaus hat es den großen Vorteil, dass ich jetzt nicht mehr so eine Unmenge fremden Personals in meinem Haus habe und tun und lassen kann, was ich will.«

»Tut es Ihnen nicht ein bisschen Leid?«

»Nein. Sie war meine Mutter, okay. Aber ich habe sie mir nicht ausgesucht. Sie hatte ein gewisses Alter erreicht und ein paar Schlaganfälle überstanden und nun ist sie tot.« Sarah Baerenbaums Stimme klang bestimmt. »Aber ich bin aus einem anderen Grund hier. Es geht um Ihren Mann.«

Ich lachte auf. Ich warf den Kopf in den Nacken und lachte hell und viel zu laut.

»Über Martin wollen Sie reden? Mit mir?«, gluckste ich übermütig und wusste mich kaum zu beherrschen. »Da sind Sie aber an der ganz falschen Adresse. Der wohnt nicht mehr hier.«

»Das weiß ich. Immerhin war ich dabei, als Sie ihn rausgeworfen haben.«

»Und was wollen Sie dann?«

»Erklären Sie mir, wie Sie ihn für sich gewonnen haben.«

Ich schaute sie ungläubig an.

»Wie bitte?« Ich wollte mich vergewissern, dass ich die Frage richtig verstanden hatte.

»Ich möchte wissen, wie Sie ihn dazu bekommen haben, Sie zu heiraten.«

Ich dachte, ich sitze im falschen Film. Ich sollte der Geliebten meines Mannes Nachhilfeunterricht geben? War die Frau noch normal?

Gut. Der Mann, um den es ging, war quasi mein Exmann. Mein zukünftiger Exmann, um genau zu sein. Dennoch fand ich das Ansinnen abenteuerlich, ja geradezu pervers und absolut niederträchtig.

»Meinen Sie nicht, Sie sind bei mir an der falschen Adresse?«, fragte ich und hatte Mühe, nicht gemein zu werden. »Immerhin sind Sie eine von zwei Frauen, mit denen mein Gatte ein Verhältnis hatte. Und zwar nicht nur mal eben so, sondern gleich über Jahre.«

Sarah Baerenbaum nippte an ihrem Wodka Lemon und sah mir ins Gesicht. Eine Attitüde, die sie zu der Zeit, als sie meine Klientin gewesen war, niemals draufgehabt hatte. Diese Dame, die mir jetzt gegenüber saß und mir so ungeniert in die Augen schaute, kannte ich nicht.

»Sie meinen, ich bin schuld am Scheitern Ihrer Ehe?«, fragte Sarah Baerenbaum.

»Das habe ich nicht gesagt. Das denke ich auch nicht. Sie und Laura Hesselbach, Sie beide waren lediglich ein Indiz für das Scheitern.« In meiner Stimme schwang Arroganz mit: »Und nur mal so ganz unter uns, alles andere würde Ihre Rolle für unsere Ehe auch erheblich überbewerten.«

Sarah Baerenbaum setzte sich kerzengerade hin.

»Was soll das denn heißen?«

Ich geriet in Erklärungsnot. »Ich meine, vielleicht hat mein Mann mich geliebt. Und vielleicht kann man dreizehn Jahre Ehe nicht einfach so wegwerfen für eine von zwei Geliebten, mit denen man noch nie den Alltag geteilt hat?«

»Hören Sie auf, mich zu beleidigen«, unterbrach mich Sarah Baerenbaum und fuhr fort: »Ich mag Sie nicht. Ich mag Ihr Haus nicht, Ihre Art zu leben …«

»Das ist auch nicht notwendig, oder?«, unterbrach ich die beginnende Tirade der Frau gereizt.

»Woher wollen Sie das denn wissen? Vielleicht liebe ich den Mann ja auch und würde gerne seine Art des Lebens mit ihm teilen. Nur muss ich es dazu kennen.«

Ich starrte die Frau vor mir an. Sie war unlogisch und hatte einen Knall. Definitiv.

»Wissen Sie was? Gehen Sie nach Hause, werfen Sie eine Valium ein oder nehmen Sie gleich zwei oder drei. Beruhigen Sie Ihre Nerven und dann denken Sie vielleicht mal logisch über das nach, was Sie hier veranstalten.«

Vielleicht hatte die Ironie in meiner Stimme das Fass zum Überlaufen gebracht. Vielleicht war sie auch einfach nur mit den Nerven am Ende, weil sich der ganze Aufwand, den sie betrieben hatte, um Martin zu bekommen, als völlig überflüssig erwiesen hatte. Ich hatte Martin rausgeschmissen, Laura Hesselbach hatte ihn vor die Tür gesetzt – und Sarah Baerenbaum mochte er zwar beschlafen, zur Landung hatte er bei ihr jedoch ganz offensichtlich nicht angesetzt.

Normale Menschen würde das schon sehr ins Grübeln bringen. Die Baerenbaum aber war nicht normal.

Plötzlich sprang sie aus dem Sessel auf.

Und wie sie sich da urplötzlich breitbeinig vor mir aufbaute, die Hände in die Hüften stützte und mich hastig atmend anstarrte, das hatte schon eine ziemliche irre Dimension.

Ich nahm den Duft ihres Parfüms wahr. Angenehm leicht und sommerlich frisch kitzelte meine Nase eine Mischung aus Limone und Orange.

»Ich bin sauer auf Sie!«, zischte sie mir ins Gesicht. Ihr Atem traf meine Nase. Er roch nach Zitronen. Sehr lieblich. Geradezu verführerisch.

»Das trifft sich gut. Denn raten Sie mal, was ich bin!«, entgegnete ich.

»Sie haben mein Leben zerstört!«, fauchte Sarah Baerenbaum.

»Ach du liebe Güte! Jetzt versuchen Sie es auch noch auf diese Barbara-Cartland-Billigtour. Lassen Sie denn gar nichts aus?«

Sarah Baerenbaum kochte vor Wut. Ich sah es, ohne dass es in meinem Bewusstsein ankam und mich die Notbremse ziehen ließ.

»Ja, Sie haben ganz richtig gehört: Sie sind schuld.«

»Sie sind nicht normal«, erwiderte ich jetzt doch reichlich angezickt und stand auf.

»Das mag schon sein. Aber Sie haben uns beide damals hierher bestellt und mich dadurch gezwungen, Martin zu zwingen, sich zwischen mir und seiner Sekretärin zu entscheiden.«

Sie hatte meinen Arm ergriffen, ich schüttelte ihre Hand mit angewidertem Blick ab.

»Sie wollen mir anlasten, dass er nicht mit fliegenden Fahnen zu Ihnen übergelaufen ist? Dass er sich nicht zwischen Ihnen und irgendeiner Sekretärin entschied?« Ich lachte auf. »Sie haben ihn angespuckt, meine Liebe. Erinnern Sie sich nicht? Ihm lief ein Speichelfaden die Wange hinunter. Und zwar Ihrer. Und glauben Sie mir, er hasst es wie die Pest, wenn er die Spucke anderer Menschen im Gesicht hat. Und dann stellten Sie ihn auch noch in dieser für ihn ohnehin schwierigen Situation vor diese belämmerte Entscheidung.«

»In welcher Situation?«, fragte die Baerenbaum irritiert.

»Frau Baerenbaum, Sie hatten an jenem Tag leider nicht berücksichtigt, dass mein Mann tagelang im Koma gelegen hatte. Er kam gerade aus dem Krankenhaus, hatte eben erfahren, dass die zwei Umzugskartons ihm gehören und er nicht mehr hier wohnt«, verteidigte ich Martin, wohl aus einem noch immer in mir wohnenden Reflex heraus, dass meinen Mann außer mir kein Mensch anzugreifen hatte. »Und Sie verlangten eine Entscheidung zwischen sich und Frau Hesselbach. Wie unsensibel. Der Mann hatte noch nicht einmal begriffen, dass er keine Ehe mehr führte, und Sie wollten eine Entscheidung für oder gegen sich.« Ich schüttelte den Kopf.

»Und woher sollte ich das wissen? Sie haben es mir ja nicht gesagt. Weshalb sollten Sie auch?«

Die Frau sprach jetzt mit einem Gleichmut, der einen ziemlichen Kontrast zu ihrer noch einen Moment zuvor so aufgebrachten Stimme bildete und der mich erschreckte.

»Sie haben doch die Umzugskartons gesehen.«

»Ja, und es war mir auch klar, was Sie da abzogen.«

»Dann hätten Sie Ihre Karten besser ausspielen sollen, meine Werteste«, konnte ich mir nicht verkneifen, die Baerenbaum noch einmal zu reizen.

Sie war beleidigt, konterte aber diesmal blitzschnell.

»Lassen Sie uns jetzt mal über den Brief reden.«

Ich schaltete mindestens ebenso blitzartig. Ausnahmsweise.

»Den lavendelfarbenen?«

Sarah Baerenbaum nickte.

»Der war von Ihnen?«, fragte ich zur Sicherheit noch einmal nach.

Die Frau nickte wieder. Die Lippen zusammengepresst, lächelte sie nicht besonders freundlich.

Glauben Sie mir, ich sah die Frau derart verdattert an, dass sie hell auflachte, was auf mich auch nicht freundlicher wirkte. Sie richtete sich dabei auf und warf das rotgoldene Haar zurück über die Schulter.

Mir wurde übel. Mein Magen krampfte sich zusammen, ein Brechreiz drohte die Speiseröhre zu bombardieren.

»*Sie* haben diesen Brief geschrieben?«, fragte ich fassungslos noch einmal.

»Ja, irgendwie schon. Sie sollten ein wenig Angst haben. Ich fand, das wäre nur gerecht. Sie haben mein Leben durcheinander gebracht. Und mir den Mann genommen. Jedenfalls wollte ich Ihnen einen Schrecken einjagen. Aber Angst schienen Sie ja nicht zu haben.« Sarah Baerenbaums Stimme klang immer noch unbeteiligt.

»Ich habe Ihnen den Mann genommen?« Ich dachte, ich höre nicht richtig. »Und weshalb, in aller Welt, sollte ich Angst haben? Und wovor überhaupt? Doch nicht etwa vor Ihnen? Das ist doch völlig lächerlich!«

Sarah Baerenbaum lachte urplötzlich und völlig grundlos auf. Auch das wirkte nicht besonders freundlich. Und während ich das noch dachte, bückte sie sich, tauchte mit meiner Gartenschere in der Hand wieder auf und fuchtelte mir damit vor den

Augen herum. Hedwig oder ich hatten die Schere wohl auf der Terrasse vergessen.

»Hier, Ihre Schere«, sagte sie, fuchtelte aber weiter mit dem Ding herum, während ich sagte: »Hören Sie auf, Mensch. Sie, sind ja völlig durchgeknallt!«

Die Frau hatte einen Sockenschuss, einen Knall, der auf keine Kuhhaut ging. Einen richtigen, so einen ausgewachsenen, pathologischen, dachte ich, stand auf und holte instinktiv mit einem Bein aus.

Mein Fuß fuhr zwischen ihren Beinen hindurch zu Sarah Baerenbaums Allerwertestem. Fußspitze voran, verpasste ich ihr einen derben Tritt in den Hintern. Sie verlor das Gleichgewicht und kippte nach vorn auf mich zu, während sie einen überraschten Schrei ausstieß und die Schere bedrohlich auf mein Gesicht zufuhr. Ich griff nach Sarahs Handgelenk, um die Schere abzuwehren, während ich mich auf meinen Sessel fallen ließ, mich sofort mit den Füssen abstieß und ihm damit einen Schwung verordnete, der ihn nach hinten kippen ließ.

Wir fielen beide. Ich knallte mit dem Kopf und den Schultern gegen die Rückenlehne, der Aufprall raubte mir kurz den Atem, mehr jedoch nicht.

Sarah Baerenbaum kreischte erneut auf, während sie auf mich und den Sessel fiel, wobei ihr Kopf die Armlehne kontaktierte und ein knirschendes Geräusch verursachte. Es erinnerte mich an Gerhard Meinhard. Der Kopf mit der dicken, rotgoldenen Mähne, um die ich sie heimlich, ganz heimlich beneidete, rutschte seitlich neben die Lehne, während ich noch immer ihre Hand mit der Schere umklammerte.

In dem Moment stürzte Eule um die Ecke des Strandkorbs, stellte sich breitbeinig über mich und leckte mir hingebungsvoll das Gesicht. »Aus, Eule!«, befahl ich und wies mit der Hand Richtung Terrassenaufgang. Doch da ich unter der Hündin lag, dachte die gar nicht daran, mit dem Sabbern aufzuhören oder sich wegzubewegen.

Während ich reichlich unbequem in dem umgekippten Sessel hing, mit einer Sarah Baerenbaum schräg über mir, drehte ich Eules Kopf weg und schob sie von mir. Die Hündin bewegte sich nicht einen Zentimeter. »Eule, verschwinde!«, befahl ich und kniff ihr ins Fell.

Die Hündin jaulte auf und machte einen Satz. Anklagend sah sie mich an, doch was mir unter normalen Umständen ein schlechtes Gewissen verursacht hätte, beeindruckte mich an jenem Nachmittag nicht. Ich war sie los. Fertig.

Unter Einsatz aller zu mobilisierenden Kräfte schubste ich die Frau von mir, so dass sie wie eine leblose Gliederpuppe über der Armlehne hing, den Kopf abgewandt, einen Arm und ein Bein rechts, die anderen jeweils links neben der Lehne.

Jetzt überkam mich doch eine gewisse Angst. Allerdings eine andere als die, die die Baerenbaum mit ihrem Brief hatte initiieren wollen. Vielleicht hatte ich etwas überreagiert, als die Baerenbaum mit der Schere vor meiner Nase herumfuchtelte. Aber sterben sollte die Frau keineswegs.

Am ganzen Körper zitternd, kroch ich aus dem umgekippten Sessel, richtete mich halb auf und drehte Sarahs Kopf in meine Richtung. Sie atmete, hatte jedoch das Bewusstsein verloren und musste sich die Nase gebrochen haben, als die mit der Armlehne kollidiert war und ich dieses knirschende Gerhard-Meinhard-Geräusch vernommen hatte. Noch immer adrenalingeschüttelt, ließ ich Sarah Baerenbaum liegen, wo und wie sie lag, und rannte aus dem Haus, als sei eine mordlüsternde Horde durchgeknallter Irrer hinter mir her. Nicht auszudenken, was passierte, wenn sie wach würde und feststellen müsste, dass ich ihr mit meiner Attacke die Nase gebrochen hatte.

Ich ignorierte, dass mir die Beine zitterten und mir immer noch speiübel war. Ich wollte nur weg von dieser Irren, die mich selbst ganz irre werden ließ.

Ich schloss nicht die Haustür und drehte mich nicht um. Panikgeschüttelt von meinem eigenen Aggressionspotential stieg ich in mein Auto, legte einen Kavaliersstart mit durchdrehenden Reifen hin und preschte davon.

Ich fuhr bis zur nächsten Polizeiwache, bremste mit zu viel Verve, so dass die Reifen blockierten, dann schaltete sich das ESP ein, das Auto rülpste, zitterte kaum merklich und kam zum Stehen. Mit noch immer wackligen Knien ging ich die paar

Stufen zur Wache hinauf, durchquerte einen kleinen Korridor und gelangte in eine halbrunde, unwirtliche Halle, deren Wände mit dunkelbraunen Regalen zugestellt waren und vor denen eine Art halbrunder, olivgrüner Tresen aufgebaut war.

Mein Blick durchforstete die triste Örtlichkeit nach einem Lebewesen und blieb an einem Blondschopf hängen, der rechter Hand von mir über dem Tresen leuchtete. Mehr als dreißig Zentimeter des schmalen Oberkörpers gab der Tisch nicht frei. Ich ging auf den Typen zu, stellte mich vor und bat ihn, er möge jemanden holen, der mit Mordversuchen zu tun hat.

Er sah mich ungläubig durch eine viel zu große Brille an, kratzte sich am Ohr und erklärte mir, ich müsse da leider mit ihm vorlieb nehmen, denn die anderen seien alle aushäusig. Ich stützte mich auf die Absperrung, lehnte mich hinüber und sah einen winzigen Mann, der nicht größer als einen Meter fünfzig sein konnte. »Hören Sie, ich möchte einen Unfall melden beziehungsweise einen Mordversuch«, hob ich an, als drei Männer in Zivil den Raum betraten. Der Junge rief: »Karl, komm mal her!«, und einer der drei, ein gut aussehender, durchtrainierter Mann Ende vierzig löste sich aus der Gruppe und kam lächelnd auf uns zugeschlendert.

»Was gibt es denn?«

Bevor ich etwas antworten konnte, hatte der junge Mann das Wort ergriffen.

»Die Dame hier will eine Schlägerei melden.«

Ich nickte dazu. »Einen Mordversuch.«

»Wirklich?«

Ich nickte erneut und der Mann, der sich nun als »Karl Schlosser, Kriminalhauptkommissar« vorstellte, nahm meinen Ellenbogen, schlug eine Klappe zurück und bugsierte mich durch die Absperrung hindurch zu einer Glastür in der Wand, die ich erst wahrnahm, als wir darauf zugingen.

»Soso, einen Mordversuch mit einer Schlägerei.«

»Ja.«

»Und wo?«, fragte er, derweil wir ein kleines Büro betraten, das sich unmittelbar hinter der Glastür befand.

»Alsterufer 36, bei Hillger. Das bin ich.«

»Und wer versuchte, wen zu ermorden?«, fragte Schlosser und wies mit einem Finger auf einen Besucherstuhl vor einem alten, braunen Holzschreibtisch.

»Na ich«, begann ich und stotterte wirres Zeug. »Also ich wurde von Frau Baerenbaum, also von Sarah Baerenbaum, mit einer Schere angegriffen.«

»Aha«, grinste Schlosser. »Und wie geht es der?«

»Nicht so gut. Die hat jetzt eine gebrochene Nase, glaube ich. Die liegt da und braucht einen Arzt.«

Schlosser grinste immer noch, schnappte sich jedoch ein Funkgerät von seinem Schreibtisch und schickte eine Streife und einen Notarzt zu mir nach Hause. Die Kollegen sollten mal die Adresse überprüfen und der Arzt nach einer Verletzten auf der Terrasse sehen. Nur zur Vorsicht, wie er feststellte, während er mir ein Wasser aus einem Automaten servierte.

»Und Sie erzählen mir keine Märchen?«

»Sehe ich so aus?«

»Nach dem Aussehen geht es nicht. Sie sehen ziemlich fertig aus und Ihr T-Shirt ist eingerissen.«

Er wies mit dem Finger auf die Schulternaht. Handbreit hatte sich dort der Ärmel gelöst. Durch die aufgeplatzte Naht schimmerte blasse Haut. Meine Haut.

»Muss passiert sein, als sie mich angriff.«

»Sarah Baerenbaum?«

»Wer denn sonst?«, fragte ich schnippisch.

»Na, dann mal los. Erzählen Sie.«

Ich erzählte Karl Schlosser, was sich ereignet hatte. Er stellte ein paar Fragen, woher ich Sarah Baerenbaum kenne und seit wann.

Ich erklärte ihm gerade, dass ich nicht damit gerechnet hätte, dass Sarah Baerenbaum mir etwas antun wollte, als sich die Streife meldete und den Fund bestätigte. Es gebe da eine Frau, die ziemlich benommen sei, eine Kopfwunde habe, eine kaputte Nase und eine ganz schöne Fahne.

Schlosser erklärte mir, er müsse jetzt los und sich das Ganze mal ansehen. Ob ich mitkommen wolle?

Ich wollte und so fuhren wir im Streifenwagen zu meinem

Haus. Als wir auf die Auffahrt einbogen, pfiff Schlosser durch die Zähne.

»Geerbt. Familienbesitz«, erklärte ich kurz angebunden. Derweil Schlosser parkte, informierte ich ihn über unsere Familiengeschichte, über das Scheitern meiner Ehe und den Status von Sarah Baerenbaum als Geliebte meines Mannes.

»Sie kam rund drei Monate lang als Klientin zu mir. Ich habe ein Heiratsinstitut, habe ich ja schon erzählt.«

»Und wie viele Männer haben Sie ihr vermittelt?«

»Niemanden. Sie war damals nicht so weit. Oder sie tat so, was weiß ich?«

Schlosser schüttelte den Kopf, während sich uns ein zirka fünfundvierzig Jahre alter Mann, der bei einer Größe von knapp zwei Metern ein Kampfgewicht von etwa hundertzwanzig Kilo auf die Waage bringen musste, näherte.

»Manstein, Axel, mein Kollege. Claire Hillger, die die Verletzte gemeldet hat«, stellte Schlosser uns einander vor.

»Angenehm«, sagte ich.

Schlosser wollte mit Manstein noch einmal nach hinten auf die Terrasse gehen. Es würde nicht lange dauern. Es könne sich die eine oder andere Frage ergeben und vielleicht könne ich ihm bei den Antworten behilflich sein.

Natürlich dauerte die Nummer länger als erwartet. Ich schlief schließlich im Auto ein und wurde erst wach, als Schlosser sanft meinen Arm klopfte.

»Frau Hillger, hallo?«

Die Frage blieb in der Luft hängen. Ich schlug die Augen auf und sah mich zwei freundlichen graublauen Augen gegenüber. Ich unterdrückte ein Gähnen, während Schlosser mir aus dem Wagen half. Eine spätnachmittägliche Sonne schien mir direkt ins verschlafene Gesicht und blendete mich, so dass ich die Augen schloss.

»Und?«

»Der Arzt hat die Frau versorgt und zur Beobachtung mit ins Krankenhaus genommen. Sie hat vermutlich eine Gehirnerschütterung. Sie hat übrigens Strafanzeige gegen Sie erstattet. Sie hätten Sie angegriffen. Und die Gartenschere hat sie nur aufgehoben, weil sie auf der Terrasse lag. Und sie sagte, sie seien komplett hysterisch geworden.«

»Aber sie hat mich doch angegriffen«, entfuhr es mir.

»Das wird sich schon alles klären«, versuchte Manstein mich zu beruhigen. »Haben Sie zufällig einen Zeugen für die Handgreiflichkeiten?«

Ich schüttelte den Kopf und bat Schlosser und Manstein, mich mit zum Revier zurückzunehmen, da dort mein Auto stünde. Auch ohne diese Bitte hätten die zwei mich mitgenommen, hatten sie doch noch die eine oder andere Frage an mich. Manstein schrieb meine Antworten eifrig mit, derweil Schlosser auf der Kante seines Schreibtisches saß, einen Becher Kaffee in der einen, eine Zigarette in der anderen Hand, und mit mir zu plaudern schien.

Die beiden Polizisten waren vermutlich der Meinung, ich sei komplett bescheuert, womit sie nicht so ganz danebenlagen.

Es wäre selbstverständlich schlauer gewesen, die Frau nicht zu treffen. Ich meine, was hatte Meiser sich gedacht, was die von mir wollte? Die Absolution? Ratschläge? Ein paar Tipps?

Und ich denke, die Baerenbaum war bereits auf Krawall gebürstet gewesen, als sie zu mir kam. Und wahrscheinlich war auch ich auf Krawall gebürstet gewesen. Doch das behielt ich besser für mich.

Schlosser und Manstein folgten also meinem Bericht aufmerksam, und nachdem ich versichert hatte, dass sowohl Lisa als auch Knut Meiser zu der Frau weitere Auskunft geben könnten, fuhr ich nach Hause.

Noch unterwegs rief ich Knut Meiser an, der schon an meiner Stimme hörte, dass ich genervt und etwas schief gelaufen war. Ich gab eine Kurzfassung der Vorfälle zum Besten. Er fragte, ob er zu mir nach Hause kommen solle. Es würde mich freuen, antwortete ich und hängte ihn ab.

Ich freute mich nicht.

14

Meiser kam. Schnell und zuverlässig wie stets, war er längst da, als ich zu Hause ankam.

Sein silberfarbener Mercedes stand in der Einfahrt, derweil Knut Meiser es sich in meinem Strandkorb gemütlich gemacht hatte.

Als ich um die Ecke auf die Terrasse bog, lugte er aus ihm hervor und winkte mir gut gelaunt zu. Neben ihm saß Lizzie und grinste dämlich.

»Das ist ja eine dumme Geschichte«, begrüßte Meiser mich, während Lizzie aufsprang, auf mich zueilte und mich in den Arm nahm.

»Mann, Mann, du kommst ja wohl dieses Jahr überhaupt nicht mehr zur Ruhe. Verschlaf den Rest des Jahres doch einfach«, versuchte sie einen Scherz, von dem sie aber schon in dem Moment, als sie ihn machte, wusste, dass er danebenging.

Erwartungsgemäß bekam ich auch nur mühselig ein Grinsen hin.

»Strafanzeige wegen Körperverletzung. Na, das ist doch mal was Neues. Und dann von Sarah Baerenbaum. Welch Witz«, sagte Meiser.

»Ja, und ich habe sie auch angezeigt. Weil das Leben ja sonst so langweilig ist«, erwiderte ich ärgerlich und war trotzdem erleichtert, nicht allein zu sein. »Mal sehen, was dabei rauskommt.«

Ich bot den beiden einen Wein an und schnitt ein wenig Käse und Tomaten auf. Und dann beleierte ich Meiser nach Strich und Faden, was er sich eigentlich dabei gedacht hatte, mir zu empfehlen, die Baerenbaum zu treffen.

»Ein Ende dieser Geschichte.«

»Ach, ein Ende. Und wer sollte dabei draufgehen?«

»Frau Hillger, nun werden Sie mal nicht albern. Kann ja sein, dass die hysterisch ist, eine Mörderin ist sie zweifelsfrei ebenso wenig wie Sie. Auch wenn sie sich nach einem Profikiller erkundigt hat. Das können Sie getrost unter Affekt abhaken.«

»Na das ist ja supertoll! Und was wäre passiert, wenn sie im Affekt dieses Mal richtig ausgerastet wäre mit ihrer Schere?«

»Ach, kommen Sie.« Knut Meiser lächelte, rutschte in seinem Strandkorb ein wenig dichter an Lizzie heran und legte den Arm um sie. »So ganz unschuldig sind Sie ja nun auch nicht an dieser Schlägerei.«

Ich hätte mich so gern richtig über Meiser aufgeregt, bekam es aber wieder mal nicht hin. Der Mann hatte einfach eine Ausstrahlung, die seine Umgebung auf so wundersame Weise beruhigte. Oder mich.

Jedenfalls tranken und redeten wir drei und naschten dabei immer mal wieder von dem vorzüglichen spanischen Manchego, dessen trockene Konsistenz und herbe Würzigkeit wunderbar zu der süßen Reife der Tomaten passte.

Vielleicht war es der Wein oder das Reden oder die Erschöpfung. Vielleicht war es allein die Anwesenheit dieser zwei Menschen. Oder Meisers wohltuende Art, mit der er mir schließlich erklärte, ich solle mir keine Sorgen machen. Die Strafanzeige der Baerenbaum wäre sicherlich ebenso schnell vom Tisch wie meine eigene, da meine Aufregung nur logisch gewesen sei. Er würde mal bei der Polizei vorbeifahren und bezeugen, dass die Baerenbaum die Geliebte meines Mannes war und seine Detektei auf mich und Laura Hesselbach angesetzt hatte.

Ich bat Meiser, gleich Montag früh, ganz früh, bei den Polizisten vorstellig zu werden, zumal jemand dafür sorgen musste, dass diese Geschichte nicht in die Zeitung gelangte. Eine Prügelei war für den Ruf jedes Geschäfts schädlich, für mein Institut jedoch undenkbar, würden diese Zeitungsfritzen doch sowieso nur wieder eine ganz perfide Story daraus stricken.

Ich redete und redete also und fühlte mich wie in einer watteweichen Wolkenschicht, so umsorgt und umhegt und beschützt.

Und da ich einmal am Reden war und wohl im weiteren Verlauf des Abends etwas zu viel trank, erzählte ich Meiser gleich noch von den zwei Leichen in Bremsnitz, dem besoffen abgestürzten Storch und Schuhriegel, diesem Volltrottel, der sich in den Kopf gesetzt hatte, den Fall um Gerhard Meinhard und Gregor zu lösen.

Ich konnte quasi hören, wie Knut Meisers Kinnlade einen Abgang Richtung Knie machte.

»Wie konnten Sie das verschweigen, um Himmels willen?«, ereiferte sich Knut Meiser, derweil Lizzie mechanisch seinen Handrücken streichelte, als reiche diese Geste zärtlicher Aufmerksamkeit aus, um seinen Adrenalinspiegel herunterzufahren.

»Wie hätte ich es Ihnen erzählen sollen?«, konterte ich erschrocken. »Ich kannte Sie eigentlich gar nicht. Ich mochte Sie – oder das, was ich von Ihnen kannte. Nun gut. Und Sie waren mir schon früher bei Sarah Baerenbaum behilflich. Wohlgemerkt gegen eine nicht unbeträchtliche Entlohnung. Aber woher bitte schön sollte ich wissen, dass ich Ihnen trauen kann bei dieser sehr delikaten Geschichte?«

Meiser entzog Lizzie seine Hand.

»Weil ich Ihnen vertraute, mein Gott, das mussten Sie doch wissen. Sie geben doch sonst immer so viel auf Ihre Menschenkenntnis.«

»Ach, kommen Sie! Was heißt es schon, dass Sie mir vertrauten? Außerdem gab es doch eigentlich gar keinen Anlass, Ihnen etwas von dieser Geschichte zu erzählen.«

»Ich hätte Ihnen behilflich sein können.«

»Wie denn?«

Meiser kratzte sich den Kopf.

»Wie? Weiß ich jetzt auch nicht.«

»Sehen Sie«, lachte ich und stand auf.

Ich schwankte leicht. Alkohol und Aufregung sorgten für eine unangenehmen Schwere in den Beinen. Ich war todmüde, ich hatte einen Schwips und ich wollte ins Bett.

Wann Lizzie und Knut Meiser an jenem Abend gegangen und Hannes Larentius und Hedwig gekommen waren, wusste am nächsten Tag kein Mensch. Die beiden Pärchen waren sich nicht begegnet.

Hannes Larentius übernachtete jedenfalls nicht im Hotel, sondern in Hedwigs Gartenhaus.

Auch dieses Haus, wenngleich es doch klein war, besaß ein Gästezimmer, das in den letzten dreißig Jahren allerdings nie benutzt worden war und von dem ich auch nicht mit Bestimmtheit wusste, ob es an dem Wochenende zum Einsatz kam. Eine Spekulation allerdings, die ich sogleich aus meinem Kopf verscheuchte, schien es mir doch gar zu merkwürdig, ja geradezu unanständig, mir vorzustellen, dass Hedwig und Larentius unter Umständen ein Bett teilten. Und ich mochte mir schon gar nicht vorstellen, was die beiden Alten in einer solchen Situation miteinander trieben.

In der Nacht von Samstag auf Sonntag schlief also Larentius in Hedwigs Haus und wir trafen uns am Sonntag früh auf der Terrasse, wo Larentius seine Spiegeleier mit Speck aß, zu denen er einen großen Becher Milchkaffee schlürfte.

Mir hatte Hedwig ebenfalls eine große Tasse Milchkaffee hingestellt, ein Aspirin und dazu ein Croissant, etwas Butter und ein Glas ihrer selbst gekochten Erdbeermarmelade. Genüsslich verspeiste ich das Croissant, schluckte die Aspirin mehr prophylaktisch, blätterte in der *Sonntagszeitung*, die Larentius schon vor dem Aufstehen an einer Tankstelle besorgt hatte, und hielt mein Gesicht der herbstlichen Sonne entgegen. Noch besaß sie eine wärmende Kraft und der Tag versprach mit Temperaturen um zwanzig Grad ein glänzender Sonntag zu werden.

Ich las gerade etwas von einer Berliner »Schlampe«, die irgendein Szenerestaurant besucht hatte und nun dumme Bemerkungen über die Qualität des Menüs zum Besten gab, als es an der Tür klingelte. Es mochte gegen halb elf sein und Hedwig beeilte sich, die Tür zu öffnen und den unerwarteten Gast hereinzubitten.

Ich hörte die Stimme, bevor der Mann auf der Terrasse zu sehen war. Ich hörte das Schnarren, mit dem er die Vokale aussprach, erkannte den Thüringer Dialekt und konnte nicht glauben, dass Schuhriegel wagte, hierher zu kommen. Heute früh. An einem Sonntag. Um halb elf.

Ich preschte wie eine Furie über die Terrasse in die Halle auf den Mann zu, dessen Stirn trotz der milden Temperatur im Schweiß zu ertrinken schien. Eine dickliche Hand wedelte sich mit einem großen, baumwollenen Taschentuch kühlende Luft zu, betupfte gelegentlich die Stirn, während der Brustkorb sich unter einem hellgrauen Anzug und einem weißen Hemd ächzend hob und senkte.

»Guten Tag, Frau Hillger. Ich wollte …«, hob Schuhriegel an, doch ich unterbrach ihn.

»Wie können Sie die Unverschämtheit besitzen, mich in Hamburg und noch dazu an einem Sonntag aufzusuchen und sprechen zu wollen?«

»Sie wissen doch sehr wohl, weshalb«, erwiderte Herr Schuhriegel kurzatmig, aber von meiner Keiferei unbeeindruckt. »Und außerdem möchte ich auch Frau Hartmann sprechen, wenn es recht ist.«

»Es ist *nicht* recht, Herr Schuhriegel. Und ich warne Sie: Ich verklage Sie wegen Verleumdung. Sie sind doch gar nicht befugt, hier zu recherchieren. Sie sind ein Dorfpolizist und sonst nichts. Und als solcher überschreiten Sie Ihre Kompetenzen beträchtlich.«

Ich hörte hinter mir das Klacken von Schritten, wie sie Ledersohlen auf Terrakottaböden hervorrufen. Vor mir sah ich dem Entgleisen von Konrad Schuhriegels Gesichtszügen zu.

»Hannes«, kam es gepresst aus dem Fleischklops, »was machst du denn hier? Ich denke, du bist in Düsseldorf bei deiner Nichte.«

»Tja, da war ich auch. Doch nun bin ich hier«, sagte Herr Larentius, belustigt von Schuhriegels Überraschung. »Und für dich wäre es besser, wenn du nicht hier wärst. Ich glaube, für solch ein Benehmen kann es eine Dienstaufsichtsbeschwerde geben, nicht wahr?«, wandte sich Hannes Larentius an mich und ich nickte folgsam. Ich hatte zwar keine Ahnung, aber wenn es Schuhriegel einschüchterte oder ihm den Wind aus den Segeln nahm, sollte es mir recht sein.

»Hannes, du kannst unmöglich so tun, als hätten die beiden Damen nichts mit den Leichen zu tun.«

Larentius hatte seinen alten Schulfreund inzwischen erreicht und legte ihm beruhigend die Hand auf den Arm.

»Konrad, die zwei haben nichts damit zu tun. Hör auf, dich da in etwas hineinzusteigern.«

»Aber alle anderen hab ich als Verdächtige ausgeschlossen«, kam es trotzig aus dem Mund des Dicken.

»Ja, und? Die Berner Damen und unsere Dorfbewohner. Das ist ja wohl auch keine Kunst gewesen, oder? Doch wer sagt dir, dass es nicht fremde Menschen waren. Menschen, die du noch nie gesehen hast? Ich meine, wir wissen ja nicht mal, wie die zweite Person hieß. Und die Hamburger Polizei war schon zweimal bei sämtlichen Audi-Besitzern. Und die beiden hier sind nicht verdächtiger als andere. Also hör endlich auf mit dieser Marotte.«

Während Konrad Schuhriegel und Hannes Larentius darüber stritten, ob man uns verdächtigen könne oder nicht, hatte sich Hedwig nicht vom Fleck gerührt. Als Schuhriegel geklingelt hatte, hatte sie in der Küche mit ihrem Küchenmesser herumgewerkelt. Sie hatte es nicht weggelegt, als sie die Tür öffnen ging, und so trug sie es noch immer in der linken Hand.

»Was erlauben Sie sich?«, mischte Hedwig sich nun ein und blinzelte aufgeregt hinter ihrer rosafarbenen Kassenbrille. »Sie kommen hierher in unser Haus und behelligen Frau Hillger und mich mit dieser Geschichte? Sie unterstellen, wir hätten etwas mit den Leichen zu tun?« Hedwig fuchtelte mit dem Messer aufgeregt in der Luft herum.

Reflexartig griff Larentius nach der Hand, die das Messer hielt, und drückte sie nach unten, während Schuhriegel wohl ebenso reflexartig einen Schritt auf Hedwig zumachte, um ihr seinerseits das Messer aus der Hand zu nehmen. Vermutete ich zumindest.

Schuhriegel hatte jedoch den falschen Zeitpunkt erwischt, denn justament als der Polizist auf Hedwig nur diesen einen Schritt zuging, schlüpfte Eule in die Halle.

Mein Herzschlag setzte aus, denn die Hündin trug freudig erregt den Totenschädel und Martins Hemd in der Schnauze. Sie knurrte erwartungsfroh zwischen den Zähnen hervor und wollte, dass jemand das vermeintliche Bällchen warf oder mit ihr um das Hemd zerrte. Weder Hemd noch Schädel gehörten in die Schnauze des Hundes. Beides sollte unter dem Flieder ruhen, überwachsen von einer üppigen Kräuterdecke. Hatte wohl nicht geklappt mit dem wilden Eigengeruch von Thymian und Bohnenkraut, Rosmarin und Minze. Eule hatte ihre Spielsachen unter dem Flieder erschnüffelt und ausgebuddelt. Und hier stand sie nun.

Als Eule jedoch die bedrohliche Situation erfasste, der Hedwig ihrem Hundeverstand gemäß ausgesetzt war, ließ sie Schädel und Hemd fallen und sprang auf unsere Vierergruppe zu. Das verbliebene Ohr aufrecht, ergriff sie Partei und knurrte den Mann vor Hedwig drohend an. Erschrocken und laut fluchend, wir sollten den Hund im Zaum halten, wollte Schuhriegel vor der Hündin zurückweichen. Er bedachte jedoch die Richtung seiner hektischen Bewegung nicht, machte in dem Stress einen weiteren Schritt auf Hedwig zu und fuchtelte dabei unkontrolliert mit den Armen.

Eule flippte aus. Sie empfand diese offensichtliche Ignoranz ihrer Drohgebärde als Startzeichen zum Eingreifen. Obwohl bis zur Unkenntlichkeit auf weißes Kunstwesen mit prallen Oberschenkeln und kahl rasiertem Po getrimmt, steckte in der Hündin eine wirkliche Hundeseele.

Mit gefletschten Zähnen sprang sie Schuhriegel an und hieb ihm ihre Vorderpfoten auf die Brust, was den überraschten Dorfpolizisten mit rudernden Armen zur Seite kippen und einen Schmerzensschrei ausstoßen ließ, als seine Hüfte auf den Terrakottafliesen aufprallte. Ein zweiter Schmerzensschrei folgte dem ersten unmittelbar, als der linke Ellenbogen nur Sekundenbruchteile später mit den Fliesen kollidierte.

Der Dorfpolizist lag reglos vor der Hündin und Eule nutzte die Gunst des Moments, um sich breitbeinig über den dickleibigen Körper zu stellen und hoch erhobenen Hauptes ihren Sieg herauszuheulen, als Schuhriegel ihr ein Messer in den Leib stieß.

Ich wusste in jenem Moment nicht, woher er das Messer hatte. Ich erfuhr erst sehr viel später, dass er berühmt dafür war, dass er in seinen Jackentaschen immer ein Jagdmesser mit sich führte.

Ich sah das Messer in seiner Hand, sah die Klinge aufblitzen, verfolgte die ausholende Bewegung, doch mein Verstand verweigerte die Verarbeitung der optischen Reize zu einem sinnvollen inhaltlichen Ganzen. Ich konnte nicht glauben, was ich sah, und als ich es endlich realisierte, heulte die Hündin zwar immer noch, aber längst nicht mehr siegesgewiss. Von dem Stich tödlich getroffen, war sie über Schuhriegel zusammengebrochen.

Derweil hatte sich Hedwig aus Larentius' Klammergriff befreit und war wie eine Furie auf den am Boden liegenden Schuhriegel zugetobt. Mit flatternden Händen schob sie den Hund ein wenig zur Seite, holte weit aus und rammte Schuhriegel das Messer in die großzügigen Fettpolster seines Leibes. Ihr Messer. Das Küchenmesser. Jenes, das schon Eule das Ohr gekostet und meinem Mann die Sehne durchtrennt hatte.

Hedwig ließ es nicht bei diesem einen Stich bewenden, sondern zog das Messer mit einer wilden Bewegung aus Schuhriegels Leib und stach neuerlich zu. Stach immer wieder auf den wehrlosen Mann ein und weinte und weinte und schrie: »Sie verdorbener Mensch, Sie! Wie können Sie?«

Schließlich brach sie über dem Polizisten und der Hündin zusammen. Den Kopf an den der Hündin geschmiegt, schlang sie die Arme um sie und heulte ohne Unterlass.

Larentius hatte dem Treiben seiner Herzensdame steif und handlungsunfähig zugesehen. Der Schock hatte ihn in Starre versetzt.

Die Augen schreckgeweitet, die Arme eng an den schlanken Körper gepresst, stand er da, als verkröche er sich in sich selbst.

Auch mir hatte das Herz gestockt und ich hatte die Szene ebenfalls komplett paralysiert verfolgt. Ich wünschte mir nichts sehnlicher, als aus einem hochgradig idiotischen Traum zu erwachen. Das hier war aber kein Traum.

Ich bückte mich zu der laut weinenden Hedwig nieder und zog sie am Arm weg von dem Hund und dem Körper des Mannes, aus dem es unaufhaltsam blutete, als hätte sie den übermäßig fettgepolsterten Körper zum schnelleren Aderlass perforiert.

Schuhriegel starb innerhalb von Minuten mit einer leichten Drehung des Kopfes in Larentius' Richtung, einen Seufzer auf den Lippen. Es schien, als wollte er seinem Schulfreund noch etwas mitteilen, doch aus den Stichwunden floss die Lebenskraft schneller heraus, als Schuhriegel zum Reden ansetzen konnte.

Die Hündin verstarb lautlos. Vielleicht hörte man auch nur nichts, weil die laut heulende Hedwig alles übertönte. Sie hing in Larentius' Arm und presste ihr Gesicht zwischenzeitlich an seine Schulter, so dass das Weinen etwas gedämpft wurde. Dennoch hörte man von der Hündin keinen Laut.

Ich wusste nicht, was ich tun sollte. Meiser anrufen? Lizzie Bescheid sagen? Lisa herbestellen? Die Leichen nach Thüringen transportieren?

Ich war völlig durch den Wind. Hedwig war zu nichts zu gebrauchen und der noch immer geschockte Larentius sowieso nicht. Oder höchstens für ein paar alltägliche Verrichtungen, so dass ich ihn bat, Hedwig in ihr Bad zu begleiten. Sie sollte sich duschen und umkleiden. Und am besten, empfahl ich, brachte er sie für eine Weile zu Bett, damit sie ein wenig schliefe und zur Ruhe käme.

Larentius versprach, sein Bestes zu geben, und führte die willenlos in seinen Armen hängende und heulende Hedwig aus dem Haus.

Da stand ich nun mit einer toten Hündin, die unsere Nachbarin Marie Overlut zwar sträflich vernachlässigt hatte, seitdem sie keine Championqualitäten mehr besaß. Dennoch war ich mir sicher, dass Marie Overlut ein Heidentheater veranstalten würde, wenn sie erfuhr, dass ihre Hündin in meinem Haus erstochen, ja nachgerade ermordet worden war. Noch dazu von einem Polizisten.

Das gäbe einen Riesenskandal und einen Ärger, der mich ein Leben lang verfolgen würde.

Ich konnte mir Eules Leiche nicht leisten. Und diese andere Leiche, die Leiche eines Dorfpolizisten, die konnte ich mir erst recht nicht leisten.

Ich meine, ich hatte Gerhard Meinhard und meinen Liebhaber Gregor doch nicht bis nach Thüringen gefahren, nur damit sich jetzt eine neue Leiche in meinem Haus befand.

Ich müsste ja wohl völlig bescheuert sein.

Der tote Hund garantierte Stress mit Marie Overlut bis an mein oder ihr Lebensende. Und der tote Schuhriegel war ein gefundenes Fressen für die Hamburger Tageszeitungen. Mein Geschäft wäre ruiniert, im Eimer, pleite. Ich müsste Konkurs anmelden und die dreiundzwanzigjährige Lisa wäre arbeitslos. Und das ginge ja nun auf keinen Fall.

Wer würde zu einer Eheberaterin gehen, in deren Haus nicht einmal ein Polizist vor einer durchgeknallten Hausangestellten sicher war?

Mit anderen Worten: Mir stand das Wasser mal wieder bis zum Hals.

Und ich hatte mal wieder keine Alternative. Wir konnten den Unfall mit Eule und Schuhriegel nicht melden. Wir mussten die Leichen verschwinden lassen.

Nur nicht in Thüringen. Das kam nicht in Frage. Und irgendwoandershin würde ich ebenfalls nicht fahren. Nicht nach der Geschichte mit diesem dummdreisten Schuhriegel, der all unsere wunderbaren Pläne mit Gerhard Meinhard und Gregor fast verdorben hatte.

Ich glaube, meine Mutter hat es vor mehr als fünfzig Jahren schlauer angestellt als ich und Hedwig und Lisa mit unseren ersten beiden Leichen. Tote gehören nun mal auf einen Friedhof oder in den Garten. Im Garten kümmert sich kein Mensch drum. Da buddelt höchstens ein Hund. Und da Eule nun ein reichlich toter Hund war, konnte ich getrost davon ausgehen, dass in meinem Garten kein neugieriger Vierbeiner mehr graben würde. Paradiesische Zustände, um ein paar Leichen zu entsorgen.

Ich rief Lisa an.

Ich brauchte jemanden, der mir beim Graben half. Lisa war nicht sonderlich begeistert, ihren wohl verdienten Sonntag bei mir zu verbringen, doch die Dringlichkeit in meiner Stimme überzeugte sie, zu mir zu kommen und Ersatzunterwäsche, ein frisches T-Shirt, eine Hose und ihr Springseil mitzubringen.

Und wieder standen wir beide in meinem Garten unter dem Flieder und gruben abwechselnd ein Loch, Lisa und ich. Diesmal hoben wir allerdings eine richtige Grube aus, so ein Gardeloch, das genügend Platz für Schuhriegel, Eule, den Totenschädel und Martins Klamotten versprach.

Dieses Mal würden wir es richtig machen. Das Loch sollte tief genug, breit genug und abgelegen genug sein. Na ja, dafür war der Platz unter dem Flieder schon gut. Immerhin lag dort seit fünfzig Jahren der Liebhaber meiner Großmutter und ohne unsere Pfuscherei hätte niemals jemand das Grab entdeckt oder Eule den Totenschädel ausgegraben.

Meine Mutter hatte da schon eine ideales Plätzchen ausgesucht gehabt.

Lisa und ich gruben den gesamten Sonntagnachmittag. Zwischendurch setzte ein unangenehmer Nieselregen ein. Ein typischer hanseatischer Dauerregen, der stundenlang niederging und uns bis auf die Knochen durchnässte. Lisa und ich froren, derweil die Erde durch die Feuchtigkeit schwerer und schwerer wurde und uns jeder Spaten voller Erde eine körperliche Hochleistung abverlangte.

Uns taten die Arme weh, die Handgelenke und die Schultern. Und obwohl wir Handschuhe trugen, bekam die empfindsame Haut an den Daumenballen mit der Zeit Blasen von dem nassen Holz des Spatenstiels. Doch endlich hatten wir es geschafft. Das Grab war tief und breit genug.

Lisa und ich gingen durch den Regen ins Haus zurück, um Schuhriegel aus der Halle zu holen.

Lisa, die vor mir die Halle betrat, blieb im Türrahmen stehen, atmete hörbar aus und kratzte sich gedankenverloren die Stirn. Ich spähte über ihre Schulter.

Ein paar Fliegen hatten sich an den Rändern von Schuhriegels Stichwunden und auf einer Blutlache auf dem Fußboden versammelt. Sonst war nichts.

Ich schob mich an Lisa vorbei, um aus Hedwigs Küche eine Fliegenklatsche zu holen, die dort in einem Krug auf dem Fensterbrett stets parat stand. Auf deren handfeste Zuverlässigkeit verließ sie sich allemal lieber als auf Fliegengitter oder jene elektrischen Summer, die Signale in einer Tonhöhe aussenden sollen, die angeblich jegliches fliegendes Getier aus den Räumen fern hielt. In Hedwigs Augen war das alles Quatsch.

Ich griff mir die Fliegenklatsche, ging in die Halle zurück und wedelte mit ihr über Schuhriegels Bauch herum. Ein paar Fliegen summten wütend auf, als sie ihre Beute Richtung Hallendecke und Eingangstür verließen. Andere ignorierten die Klatsche, was ihr ohnehin überschaubares Leben arg verkürzte.

Ein paar besonders aufdringliche Exemplare folgten uns trotz des Regens, als wir den Mann entlang des Weges bis zum Flieder zogen. Dank der Plastikklatsche, deren Gitter ich bedenkenlos auf Schuhriegels verunstalteten Bauch knallte, ließ auch die Mehrzahl dieser Fliegen ihr Leben.

Der Anblick des aufgeschlitzten Mannes, der durch das Schleifen entlang des Gartenweges zusehends schmutziger wurde, war unappetitlich und unangenehm, wobei Lisa schließlich wieder von dem Hund anfing, mit dem wir Schuhriegel doch wie einst Gregor transportieren könnten. Sie könne den doch ganz schnell aus dem Keller holen. Ich winkte ab. Wie sie sich das vorstelle, der Hund würde doch sofort in der nassen Erde stecken bleiben.

Ich wollte Schuhriegel loswerden. So schnell wie möglich und gleichgültig, wie schrecklich es war. Und es war ziemlich schrecklich. Glauben Sie es einfach.

Besonders unangenehm wurde es, als ich die Leiche mit Lisas Hilfe in das Grab rollte. Der Mann mochte ein Idiot gewesen sein, penetrant und uns verdächtigt haben. Dennoch hätte er einen ordentlichen Sarg verdient. So aber rollten wir ihn über den Grubenrand, wo er uns aus den Händen glitt und unsanft auf dem feuchten Grund seines Grabes landete, den Kopf zur Seite verdreht. Er war auf dem Bauch gelandet, und Erde fiel in dicken Klumpen auf ihn herab.

Bevor ich reagieren konnte, kletterte Hedwig, die inzwischen wach geworden und gemeinsam mit Larentius zu uns gestoßen war, schnaufend in das Grab, suchte zitternd nach einem Platz für ihre Füße und drehte den Mann unter Ächzen auf den Rücken. Noch etwas geschwächt, strauchelte Hedwig dabei gefährlich und wäre fast auf die Leiche gestürzt. Ich wollte ihr helfen, doch sie wies jede Hilfe zurück. Da unten sei nur für einen Platz – und jetzt sei sie dort.

Sie positionierte den Mann halbwegs manierlich in einer Rückenlage, bückte sich erneut, schloss Schuhriegels Jackett über seinen Wunden, richtete seine Krawatte, klopfte ihm an der einen oder anderen Stelle Erde aus der Kleidung und entnahm ihrer Schürzentasche ein Taschentuch, in das sie hineinspuckte und mit dem sie Schuhriegels Gesicht säuberte.

Als Hedwig auch noch einen Kamm aus ihrer Schürzentasche fummelte und sich daranmachte, Erdbröckchen aus dem Haar des Mannes zu entfernen und es zu richten, war ich nahe daran, die Geduld zu verlieren.

»Mensch, sehen Sie zu, dass wir hier bald fertig werden und hören Sie auf mit diesen Kinkerlitzchen!«, blaffte Lisa, die unzweifelhaft genauso nervös war wie ich.

»Wir wollen jetzt nicht diskutieren. Es kommt auf diese halbe Minute bestimmt nicht mehr an«, widersprach Hedwig schnippisch. Larentius wollte etwas einwenden, doch Hedwig schüttelte den Kopf und so schwieg er. Dafür redete Lisa.

»Aber es ist halb sechs und es ist Sonntag. Eigentlich wollte ich heute Abend noch ins Kino.«

Hedwig richtete sich auf, doch bevor sie etwas sagen oder gar meckern konnte, hatte ich mir Lisa schon am Arm geschnappt und zog sie hinter mir her bis zum Haus. Ich fummelte aus meiner Jackentasche zweihundertfünfzig Euro und gab sie ihr.

»Geh schon. Es ist okay. Und herzlichen Dank. Den Rest schaffen wir schon allein«, sagte ich.

Lisa lachte über das ganze Gesicht und rannte durch die Halle nach vorn und aus dem Haus, wie ich am Knallen der Haustür hörte, die hinter ihr ins Schloss fiel.

Ich ging zurück zu Larentius und Hedwig, die am Kopfende der Grube kniete und betete. Sie hatte Schuhriegels Kopf pietätvoll mit einem Kopfkissenbezug geschützt, den sie irgendwann geholt haben musste, ohne dass ich es bemerkt hatte.

Eule hatten Hedwig und Laurentius auf Schuhriegels Bauch gelegt. Auch das hatte ich nicht mitbekommen.

Ich kauerte mich neben sie und betete etwas in der Art wie, niemand möge sich jemals hierher verirren und Schuhriegel entdecken. Noch während Hedwig eifrig weiter um Schuhriegels und selbst Eules Seelenheil klagte, bedeutete ich ihr, sie möge mir ihr Messer reichen, das säuberlich abgewaschen und geputzt in ihrem Futteral am Gürtel steckte, und schnitt der Hündin eine Hand voll Haare ab.

Hedwig beobachtete erstaunt, was ich da veranstaltete, schüttelte den weiß umrahmten Kopf und murmelte etwas vor sich hin, doch erstens verstand ich es nicht und zum anderen war es mir gleichgültig, wie ich gestehen muss.

Ich legte den Totenschädel und Martins alte Sachen zu den zwei Leichen in das Grab. Und dann hatte ich eine geniale Idee.

Ich rannte nach vorn in den Schuppen und kehrte mit einer Großpackung Schnellkomposter wieder, den ich über Schuhriegel und Eule verteilte.

Immerhin beschleunigte ein Schnellkomposter die Zersetzung biologisch abbaubarer Stoffe erheblich.

Hedwig wandte sich ab, als ich das graublaue Pulver über das einst weiße, inzwischen von Regen und Erde verdreckte und verfilzte Fell der Hündin verteilte. Nichts erinnerte mehr daran, dass Eule einstmals eine Champion-Pudelhündin und zur Zucht bestimmt gewesen war. Jetzt war sie nur noch tot und dabei auch noch äußerst unansehnlich.

Schließlich bedeckte ich Schuhriegel, dem der Schmutz und der Dauerregen gleichfalls arg zugesetzt hatten, mit einer wollenen Decke, die Hedwig gemeinsam mit dem Kopfkissenbezug geholt haben musste.

Erst danach schüttete ich das Loch sorgfältig wieder zu.

Ein Hügel Erde blieb wieder einmal übrig. Aber das kannte ich ja inzwischen – und ich hatte auch genügend Übung im Beseitigen.

An jenem Spätachmittag drückte mir der Erdhügel auch nicht sonderlich aufs Gemüt, denn Lisa und ich konnten die

Erde noch den ganzen Herbst über in unserem Garten verteilen. Mir stand der Sinn nach einem wärmenden Bad und einem heißen Tee. Hedwig und Larentius ging es ähnlich.

Ich informierte Meiser nicht über die Ereignisse. Ich sprach auch nicht mit meiner Freundin Lizzie darüber.

Und ich redete auch nicht mit Hedwig über diesen Nachmittag. Nie wieder.

Ich kaufte für das Hundehaar einen goldenen Anhänger, legte das weiße Büschel hinein und überreichte ihn Hedwig, die ihn fortan als Talisman an einer Kette trug.

Lisa, Hedwig und ich belegten die Themen Eule, Schuhriegel, Gerhard Meinhard und Gregor fortan mit einem Schweigen.

Wir konnten es uns leisten. Die Thüringer Polizei fahndete wohl noch eine Weile nach Gregors Identität und brachte gar in einer großen Hamburger Tageszeitung eine Foto von Gregor, was mich zunächst sehr nervös machte. Schließlich erfuhren wir aber, dass sich niemand gemeldet hatte, um über Gregor Auskunft zu geben. Vielleicht war er zu lange in Indien gewesen, vielleicht hatte er abgenommen oder einen anderen Haarschnitt als früher. Ich weiß es nicht. Ich weiß nur, dass er als unbekannter Toter geführt wurde.

Hannes Larentius reiste noch am selben Abend ab. Drei Tage später soll er eine Vermisstenanzeige aufgegeben haben. Vermisst wurde Konrad Schuhriegel, der Bremsnitz Richtung Bern verlassen hatte, dort auch gesehen worden war, dann aber nach Hamburg fahren wollte, wo er nie angekommen war. Hedwig und ich wurden befragt, konnten zum Verbleib des Polizisten jedoch keine Auskunft erteilen, wie sich wohl von selbst versteht.

Von Hannes Larentius haben wir nie wieder etwas gehört.

Hedwig litt wochenlang unter schwersten Depressionen, war kaum ansprechbar und kochte mitunter wie eine Anfängerin. Da sie sich den Ausgang ihrer Liebesgeschichte jedoch selbst zuzuschreiben hatte, konnte sie weder mich noch Lisa für das Scheitern ihrer späten Liebe verantwortlich machen.

Lisa macht immer noch meine Ablage und sucht nach wie vor ihren Traumprinzen.

Lizzie lebte drei Monate mit Knut Meiser zusammen, trennte sich dann aber, weil der Mann sich als eingefleischter Junggeselle und Geheimniskrämer entpuppte. Er hatte schlicht zu viele Geheimnisse und war viel zu selten zu Hause.

Lisa und ich verteilten die Erde des Grabhügels nach und nach in unserem Garten und Hedwig pflanzte unter dem Flieder Hortensien an, die im Laufe der Zeit zu üppigen, bis zu anderthalb Metern hohen Büschen heranwuchsen.

Sarah Baerenbaum wurde einen Tag nach unserer Prügelei aus der Klinik entlassen. Die Staatsanwaltschaft war gezwungen, in unserem Fall zu ermitteln, stellte das Verfahren aber wegen Geringfügigkeit nach vier Monaten ein.

Sarah Baerenbaum soll wieder nach Berlin gezogen sein.

Mein Mann benötigte seinen Rollstuhl drei Monate lang. Zu unserem Scheidungstermin im Februar des folgenden Jahres erschien er schon wieder auf eigenen Beinen.

Kurz nach unserer Scheidung heiratete er erneut: Laura Hesselbach.

Ab und an treffen wir uns, mein Mann, der nun mein Exmann ist, und ich.

Wir trinken dann einen Kaffee in meinem Büro und manchmal gehen wir danach in meine Privaträume.

Man könnte sagen, wir haben ein Verhältnis.

Eines, das mir sehr gefällt. Eines ohne Verpflichtungen und ohne Ansprüche.

Mein Leben ist wunderbar und das wird auch so bleiben.

Es sei denn, Marie Overlut schafft sich einen neuen Hund an und der beginnt unter dem Flieder zu graben.

ENDE

UB18